로재나

ROSEANNA
by Maj Sjöwall and Per Wahlöö

이 도서의 국립중앙도서관 출판예정도서목록(CIP)은
서지정보유통지원시스템 홈페이지(http://seoji.nl.go.kr)와
국가자료종합목록 구축시스템(http://kolis-net.nl.go.kr)에서 이용하실 수 있습니다.
(CIP제어번호: CIP2017001975)

로재나

마이 셰발, 페르 발뢰 지음 | 김명남 옮김

Martin Beck

엘릭시르

차례

한국어판 서문

페르와 나는 1960년대 초에 만났습니다. 한 출판사에서 내는 다른 잡지에서 각자 일하고 있었죠. 어느 날 식당에서 점심을 먹다가, 우리는 예전부터 품고 있었던 아이디어를 문득 꺼내어 이야기하기 시작했습니다. 그날 우리는 사무실로 돌아가지 않았죠.

페르 발뢰와 나는 '마르틴 베크' 시리즈로 스웨덴 사회가 십 년에 걸쳐서 변해가는 모습을 기록하고자 했습니다. 말하자면 스웨덴 사회를 해부하려 했습니다. 우리는 좌파의 시각에서 사회를 묘사하고 싶었습니다. 우리는 처음에 시리즈의 부제를 '범죄 이야기'라고 붙였는데, 여기에서 범죄란 말을 사회가 노동계급을 버렸다는 뜻으로 사용했죠.

이 열 권의 시리즈는 사실상 삼백 개의 장章으로 이뤄진 하나의 긴 소설이나 마찬가지입니다. 우리는 글쓰기에 들어가기 전에, 전체 프로젝트를 다 계획했습니다. 일 년에 한 권씩 완성하여 십 년 만에 시리즈를 마무리지었어요. 주인공인 형사 마르틴 베크가 겪는 십 년을 따라가는 이야기였습니다. 우리는 오락물을 쓰면서도 그 속에 우리가 말하고자 하는 바를 집어넣고 싶었습니다. 당시에는 경찰 수사물이라는 장르도 없었거니와 경찰은 폐쇄된 조직이었습니다.

페르와 나는 부르주아 가정에서 자랐다는 배경과 똑같은 종류의 문학을 좋아한다는 공통점이 있었습니다. 우리는 기본적으로 상당히 비슷했습니다. 운이 좋았지요. 우리는 말이 잘 통했습니다. 늘 장단이 잘 맞았습니다. 이 시리즈를 쓰면서 엄청나게 재미있었습니다.

최초의 플롯이 떠오른 건 우리가 스톡홀름에서 예테보리로 운하 여행을 할 때였습니다. 머리카락이 검은 아름다운 미국인 여성이 한 명 있었는데 배에 늘 홀로 서 있었어요. 난 페르가 여자를 쳐다보는 걸 알아차리고 "저 여자를 죽이는 걸로 책을 시작하면 어때?" 하고 말했습니다. 바로 그 아이디어가 '마르틴 베크' 시리즈의 첫 권 『로재나』가 되었습니다.

그때 우리는 시리즈가 이렇게 유명해지리라고는 상상도 못했습니다. 전 세계에서 읽힐 거라는 것, 이를테면 한국처럼 머나먼 나라에서 출간될 거라는 것도 당시에 들었다면 허황한 일이라고만 생각했을 거예요.

페르가 이 사실을 알았다면 놀랐을 것 같군요. 아마 무척 좋아했을 겁니다.

마이 셰발

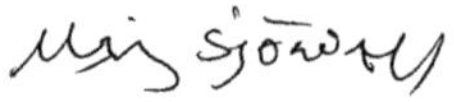

서문

나는 『로재나』가 출간되자마자 거의 바로 읽었다. 1965년이었다. 지금 다시 읽자니, 내가 처음으로 이 책을 읽은 것이 무려 사십 년 전 일이었으며 당시 나는 열일곱 살이었다는 생각이 떠오른다. 문득 불가사의한 일이라는 생각도 든다. 이후로 내가 얼마나 많은 책을 읽었겠는가? 그런데도 어째서 『로재나』를 이렇게 잘 기억하고 있을까? 지금까지 똑똑하고 분명하게 기억나는 바는, 내가 『로재나』를 직설적이고 명료한 소설로 생각했으며, 현실감 있는 스토리를 역시 현실감 있는 형식에 담아낸 소설로 생각했다는 것이다. 다시 읽은 지금도 내가 받았던 최초의 인상은 여전히 유효하다. 이 책은 거의 나이를 먹지 않았다. 사용된 언어조차도 여전히 박력 있고 생기 있게 느껴진다. 하지만 변한 것이 없진 않다. 세상이 변했고, 나도 변했다. 당시에는 모든 사람들이 시도 때도 없이 담배를 피웠다. 휴대전화는 없었다. 다들 공중전화를 썼다. 다들 카페에 가서 점심을 먹었고, 자그마한 녹음기를 주머니에 숨기고 다니는 사람은 없었으며, 컴퓨터란 걸 아는 이도 드물었다. 그때의 스웨덴은 미래보다 과거와 밀접한 사회였다. 본격적인 이민의 물결은 아직 시작되지 않았다. 몇몇 주요 산업들이 일손을 채우기 위해 해외로부터 노동자를 받아들이기는 했지만, 지속적으로 난민이 유입되는 시절은 아직 아니었다. 그리고 다들 국경에서는 여권을 보여야 했다. 가까운 노르웨이나 덴마크로 여행을 가는 사람도 마찬가지였다.

페르 발뢰는 죽은 지 오래되었지만, 마이 셰발은 나를 비롯하여 한 세대 전에 소통했던 독자들과 더불어 나이를 먹었다. 지금 나는 처음 출간된 날로부터 사십 년이 흐른 십이월의 어느 날, 『로재나』를 다시 읽고 있다. 나는 물론 많은 부분을 잊었다. 하지만 이 소설은 변함없이 나를 사로잡는다. 구성도, 구조도 훌륭하다. 셰발과 발뢰는 국가범죄수사국을 소재로 하여 열 권의 소설을 쓴다는 계획을 바탕부터 세심하게 닦았던 게 분명하다. 소설 속의 국가범죄수사국은 물론 가상의 형태이지만 굳건한 현실에 기반하였다.

작가들의 목표는 분명하다. 가령, 소설의 맨 첫 장章부터 작가들은 예타운하 바닥에 쌓인 슬러지를 준설하는 문제를 놓고 여러 기관들이 공동으로 의사 결정을 해나가는 과정을 하나하나 따라가며 보여준다. 이처럼 뭐든지 가능한 한 철저하게 묘사하겠다는 작가들의 생각은 소설 전반에 구현되었다. 그들의 의도는 명백하다. 그들은 1960년대 중반 스웨덴의 여러 사회제도와 구조를 꼼꼼하고 믿을 만하게 묘파함으로써 독자의 신뢰를 얻으려는 것이다. 그들이 그리는 스웨덴은 타예 엘란데르가 수상이었던 나라였고, 자동차가 좌측통행을 하던 나라였다.

사소하지만, 내가 다시 읽으면서 매료된 대목이 하나 있다. 소설 두 번째 쪽이다. 이야기는 칠월 초에 시작되는데, 날짜가 분명하게 명시되어 있다. 외스테르예틀란드의 운하에 준설선이 도착한다. 작가들은 이렇게 썼다. "동네 아이들과 베트남 관광객 한 명이 지켜보는 가운데 피그호가 보렌스홀트에 도착했다." 베트남 관광객이라니! 1964년 스웨덴에서! 당시 베트남 관광객은 많아야 일 년에 한 명 있을까 말까 했을 것이다. 작가들은 이로써 우리 세대의 굵직한 사건이었던 베트남전쟁에 묵례를 표한 것이다. 전후의 스웨덴 역사에서 그때는 스웨덴이 막 바깥세상에 문을 열기 시작한 시점이었다. 이 점은 지적해둘 가치가 있다. 왜냐하면 국가범죄수사국에 대한 소설을 쓰겠다고 계획한 셰발과 발뢰의 마음속에는 그것을 통해서 사회를 비판하겠다는 진보적인 목표가 있었기 때문이다. 그들이 범죄와 수사의 이야기를 택한 것은 그것을 거울로 삼아서 스웨덴 사회를 비추기 위해서였다. 그리고 시간이 흘러 그들이 쓴 이야기는 전 세계를 비추게 되었다. 범죄소설을 그저 또 다른 형식의 유희로 보는 것은 결코 그들의 의도가 아니었다. 그들은 미국의 소설가 에드 맥베인에게 영향과 영감을 받았다. 그들은 범죄소설이 사회 비판을 담는 이야기 틀로서 기능할 수 있으며 그 세계가 전인미답의 드넓은 영역이라는 것을 깨달았다.

사람들은 내게 셰발과 발뢰의 책들이 나에게 어떤 의미가 있느냐는 질문을 헤아릴 수 없이 많이 던진다. 사회의 거울로서의 범죄에 관해 쓰는 작가라면 누구나 조금쯤은 그들의 작품에서 영감을 받았을 것이다. 그들은 그전까지 이어져온 범죄소설의 경향과 단절한 작가였다. 스웨덴에서 1950년대에 시장을 지배했던 작가는 스티그 트렌테르였다. 마리아 랑과 H.K. 뢴블롬도 있었다. 이들의 추리소설에서는 수수께끼를 푸는 것이 주된 관심사였다. 트렌테르의 소설에서는 거리, 술집, 음식 등이 시시콜콜 묘사된다. 그러나 배경은 배경일 뿐이다. 범죄와 범죄의 배경이 되는 장소 사이에 직접적이고 현실적인 관련은 없다. 『로재나』가 등장하기 전에는 영국식 추리소설이 대세였다는 뜻이다. 특히 중요한 점은 셰발과 발뢰가 과거에 만연했던 지나치게 정형화된 인물 묘사로부터 등을 돌렸다는 사실이다. 두 사람은 독자의 눈앞에서 진화하는 인물을 보여주었다.

나는 1965년 이전에도 페르 발뢰의 소설을 여러 권 읽었다. 특히 파시스트 정권하의 스페인을 배경으로 한 『화물차Lastbilen』(1962)가 기억에 남는다. 발뢰는 글을 잘 썼다. 직설적이고 간결한 언어를 써서 이야기에 힘을 불어넣었다. 나는 발뢰의 소설이 좋았다. 하지만 『로재나』의 출간은 또 다른 무언가를 알리는 신호였다. 발뢰에게 마이 셰발이라는 동업자가 생긴 것이 정확하게 어떤 의미였는지 나는 모르겠지만, 셰발이 발뢰에게 위대한 영감의 원천이었으리라는 것만은 분명하다. 지금도 기억하는데, 나는 『로재나』를 처음 읽고서 두 주가 지났을 때 다시 한 번 읽었다. 이전에는 내가 그렇게 재독했던 책이 없었다.

페르 발뢰와 마이 셰발은 자신들이 미국에서 영향을 받았다고 말한 적이 있다. 앞에서 내가 언급한 에드 맥베인도 한 예이겠지만, 내 짐작에 두 사람은 그보다 더 오래된 작가들에게서도 영향을 받았을 것이다. 적어도 19세기의 에드거 앨런 포까지 거슬러 올라가지 않았을까. 포가 1800년대 중반부터 쓴 소설들이야말로 현대 범죄소설의 원류라고 생각하는 사람이 많지만, 나는 그 의견에 동의하지 않는다. 그 의견은 범죄소설에 대한 사람들의 이해가 오늘날까지도 심각하게 부족한 상황임을 보여줄 뿐이다. 사실 범죄소설의 뿌리는 훨씬 더 과거로 거슬러 올라간다. 고전 그리스비극들을 읽어보라. 무엇에 대한 이야기인가? 개인과 사회가 상호 간의 적의에 사로잡혀 결국 폭력, 범죄, 처벌을 낳는 이야기다. 셰익스피어의 작품에도 범죄소설의 주된 요소들이 반영되어 있다. 물론 경찰은 없지만, 조사가 있고 분석이 있고 잔인한 범죄의 이면에 누가 혹은 무엇이 감춰져 있는지를 밝혀내려는 시도가 있다. 우리는 의식하든 의식하지 못하든 모두 그 전통을 계승하고 있다.

『로재나』는 어느 면으로 보나 어마어마하게 매력적인 책이다. 이 자리에서 자세한 플롯이나 범죄의 해결에 관해 누설할 마음은 없지만, 한 가지만 짚어두겠다. 아마도 『로재나』는 범죄소설에서 시간이 중요한 역할을 수행하는 이야기로는 최초일 것이다. 이 소설에서는 아무 일도 일어나지 않는 시기가 자주 길게 이어진다. 로재나라는 여성을 살해하여 예타운하에 던진 범인에 대한 수사가 답답하게 답보하는 시기다. 그러다가 불과 몇 센티미터쯤 진척이 있는가 싶더니, 또 덜컥 멈춰 선다. 마르틴 베크와 동료들에게는 하염없이 흐르는 시간이 절망의 근원인 동시에 필요악이다. 참을성이 없는 수사관이란 중요한 도구 하나가 부족한 것이나 마찬가지다. 소설에서는 반 년이 흐르고서야 비로소 범죄가 해결된다. 그때쯤에는 우리 독자들도 안다. 수사에 오 년이 걸릴 수도 있었다는 것을. 그래도 경찰들은 포기하지 않았으리란 것을. 『로재나』는 경찰의 근본적인 덕목, 즉 참을성에 관해 이야기하는 책이다.

『로재나』에서 마르틴 베크가 속이 거북하다고 느끼는 장면이 몇 번이나 나오는지 일일이 세어보지는 않았지만, 그는 하여간 꽤 자주 그런다. 속이 좋지 않아 아침을 거르는 일도 다반사다. 담배를 피우거나 기차를 타도 속이 울렁인다. 사적인 문제들 때문에도 속이 불편하다. 『로재나』의 수사관들은 평범한 인간들이다. 영웅적인 면모라고는 조금도 없다. 그들은 할 일을 하고, 신물을 느낀다. 내가 사십 년 전에 이 점에 대해서 어떻게 반응했는지 정확하게는 기억나지 않지만, 진짜 사람 같은 경찰관들을 소설에서 본 것이 무척 신선한 깨달음이었던 것만은 분명하다.

이것은 오늘날에도 유효한 소설이다. 생생하고, 간결한 세련미가 있으며, 교묘한 연출에 따라 플롯이 전개된다.

이것은 현대의 고전이다. 이것은 마이 셰발과 페르 발뢰가 계획한 열 권의 시리즈 가운데 첫 권이고, 저자들은 최초의 시도에서부터 보기 좋게 과녁을 명중시켰다.

헨닝 망켈*

---

* 스웨덴의 추리소설가. '스칸디나비아 누아르의 대부'라고 불리며 '발란데르' 시리즈를 집필했다.

스웨덴 남부
예타운하
스톡홀름
쇠데르텔리에
뉘셰핑
헤브링에 섬
베네른 호
리드셰핑
모탈라
노르셰핑
바드스테나
보렌스훌트
린셰핑
쇠데르셰핑
노르스홀름
트롤헤탄
베테른 호
발트 해
예타 강
카데가트
해협
예테보리
보로스
옌셰핑
고틀란드 섬
N
욀란드 섬
벡셰

스톡홀름
외스테르말름
노르말름
쿵스홀멘 섬
감라스탄
오덴플란
오덴가탄
상트에릭스가탄
비르카가탄
뢰르스트란스가탄
바사파르켄 공원
상트에릭스플란 광장
우플란스가탄
옵세르바토리에가탄
스베아베겐
비르게르얄스가탄
에릭스베리스가탄
에릭스베리스플란 광장
루네베리스가탄
칼라베겐
스투레가탄
드로트닝가탄
바른후스가탄
쿵스가탄
레예링스가탄
노를란스가탄
NK 백화점
스몰란스가탄
함가탄
베르셀리 공원
스트란드베겐
쿵스홀름스가탄
스톡홀름 경찰청
스톡홀름 중앙역
쿵스트레드고르덴 공원
스톡홀름 시청
N

1.

시체가 발견된 것은 7월 8일 오후 3시가 막 지났을 때였다. 시체는 제법 멀쩡한 상태였다. 물에 오래 잠겨 있었던 것 같지 않았다.

사실은 시신이 발견된 것 자체가 순전히 운이었다. 게다가 비교적 금세 발견되었기 때문에, 평소라면 이 사실이 경찰 수사에 큰 도움이 되어야 했다.

보렌스홀트 갑문들 아래로, 호수로 이어지는 입구 쪽에는 동풍東風에 대비한 방파제가 설치되어 있었다. 그해 봄에 운하가 열려 통행이 재개되자마자 수로가 막히기 시작했다. 배들은 운전에 애를 먹었고, 프로펠러가 휘저어 올린 수로 바닥의 누르께한 진흙 때문에 물이 뿌옇게 흐려졌다. 누가 봐도 조치를 취해야 할 상황이었다. 운하 회사는 건설관리청에 준설선을 요청하는 공문을 오월에 진작 발송했다. 요청서는 당황한 공무원들의 손에서 손으로 넘겨지다가 해운항만청으로 전달되었다. 해운항만청은 건설관리청이 관리하는 버킷 준설선들 중 하나를 쓰면 될 것이라며 사안을 돌려보냈지만, 건설관리청은 준설선에 대한 통제권이 해운항만청에 있다는 사실을 확인하고는 노르셰핑에 있는 항만위원회에 어떻게 하면 좋겠느냐고 호소했다. 항만위원회는 요청서를 해운항만청에 돌려보냈고, 해운항만청은 다시 건설관리청으로 전달했다. 그러던 중 누가 수화기를 들어, 버킷 준설선에 대해 하나부터 열까지 다 안다는 어느 기술자에게 물어보았다. 기술자는 자기가 알기로 버킷 준설선은 다섯 척이 있는데, 갑문을 통과할 수 있는 녀석은 딱 하나라고 말했다. 피그호라는 그 배는 마침 그라바르느네 어항에 정박해 있었다. 7월 5일 아침, 동네 아이들과 베트남 관광객 한 명이 지켜보는 가운데 피그호가 보렌스홀트에 도착했다.

한 시간 뒤, 운하 회사의 대표자가 건설관리청을 찾아가 준설 작업을 논의했다. 논의는 오후 내내 이어졌다. 이튿날은 토요일이었기에, 작업자들은 배를 방파제에 묶어둔 채 집으로 돌아가 주말을 보냈다. 작업반 인원은 배가 바다로 나갈 때 선장 역할을 겸하는 현장감독 한 명, 준설 기사 한 명, 갑판원 한 명이었다. 기사와 갑판원은 집이 예테보리라서 모탈라에서 밤기차를 타고 돌아갔다. 현장감독은 나카에 사는데, 아내가 차를 몰고 와서 데려갔다. 세 사람은 월요일 아침 7시에 다시 모였고, 한 시간 뒤에 준설을 시작했다. 11시가 되자 적재함이 꽉 찼으므로 준설선은 호수로 나가 흙을 비웠다. 갑문으로 돌아가던 중에 준설선은 잠시 서서 기다려야 했다. 서쪽으로 향하는 하얀 기선 한 척이 보렌스홀트 갑문으로 다가오고 있었기 때문이다. 여객선 난간에 늘어선 외국인 관광객들은 준설선의 인부들에게 열렬히 손을 흔들었다. 여객선은 갑문을 하나하나 지날 때마다 점점 높아지는 수위에 따라 고도가 높아지면서 모탈라와 베테른 호수를 향해 나아갔다. 점심 무렵에는 배의 꼭대기에 달린 깃발까지 제일 높은 갑문 너머로 사라졌다. 인부들은 1시 30분에 준설을 재개했다.

그날 상황은 이랬다. 날씨는 푸근하고 화창했다. 따스한 산들바람이 불고 여름 하늘에는 느릿느릿 구름이 흘러갔다. 방파제와 운하 둑에는 사람이 몇 명 나와 있었다. 대부분 일광욕을 하러 나온 사람들이었는데, 낚시를 하는 사람도 몇 명 있었고 준설 작업을 구경하는 사람도 두어 명 있었다. 준설선의 버킷은 보렌 호수의 진흙 바닥에서 새로 가뜩 한 삽을 떠서 수면으로 퍼 올리는 중이었다. 준설 기사는 선실에 앉아 능숙하게 손잡이를 조종했다. 현장감독은 선내 조리실에서 커피를 마시고 있었고, 갑판원은 난간에 팔꿈치를 대고 서서 호수에 침을 뱉었다. 버킷은 천천히 올라왔다.

버킷이 수면을 가르고 모습을 드러냈을 때 둑에 서 있던 한 구경꾼이 배 쪽으로 몇 발짝 다가왔다. 그가 팔을 휘저으며 뭐라고 소리를 질렀다. 갑판원은 무슨 소리인가 싶어 고개를 들었다.

"버킷에 사람이 있어요! 멈춰요! 버킷에 사람이 들어 있다니까요!"

어리둥절한 갑판원은 남자를 한참 쳐다보다가 버킷으로 시선을 돌렸다. 버킷은 내용물을 뱉어내기 위해서 천천히 선체를 향해 회전하는 중이었다. 적재함 위에 도달한 버킷에서 탁하고 지저분한 물이 흘러내렸다. 그 순간, 방파제의 남자가 본 것을 갑판원도 보았다. 사람의 하얀 맨팔이 버킷 주둥이에서 쑥 비어져 나와 있었다. 이후 십 분은 영원처럼 느껴지는 혼란스러운 시간이었다. 둑에 선 사람은 거듭 소리쳤다.

"아무것도 만지지 마세요! 아무것도 손대지 마세요! 경찰이 올 때까지 지금 그대로 놔둬야 해요!"

준설 기사는 무슨 일인가 싶어 밖으로 나왔다. 그는 버킷을 뚫어져라 쳐다보다가 상대적으로 안전한 조종간 뒤의 자기 자리로 황급히 돌아갔다. 그가 크레인을 회전시켜 버킷을 열자,

현장감독과 갑판원이 시체를 꺼냈다.

여자였다. 그들은 쭈글쭈글한 방수천을 방파제에 펼치고 여자를 눕혔다. 놀란 구경꾼들이 몰려들었다. 그런 것을 보면 안 되는 아이들도 끼어 있었지만, 사람들의 머리에 아이들을 쫓아야 한다는 생각 따위는 없었다. 그들이 생각하는 건 하나뿐이었다. 그녀의 모습을 영원히 잊지 못하리라는 생각이었다.

갑판원이 양동이를 가져다가 여자의 몸에 세 차례 물을 끼얹었다. 한참 후에 경찰 수사가 수렁에 빠졌을 때, 누군가는 갑판원의 이 행동을 비난했다.

여자는 맨몸이었고 장신구를 하나도 걸치지 않았다. 햇볕에 탄 자국으로 보아 비키니를 입고 일광욕을 한 것 같았다. 골반이 넓고 허벅지가 튼실했다. 굵고 검은 거웃은 축축하게 젖어 있었다. 작은 가슴은 살짝 늘어졌고, 큼지막한 젖꼭지는 색이 짙었다. 허리에서 엉덩이뼈까지 긁힌 자국이 붉게 나 있었다. 그것 말고는 아무런 점도 흉터도 없었고, 살갗도 매끈했다. 손발이 작았고 매니큐어는 칠하지 않았다. 얼굴은 물에 불어 생전에 어떤 모습이었을지 상상하기 어려웠다. 눈썹은 두껍고 진했으며, 입은 좀 큰 편이었다. 중간 길이의 검은 머리카락이 머리통에 찰싹 들러붙어 있었다. 흐트러진 한 타래는 그녀의 목에 걸쳐져 있었다.

2.

모탈라는 베테른 호수 북쪽의 외스테르예틀란드 주에 있는 중간 크기의 도시로 인구는 이만 칠천 명이다. 모탈라 경찰 책임자는 지방 검사를 겸하는 경찰서장이었다. 서장 바로 아래에는 경감이 한 명 있었고, 그가 경찰 정규 인력과 수사 인력을 모두 관리했다. 경감의 수하에는 9호봉의 경위가 한 명, 남자 경찰관이 여섯 명, 여자 경찰관이 한 명 있었다. 경관들 가운데 한 명은 제대로 훈련받은 사진사였다. 의학적 조사가 필요할 때는 보통 시내의 여러 의사들 중 한 명을 골라 부탁했다.

첫 경보가 울리고 한 시간이 지났을 때, 이들 가운데 여럿이 벌써 보렌스홀트 방파제에 도착하여 등대로부터 몇 미터 떨어진 곳에 모여 있었다. 시체 주변이 사람들로 북적거려서 준설선의 인부들은 이제 상황이 어떻게 돌아가는지 볼 수 없었다. 준설선은 뱃머리 좌현을 방파제에 댈 태세였지만 인부들은 여전히 배에서 내리려고 하지 않았다.

방파제로 들어서는 입구에 친 경찰 통제선 뒤로 구경꾼들이 열 배도 넘게 불어나 있었다. 운하 건너편에는 차가 여러 대 서 있었다. 네 대는 경찰차였고, 한 대는 뒷문에 빨간 십자가를 그린 흰 구급차였다. 흰 전신 작업복을 입은 두 남자가 구급차 흙받이에 기대어 담배를 피우고 있었다. 등대 쪽의 무리에게 흥미가 없는 사람은 그 둘뿐인 것 같았다.

방파제에서 의사가 진찰 도구를 챙기기 시작했다. 의사는 경감과 몇 마디를 주고받았다. 경감은 키가 크고 머리가 희끗한, 라르손이라는 이름의 사내였다.

"지금은 별로 말씀드릴 게 없습니다."

의사가 말했다.

"여자를 저기에 그대로 눕혀둬야 합니까?"

라르손이 물었다.

"그건 경찰이 판단할 일 같은데요."

"여기가 범행 현장이라고 보기는 어렵습니다만."

"좋습니다. 그러면 시체를 영안실로 실어 보내라고 하세요. 제가 전화로 알려두겠습니다."

의사는 가방을 닫고 떠났다.

경감은 돌아서면서 부하를 불렀다.

"알베리, 주변을 계속 통제할 생각이겠지?"

"젠장, 그래야죠."

경찰서장은 현장인 등대에서는 아무 말이 없었다. 그가 이렇게 이른 단계에서 수사에 참여하는 것은 드문 일이었다. 시내로 돌아가는 차 안에서 서장은 경감에게 한마디 던졌다.

"나한테 계속 상황을 알려주게."

라르손은 구태여 고개를 끄덕이지도 않았다.

"알베리한테 맡길 건가?"

"알베리는 훌륭한 친굽니다."

"물론 그렇지."

대화는 그게 전부였다. 경찰서에 도착하자 두 사람은 각자의 사무실로 들어갔다. 서장은 린셰핑의 주 경찰청장에게 전화를 걸었다. 청장은 "보고를 기다리겠네"라고 말할 뿐이었다.

라르손은 알베리와 짧게 이야기를 나눴다.

"여자의 신원부터 알아봐야 할 거야."

"네."

알베리는 사무실로 돌아오자마자 소방서에 전화를 걸어 잠수부 두 명을 요청했다. 그러고는 항구에서 벌어진 강도 사건에 대한 보고서를 읽었다. 이 사건은 곧 해결될 것이다. 알베리는 자리에서 일어나 당직 경관에게 갔다.

"실종 신고가 들어온 게 있나?"

"아니요."

"실종자 명단에도 없고?"

"들어맞는 게 없습니다."

알베리는 사무실로 돌아와서 기다렸다.

전화는 십오 분 뒤에 왔다.

"부검을 요청해야겠습니다."

의사였다.

"교살입니까?"

"그런 것 같습니다."

"강간은?"

"강간도 당한 것 같습니다." 의사는 말을 잠시 멈었다가 이어 말했다. "그리고 그게, 수법이 상당히 계획적입니다."

알베리는 집게손가락 손톱을 씹었다. 금요일부터 여름휴가를 떠날 예정이었다는 사실이 떠올랐다. 아내가 굉장히 기대하고 있다는 사실도 떠올랐다.

의사는 알베리의 침묵을 오해했다.

"놀랐습니까?"

"아닙니다."

그는 전화를 끊은 후 라르손의 사무실로 갔고, 둘이 함께 서장에게 갔다.

십 분 뒤에 서장은 지방행정위원회에 법의학 검시를 요청했다. 위원회가 국립법의학연구소에 연락하여 검시관을 파견해주었는데, 이튿날 내려온 사람은 일흔 살 된 교수였다. 교수는 스톡홀름에서 밤 기차를 타고 왔는데도 표정이 밝고 쾌활했다. 그는 쉬지도 않고 내리 여덟 시간 동안 부검을 실시했다.

그러고는 이런 문장으로 시작하는 예비 보고서를 남기고 떠났다.

"교살에 의한 타살로, 더불어 지독한 성폭행을 당했음. 내출혈이 심했음."

그때쯤 알베리의 책상에는 탐문 보고들이 쌓이기 시작했다. 그 내용들은 한 문장으로 요약되었다. "보렌스훌트 갑실에서 한 여성의 시체가 발견되었음."

모탈라와 주변 지역에서 실종자 신고가 새로 접수된 것은 없었다. 기존 실종자 명단에도 그런 인상착의의 여성은 없었다.

3.

새벽 5시 15분이었고, 밖에는 비가 내렸다. 마르틴 베크는 입 안에 감도는 껄끄러운 금속 맛을 없애기 위해서 평소보다 더 오래 양치질을 했다.

그는 목깃의 단추를 채우고 넥타이를 매고 거울에 비친 얼굴을 맥없이 바라보았다. 이내 어깨를 으쓱하고 복도로 나갔다. 거실을 지나다가 간밤에 늦게까지 만지작거리면서 반쯤 완성한 훈련선 단마르크호의 모형에 애달은 눈길을 던지고 부엌으로 들어갔다.

그는 가만가만 조용히 움직였다. 원래 습관이 그렇기도 했거니와 아이들을 깨우지 않으려는 이유에서였다.

그는 식탁에 앉았다.

"신문은 아직 안 왔나?"

"6시 전에는 안 와."

아내가 대답했다.

날이 밝았지만 밖은 영 우중충했다. 흐릿하고 뿌연 빛이 부엌에 스며들었다. 아내는 불을 켜지 않은 채 앉아 있었다. 아내는 그런 것을 절약이라고 말했다.

그는 입을 열었다가 도로 다물었다. 말해봐야 싸움만 날 것이고, 지금은 그럴 때가 아니었다. 대신에 그는 포마이카 식탁을 손가락으로 천천히 또드락거렸다. 앞에는 푸른 장미 무늬의 빈 잔이 놓여 있었다. 테두리에 한 군데 이가 빠진 데부터 아래로 갈색 실금이 나 있었다. 그 잔은 두 사람의 결혼 생활 내내 부엌에 걸려 있었다. 십 년이 넘었다. 아내는 좀처럼 물건을 망가뜨리지 않았고, 망가뜨리더라도 못 고칠 만큼 완전히 망가뜨리는 일은 없었다. 신기한 사실은 아이들도 꼭 그렇다는 것이었다.

그런 특징도 유전되나? 알 수 없었다.

아내가 스토브에서 커피포트를 내려 잔에 커피를 따라주었다. 그는 탁자를 두드리던 것을 멈췄다.

"샌드위치 먹을래?"

아내가 물었다.

그는 커피를 한 모금씩 조심스럽게 마셨다. 어깨를 구부정히 움츠리고서 식탁 앞에 앉은 채였다.

"뭘 좀 먹어야지."

"내가 원래 아침에 잘 못 먹잖아."

"그래도 먹어야 해. 더구나 당신은 속이 늘 그러니까."

그는 손가락으로 볼을 쓱쓱 문지르면서 군데군데 면도날이 놓친 부분을 느꼈다. 커피를 좀더 마셨다.

"토스트 만들어줄게."

아내가 제안했다.

오 분 뒤에 그는 잔을 받침에 내리고 소리 안 나게 가만히 밀었다. 고개를 들어 아내를 보았다.

나일론 잠옷 위에 빨갛고 복슬복슬한 가운을 걸친 아내는 식탁에 양 팔꿈치를 붙여 두 손으로 턱을 괴고 있었다. 머리카락은 금색이었고 피부가 흰 편이었고 눈은 동그랗고 살짝 튀어나왔다. 눈썹은 보통 까맣게 염색해두었는데, 여름을 지나면서 색깔이 빠져 지금은 머리카락 색에 가깝게 옅었다. 그녀는 남편보다 몇 살 위였다. 최근 몇 년간 적잖이 살집이 붙었는데도 목덜미 피부가 약간 늘어지기 시작했다.

십이 년 전에 부부의 첫아이인 딸이 태어났을 때 그녀는 다니던 건축 사무소를 그만두었고, 이후로는 다시 일할 생각을 하지 않았다. 둘째인 아들이 학교에 들어가자 마르틴 베크는 시간제 일자리라도 알아보면 어떻겠느냐고 권했지만 아내는 별로 돈이 되지 않을 것이라고 단정했다. 그녀는 자기 적성은 주부라며 만족해했다.

'어련하겠어.'

마르틴 베크는 그렇게 생각하면서 일어섰다. 등받이 없는 파란 의자를 조용히 식탁 밑에 밀어넣고 창가로 가서 가랑비가 내리는 바깥을 내다보았다.

주차장과 풀밭 너머로 보이는 고속도로는 텅 비어 한산했다. 전철역 너머 언덕의 아파트에는 불 켜진 창이 아직 많지 않았다. 갈매기 몇 마리가 우중충하고 낮은 하늘을 낮게 맴돌았다. 새들 말고는 살아 있는 물체는 전혀 보이지 않았다.

"어디로 가?"

아내가 물었다.

"모탈라."

"오래 있을 거야?"

"나도 몰라."

"그 아가씨 사건이지?"

"응."

"자기 생각에는 오래 걸릴 것 같아?"

"나도 당신이 아는 것밖에 몰라. 신문에서 읽은 게 전부야."

"왜 기차를 타고 가는데?"

"다른 사람들은 어제 출발했어. 원래는 나까지 내려갈 예정이 아니었거든."

"동료들이 당신을 태우고 가는 거겠네? 늘 그랬잖아?"

마르틴 베크는 인내의 심호흡을 하고서 밖을 응시했다. 비가 뜸해지고 있었다.

"어디에 묵는데?"

"시티 호텔."

"누가 같이 가는데?"

"콜베리하고 멜란데르. 둘은 어제 갔어."

"차로?"

"응."

"당신은 기차에서 덜컹덜컹 흔들리면서 가야 하고?"

"그래."

뒤에서 아내가 이 빠진 푸른 장미 무늬의 잔을 씻는 소리가 들렸다.

"전기세를 내야 하고 우리 아기 이번 주 승마 수업료도 내야 해."

"그 정도 돈은 있잖아?"

"은행에서 찾아 쓰기 싫어서 그래, 알잖아."

"그래, 싫겠지."

마르틴 베크는 안주머니에서 지갑을 꺼내어 들여다보았다. 오십 크로나 지폐를 한 장 꺼내 잠시 바라보다가 도로 넣고 지갑도 주머니에 넣었다.

"돈을 빼서 쓰기는 싫어. 한번 그러기 시작하면 결국 끝까지 간다니까."

그는 다시 지폐를 꺼냈다. 그것을 반으로 접은 다음, 뒤로 돌아 식탁에 내려놓았다.

"짐은 싸뒀어."

"고마워."

"목 조심해. 요즘이 일 년 중 제일 위험한 때야. 저녁은 특히나."

"그래."

"끔찍한 권총도 가져가지?"

'응, 아니. 응, 아니. 뭐가 달라?'

마르틴 베크는 속으로 생각했다.

"왜 웃어?"

아내가 물었다.

"아무것도 아니야."

그는 거실로 가서 간이 책상 아래 서랍의 자물쇠를 풀고 권총을 꺼냈다. 총을 여행 가방에 넣고 서랍을 다시 잠갔다.

총은 평범한 7.65밀리미터 탄환을 쓰는 발터 권총으로, 총기등록이 되어 있었다. 총은 대부분의 상황에서 별 쓸모가 없었다. 애초에 그의 사격 솜씨는 어줍은 편이었다.

그는 복도로 나가서 트렌치코트를 걸치고 까만 모자를 손에 든 채 우뚝 섰다.

"롤프랑 아가한테 인사하지 않을 거야?"

"열두 살짜리 아이를 아가라고 부르는 건 우스워."

"귀엽잖아."

"아이들을 깨우기 미안해. 아이들도 내가 가는 걸 알고 있고."

그는 모자를 썼다.

"잘 있어. 전화할게."

"잘 가. 조심해."

플랫폼에서 교외 전철을 기다리며, 마르틴 베크는 단마르크호 모형에 나뭇조각 붙이는 일을 절반밖에 마치지 못한 채로 집을 떠나는데도 별반 마음에 걸리지 않는다는 생각을 했다.

마르틴 베크는 살인수사과의 책임자는 아니었다. 그런 야심도 없었다. 그는 가끔 과연 경감이 될 수 있을까 의심했지만, 사실 요절을 하거나 직무중에 몹시 심각한 실수를 저지르지 않는 한 승진을 가로막는 장애물은 없었다. 그는 국가범죄수사국의 수사관이었고 살인수사과에서 일한 지는 팔 년째였다. 어떤 사람들은 그를 전국에서 제일 유능한 수사관으로 생각했다.

그는 인생의 절반을 경찰로 살았다. 스물한 살에 야코브 경찰서에서 일을 시작했고, 스톡홀름 중심부의 여러 구역을 돌며 육 년간 순경 생활을 한 뒤에 경찰대학에 들어갔다. 그는 반에서 두각을 드러내는 학생이었고 과정이 끝난 뒤에 경위로 임명되었다. 그때가 스물여덟 살이었다.

그해에 아버지가 죽었기 때문에 마르틴 베크는 시내 클라라 구역에 빌렸던 집을 정리하고 스톡홀름 남부의 본가로 들어갔다. 어머니를 돌보기 위해서였다. 같은 해 여름에 아내를 만났다. 카누를 타러 스톡홀름군도群島로 나갔다가 그곳에 별장을 빌려서 친구와 함께 여름을 나고 있던 아내를 만났다. 그는 대번 사랑에 빠졌다. 두 사람은 가을에 시청에서 결혼했고 쿵스홀멘에 있는 그녀의 작은 아파트에서 함께 살았다.

딸이 태어나고 일 년이 지나자 그가 사랑에 빠졌던 밝고 발랄한 아가씨는 온데간데없이 사라졌다. 결혼 생활은 지루하다고 해야 할 일상으로 안착했다.

마르틴 베크는 전철의 녹색 의자에 앉아서 가랑비로 뿌옇게 흐려진 창을 내다보았다. 결혼 생활을 무감각하게 돌아보다가 하릴없이 스스로에게 연민을 느끼고 있다는 사실을 깨닫고는 얼른 트렌치코트 주머니에서 신문을 꺼내어 사설을 읽기 시작했다.

그는 피곤해 보였다. 햇볕에 그은 피부는 어두한 불빛 아래에서 누르스름해 보였다. 얼굴은 야윈 편이었고 이마가 넓고 턱이 각졌다. 짧고 곧은 코 아래의 입술은 얇고 길었으며 입가 양쪽에 깊게 주름이 팼다. 웃을 때면 건강하고 흰 치아가 드러났다. 고른 이마 선 위로 검은 머리카락을 똑바로 빗어 넘겼고 흰 머리는 아직 나지 않았다. 연푸른색 눈동자는 맑고 차분했다. 마른 체격에 키는 딱히 큰 편이 아니었고, 어깨는 구부정했다. 사람에 따라서는 그를 잘생겼다고 평할 여자도 있겠지만 대부분은 지극히 평범한 남자로 볼 것이다. 그는 튀지 않는 옷만 입었다. 지나치게 점잖게 입는 편이라고 할 수 있었다.

열차 안의 공기는 답답하고 텁텁했다. 전철에서는 언제나 그렇듯 그는 속이 거북했다. 중앙역에 다다르자 그는 여행 가방을 손에 들고 누구보다 먼저 문 앞에 섰다.

그는 전철이 싫었다. 하지만 꼬리에 꼬리를 문 교통 체증은 더 싫었고 이른바 '꿈의 아파트'인 시내 중심가의 아파트는 여전히 꿈이었기 때문에, 지금으로서는 달리 도리가 없었다.

예테보리로 가는 급행열차는 오전 7시 30분에 출발했다. 마르틴 베크는 신문을 넘겨가며 훑어보았지만 그 살인 사건에 관한 기사는 한 줄도 없었다. 그는 문화면으로 넘겨서 인지학자 루돌프 슈타이더에 대한 기사를 읽기 시작했으나 몇 분 만에 곯아떨어졌다.

기차를 갈아타야 하는 할스베리에 도착하기 한참 전에 깼다. 입에서 다시 금속 맛이 느껴졌다. 물을 세 컵이나 마셔도 느낌은 가시지 않았다.

오전 10시 30분에 모탈라에 도착했을 때는 비가 그쳤다. 모탈라는 처음 오는 것이어서, 그는 기차역 노점에서 시티 호텔로 가는 길을 물어보면서 플로리다 담배 한 갑과《모탈라 티드닝》을 샀다.

호텔은 기차역에서 겨우 몇 블록 떨어진 중앙 광장에 면해 있었다. 짧은 거리나마 좀 걸었더니 기운이 났다. 그는 방으로 올라가 손을 씻고 짐을 푼 후에 사환이 가져다준 생수를 마셨다. 그러고는 창가에 서서 광장을 내려다보았다. 한가운데 동상이 서 있었는데 짐작하기로 발트사르 폰 플라텐*인 것 같았다. 그는 호텔을 나와 경찰서로 갔다. 경찰서가 바로 길 건너편이었기 때문에 트렌치코트는 방에 두고 갔다.

---

* 스웨덴의 해군 소장. 예타운하 건설을 감독했다.

근무를 보는 경관에게 신분을 밝히자 즉각 2층의 한 사무실로 안내해주었다. 문에 알베리라는 명판이 붙어 있었다.

책상에 앉은 남자는 체구가 듬직하고 땅딸막한 편이었으며 머리가 살짝 벗어졌다. 남자는 재킷을 의자 등받이에 걸어두고 종이컵에 담긴 커피를 마시던 중이었다. 꽁초로 그득한 재떨이 한구석에서 담배가 타들어갔다.

마르틴 베크는 슬그머니 방으로 들어서는 재주 때문에 많은 사람들의 원성을 샀다. 그가 하도 잽싸게 미끄러져 들어와 등뒤에서 문을 닫아버리는 탓에 밖에서 문을 두드리는 동안 몸은 이미 들어와 있는 것 같다고 말하는 사람도 있었다.

책상에 앉은 남자는 조금 놀란 듯했다. 남자가 종이컵을 밀어놓으면서 일어났다.

"알베리라고 합니다."

남자의 태도에는 뭔가를 기대하는 눈치가 있었다. 마르틴 베크는 과거에도 이런 기색을 본 적이 있기 때문에 그것이 무슨 뜻인지를 잘 알았다. 자신은 스톡홀름에서 파견된 수사 전문가였고, 책상 뒤의 남자는 수사가 답보에 이른 지방 경찰관이었다. 두 사람이 순조롭게 협력하려면 첫 몇 분의 인상이 결정적이었다.

"이름은 어떻게 됩니까?"

"군나르입니다."

"콜베리와 멜란데르는 뭘 하고 있습니까?"

"모르겠습니다. 들었는데 아마 내가 잊었나 봅니다."

"그이들이 '이런 사건쯤은 눈 깜박할 새에 해결해드리지요' 하는 분위기를 풍기던가요?"

지방 경찰관은 듬성듬성한 금발을 손가락으로 쓸었다. 그러고는 얼굴을 일그러뜨리며 웃더니 익숙한 자기 자리에 앉았다.

"대강 그랬습니다."

마르틴 베크는 알베리와 마주앉으면서 담배를 꺼내 책상 모서리에 놓았다.

"피곤해 보입니다."

마르틴 베크가 말했다.

"휴가가 날아갔으니까요."

알베리는 커피를 들이켜고는 빈 종이컵을 구겨 책상 아래 쓰레기통에 던졌다.

그의 책상은 놀랄 만큼 어수선했다. 마르틴 베크는 스톡홀름의 자기 책상을 떠올렸다. 꽤 단정한 편이었다.

"그래서, 수사는 어떻게 진행되고 있습니까?"

"전혀 진척이 없습니다. 일주일 넘게 지났는데 부검의가 말해준 것 외에는 더 알아낸 게 없습니다."

알베리는 습관적으로 기계적인 설명을 늘어놓았다.

"성폭행이 동반된 교살에 의한 타살. 잔인한 범행이었습니다. 변태적인 성향의 징후도 있습니다."

마르틴 베크는 미소를 지었다. 알베리가 의아하게 쳐다보았다.

"'교살에 의한 타살'이라고 말하시기에. 나도 가끔 속으로 그렇게 중얼거립니다. 우리는 보고서를 너무 많이 썼어요."

"그렇죠. 염병할 일 아닙니까."

알베리는 한숨을 쉬며 손가락으로 머리카락을 빗었다.

"여드레 전에 시체를 건졌는데 그동안 알아낸 게 하나도 없습니다. 여자의 신원도 모르고, 범행 장소도 모르고, 용의자도 없습니다. 여자와 직접 관련이 있을 만한 사실을 하나도 알아내지 못했습니다."

4.

'교살에 의한 타살이라.'

마르틴 베크는 그대로 앉은 채 알베리가 책상 위의 바구니를 뒤져 찾아낸 한 뭉텅이의 사진들을 휘리릭 넘겨 보았다. 사진에는 갑문들, 준설선, 크레인에 매달린 버킷, 방파제에 눕혀진 시체, 영안실로 옮겨진 시체가 찍혀 있었다.

마르틴 베크가 사진 하나를 알베리 앞에 놓으면서 말했다.

"이걸 가장자리를 자르고 손질하면 사람들에게 보여줄 만할 겁니다. 그걸 가지고 탐문을 시작합시다. 여자가 이 동네 출신이라면 누군가 알아보는 사람이 나오겠죠. 이 일에 몇 명이나 붙일 수 있습니까?"

"많아 봐야 셋입니다. 일손이 달리는 형편이라서요. 부서에서 셋은 휴가중이고 하나는 다리가 부러져서 병원에 누워 있습니다. 서장과 라르손, 나를 제외하면 경찰서에 여덟 명밖에 없습니다."

알베리는 손가락을 꼽았다.

"그중 하나는 여자 경찰입니다. 다른 일을 볼 사람도 한 명은 남겨야겠고요."

"상황이 나빠지면 우리도 도와야겠군요. 시간이 엄청나게 많이 들 겁니다. 그건 그렇고, 최근에 성범죄로 골치를 썩은 적은 없었습니까?"

알베리는 펜으로 톡톡 앞니를 두드리면서 골똘히 생각하더니 서랍으로 손을 뻗어 종이를 한 장 뽑아냈다.

"조사하던 놈이 하나 있습니다. 베스트라뉘 교구 출신의 강간범입니다. 그저께 린셰핑에서 잡혔는데, 블롬그렌이라는 사람이 쓴 이 보고서에 따르면 남자는 그 주 내내 알리바이가 있다는군요. 관련 시설들을 확인해보았답니다."

알베리는 책상에 놓인 녹색 파일에 종이를 끼웠다.

두 사람은 한동안 말이 없었다. 마르틴 베크는 배가 고팠다. 아내가 규칙적으로 식사를 하라고 잔소리하던 것이 떠올랐다. 그러고 보니 스물네 시간 동안 아무것도 먹지 않았다.

실내 공기는 담배 연기로 텁텁했다. 알베리가 일어나 창을 열었다. 근처 어딘가에서 시간을 알리는 라디오 소리가 들려왔다.

"1시로군요. 당신도 배가 고프시다면 내가 뭘 좀 시키겠습니다. 나는 배고파죽겠군요."

마르틴 베크가 고개를 끄덕이자 알베리가 전화를 들었다. 잠시 후, 문에서 노크 소리가 나더니 푸른 치마에 붉은 앞치마를 두른 아가씨가 바구니를 들고 들어왔다.

마르틴 베크는 햄 샌드위치를 다 먹고 커피를 몇 모금 삼킨 뒤에 물었다.

"시체가 어쩌다 거기 있게 됐을까요?"

"모르겠습니다. 낮에는 늘 갑문에 사람이 많기 때문에 그곳에서 일이 벌어졌을 가능성은 거의 없습니다. 어쩌면 범인이 방파제나 수로 둑에서 여자를 내던졌는데 보트 프로펠러가 일으키는 역류 때문에 시체가 멀리 흘러갔을지도 모릅니다. 아니면 배에서 던졌을지도 모르고요."

"갑문에는 어떤 배들이 다닙니까? 소형 보트나 유람선?"

"많진 않습니다만 그런 것들도 좀 다니지요. 대부분은 화물선입니다. 물론 운하를 오가는 여객선들도 있습니다. 디아나호, 유노호, 빌헬름 탐호 같은."

"현장으로 가서 살펴볼 수 있을까요?"

알베리는 마르틴 베크가 고른 사진을 챙겨 자리에서 일어났다. "당장 갑시다. 나가는 길에 이걸 작업실에 떨궈놓지요."

두 사람이 보렌스홀트에서 돌아왔을 때는 3시가 다 되어 있었다. 갑문은 통행이 활발했다. 마르틴 베크는 둑에서 보트를 구경하는 피서객들이나 어부들 사이에 섞여 계속 거기에 있고 싶었다.

그곳에서 그는 준설선 인부들과 이야기를 나누고 둑으로 가서 갑문이 어떻게 작동하는지 구경했다. 멀리 호수에서 카누 한 척이 미풍을 받아 순항하는 것을 보니 몇 해 전에 팔아 치운 자신의 카누가 간절히 그리웠다. 시내로 돌아오는 길에 그는 여름마다 군도에 나가 즐겼던 항해를 묵묵히 회상했다.

돌아와보니 알베리의 책상에는 작업실에서 갓 보내온 사진 여덟 장이 놓여 있었다. 사진사를 겸하는 경찰관이 여자의 얼굴을 수정해서 마치 살았을 때 찍은 것처럼 보이게 다듬어두었다.

알베리는 사진을 훑어본 뒤에 네 장을 녹색 파일에 끼웠다.

"괜찮군요. 이걸 부하들에게 주고 즉시 탐문을 시작하라고 하겠습니다."

알베리가 몇 분 뒤에 돌아오니 마르틴 베크는 책상 옆에 서서 코를 문지르고 있었다.

"전화를 몇 통 했으면 좋겠는데요."

마르틴 베크가 말했다.

"복도 맨 끝의 사무실을 쓰십시오."

그 방은 알베리의 사무실보다 더 넓었고 두 면에 창문이 나 있었다. 책상 두 개, 의자 다섯 개, 서류함 하나, 흉측하게 낡은 레밍턴 타자기가 놓인 타자용 책상 하나가 있었다.

마르틴 베크는 자리에 앉았다. 담배와 성냥을 책상에 올려두고, 녹색 파일을 앞에 놓은 뒤, 보고서를 훑기 시작했다. 하지만 알베리가 이미 알려준 것 이상을 얻지는 못했다.

한 시간 삼십 분쯤 지나자 담배가 떨어졌다. 전화를 몇 통 걸었지만 별 소득은 없었다. 경찰서장과 라르손 경감과 인사했을 뿐이다. 경감은 지친데다가 심하게 압박을 느끼는 기색이었다. 마르틴 베크가 빈 담뱃갑을 우그러뜨리는 찰나, 콜베리에게서 전화가 왔다.

그들은 십 분 뒤에 호텔에서 만났다.

"세상에, 비참한 몰골이로군. 담배 줄까?"

콜베리가 물었다.

"고맙지만 됐어. 그동안 뭘 했나?"

"《모탈라 티드닝》에서 일하는 웬 남자하고 이야기를 나눴지. 보렌스베리의 기자인데, 자기가 뭔가를 발견했다고 하더라고. 린셰핑에 사는 한 아가씨가 열흘 전부터 보렌스베리의 새 직장에 출근하기로 해놓고는 나타나지 않았대. 린셰핑에서는 하루 전에 떠났다는데 그 뒤로 아무에게도 연락이 없어. 원래 믿을 만한 아가씨가 아닌 탓에 아무도 실종 신고를 할 생각을 안 했다는군. 이 기자는 아가씨의 고용주와 친분이 있는 덕에 이야기를 전해 듣고서 나름대로 조사에 착수했다는데, 글쎄 여자의 인상착의를 물을 생각까지는 안 했다는 거야. 그래서 내가 물어봤지. 같은 아가씨가 아니었어. 이 아가씨는 뚱뚱하고 금발이야. 아직 실종 상태이긴 하지만. 덕분에 온종일 이 일에 매달렸네."

콜베리는 의자를 뒤로 기울이면서 성냥으로 치아를 쑤셨다.

"이제 뭘 할까?"

"알베리가 경관 몇 명을 탐문 조사에 내보냈어. 자네도 손을 빌려줘야 할 거야. 나중에 멜란데르까지 돌아오면 그때 서장과 경감과 함께 상황을 점검하자고. 지금은 알베리에게 가면 할 일을 알려줄 거야."

콜베리는 의자를 똑바로 하고 일어섰다.

"자네도 갈 건가?"

"아니, 지금은 안 가. 알베리한테 나는 방에 있을 테니 필요하면 연락하라고 말해줘."

방으로 돌아온 마르틴 베크는 재킷, 신발, 넥타이를 벗고 침대에 앉았다.

날은 화창하게 개었고 흰 뭉게구름이 하늘을 가로질렀다. 오후의 햇살이 방안을 비췄다.

마르틴 베크는 일어나서 창을 조금 연 뒤에 얇고 노란 커튼을 쳤다. 머리 뒤로 깍지를 끼고 침대에 누웠다.

보렌 호수의 진흙 바닥에서 건져 올려진 젊은 여자를 생각했다.

눈을 감자 사진으로 본 여자의 모습이 떠올랐다. 헐벗은 채 팽개쳐진 몸, 좁은 어깨와 목덜미에 걸쳐져 있던 머리카락 한 타래.

그녀는 누구일까? 무슨 생각을 했을까? 어떻게 살았을까? 누구를 만났을까?

그녀는 젊었다. 마르틴 베크는 그녀가 틀림없이 예뻤으리라고 생각했다. 누군가 그녀를 사랑했던 사람이 있을 것이다. 그녀에게 무슨 일이 일어났을까 걱정하는 가까운 사람이 있을 것이다. 친구, 동료, 부모, 어쩌면 형제가 있을 수도 있다. 홀연 사라져도 아무도 그를 그리워하지 않을 정도로 철저하게 혼자인 사람은 없다. 젊고 매력적인 여성이라면 더 그렇다.

마르틴 베크는 이 점을 오랫동안 생각해보았다. 그녀를 찾는 사람은 아직 없었다. 아무도 찾지 않는 여자가 안쓰럽다는 생각이 들었다. 이해할 수 없는 일이다. 그녀는 주변 사람들에게 어디 먼 데로 간다고 말했을까? 그렇다면 오랜 시간이 흐른 뒤에야 비로소 누군가 그녀의 행방을 궁금해할 것이다.

문제는 이것이다. 과연 얼마나 오래?

5.

마르틴 베크가 모탈라에서 맞는 셋째 날 오전 11시 30분이었다. 아침 일찍 일어났지만 보람이 없었다. 지금은 작은 책상에 앉아서 수첩을 뒤적이는 중이었다. 정말로 집에 전화해야 한다고 생각하면서 몇 번인가 전화기로 손을 뻗었지만, 매번 생각에 그쳤다.

다른 많은 일이 그렇듯이.

그는 모자를 쓰고 방문을 잠근 후 계단으로 내려갔다. 호텔 로비의 안락의자는 기자들이 점령하고 있었다. 바닥에 놓인 카메라 가방에 접힌 삼각대가 끈으로 동여매여 있었다. 한 사진기자는 현관 옆의 벽에 기대어 담배를 피우는 중이었다. 아주 젊은 사람이었다. 그가 담배를 입꼬리로 옮겨 물면서 라이카 카메라의 뷰파인더를 들여다보았다.

기자들 무리를 지나칠 때 마르틴 베크는 모자를 푹 눌러 얼굴을 가리고 고개를 어깨에 쑥 파묻고 앞만 보고 걸어갔다. 거의 반사적인 행동이었지만, 이 행동을 못마땅해하는 사람이 늘 있게 마련이었다. 기자들 중 하나가 명백하게 비아냥거리는 말투로 소리쳤다.

"이봐요, 오늘 저녁에 수사 지휘관들끼리 저녁 식사합니까?"

마르틴 베크는 뜻 모를 말을 입안에서 웅얼거리며 계속 문으로 걸어갔다. 그가 문을 열기 직전에 작게 찰칵 소리가 들렸다. 현관에 서 있던 사진기자가 그를 찍은 것이다.

마르틴 베크는 잰걸음으로 거리를 걸어 내려갔다. 이윽고 카메라의 사정거리에서 벗어났다고 판단된 순간, 우뚝 멈춰 십 초쯤 망연히 서 있었다. 반쯤 피운 담배를 하수구에 던지고 어깨를 한 번 으쓱한 후 택시 승강장으로 걸어갔다. 택시 뒷좌석에 구겨지듯 파묻힌 뒤, 오른손 집게손가락으로 콧등을 문지르면서 모자챙 아래로 슬쩍 호텔을 넘겨보았다. 아까 로비에서 말을 걸었던 기자가 호텔 밖에 우두커니 서서 택시를 응시하고 있었다. 기자도 어깨를 한 번 으쓱하고는 호텔로 들어갔다.

언론사 사람들과 국가범죄수사국 살인수사과 사람들은 종종 같은 호텔에 묵었다. 수사관들이 신속하게 범죄 해결에 성공했을 때는 마지막날 저녁에 다 함께 먹고 마시고는 했다. 세월이 흐르면서 일종의 관습처럼 된 것이다. 마르틴 베크는 그 관행을 별로 좋아하지 않았지만 다르게 생각하는 동료들도 많았다.

그동안 마르틴 베크가 모탈라를 혼자 돌아다닐 기회는 거의 없었지만, 그래도 마흔여덟 시간이나 있었으니 조금은 지리에 익숙해졌다. 적어도 거리 이름들은 익혔다. 택시가 달리는 동안 그는 거리 표지판을 유심히 살피다가 운전사에게 다리에 세워 달라고 했다. 그는 요금을 내고 택시에서 내린 뒤, 다리난간을 두 손으로 짚고 서서 운하를 둘러보았다. 한참 후에야 택시 운전사에게 영수증 받는 것을 깜박했다는 게 떠올랐다. 나중에 사무실로 돌아가서 가짜로 써내면 난리 법석이 벌어지리라. 아무래도 지출 내역을 타이핑해서 제출하는 게 나을 듯했다. 그러면 지불 요청이 좀 그럴싸해 보일 것이다.

그는 운하의 북쪽 길을 따라 걷는 동안에도 내내 영수증 생각을 했다.

오전에 몇 차례 비가 뿌렸기 때문인지 공기가 상쾌하고 가벼웠다. 그는 길 한가운데 멈춰 서서 신선한 공기를 만끽했다. 야생화와 젖은 풀이 풍기는 시원하고 깨끗한 향기를 마셨다. 어린 시절을 떠올리게 하는 내음이었지만, 곧바로 담배 연기, 기름 냄새, 콧물이 그 선명한 감각을 앗아갔다. 요즘은 그에게 이런 즐거움이 찾아오는 경우가 드물었다.

다섯 개 갑문을 모두 지나친 마르틴 베크는 내처 방파제까지 걸었다. 갑문과 방파제 근처에는 작은 보트 여러 척이 묶여 있었고, 먼 수평선에서도 작은 보트들이 항해중이었다. 방파제 돌출부로부터 오십 미터쯤 떨어진 곳에서 준설선의 버킷이 쨍그랑댔다. 빈틈없는 눈초리를 한 갈매기들이 그 위를 넓고 낮게 선회했다. 갈매기들은 버킷이 바닥에서 무엇을 퍼 올릴까 기대하면서 고개를 요리조리 까닥거렸다. 새들의 관찰력과 인내심은 감탄스러웠고, 공중에 머무르는 지구력과 낙천적인 자세도 마찬가지였다. 새들을 보고 있으려니 콜베리와 멜란데르가 떠올랐다.

그는 방파제 끝까지 걸어가서 한참 서 있었다. 여자는 이곳에 누워 있었다. 아니, 정확하게 말하면, 능욕당한 여자의 몸이 이곳에 누워 있었다. 쭈글쭈글한 방수포에 뉘여, 아무나 요모조모 뜯어볼 수 있도록 몇 시간 동안 무방비로 노출되어 있었다. 나중에 작업복을 입은 두 남자가 사무적으로 여자를 들것에 실어날랐고, 더 나중에는 사람들의 몸을 가르는 것이 직업인 나이 지긋한 신사가 여자의 몸을 열어 속속들이 살핀 뒤에 다시 꿰매어 영안실로 보냈다. 마르틴 베크는 다행스럽게도 그 광경을 직접 목격하지 않았다. 언제 어떤 상황에서든 고마워할 일이 있는

법이다.

불현듯 마르틴 베크는 자신이 뒷짐을 지고 한 발씩 번갈아 체중을 싣고 있다는 사실을 의식했다. 순경 시절에 익힌 버릇이었는데 완전히 무의식적으로 나오는 행동이라 떨치기 힘들었다. 그는 그렇게 서서 볼 것 하나 없는 칙칙한 바닥을 물끄러미 보았다. 초동수사 단계에서 그렸던 분필 자국은 빗물에 씻긴 지 오래였다. 그는 꽤 오랫동안 그렇게 생각에 잠겼던 모양이었다. 어느새 주변에서 이런저런 변화가 일어났다. 고개를 들었더니, 작고 흰 여객선이 상당히 빠른 속도로 갑문으로 진입하고 있었다. 여객선이 준설선을 지나치자 스무 개쯤 되는 카메라들이 일제히 준설선을 겨누었다. 한술 더 떠, 준설선의 현장감독도 선실 밖으로 나와 사진기로 여객선을 찍어댔다. 마르틴 베크는 방파제 돌출부를 넘어오는 여객선을 눈으로 좇으면서 군데군데 보기 흉한 부분을 짚어보았다. 선체는 매끈하니 보기 좋았지만 돛대는 뚝 잘려나갔다. 원래 곧고 아름답게 높이 솟은 굴뚝이 있었을 테지만 지금은 우스꽝스러운 유선형의 작은 함석 덮개로 교체되어 있었다. 내부에서 그르렁거리는 것은 틀림없이 디젤엔진일 것이다. 갑판에는 관광객이 가득했다. 대부분 노인이나 중년이었다. 몇 명은 꽃무늬 띠를 두른 밀짚모자를 썼다.

여객선의 이름은 유노호였다. 알베리가 처음 만난 자리에서 이름을 언급했던 기억이 났다.

방파제와 운하 둑에는 사람들이 제법 많아졌다. 낚시하는 사람도 있었고 일광욕하는 사람도 있었지만, 대부분은 그냥 보트를 구경했다. 마르틴 베크는 몇 시간 만에 처음으로 말문을 열 필요성을 느꼈다.

"배는 언제나 이 시각에 여기를 지나갑니까?"

"네, 스톡홀름에서 오는 배라면요. 12시 30분. 정확하죠. 반대 방향에서 오는 배는 더 늦게 지나가요. 4시 직후에요. 두 배는 바드스테나에서 만나죠. 그곳에서 정박하거든요."

"사람이 많군요. 물가에 나온 사람들 말입니다."

"배를 구경하려고 나오는 거예요."

"항상 이렇게 많습니까?"

"대개는요."

마르틴 베크의 질문을 받아준 남자는 입에 물었던 파이프를 빼고는 물에 침을 뱉었다.

"여기서 관광객을 구경하는 것도 나름대로 재미지요."

마르틴 베크는 운하를 되짚어 걸어오다가 작은 여객선을 한 번 더 지나쳤다. 배는 갑문을 절반 지났기 때문에 중간 수위로 높아져, 세 번째 갑실에서 얌전히 상승하는 중이었다. 많은 승객들이 뭍에 내렸다. 어떤 사람들은 배를 촬영했고, 어떤 사람들은 물가 노점으로 몰려가서 엽서니 보나마나 홍콩산일 플라스틱 기념품이니 하는 것들을 구입했다.

마르틴 베크는 시간이 촉박한 신세라고는 할 수 없었기에 정부 예산에 대한 천성적인 존중을 발휘하여 택시 대신 버스를 타고 시내로 돌아왔다.

호텔 로비에 있던 기자들은 다 사라졌고 그에게 와 있는 전갈도 없었다. 그는 방으로 올라가서 탁자에 앉아 광장을 굽어보았다. 경찰서로 가야 옳겠지만 점심 전에 벌써 두 번이나 다녀온 터였다.

삼십 분쯤 지나서 그는 알베리에게 전화했다.

"여어, 마침 전화 잘했습니다. 주 경찰청장이 와 있어요."

"그래서요?"

"6시에 기자회견을 연다는군요. 걱정이 이만저만 아닌가 봅니다."

"저런."

"당신도 참석하면 좋겠다고 하던데요."

"가겠습니다."

"콜베리도 데려오세요. 내가 미처 연락할 시간이 없었습니다."

"멜란데르는 어디 있습니까?"

"무슨 단서가 있다면서 우리 애들 중 하나하고 같이 나갔습니다."

"중요한 단서인 것 같습니까?"

"그럴 리가요."

"다른 일은?"

"없습니다. 청장은 언론을 걱정하고 있어요. 아, 다른 전화가 울리네요."

"이만 끊겠습니다. 나중에 봅시다."

마르틴 베크는 탁자에 나른하게 앉아서 수중의 담배를 모조리 피웠다. 이윽고 시계를 확인하고, 일어나서, 방을 나갔다. 복도를 따라 걷다가 세 번째 문에 노크한 뒤, 늘 하던 대로 아무런 기척 없이 잽싸게 안으로 들어갔다.

콜베리는 침대에 누워 석간신문을 읽는 중이었다. 신발과 재킷을 벗고 셔츠 앞섶을 풀어 헤친 차림이었다. 업무용 권총은 넥타이로 돌돌 말아 곁탁자에 두었다. 콜베리가 말했다.

"오늘 자에서 우리 사건은 12면으로 떨어졌어. 가련한 녀석들, 진땀깨나 흘리는군."

"누구?"

"기자들 말이야. '모탈라에서 벌어진 흉포한 살인 사건을 둘러싼 수수께끼는 가일층 짙어졌다. 지방 경찰뿐 아니라 스톡홀름에서 파견된 수사관들도 가망 없이 어둠 속을 더듬거리고 있다.' 이따위 표현은 대체 어디에서 나오는 거야?"

콜베리는 살집이 좋은데다가 늘 느긋하고 명랑하기 때문에 그를 판단할 때 치명적인 실수를 저지르는 사람이 적지 않았다.

"'이 사건은 처음에는 뻔해 보였지만 시간이 갈수록 복잡해지고 있다. 수사 지휘자들이 정보 공개를 꺼리고 있으나, 수사가 여러 가닥으로 진행되는 것만은 분명해 보인다. 보렌 호수에서 발견된 미녀의 나신은…….' 이런 헛소리를!"

콜베리는 기사의 뒷부분을 얼른 훑은 다음에 신문을 바닥에 던졌다.

"왜, 그녀가 미인이기는 하잖나. 풍만한 엉덩이에, 아담한 가슴에, 안짱다리에, 지극히 평범한 여성."

"그래, 가랑이가 헤픈 여자였겠지." 콜베리가 비꼬았다. 그리고 진지하게 덧붙였다. "그게 그녀의 불행이었을 테고."

"여자를 직접 보았나?"

마르틴 베크가 물었다.

"물론이야. 자네는 아닌가?"

"사진으로만."

"나는 직접 봤어."

"오늘 오후에는 종일 뭘 했나?"

"뭘 했겠나? 당연히 탐문 수사 보고서를 읽었지. 어쩌면 그렇게들 하나같이 쓰레기인지! 애초에 열다섯 명을 온갖 데 흩어놓은 것부터가 미친 짓이야. 다들 제멋대로 관찰하고 제멋대로 표현한다고. 한 녀석은 장장 네 쪽에 걸쳐서 외눈박이 고양이를 목격한 이야기와 어느 집 꼬마들이 시건방지더라는 이야기를 늘어놓았고, 또 한 녀석은 불과 몇 문단 만에 시신 세 구와 시한폭탄 하나를 발견했더군. 심지어 주민들에게 던진 질문도 제각각 달라."

마르틴 베크는 잠자코 있었다. 콜베리가 한숨을 쉬었다.

"형식이 정해져 있어야 해. 그러면 시간이 이십 퍼센트는 절약될 거야."

"맞아."

마르틴 베크는 주머니를 더듬었다.

"자네도 알겠지만 난 담배를 안 피워."

콜베리가 짓궂게 말했다.

"주 경찰청장이 삼십 분 뒤에 기자회견을 한다는군. 우리도 왔으면 하던데."

"오, 그것참 생기발랄한 자리가 되겠군."

콜베리는 신문을 가리키면서 이어 말했다.

"단 한 번이라도 우리가 기자들에게 질문을 던져봤으면 좋겠어. 저 기사를 쓴 놈은 말야, 해거름에는 범인이 체포될 거라는 기사를 나흘 내리 써젖혔다고. 게다가 피해자는 날이 갈수록 아니타 에크베리*와 소피아 로렌**을 절반씩 닮은 외모로 변해간다고."

콜베리는 침대에 바로 앉아 셔츠를 채우고 신발끈을 묶었다.

마르틴 베크는 창가로 갔다.

"금방이라도 비가 오겠는데."

"젠장."

콜베리가 하품을 했다.

"피곤한가?"

"어젯밤에는 고작 두 시간 잤어. 상트식프리스 교구 출신의 그 사내를 찾느라 달빛 아래에서 온 숲을 뒤졌다고."

"그랬겠지."

"그랬겠지라니! 우리가 이 빌어먹을 관광 포스터 같은 동네를 일곱 시간이나 헤맨 뒤에야 이제야 생각났다는 듯 클라라 경찰서의 녀석들이 그제 밤에 베르셀리 공원에서 그 작자를 붙잡았다는 소식을 귀띔해줬단 말이야."

콜베리는 옷을 다 입고 권총을 차면서 마르틴 베크에게 눈길

* 스웨덴 출신의 여배우.

** 이탈리아 출신의 여배우.

을 던졌다.

"우울해 보이는군. 무슨 일 있나?"

"특별한 일은 없어."

"좋아, 가자고. 세계 언론이 기다리시니까."

기자회견이 열릴 방에는 기자들이 스무 명쯤 와 있었다. 주 경찰청장, 모탈라 경찰서장, 라르손 경감, 조명 한 쌍을 거느린 TV 카메라맨도 있었다. 알베리는 없었다. 청장은 자리에 앉아 탁자 위의 파일을 뚫어져라 쳐다보았다. 서 있는 사람도 몇 명 있었다. 모두가 앉기에는 의자가 부족했다. 사람들이 한꺼번에 떠들어대서 몹시 소란스러웠다. 방은 미어지게 붐볐고, 공기는 벌써부터 불쾌했다. 붐비는 것을 싫어하는 마르틴 베크는 사람들로부터 몇 발 물러나, 질문할 사람들과 대답할 사람들 중간쯤에서 벽을 등지고 섰다.

몇 분 뒤에 청장이 서장에게 몸을 돌려 뭐라고 말을 했다. 그러자 서장은 소음을 뚫고 모두에게 들릴 만큼 우렁찬 목소리로 라르손에게 물었다.

"빌어먹을 알베리는 어디 갔나?"

라르손이 전화기를 움켜쥐었다. 정확히 사십 초 뒤에 알베리가 나타났다. 눈이 충혈된 알베리는 땀을 송송 흘리면서 재킷에 팔을 꿰며 들어섰다.

청장이 자리에서 일어나 만년필로 톡톡 탁자를 두드렸다. 그는 키가 훤칠하고 체격이 좋았다. 격식을 차려 입은 옷차림은 지나치게 세련된 감이 없지 않았다.

"여러분, 급하게 마련한 기자회견 자리에 이렇게 많이 모여 주셔서 고맙습니다. 모든 언론사, 신문사, 라디오, 텔레비전에서 다 나오셨군요."

그는 TV 카메라맨을 향해 가볍게 절했다. 방에 모인 사람들 중 그가 확실하게 알아보는 인물은 카메라맨뿐인 듯했다.

"여러분이 이 비극적이고…… 민감한 사안에 대해서, 대개의 경우에, 처음부터 정확하고 책임감 있는 보도를 해주셨다는 점에도 감사드립니다. 안타깝게도 소수의 예외는 있었습니다. 선정주의와 마구잡이식 추측은 이런…… 민감한 사건에는 도움이 되지 않습니다……."

콜베리가 손으로 입을 가릴 생각조차 하지 않고 하품을 했다.

"여러분도 알다시피 이 사건은…… 제가 거듭 지적할 필요는 없겠으나, 무척 특수하고…… 민감한 측면이 있습니다. 그리고……."

방 맞은편에 선 알베리가 마르틴 베크를 쳐다보았다. 알베리의 연푸른색 눈동자에는 상황 인식에서 오는 침울함이 어려 있었다.

"……그리고 이처럼…… 민감한 사건은 특별히 조심스럽게 다루어야 합니다."

청장의 말이 이어졌다. 마르틴 베크가 바로 앞에 앉은 기자의 어깨를 넘겨보니, 기자는 수첩에 별을 그리고 있었다. 방송국에서 나온 남자는 삼각대에 몸을 기대고 있었다.

"……그리고 저는, 아니, 정확하게 표현하자면 저희 모두는, 이…… 민감한 사건을 돕겠노라 나서는 분들에 대해서 감사의 마음을 숨기지 않을 것입니다. 아니, 숨길 수도 없을 것입니다. 요컨대, 저희에게는 이른바 '최고의 탐정'이라고 불리는 시민들의 지원이 절실합니다."

콜베리가 또 하품을 했다. 알베리는 참담하고 불행한 모습이었다.

마르틴 베크는 그제야 방안의 사람들을 둘러볼 용기가 났다. 기자들 중 세 명을 알아볼 수 있었다. 스톡홀름에서 온 베테랑 기자들이었다. 그 밖에도 몇 명을 더 알아볼 수 있었다. 대부분은 굉장히 어려 보였다.

"아울러, 저희가 지금까지 수집한 모든 정보를 여러분에게 내놓겠습니다."

청장은 이 말을 끝으로 자리에 앉았다.

청장은 그만하면 분명히 제 입장을 표명했다. 이제 질문에

답할 사람은 라르손이었다. 주로 젊은 기자 세 명이 서로 말꼬리를 물며 속사포처럼 질문을 던졌다. 마르틴 베크가 슬쩍 보니 다른 기자들은 그저 묵묵히 앉아 있었고 필기조차 하지 않았다. 그들의 태도는 진정한 단서가 없는 사건에 대한 연민과 이해를 보여주는 듯했다. 사진기자들은 하품을 했다. 방은 벌써 담배 연기로 매캐했다.

질의: 지금까지 왜 제대로 된 기자회견이 없었습니까?

응답: 이 사건은 단서가 많지 않습니다. 게다가 대중에게 공개할 경우 문제 해결에 지장을 줄지도 모르는 중요한 사실이 몇 가지 있었습니다.

질의: 체포가 임박했습니까?

응답: 가능성은 있습니다만, 안타깝게도 현재로서는 분명히 대답해드릴 수 없습니다.

질의: 정말로 구체적인 단서가 있는 겁니까?

응답: 저희가 말씀드릴 수 있는 것은 수사가 몇 가지 뚜렷한 노선들을 따라서 진행되고 있다는 것뿐입니다.

(절반의 진실만을 말하는 놀라운 묘기를 선보인 라르손은 단호한 자세로 손톱 거스러미를 점검하고 있는 청장에게 애달픈 눈길을 던졌다.)

질의: 몇몇 기자들을 비판하셨는데요. 우리 기자들이 다소 의도적으로 사실을 왜곡했다는 그 비판은 수사 책임자들의 공식 의견입니까?

(콜베리에게 깊은 인상을 남긴 기사를 작성했던 문제의 기자가 던진 질문이었다.)

응답: 네, 안타깝게도 그렇습니다.

질의: 그건 경찰이 기자들을 따돌리기만 하고 쓸 만한 정보를 주지 않아서 생긴 문제 아닙니까? 경찰이 아무것도 말해주지 않고 우리더러 알아서 찾아내라고 하니까 그렇게 된 것 아닙니까?

응답: 흐음.

(상대적으로 과묵했던 몇몇 기자들이 불만을 드러내기 시작했다.)

질의: 시체의 신원은 확인했습니까?

(라르손은 신속한 눈짓으로 공을 알베리에게 넘긴 뒤, 자리에 앉았다. 그리고 보란듯이 가슴팍 주머니에서 시가를 꺼냈다.)

응답: 아니요.

질의: 여성이 모탈라나 주변 지역 거주자일 가능성이 있습니까?

응답: 그건 아닌 것 같습니다.

질의: 왜죠?

응답: 그렇다면 우리가 진작 신원을 파악했을 겁니다.

질의: 다른 지역 출신으로 판단하는 근거가 그것뿐입니까?

(알베리는 시가에 온 정신을 쏟는 경감을 쓸쓸히 바라보았다.)

응답: 네.

질의: 방파제 근처의 호수 바닥을 수색한 성과가 있었습니까?

응답: 여러 가지를 발견했습니다.

질의: 그것들이 범행과 관련이 있나요?

응답: 그건 쉽게 답하기 어려운 문제입니다.

질의: 여자는 몇 살입니까?

응답: 스물다섯에서 서른 사이로 짐작됩니다.

질의: 발견 시점이 사망 후 정확하게 얼마나 지난 때였습니까?

응답: 그것도 쉽게 답하기 어렵습니다. 사흘에서 나흘 사이입니다.

질의: 공개된 정보가 너무 막연합니다. 보다 구체적이고 실질적인 정보는 없습니까?

응답: 그래서 이 자리를 마련한 겁니다. 여기 피해자의 얼굴을 손질한 사진이 있으니, 얼마든지 가져가십시오.

(알베리는 책상에 놓인 종이 뭉치를 집어서 나눠주었다. 방안 공기는 무겁고 눅눅했다.)

질의: 여자의 몸에 특별한 표시가 있었습니까?

응답: 우리가 아는 한은 없었습니다.

질의: 무슨 뜻입니까?

응답: 그냥 아무런 표시가 없다는 말입니다.

질의: 치아에서도 특별한 단서가 나오지 않았습니까?

응답: 치아도 깨끗했습니다.

(묵직한 침묵이 길게 이어졌다. 마르틴 베크가 보니 앞에 앉은 기자는 여태 별 그림으로 낙서를 하고 있었다.)

질의: 시체가 수로의 다른 지점에서 던져진 뒤에 물살에 밀려 방파제까지 왔을 가능성은 없습니까?

응답: 그럴 것 같지는 않습니다.

질의: 탐문 수사에서는 뭔가 건졌습니까?

응답: 아직 진행중입니다.

질의: 요약하면, 경찰의 수중에는 철저한 수수께끼뿐이라는 겁니까?

그 질문에는 청장이 대답했다.

"수사 초기에는 대부분의 범죄가 수수께끼입니다."

그 말과 함께 기자회견이 끝났다.

마르틴 베크가 방을 나오는 길에 연배 있는 기자 하나가 그를 불러 세우더니 팔을 붙들고 물었다. "당신은 좀 아는 게 있습니까?" 마르틴 베크는 고개를 저었다.

알베리의 사무실에서는 경관 두 명이 앉아서 탐문으로 거둔 자료를 살펴보고 있었다.

콜베리는 책상으로 다가가서 종이 몇 장을 들여다보고는 어깨를 추켰다.

알베리가 방으로 들어와서 재킷을 벗어 의자에 걸고는 마르틴 베크에게 말했다. "청장이 당신에게 할 말이 있답니다. 아직 그 방에 있을 겁니다."

주 경찰청장과 서장은 여태 자리에 앉아 있었다. 청장이 입을 열었다.

"베크 씨, 당신이 여기에 더 머무를 필요는 없겠습니다. 쉽게 말해서 셋씩이나 있으면서 할 일은 없으니까요."

"그건 그렇습니다."

"남은 일들은 여기에 있지 않아도 충분히 처리할 수 있을 겁니다."

"그렇겠지요."

"간단히 말해서, 당신들을 더 묶어두고 싶지 않습니다. 다른 곳에서 당신들이 더 필요할지도 모르고요."

"내 생각도 그렇습니다."

서장이 거들었다.

"저도 그렇게 생각합니다."

마르틴 베크는 이렇게 말하고 그들과 악수를 했다.

알베리의 사무실은 여전히 고요했다. 마르틴 베크는 정적을 깨지 않았다.

한참 후에 멜란데르가 들어왔다. 멜란데르는 모자를 들고 고개를 까딱하여 사람들에게 인사하고는 곧장 책상으로 와서 앉았다. 알베리의 타자기에 종이 몇 장을 끼우고 토닥토닥 몇 줄을 치더니, 한 장을 쑥 뽑아 서명한 뒤에 책상 위의 파일에 끼워 넣었다.

"뭐 좀 있었습니까?"

알베리가 물었다.

"전혀."

멜란데르의 태도는 한결같았다.

"우리는 내일 돌아갈 거야."

마르틴 베크가 말했다.

"잘됐네."

콜베리가 하품을 하면서 대꾸했다.

마르틴 베크는 문으로 몇 발짝 걸어가다가 몸을 돌려, 타자기 앞에 앉은 남자에게 물었다.

"함께 호텔로 가지 않을래요?"

알베리는 고개를 젖혀 천장을 보다가, 벌떡 일어나서 넥타이를 가다듬기 시작했다.

호텔 로비에서 그들은 멜란데르와 헤어졌다.

"난 벌써 먹었어. 잘 자게."

멜란데르는 바른 생활을 하는 남자였다. 게다가 경비를 아끼는 편이라, 출장을 나와 있을 때는 주로 핫도그와 무알코올 음료수로 끼니를 때웠다.

나머지 세 사람은 식당으로 가서 앉았다.

"진토닉. 슈웹스로."

콜베리의 주문이었다. 다른 두 사람은 소고기 요리, 아크바비트*, 맥주를 시켰다. 콜베리는 음료를 받자마자 세 모금에 다 마셨다. 마르틴 베크는 알베리가 기자들에게 나눠줬던 자료의 복사본을 꺼내어 죽 훑은 뒤, 콜베리에게 청했다.

* 스칸디나비아반도 나라들에서 즐겨 마시는 향을 가미한 증류주.

"부탁 하나만 들어줘."

"나야 언제든 들어드릴 자세가 되어 있지."

"피해자에 대한 묘사를 다시 써줘. 개인적으로 나를 위해서. 보고서가 아니라 진짜 묘사를 원하는 거야. 시체에 대한 묘사가 아니라 인물에 대한 묘사. 여자가 생전에 어떤 사람이었을까 하는 거야. 급한 건 전혀 아니고."

콜베리는 한동안 잠자코 있다가 대답했다.

"무슨 말인지 알겠어. 그건 그렇고, 우리 친구 알베리는 오늘 세계 언론에 잘못된 정보를 하나 공급하셨어. 여자에게는 모반이 있거든. 왼쪽 허벅지 안쪽에, 갈색으로, 돼지 모양의 점이."

"우리는 못 봤습니다."

알베리가 말했다.

"나는 봤거든요."

콜베리는 자리를 뜨기 전에 덧붙였다.

"걱정 마세요. 누구나 모든 것을 다 볼 수는 없으니까. 그리고 이제 이건 당신네 사건이니까요. 나를 봤다는 것조차 잊으세요. 꿈이었겠거니 하세요. 그럼 이만."

"잘 가요."

알베리가 대답했다.

남은 두 사람은 조용히 먹고 마셨다. 시간이 제법 흘렀을 때,

알베리가 술에서 눈을 떼지 않은 채 물었다.

"이제 이 사건을 접을 겁니까?"

"아니요."

"나도 아닙니다. 절대로."

두 사람은 삼십 분 뒤에 헤어졌다.

마르틴 베크가 방에 올라와보니 문 밑에 쪽지가 끼워져 있었다. 그것을 펼치니 가지런하고 읽기 쉬운 콜베리의 필체가 한눈에 들어왔다. 그는 콜베리와 오랫동안 알고 지냈기 때문에 전혀 놀라지 않았다.

마르틴 베크는 옷을 벗고 찬물로 상반신을 씻은 뒤 잠옷을 입었다. 신발을 밖에 내놓고 바지를 매트리스 아래에 깔아두고 곁탁자의 등을 켠 후에 천장의 불을 끄고 침대로 들어갔다.

콜베리의 글은 이런 내용이었다.

자네의 뇌리를 점령한 여성에 대해서 아래와 같이 묘사할 수 있음.

1) 여자는 (자네도 알다시피) 키가 169센티미터이고, 눈동자는 청회색이며, 머리카락은 짙은 밤색임. 치아가 깨끗하고, 몸에도 수술 자국이나 그 밖의 흉터 따위는 없지만, 유일한 예외로 왼쪽 허벅지 안쪽에 사타구니로부터 사 센티미터쯤 아래에 모반이 하

나 있음. 점은 갈색이고 크기는 동전만 한데, 모양은 매끄럽지 않고 꼭 새끼 돼지처럼 보임. 부검의에 따르면 (이 말을 끌어내기 위해서 전화로 상당히 압박해야 했음) 여자는 27살 혹은 28살임. 몸무게는 56킬로그램임.

2) 여자의 체격은 다음과 같음: 어깨가 좁고 허리는 아주 가늘며, 둔부는 넓직하고 엉덩이가 상당히 풍만함. 신체 치수는 대략 32-23-37일 것임. 허벅지: 튼실하고 길쭉함. 다리: 근육질에 종아리가 상대적으로 발달한 편이지만 뚱뚱한 것은 아님. 발은 깨끗하고 발가락이 길고 곧음. 발바닥에 티눈은 없지만 굳은살이 꽤 박혀 있어서, 맨발로 자주 돌아다녔거나 샌들이나 고무장화를 즐겨 신었던 것 같음. 다리 상태: 다소 문제가 있음. 약간 안짱다리인데다가, 발가락을 바깥쪽으로 향하고 팔자걸음을 걸었던 것으로 보임. 살집이 있지만 뚱뚱한 편은 아님. 팔은 늘씬함. 손은 작지만 손가락은 길쭉함. 신발 치수는 240밀리미터.

3) 몸의 선탠 자국으로 볼 때: 투피스 수영복을 입고 선글라스를 끼고 일광욕을 했음. 발에는 발가락 샌들을 신었음.

4) 생식기는 잘 발달했고, 검은 거웃이 수북하게 자랐음. 가슴은

아담하고 좀 처졌음. 젖꼭지는 크고 진한 갈색임.

5) 목이 짧은 편. 뚜렷한 이목구비. 입이 크고 입술이 두툼함. 눈썹은 곧고, 두껍고, 짙음. 속눈썹은 그보다 옅고, 길지 않음. 코는 곧고 짧으며 약간 뭉툭한 편. 화장품을 바른 흔적은 전혀 없음. 손발톱은 단단하고 바싹 깎여 있음. 매니큐어를 칠한 흔적은 없음.

6) 부검 보고서에서 (자네도 읽었겠지만) 각별히 관심이 가는 사항은 다음과 같음: 그녀는 출산 경험이 없고 낙태 경험도 없음. 살인은 일반적인 성행위 후 저질러진 것이 아님(정자가 전혀 검출되지 않았음). 죽기 서너 시간 전에 식사했음: 고기, 감자, 딸기, 우유. 질병이나 여타의 생리적 변화를 겪은 흔적은 없음. 담배를 피우지 않았음.

6시에 깨워달라고 프론트에 전화해두었음. 그럼 이만.

마르틴 베크는 콜베리의 관찰을 두 번 꼼꼼히 읽은 뒤에 종이를 접어 곁탁자에 놓았다. 불을 끄고 벽을 향해 돌아누웠다.

그가 잠들기도 전에 날이 밝아왔다.

6.

그들이 모탈라를 빠져나갈 때부터 아스팔트 위에 열기가 어른거렸다. 이른 아침이었다. 텅 빈 도로는 평탄하게 쭉 뻗어 있었다. 콜베리와 멜란데르가 앞좌석에 앉고 마르틴 베크는 뒤에 앉아 창문을 내리고 산들바람을 얼굴에 맞았다. 속이 좋지 않았다. 옷을 꿰어 입으면서 꿀꺽꿀꺽 삼켰던 커피 때문일 것이다.

'콜베리는 정신 사납게 홱홱 운전대를 꺾는단 말이야.'

마르틴 베크는 속으로만 생각하고 입을 다물었다. 멜란데르는 멍하니 창밖을 보고 있었지만 가만 보니 파이프 자루를 꽉 쥐고 있었다.

족히 사오십 분을 과묵하게 운전하던 콜베리가 왼쪽으로 고갯짓을 하면서 나무 사이로 보이는 호수를 가리켰다.

"보렌 호수야. 보렌, 록센, 글란. 놀랍게도 내가 학교에서 배웠던 것들 중에서 여태 기억하는 몇 안 되는 내용의 하나지."

다른 두 사람은 말이 없었다.

그들은 린셰핑의 어느 카페에 차를 세웠다. 마르틴 베크는 여전히 속이 불편했기 때문에 콜베리와 멜란데르가 요기를 하는 동안 혼자 차에 남았다.

식사 후에 멜란데르는 기분이 나아진 듯했다. 앞자리의 두 사람은 이후로 줄곧 이런저런 대화를 주고받았다. 마르틴 베크는 계속 조용히 있었다. 말할 기분이 아니었다.

스톡홀름에 도착하자마자 집으로 갔다. 아내는 발코니에 앉아 햇볕을 쬐고 있었다. 그녀는 팬티만 입고 있다가 대문이 열리는 소리에 발코니 난간에 걸쳐둔 브래지어를 집으며 일어났다.

"왔구나, 잘 다녀왔어?"

"죽을 맛이야. 아이들은?"

"자전거 타고 수영하러 갔어. 자기는 핏기가 쏙 빠졌네. 식사를 제대로 했을 리가 없지. 아침 차려줄게."

"피곤해. 아무것도 먹기 싫어."

"순식간에 차릴 수 있어. 앉아봐……."

"아무것도 먹기 싫다고. 잠깐 자야겠어. 한 시간 뒤에 깨워줘."

10시 10분이었다.

그는 침실로 가서 문을 닫았다.

얼마 후에 아내가 와서 깨웠을 때는 고작 몇 분쯤 눈을 붙인 기분이었다.

시계를 보니 12시 45분이었다.

"한 시간이라고 했잖아."

"너무 피곤해 보이더라고. 함마르 경감한테 전화가 와 있으니까 가서 받아봐."

"젠장."

한 시간 뒤에 마르틴 베크는 상사의 사무실에 앉아 있었다.

"성과가 있었나?"

"아니요. 아무것도 못 알아냈습니다. 여자의 신원도 모르고, 살해 장소가 어디인지도 모르고, 하물며 누가 죽였는지는 더욱 모릅니다. 대략 어디에서 어떻게 범행이 저질러졌는지를 아는 게 전부입니다."

함마르는 손바닥을 책상에 붙이고 손톱을 하나하나 차례대로 쳐다보면서 미간을 찡그렸다. 함마르는 함께 일하기에 좋은 사람이었다. 늘 침착하고 아주 조금 굼떴다. 두 사람은 사이가 괜찮았다.

함마르가 주먹을 쥐면서 고개를 들어 마르틴 베크를 보았다.

"모탈라와 계속 접촉해. 자네 말이 맞을 거야. 여자가 휴가를 떠난다고 했기 때문에 주변 사람들은 그녀가 어디 멀리 갔겠거니 하고 있겠지. 어쩌면 해외여행을 갔다고 생각하고 있을지도 몰라. 휴가가 보통 삼 주라고 한다면, 지금부터 최소한 두 주는 지나야 누군가 그녀를 찾아 나설지도 모르지. 어쨌든 보고서는 가급적 빨리 받아보고 싶어."

"오늘 오후에 드리겠습니다."

마르틴 베크는 자기 사무실로 돌아왔다. 타자기 덮개를 벗기고, 알베리가 준 자료를 넘겨 보면서 타자를 치기 시작했다.

5시 30분에 전화가 울렸다. 아내였다.

"저녁은 집에서 먹을 거지?"

"안 되겠는데."

"경찰이 당신 하나뿐이야? 꼭 그렇게 당신이 오만 일을 다 해야 돼? 가족은 언제 볼 건데? 아이들이 찾는다고."

"6시 30분까지는 가도록 해볼게."

보고서는 한 시간 삼십 분 뒤에 완성되었다.

"집에 가서 푹 자게나. 피곤해 보이는군."

함마르의 말이었다.

마르틴 베크는 과연 피곤했다. 그는 택시로 귀가해서 저녁을 먹고 잠자리에 들었다.

등을 대자마자 잠이 왔다.

새벽 1시 30분에 그가 흠칫 깬 것은 전화벨 때문이었다.

"자고 있었나? 깨워서 미안하네. 사건이 해결되었다는 소식을 전하려고 걸었어. 그가 자수했어."

"누가?"

"홀름, 이웃집 남자 말이야. 완전히 무너져서는, 여자의 남편을 죽였다고 자백했어. 질투 때문이었다나. 웃긴 일이야."

"누구의 이웃 말인가? 대체 무슨 소리야?"

"그야 당연히 스토렝엔에 사는 부인 말이지. 자네가 쓸데없이 골머리를 썩이느라 잠도 못 이룰까 봐서 말해주려고…….
아이쿠, 내가 실수한 게로군."

"그래."

"제기랄, 그럼 그렇지. 자네가 아니라 스텐스트룀이 맡은 사건이었지. 미안해. 아침에 보자고."

"전화해줘서 고마워."

마르틴 베크는 침대로 돌아왔지만 잠을 이룰 수 없었다. 가만히 누워 천장을 보면서 아내가 나지막하게 코 고는 소리를 들었다. 허무하고 우울했다.

햇살이 스며들기 시작하자 그는 모로 돌아누우면서 생각했다.

'내일 알베리에게 전화해봐야겠어.'

다음날 그는 알베리와 통화했다. 다음달에도 두 사람은 한 주에 네댓 번씩 통화했지만, 둘 다 딱히 할말은 없었다. 여자의 신원은 여전히 수수께끼였다. 신문들은 더이상 이 사건을 보도하지 않았고, 함마르는 더이상 어떻게 되어가느냐고 묻지 않았다. 새로 접수되는 실종자 신고 중에 여자의 인상착의에 조금이라도 들어맞는 것은 없었다. 가끔은 그런 여자가 세상에 전혀 존재하지 않았던 것처럼 느껴졌다. 마르틴 베크와 알베리를 제외한 다른 사람들은 그녀를 보았던 것조차 잊은 듯했다.

팔월 초에 마르틴 베크는 일주일 휴가를 내어 가족과 함께 스톡홀름군도로 나갔다. 피서에서 돌아와서는 그날그날 주어지는 일상적인 업무들을 처리했다. 우울했고, 잠을 제대로 못 잤다.

팔월 말의 어느 날 밤, 그는 침대에 누워 캄캄한 어둠을 응시했다.

그날 저녁 느지막이 알베리가 전화를 했었다. 시티 호텔에 앉아 있다는 알베리는 약간 취한 것 같았다. 두 사람은 그 사건에 관해 한참 이야기를 나눴다. 전화를 끊기 전에 알베리가 이렇게 말했다.

"그 자식이 누구이고 어디에 있든, 우리가 반드시 잡을 거요."

마르틴 베크는 몸을 일으켜 맨발로 거실에 나갔다. 책상의 불을 켜고, 단마르크호의 모형을 바라보았다. 아직도 삭구를 완성하지 못했다.

자리에 앉아서 선반에서 파일을 꺼냈다. 파일에는 거의 두 달 전에 모탈라의 경관 겸 사진사가 찍은 사진들과 더불어 콜베리가 여자에 대해 묘사한 글이 들어 있었다. 그는 이제 그 글을 줄줄 외울 지경이었지만, 그래도 다시 한번 천천히, 세심하게, 읽었다. 사진도 앞에 늘어놓고 한참 동안 뜯어보았다.

마르틴 베크는 자료를 파일에 집어넣고 불을 끄면서 생각했다.

'그녀가 누구이고 어디에서 왔든, 내가 반드시 찾아내겠어.'

7.

"인터폴 따위 개나 물어가라지."

콜베리가 말했다.

마르틴 베크는 아무 대꾸도 하지 않았다. 콜베리가 그의 어깨 너머를 기웃거렸다.

"그 새끼들은 프랑스어도 쓴다나?"

"그래. 이건 툴루즈 경찰이 보낸 것이거든. 실종자가 있다는군."

"프랑스 경찰이라. 작년에 인터폴을 통해서 그 녀석들하고 공조수사를 했지. 유르스홀름에서 사라진 젊은 여자를 찾는 거였어. 녀석들은 석 달 동안 연락 한마디 없다가 갑자기 파리에서 장황한 편지를 보내왔지 뭔가. 나는 한 줄도 읽지 못하니까 번역해달라고 맡겼어. 이튿날 신문을 읽는데, 어느 스웨덴 관광객이 그 여자를 발견했다는 기사가 실렸더라고. 발견이라니, 제기랄. 여자는 비트족이라면 누구나 한 번쯤 찾아가는 유명한 카페에 떡하니 앉아 있더래. 카페 이름이 뭐였더라……."

"르돔."

"맞아, 그거야. 여자는 거의 반년 동안 매일같이 아랍 출신의 동거남과 함께 거기에 앉아 있었다는 거야. 그런데 그날 오후에 내가 편지 번역된 것을 받았는데, 읽어보니 적어도 지난 삼 개월은 여자가 프랑스에서 목격된 일이 없으니 프랑스에 체류하고 있을 리 만무하다는 내용이더군. 최소한 여자가 살아서 돌아다닐 리는 없다는 거지. '일반적인' 실종이라면 보통은 두 주 내에 해결되니까, 안타깝지만 이 경우에는 모종의 범죄가 있다고 봐야 한다나 뭐라나."

마르틴 베크는 편지를 접어 서랍에 넣었다.

"뭐라고 적혀 있나?"

콜베리가 물었다.

"툴루즈에서 실종된 여자? 일주일 전에 스페인 경찰이 마요르카 섬에서 찾았다는군."

"대관절 그치들은 있는 대로 도장을 찍어대고 요상한 단어를 남발하는 주제에 내용은 왜 그렇게 빈약할까."

"맞는 말이야."

"좌우간, 자네가 고민하는 그 아가씨는 우리가 처음에 생각했던 대로 분명 스웨덴 사람일 거야. 참 이상한 일이지."

"뭐가 이상하다는 건가?"

"그녀가 누구든, 그녀를 찾는 사람이 아무도 없다는 것. 사실 나도 가끔 그 여자를 생각하거든."

콜베리는 서서히 말투가 바뀌면서 계속 말했다.

"신경이 쓰여. 신경이 많이 쓰여. 자네는 지금까지 미결 사건이 몇 건쯤 되나?"

"이것까지 합하면 스물일곱 건."

"많군."

"그래."

"이 문제에 지나치게 매달리지는 마."

"안 그럴 거야."

마르틴 베크는 속으로 생각했다. '선의의 조언을 하기는 쉬워도 받아들이기는 어렵지.' 그는 일어나서 창가로 갔다.

"나는 내 살인자한테나 가봐야겠군." 콜베리가 말했다. "싱글싱글 웃다가 갑자기 이를 벅벅 가는 남자야. 그 무슨 해괴한 짓인지! 남자는 탄산수를 마시다 말고 갑자기 도끼를 들어 아내와 아이들을 죽였어. 그러고는 집에 불을 지르려다 말고 갑자기

톱으로 자기 목을 따려고 했어. 그걸로도 모자라는지, 울며불며 경찰서로 달려와서는 갑자기 철창 밥이 맛이 없다고 불평하는 거야. 그런 남자라서, 오후에 정신병원으로 보낼 생각이야."

콜베리는 마지막으로 한마디 덧붙였다.

"맙소사, 인생은 괴상한 거라네."

그는 문이 부서져라 닫고 방을 나갔다.

경찰서에서 크리스티네베리 호텔까지 늘어선 가로수 잎이 물들기 시작했다. 벌써 이파리를 떨군 나무도 있었다. 하늘은 낮고 음산했다. 나부끼는 꼬리구름과 바람에 찢긴 조각구름이 흘러갔다. 9월 29일이었다. 가을은 착실히 다가오고 있었다. 마르틴 베크는 반쯤 태운 담배를 신물나는 듯 노려보면서, 자신은 왜 이렇게 날씨 변화에 예민할까 생각했다. 머지않아 가공할 만한 겨울 추위가 닥쳐 여섯 달 동안 이어질 것임을 떠올렸다.

'불쌍한 친구 같으니라고.'

스스로에게 중얼거리는 말이었다.

그가 똑똑히 알다시피, 하루하루 지날수록 범인을 잡을 기회는 줄어들었다. 어쩌면 그들은 영원히 그녀의 신원을 밝히지 못할지도 모른다. 하물며 범인을 밝혀내는 것은 더 말할 나위도 없다. 혹 그자가 또 범행을 저지른다면 모를까. 그들이 태양 아래 방파제에 뉘었던 여자에게는 최소한 얼굴과 몸이 있었고 이름 없는 무덤이나마 있었다. 그렇지만 살인범에게는 아무것도 없다. 그들은 살인범에 대해서는 윤곽도 그릴 수 없었고, 억지로 그린다 해도 흐릿한 초상일 뿐이었다. 그러나 흐릿한 초상에게는 어떤 욕망도, 어떤 날카로운 무기도 없다. 흐릿한 초상에게는 교살자의 손이 없다.

마르틴 베크는 몸을 곧추세웠다. '경찰관에게 필요한 세 가지 중요한 덕목을 갖고 있다는 사실을 잊지 말자.' 그는 속다짐을 했다. '나는 끈질기고, 논리적이고, 완벽하게 냉정하다. 평정을 잃지 않으며, 어떤 사건에서든 전문가답게 행동한다. 역겹다, 끔찍하다, 야만적이다, 이런 단어들은 신문기사에나 쓰일 뿐 내 머릿속에는 없다. 살인범도 인간이다. 남들보다 좀더 불운하고 좀더 부적응적인 인간일 뿐이다.'

모탈라 시티 호텔에서 마지막 저녁을 함께 든 이후로 알베리를 만난 일은 없었지만, 전화로는 종종 대화했다. 바로 전 주에도 통화했는데, 그때 알베리는 끊기 전에 이렇게 말했다.

"휴가? 이 사건이 해결되기 전에는 어림도 없어요. 자료 수집은 곧 마무리되겠지만, 그 뒤에도 나는 계속할 겁니다. 설령 나 혼자 보렌 호수 바닥을 샅샅이 긁어야 하더라도."

요즘 들어 알베리는 고집으로 똘똘 뭉쳤다.

"젠장, 젠장, 젠장."

마르틴 베크는 주먹으로 이마를 가볍게 치면서 중얼거렸다.

그는 책상으로 가서 앉았다. 의자를 왼쪽으로 45도 돌리고, 타자기에 낀 종이를 시름없이 바라보았다. 콜베리로부터 인터폴의 전갈을 건네받기 전에 자신이 무엇을 쓰려고 했는지 기억해내려 애썼다.

그로부터 여섯 시간 뒤, 5시 이 분 전에 그는 모자와 코트를 걸쳤다. 퇴근길의 붐비는 지하철을 탈 생각에 벌써부터 진저리가 났다. 비는 아직도 내렸다. 벌써부터 사람들의 젖은 옷가지에서 풍길 퀴퀴한 냄새와 다닥다닥 붙어선 낯선 몸뚱어리들을 견뎌야 하는 괴로움이 느껴지는 듯했다.

5시 일 분 전, 스텐스트룀이 언제나처럼 노크도 없이 문을 열고 들어왔다. 짜증스러운 버릇이었지만 딱따구리처럼 소심하게 쪼는 멜란데르의 노크나 귀가 먹도록 때려대는 콜베리의 노크에 비하면 양호했다.

"실종여성전담반에서 넘어온 전갈입니다. 미국 대사관에 감사 편지를 쓰셔야겠어요. 그 사람들이 이걸 보내왔거든요."

스텐스트룀은 그렇게 말하면서 연한 붉은색의 전보지를 들여다보았다.

"네브래스카 주 링컨. 저번에는 어디였지요?"

"뉴욕 주 애스토리아."

"그게 장장 세 쪽이나 정보를 보내면서 실종 여성이 흑인이라는 말을 빼먹은 때였지요?"

"그래." 마르틴 베크는 짧게 대답했다.

스텐스트룀이 전보를 건넸다.

"여기 대사관 사람 아무개의 전화번호가 있습니다. 전화를 걸어보셔야겠네요."

이 일을 핑계 삼아 지하철 고문을 미루는 것에 대해 달콤한 죄책감을 느끼면서, 마르틴 베크는 도로 자리에 앉았다. 하지만 이미 늦었다. 대사관 직원들은 다 퇴근한 뒤였다.

이튿날은 수요일이었고, 날씨는 한층 궂었다. 아침 신문에는 렝이라는 곳에서 스물다섯 살의 가정부가 실종되었다는 기사가 실렸다. 스웨덴 남부 지역인 듯했다. 여자는 휴가를 떠난 뒤 다시 돌아오지 않았다고 했다.

오전 중에 그는 콜베리가 작성한 묘사와 수정된 사진의 복사본을 스웨덴 남부의 해당 경찰서와 미국 네브래스카 주 링컨 강력계의 엘머 B. 카프카 형사에게 각각 발송했다.

점심 식사 후, 마르틴 베크는 목의 림프샘이 부은 느낌이 들었다. 저녁에 귀가할 무렵에는 음식을 삼키기가 힘들 정도였다.

"내일만큼은 경찰도 당신 없이 꾸려가야 할 거야. 내가 그렇게 정했어."

아내가 말했다. 그는 뭔가 대꾸하려고 했지만, 아이들을 보고는 군소리 없이 입을 다물었다.

아내는 여세를 몰아 기다렸다는 듯이 잔소리를 해댔다.

"당신 코가 완전히 막혔어. 물 밖으로 나온 물고기처럼 숨을 쉬잖아."

그는 포크와 나이프를 내려놓고 "잘 먹었어"라고 중얼거린 뒤, 모형 배에 삭구를 다는 문제에 몰두했다. 손을 놀리다 보니 점차 마음이 안정되어 이윽고 완벽하게 평온해졌다. 그는 느릿느릿 체계적으로 모형을 만들어갔고 불쾌한 생각은 전혀 하지 않았다. 옆방의 텔레비전 소리가 귀에 들어오기는 했지만 머릿속까지 다다르지는 않았다. 한참 후, 딸이 부루퉁한 얼굴로 문간에서 그를 불렀다. 딸의 턱에 풍선껌 조각이 붙어 있었다.

"어떤 남자가 전화해서 아빠를 찾아요. 진짜 너무해, 텔레비전에서 〈페리 메이슨〉을 해주는 중인데."

젠장. 전화기를 가져와야 한다. 젠장. 아이들 교육 문제를 놓고 아내와 한바탕 입씨름을 벌이게 될 것이다. 젠장. 비틀스를 좋아하는 열세 살짜리 아이, 벌써 다 큰 아이에게 할말이 뭐가 있단 말인가?

그는 자신의 존재를 미안해하면서 겸연쩍게 옆방으로 건너갔다. 텔레비전 화면을 가득 메운 대단한 변호사의 개를 닮은 노회한 얼굴에 소심하게 곁눈질하며 전화기를 집어 든 뒤, 복도로 가지고 나왔다.

"여어." 알베리였다. "뭔가 찾은 것 같습니다."

"뭡니까?"

"여름에는 낮 12시 30분과 오후 4시에 운하 정기선이 이곳을 지난다는 이야기, 기억합니까?"

"네."

"이번 주 내내 운하를 지나다니는 소형 보트들과 화물선들을 확인하는 일에 매달렸습니다. 모든 배를 알아내기란 거의 불가능하겠더군요. 그런데 한 시간 전에 우리 경찰서 녀석들 중 하나가 갑자기 올여름 언젠가 한밤중에 웬 여객선이 플라텐의 묘지를 지나 서쪽으로 항해하는 걸 봤다고 말하는 겁니다. 정확하게 언제인지는 모르겠답니다. 내가 묻기 전에는 미처 기억을 못 했다는군요. 그 근처에서 며칠 동안 밤중에 특별 임무를 수행하다가 봤답니다. 말도 안 되는 소리 같지만, 녀석은 사실이라고 우기더군요. 녀석은 하필 다음날 휴가를 떠난 터라 지금까지 까맣게 잊고 있었던 겁니다."

"그가 어떤 배인지 알아봤습니까?"

"아니요, 좀더 들어보세요. 그래서 내가 예테보리 선박 사무소에 전화로 물어봤습니다. 그쪽 사람들 중에서 한 명이 정말로 그런 배가 있었을지도 모른다고 합디다. 아마 디아나호였을 거라고 하면서 선장 주소를 알려주더군요."

잠깐 말이 멎었다. 알베리가 성냥을 켜는 소리가 들렸다.

"그래서 내가 선장을 만나러 갔습니다. 선장은 분명히 그런 일이 있었지만 차라리 잊고 싶은 기억이라고 하더군요. 처음에는 안개가 짙어서 헤브링에 섬에서 세 시간을 기다려야 했고, 다음에는 모터의 증기관이 망가져서……."

"엔진이요."

"뭐라고요?"

"엔진이라고요. 모터가 아니라."

"아, 그래요. 어쨌든 그래서 수리를 하느라 쇠데르셰핑에서 여덟 시간 넘게 정박했답니다. 그 말인즉 일정에서 열두 시간가량 늦어졌으니 보렌스훌트 갑문을 통과한 건 자정이 넘어서였다는 겁니다. 모탈라나 바드스테나에는 서지 않고 곧장 예테보리로 갔답니다."

"그게 언제랍니까? 며칠이었죠?"

"선장 말로는 하지 이후 두 번째 운행이었다는군요. 즉 5일로 넘어가는 밤이었다는 겁니다."

십 초 가까이 둘 다 말이 없었다. 먼저 입을 연 쪽은 알베리였다.

"우리가 여자를 발견한 때로부터 나흘 전이죠. 그래서 내가 선박 사무소에 다시 전화를 걸어서 시간표를 확인해봤습니다. 그쪽 사람이 무슨 일로 그러느냐고 묻기에, 나는 대뜸 배에 탔던 승객들이 모두 무사히 예테보리에 도착했느냐고 되물었지요. 그랬더니 '안 그랬을 이유가 있습니까?'라고 하더군요. 그래서 나도 잘 모르겠다고 대답했어요. 아마 나를 정신 나간 사람으로 생각했을 겁니다."

다시 침묵이 흐르다가, 알베리가 물었다.

"관련있는 일일까요?"

"모르겠습니다. 어쩌면 그럴지도 모르죠. 좌우간 조사는 훌륭하게 하셨습니다."

"만약 승선했던 사람들이 전부 무사히 예테보리에 내렸다면 별 의미가 없는 일이겠지요."

실망감과 은근한 승리감이 묘하게 섞인 목소리로 알베리가 계속 말했다.

"어쨌든 모든 정보를 확인해봐야겠지요?"

"당연히."

"그럼 이만 끊겠습니다."

"그럽시다. 나중에 내가 전화하겠습니다."

마르틴 베크는 전화기에 손을 얹은 채 한참을 우두커니 서 있다가 이마를 찌푸리며 몽유병자처럼 거실로 걸어갔다. 가만히 문을 닫고 모형 앞에 앉아서 돛대를 조정하려고 오른손을 들었다. 하지만 곧장 다시 내렸다.

그는 그렇게 한 시간을 앉아 있었다. 결국 아내가 와서 그를 침대로 데려갔다.

8.

"자네한테 괜찮아 보인다고 말할 사람은 아무도 없을걸."

콜베리가 말했다. 마르틴 베크는 전혀 괜찮지 않았다. 감기에 걸려 목이 따끔거리고 귀가 먹먹하고 가슴이 뻑적지근했다. 감기는 정해진 수순을 착실히 밟으며 악화했다. 그래도 그는 온종일 사무실에서 일하며 감기와 가정이라는 이중의 전선에 의도적으로 항전했다. 그는 무엇보다도 침대에 누워 있을 경우 틀림없이 그를 꽁꽁 감싸려들 숨막히는 간호의 손길로부터 벗어나야 했다. 아이들이 얼추 다 자란 뒤로 아내는 끓어오르는 열의로 열광적일 만큼 남편을 돌보는 간호사를 자처했다. 아내에게는 그가 감기나 독감에 걸려 자리보전을 하는 것이 생일이나 명절에 맞먹는 경사였다.

꼭 그것 때문이 아니라도 왠지 그는 집에서 쉴 맘이 내키지 않았다.

"몸도 안 좋으면서 왜 이러고 있나?"

콜베리가 물었다.

"나는 아무렇지 않아."

"그렇게 골똘히 사건을 파고들지 말라니까. 우리가 실패한 게 이게 처음도 아니고, 마지막도 아닐 거야. 자네도 나 못지 않게 잘 알면서 그러나. 사건 하나 때문에 우리가 더 좋아질 것도, 더 못나질 것도 없어."

"꼭 그 사건 때문만은 아니야."

"사색에 빠지지 마. 그러면 사기가 꺾여."

"사기가 꺾여?"

"그래, 생각해봐. 시간이 넘치는 사람이 얼마나 어처구니없는 것들을 잔뜩 몽상해내는지. 지나친 사색은 비능률의 어머니야."

그 말을 남기고 콜베리는 나갔다.

별다른 사건도 없고 지루한 하루였다. 기침과 침 뱉기와 지겨운 일과로 점철된 하루였다. 마르틴 베크는 알베리의 기운을 돋우려는 의도에서 모탈라에 두 번 전화를 걸었다. 알베리는 밝은 태양 아래에서 어젯밤의 발견을 곱씹어본 결과 그것이 어떻게든 갑문의 시체와 연결되지 않는 이상 큰 가치가 없는 정보라는 쪽으로 마음을 정한 듯했다.

“오랫동안 개처럼 일하고도 아무런 성과를 내지 못하니 대수롭지 않은 실마리 하나라도 과대평가하게 되는 것 같군요.”

참담함과 회한에 젖은 알베리의 목소리는 듣는 이의 가슴을 미어지게 만들 정도였다.

한편 렝에서 사라진 아가씨도 여태 실종 상태였지만, 마르틴베크는 그쪽에는 그리 신경을 쓰지 않았다. 그 여자는 키가 155센티미터이고 머리카락은 금발에다가 브리지트 바르도를 닮은 스타일이라고 했기 때문이다.

5시가 되자 택시를 타고 집으로 향했다. 하지만 지하철역에서 내려 나머지 거리는 걸어갔다. 만약 그가 택시에서 내리는 꼴을 아내가 목격하기라도 하면 가정경제에 대한 비참한 논쟁이 야기될 게 분명했다.

그는 아무것도 목으로 넘어가지 않았지만 억지로 카모마일 차를 한 잔 마셨다.

‘혹시 모르니까 내가 복통이라도 일으키면 좋겠다 싶겠지.’

속으로 생각했다. 식탁에서 일어나 곧장 침대에 누웠고 바로 잠이 들었다.

이튿날은 약간 기운이 났다. 아침으로 비스킷을 하나 먹었고, 아내가 타준 혀를 델 만큼 뜨거운 꿀물도 극기하는 마음으로 평정심을 잃지 않고 다 마셨다. 아내가 그의 건강과 정부가 공무원에게 요구하는 가혹한 부담에 대한 비판을 한없이 늘어놓는 바람에, 크리스티네베리의 사무실에 도착했을 때는 벌써 10시 15분이었다.

책상에 전보가 한 통 놓여 있었다.

일 분 뒤, 마르틴 베크는 상사의 방문에 '방해하지 마시오' 라는 붉은 표시등이 켜져 있는 것을 무시한 채 벌컥 문을 열고 들어갔다. 이곳에서 팔 년 동안 일하면서 이런 적은 처음이었다.

언제나 동에 번쩍 서에 번쩍 출몰하는 콜베리가 책상 모서리에 몸을 기대어 숙인 채 웬 아파트 청사진을 살펴보고 있었다. 함마르도 만날 앉아 있는 자기 의자에 묵직한 머리를 손에 묻은 채 앉아 있었다. 그들은 어리둥절한 표정으로 마르틴 베크를 보았다.

"카프카한테서 전보가 왔습니다."

"하루를 여는 소식으로 그보다 더 굉장한 건 없겠는걸."

콜베리가 놀렸다.

"미국 링컨의 경찰관 이름이야. 그 사람이 모탈라 사건의 피해자 신원을 알아냈어."

"전보로 그런 게 가능한가?"

함마르가 물었다.

"그런 모양입니다."

마르틴 베크는 전보를 책상에 내려놓았다. 셋은 함께 내용을 읽었다.

> 우리가 찾는 사람임이 확실함. 로재나 맥그로, 27세, 사서. 시급히 추가 정보 교환을 요함.
>
> 강력계 카프카

"로재나 맥그로. 사서라. 생각지도 못한 노릇이로군."

함마르가 중얼거렸다.

"저런, 내 가설과 다르잖아. 여자가 미엘뷔 출신일 거라고 생각했는데. 링컨이 당최 어디야?"

콜베리가 말했다.

"네브래스카에 있어. 미국 정중앙 지역이지." 마르틴 베크가 대답했다. 그 뒤에 덧붙였다. "아마도."

함마르는 전보를 다시 읽은 뒤에 말했다.

"우리는 하던 일을 계속하는 게 좋겠네. 이것만으로는 딱히 더 알게 된 게 없는 셈 아닌가."

"이걸로 충분합니다. 적어도 우리가 수사를 망친 건 아니라는 게 확실해졌으니까요."

콜베리가 응수했다.

"그렇군. 어쨌든 자네하고 나는 하던 일을 마저 마무리하세."

함마르는 차분하게 대꾸했다.

마르틴 베크는 자기 방으로 돌아왔다. 자리에 앉아서 손가락 끝으로 이마 선을 마사지했다. 수사가 확 진전된 듯해서 들떴던 기분은 어느새 가라앉았다. 백 건의 사건들 중 아흔아홉이 처음부터 기본으로 갖고 시작하는 정보를 알아내는 데만 석 달이 걸린 셈이었다. 진정한 수사는 이제부터 해야 할 일로 고스란히 남았다.

대사관이나 주 경찰청장은 기다리라고 해도 된다. 마르틴 베크는 모탈라 전화번호를 돌렸다.

"알베리입니다."

"여자의 신원을 확인했습니다."

"확실한가요?"

"그런 것 같습니다."

알베리는 말이 없었다.

"미국인이었습니다. 네브래스카 주 링컨이라는 곳에서 온 여자였습니다. 받아 적고 있습니까?"

"제기랄, 물론이오."

"이름은 로재나 맥그로. 한 글자씩 부르겠습니다. 루돌프의

R, 올로프의 O, 시구르드의 S, 에리크의 E, 아담의 A, 니클라스의 N, 또 한번 니클라스의 N, 아담의 A. 이제 성입니다. 마르틴의 M, 세사르의 C, 구스타브의 G, 루돌프의 R, 아담의 A, 빌헬름의 W. 다 적었습니까?"

"확실히 받아썼습니다."

"스물일곱 살이고 사서였답니다. 현재 내가 아는 건 그게 전부로군요."

"이걸 어떻게 알아냈습니까?"

"통상적인 순리에 따른 거죠. 시간이 흐르니까 결국 그쪽에서 사람들이 여자를 찾기 시작한 겁니다. 인터폴을 거친 건 아니고, 대사관을 거쳐서."

"배는?"

알베리가 물었다.

"뭐라고요?"

"배 말입니다. 미국인 여행객이 배를 탄 게 아니면 어떻게 왔겠습니까? 꼭 내가 말했던 그 배는 아니라도 다른 관광용 배라도 탔겠지요. 그런 배들도 적잖이 여기를 통과하니까요."

"아직 여자가 여행객이었는지 아닌지는 모릅니다."

"그건 그렇죠. 내가 당장 알아보겠습니다. 여자가 모탈라에 아는 사람이 있었다거나 시내에 하루라도 머물렀다면, 스물네 시간 내에 여부가 확인될 겁니다."

"좋습니다. 나도 더 알아내는 대로 전화하지요."

마르틴 베크는 대화를 끝내자마자 알베리의 귀에 대고 세차게 재채기를 했다. 사과하려고 했더니 저쪽은 벌써 끊은 뒤였다.

머리가 아프고 귀가 먹먹하기는 해도 참으로 오랜만에 기분이 좋았다. 출발 신호가 울리기 일 초 전에 출발선에 서 있는 장거리 주자의 기분이었다. 걱정은 두 가지뿐이었다. 살인자가 자신보다 석 달 앞서 부정 출발을 했다는 점과 자신이 이제부터 어느 방향으로 뛰어야 할지 모른다는 점이었다.

불안한 전망과 올바른지 장담할 수 없는 추리를 갖고 있을 뿐이지만, 경찰관다운 그의 두뇌는 벌써 향후 마흔여덟 시간 동안 어떤 순서로 정례적인 수사를 진행할지 계획을 세우기 시작했다. 그런 조사에서 모종의 결과가 얻어지리라는 것은 틀림없는 사실이었다. 그것은 모래시계의 위쪽 모래가 언젠가 바닥이 난다는 것만큼이나 확실했다.

그가 지난 세 달 동안 진심으로 바란 것은 오로지 지금 이 순간뿐이었다고 해도 과언이 아니었다. 진정한 수사가 시작되는 순간. 그간은 흡사 칠흑 같은 어둠에 휘감긴 채 늪을 빠져나가려 버둥대는 신세였다면, 이제는 처음으로 발밑에 단단한 땅을 디딘 기분이었다. 다음 단계도 그다지 멀지 않을 것이다.

그는 신속한 결론을 기대하지는 않았다. 알베리의 조사 결과 만약에 링컨 출신의 그 여자가 모탈라에서 일을 했다거나 그곳에 사는 친구를 방문했다는 게 밝혀진다면 마르틴 베크는 살인범이 제 발로 걸어 들어와서 범행 증거를 책상에 턱 내려놓는 것보다 더 놀랄 것이다.

한편 그는 미국에서 보충 자료가 도착하기를 느긋한 마음으로 기다리고 있었다. 미국 형사는 여자가 분명 배를 탔을 것이라는 알베리의 주장과는 다른 주장을 할 것 같았다. 알베리의 고집스러운 주장에는 근거가 없었다. 오히려 범인이 자동차로 여자를 날라서 물에 버렸다고 보는 편이 합리적이었다.

마르틴 베크는 이어 형사 카프카에 대해 생각했다. 그는 어떻게 생겼을까? 그가 일하는 공간은 정말 텔레비전에 나오는 모습과 비슷할까?

마르틴 베크는 링컨이 지금 몇 시일까 궁금했고, 여자가 어떤 곳에서 살았을지 궁금했다. 여자의 아파트는 비었을까? 가구에는 흰 천이 씌워져 있을까? 집안 공기는 답답하고 무겁고 먼지가 가득할까?

그는 문득 자신이 북아메리카의 지리를 변변히 알지 못한다는 사실을 상기했다. 그는 링컨이 어디 있는지 전혀 몰랐다. 네브래스카라는 주명도 또 하나의 낯선 지명일 뿐이었다.

점심을 먹은 뒤에 근처 도서관으로 가서 세계지도를 찾아보았다. 곧 링컨을 발견했다. 도시는 확실히 내륙에 있었을 뿐만 아니라 미국의 정중앙에 있는 도시라고 봐도 좋을 듯했다. 제법 큰 도시인 것 같았다. 그런데 도서관에는 북아메리카의 도시들을 소개한 책은 한 권도 눈에 띄지 않았다. 마르틴 베크는 휴대용 책력을 길잡이 삼아 시차를 따져보았다. 일곱 시간이었다. 스톡홀름이 지금 오후 2시 30분이니까 링컨은 오전 7시 30분일 것이다. 카프카는 침대에서 나오지 않은 채로 신문을 읽고 있을지도 모른다.

마르틴 베크는 지도를 한참 더 살펴보다가 네브래스카 주 남동쪽 구석에 있는 바늘 끝만 한 지점에 손가락을 갖다 댔다. 경도가 그리니치를 기준으로 대략 100도쯤 서쪽으로 돌아간 지점이었다. 그는 중얼거렸다.

"로재나 맥그로."

그 이름을 뇌리에 단단히 새겨두겠다는 듯이 마르틴 베크는 몇 차례 더 그렇게 중얼거렸다.

경찰서에 돌아가보니 콜베리가 타자기 앞에 앉아 있었다.

두 사람이 한마디 주고받을 겨를도 없이 전화가 울렸다. 교환원이었다.

"중앙전화국에서 연락이 왔습니다. 미국에서 통화를 원한다고 합니다. 약 삼십 분 내로 연결될 거랍니다. 받으실 수 있나요?"

형사 카프카는 침대에 누워 신문을 읽고 있지 않았다! 마르틴 베크가 성급한 결론을 내린 모양이었다.

"미국에서 오는 전화라고? 어이, 나는 어림도 없어."

콜베리가 말했다.

전화는 사십오 분 뒤에 왔다. 처음에는 혼란스러운 잡음만 들리더니 나중에는 수많은 전화교환원들이 동시에 재잘대는 소리가 들렸고, 그러다가 번득 놀랍도록 깨끗하고 똑똑한 목소리가 흘러나왔다.

"카프카입니다. 베크 씨입니까?"

"네."

"제 전보 보셨습니까?"

"네, 고맙습니다."

"어떻습디까, 확실하지요?"

"그녀가 당신이 찾는 여자라는 게 분명합니까?"

마르틴 베크가 물었다.

"영어를 토박이처럼 잘하네."

콜베리가 옆에서 말했다.

"절대로 확실합니다. 로재나가 맞습니다. 당신이 보낸 인상착의 묘사가 워낙 탁월했기 때문에, 한 시간도 안 걸려 신원을 확인했습니다. 그 묘사를 여자의 친구와 저 아래 오마하에 사는 옛날 애인에게도 보내어 이중으로 확인했습니다. 둘 다 맞다고 하더군요. 그래도 혹시 모르니까 그녀의 사진과 다른 자료 몇 가지를 우편으로 당신에게 부쳤습니다."

"여자가 언제 집을 나섰답니까?"

"오월 초랍니다. 두 달 동안 유럽에 체류할 생각이었답니다. 해외여행이 처음이라고 했다더군요. 지금까지 밝혀진 바로는 혼자 여행했고요."

"여행 일정에 대해서는 밝혀진 게 있습니까?"

"별로 없습니다. 그녀의 계획을 아는 사람은 아무도 없었어요. 다만 한 가지 단서는 드릴 수 있습니다. 그녀가 노르웨이에서 친구에게 엽서를 보냈는데, 스웨덴에서 일주일 머무른 다음에 덴마크 코펜하겐으로 넘어갈 거라고 했답니다."

"다른 말은 없었답니까?"

"그게 그러니까, 스웨덴에서 배를 탈 거라나 뭐라나 그랬답니다. 스웨덴을 가로지르는 호수 유람선 여행인가 뭔가를 할 거라고 했답니다. 이 대목은 확실치는 않습니다."

마르틴 베크는 숨을 죽였다.

"베크 씨, 듣고 있습니까?"

"네."

왠지 연결 상태가 급속히 나빠지기 시작했다.

“보내주신 정보에 따르면 그녀는 살해를 당했다고요.” 카프카가 목소리를 높였다. “범인은 잡았습니까?”

“아직 못 잡았습니다.”

“잘 안 들립니다.”

“얼른 범인을 잡길 바랍니다만, 아직은 아닙니다.”

“당신이 범인을 쐈다고요?”

“내가 뭐요? 아니, 아니, 쏜 게 아니라…….”

“네, 잘 알아들었습니다. 당신이 그 개자식을 쐈다고요.” 대서양 건너편의 남자가 소리를 질렀다. “훌륭합니다. 여기 신문들에 소식을 전하겠습니다.”

“오해하신 겁니다!”

마르틴 베크는 고함을 질렀다.

희미한 소음을 뚫고서 카프카의 마지막 대꾸가 가냘픈 속삭임처럼 들려왔다.

“네, 완벽하게 이해했습니다. 당신 이름도 확실하게 받았습니다. 이만 끊겠습니다. 다시 소식 전하겠습니다. 잘하셨습니다, 마르틴.”

마르틴 베크는 수화기를 내려놓았다. 통화하는 내내 서 있던 그는 숨을 헐떡였고, 땀을 뻘뻘 흘렸다.

콜베리가 물었다.

"뭐하는 거야? 혹시 전송관을 통해서 네브래스카까지 목소리가 전달된다고 생각하는 건가?"

"끝에 가서는 목소리가 잘 안 들렸어. 내가 살인범을 쐈다고 오해하고는 소식을 신문에 알릴 거라는군."

"대단한데. 내일이면 그쪽에서 자네가 영웅이 되어 있겠군. 모레는 사람들이 자네를 명예시민으로 위촉할 거고, 크리스마스에는 황금 열쇠를 보내올 거야. 도금된 거겠지만. '총잡이 마르틴, 스톡홀름 남부에서 온 복수의 화신.' 사람들이 한참을 떠들어대겠군그래."

마르틴 베크는 코를 풀고 얼굴에 맺힌 땀을 닦았다.

"그래, 그가 정확하게 뭐라던가? 줄창 자네를 칭송하는 말만 하던가?"

"사실 그가 칭찬한 사람은 자네야. 정확하게는 자네가 쓴 묘사. '탁월한 묘사' 라더군."

"신원은 확실하고?"

"분명하다는군. 여자의 친구와 옛날 애인인가 뭔가 하는 남자한테 확인을 시켰대."

"그 밖에는?"

"여자는 오월에 집을 나섰어. 유럽에서 두 달 체류할 계획이었고. 미국을 벗어나는 여행은 처음이었대. 노르웨이에서 친구한테 엽서를 보냈는데, 스웨덴에 일주일 있다가 코펜하겐으로 간다고 썼대. 카프카가 여자의 사진하고 다른 자료들을 보내겠다는군."

"그게 다야?"

마르틴 베크는 창가로 걸어가서 밖을 응시하며 엄지손톱을 깨물었다.

"보트 여행을 할 거라고 엽서에 적었대. 스웨덴의 호수들과 내륙의 수로를 따라가는 유람선 여행을 하겠다고……."

그는 돌아서서 동료를 보았다. 콜베리의 얼굴에서 미소가 지워지고 눈동자에서 장난스러움이 사라졌다. 한참 후에 콜베리가 느릿느릿 말했다.

"결국 여자는 운하 여객선을 탔다는 거군. 모탈라의 그 친구 말이 옳았어."

"그런 것 같아."

마르틴 베크가 말했다.

9.

마르틴 베크는 지하철역을 나서면서 심호흡을 했다. 붐비는 지하철에 시달리고 나니 언제나처럼 속이 살짝 거북했다.

공기는 맑고 가벼웠다. 발트 해에서 불어온 신선한 바람이 도시를 훑고 지나갔다. 그는 길을 건너 담배 가게에서 담배를 한 갑 샀다. 셉스브론 다리 쪽으로 걷다가 중간에 서서 담뱃불을 붙이고, 팔꿈치를 다리난간에 대고 섰다. 저멀리 부두에 영국기를 단 유람선 한 척이 정박해 있었다. 배 이름이 똑똑히 보이지는 않았지만 아마 데버니아호인 것 같았다. 갈매기떼가 배에서 던져지는 쓰레기를 두고 꽥꽥 울어대며 싸웠다. 그는 한참 동안 배를 구경하다가 부두를 향해 계속 걸었다.

침울한 표정의 사내 두 명이 장작더미에 걸터앉아 있었다.

한쪽이 나무 물부리에 꽂은 담배에 불을 댕기려다 연거푸 실패하자, 다른 쪽이 돕고 나섰다. 마르틴 베크는 손목시계를 보았다. 8시 55분이었다. 그는 생각했다.

'빈털털이들인 게지. 그렇지 않다면 이 시각에는 주류 판매점 앞에서 가게 문이 열리기를 기다리고 있을 테니까.'

그는 부두에서 짐을 부리는 보레 2호를 지나쳐 레이셴 호텔 맞은편 연석에 올라섰다. 일 분쯤 기다리고서야 쉴 새 없이 꼬리를 무는 자동차들을 뚫고 길을 건널 수 있었다.

디아나호가 7월 3일 운항할 때 탔던 승객들의 목록은 그곳 선박 사무소에는 없고 예테보리의 사무실에 있다고 했다. 하지만 예테보리에서 최대한 빨리 이쪽으로 보내주겠다고 했다. 디아나호 선원들과 승무원들의 목록은 당장 얻을 수 있었다. 마르틴 베크는 선박 사무소를 나설 때 홍보물을 몇 장 집어서 경찰서로 돌아오는 길에 읽었다.

멜란데르가 손님용 의자에 앉아 기다리고 있었다.

"안녕."

마르틴 베크가 인사했다.

"좋은 아침."

"자네가 피우는 파이프는 냄새가 끔찍하군. 하지만 상관없으니까 계속 앉아서 공기를 더럽혀주게. 자네라면 언제든 환영이야. 아니면 뭔가 나한테 원하는 게 있나?"

"파이프 담배를 피우면 암에 잘 안 걸린대. 말이 나왔으니 말인데 자네가 애용하는 플로리다 궐련이 가장 위험하다더군. 내가 듣기로는 그래. 그건 그렇고 나한테 뭐 맡길 일 없나?"

"아메리칸엑스프레스, 우체국, 은행, 전화 회사, 기타 접촉할 만한 곳들을 확인해봐. 무슨 말인지 알지?"

"알겠어. 여자의 이름이 정확하게 뭐라고?"

마르틴 베크는 종이에 로재나 맥그로라고 써서 멜란데르에게 주었다.

"어떻게 발음하지?"

멜란데르가 나가자 마르틴 베크는 창을 열었다. 쌀쌀했다. 바람이 나무를 흔들면서 내려와 땅에 깔린 나뭇잎들을 훑어 올렸다. 한참 후에 그는 창을 닫고 재킷을 의자 등받이에 걸고 자리에 앉았다.

수화기를 들어 외국인관리국 번호를 돌렸다. 여자가 호텔에 제대로 등록했다면 외국인관리국 파일에도 적혀 있을 것이다. 꼭 그게 아니라도 좌우간 그녀에 대한 기록이 있을 것이다. 오랫동안 기다리니 누가 전화를 받았는데 수화기 너머의 아가씨가 잠시 기다리라고 하고선 다시 전화로 돌아오기까지 또 십 분이 걸렸다. 여자에 관한 파일을 찾았다고 했다. 로재나 맥그로는 6월 30일에서 7월 2일까지 스톡홀름의 일레트 호텔에 묵었다고 했다.

"복사해서 한 장 보내주십시오."

마르틴 베크는 수화기를 귀에 댄 채로 훅 스위치를 눌러 전화를 끊고 전화가 제대로 끊어지는 소리를 들은 뒤에 택시 회사에 연락했다. 그리고 곧바로 재킷을 입었다. 십 분 뒤에 그는 택시에서 내려 운전사에게 돈을 주고 호텔의 유리문으로 들어섰다.

옷깃에 이름표를 단 남자 여섯 명이 접수대 앞에 서 있었다. 그들은 동시에 와글와글 떠들어댔다. 접수원은 침통한 얼굴로 애원하듯 팔을 벌렸다. 남자들의 토론이 끝나려면 시간깨나 걸릴 듯해서 마르틴 베크는 로비의 안락의자에 앉았다.

사내들이 토론을 마치고 엘리베이터 속으로 사라진 뒤에야 마르틴 베크는 직원에게 다가갔다.

접수원은 꾹 참는 듯한 태도로 등록부를 한 장씩 훑다가 이름을 발견했다. 그는 등록부를 마르틴 베크에게로 돌려서 직접 보라고 했다. 여자의 글씨는 예쁘고 가지런했다.

출생지: 미국 콜로라도 덴버. 주소: 네브래스카 링컨. 마지막으로 방문한 곳: 미국 네브래스카.

마르틴 베크는 그녀와 같은 날인 6월 30일에 기재한 손님들과 앞뒤 날짜에 기재한 손님들의 이름을 확인해보았다. 로재나 맥그로 앞에도 미국인의 이름이 최소한 여덟 개 있었다. 맨 위의 두 명을 제외한 나머지 사람들은 마지막으로 방문한 곳이 미국 어디였다. 예외인 둘 중 하나는 이름이 필리스 뭐였는데 나머지는 읽을 수 없었다. 필리스 뭐라는 그 여자는 마지막으로 방문한 곳을 스웨덴 노르드 곶으로 적어두었는데, 바로 밑에 기재한 사람은 그 항목을 노르웨이 노르드 곶이라고 적었다.

"이 여자는 단체 여행객이었습니까?"

마르틴 베크가 물었다.

"좀 보겠습니다." 접수원은 고개를 꼬며 살펴보았다. "아니요, 정확하게 기억은 안 납니다만 아마 아니었을 겁니다. 가끔 미국에서 단체 관광객이 오기는 합니다만, 대부분은 나르비크* 에서 이른바 달러 기차를 타고 오는 손님들입니다."

마르틴 베크가 직원에게 사진을 보여주었지만, 직원은 대답 대신 고개를 저었다.

"죄송합니다. 손님이 워낙 많다 보니……."

여자를 알아보는 사람을 찾지는 못했지만 호텔 방문은 성과

* 노르웨이 중북부의 도시로 스웨덴과 기차 무역이 활발했던 항구.

가 있었다. 마르틴 베크는 이제 그녀가 어디에 묵었는지 알았고, 등록부에서 그녀의 이름을 확인했고, 그녀가 묵었던 방도 보았다. 그녀는 7월 2일에 호텔을 떠났다.

"그리고? 어디로 갔을까?"

그는 혼잣말로 중얼거렸다. 관자놀이가 고동쳤고 목구멍이 쓰렸다. 열이 몇 도나 될까 생각하면서 사무실로 돌아왔다.

여자가 운하 여객선을 탔다면, 배가 스톡홀름에서 출발하기 전날 밤에 미리 승선했을지도 모른다. 선박 사무소에서 가져온 홍보물을 보니 출항 전날 승선해도 좋다고 씌어 있었다. 아직 확실한 증거가 없는데도 그녀가 틀림없이 디아나호에 탔을 거라고 생각되었다.

그는 멜란데르를 찾으려고 전화기로 손을 뻗었다. 막 번호를 돌리려는 참에 예의 딱따구리처럼 독특한 노크 소리가 들렸다.

멜란데르가 문간에서 말했다.

"실패야. 아메리칸엑스프레스든 어디든 여자에 대해서 아무것도 모른다는군. 자네가 괜찮다면 나는 가서 뭘 좀 먹어야겠어."

마르틴 베크는 전혀 이의가 없었다. 멜란데르는 사라졌다.

이번에는 모탈라에 전화해봤지만 알베리는 부재중이었다.

두통은 갈수록 심해졌다. 한참 두통약을 찾다가 콜베리에게 몇 알 빌리자고 생각하고 위층 사무실로 올라갔지만, 문을 들어서자마자 심하게 기침이 나서 한동안 말을 하지 못했다.

콜베리가 고개를 들고 걱정스럽게 그를 보았다.

"기침 소리가 춘희 열여덟 명이 모인 것보다 더 굉장한데. 어서 이리 와서 의사 선생님 진찰을 받아봐."

콜베리는 마르틴 베크에게 확대경을 들이댔다.

"의사 선생님 말을 안 들으면 오래 살지 못해. 당장 집으로 가서 침대에 기어들어. 그리고 제대로 된 토디*를 한 잔 가뜩 마셔. 세 잔이면 더 좋겠지. 물론 럼 토디여야 해. 그것만이 유일한 해결책이야. 그리고 푹 자면 깨어날 때는 새사람이 되어 있을 거야."

"이게 청진기인가? 그리고 나는 럼을 싫어해."

마르틴 베크가 대꾸했다.

"그럼 코냑을 마시던가. 카프카는 걱정하지 마. 전화가 오면 내가 알아서 처리할게. 내 영어 실력이 얼마나 뛰어난데."

"전화는 안 올 거야. 두통약 있나?"

"없어. 초콜릿 프랄린은 있는데."

마르틴 베크는 자기 사무실로 돌아왔다. 방안 공기가 텁텁하고 담배 연기가 가득했지만 창을 열어 찬 공기를 들이기는 싫었다.

---

* 뜨거운 술에 꿀, 정향, 계피 등을 넣어 우린 음료.

삼십 분 뒤에 다시 전화했을 때도 알베리는 자리에 없었다. 마르틴 베크는 디아나호의 선원들 목록을 꺼냈다. 열여덟 명의 이름과 주소가 적혀 있었는데 전국 각지의 주소가 다 보였다. 스톡홀름에 사는 사람은 여섯 명이었고 주소가 없는 이름도 둘 있었다. 모탈라에 사는 사람은 둘이었다.

4시 30분에 그는 콜베리의 권고를 따르기로 결정했다. 책상을 정리하고 모자와 코트를 걸쳤다.

귀가하는 길에 약국에 들러 두통약을 샀다.

찬장에서 찾아낸 한 방울 남은 코냑을 부용에 탄 뒤에 컵을 안고 침실로 갔다. 아내가 적외선 난로를 들고 왔을 때 그는 이미 잠들어 있었다.

이튿날 아침 마르틴 베크는 일찍 깼지만 7시 45분까지 침대에 누워 있다가 천천히 일어나서 옷을 입었다. 몸이 한결 가뿐했고 두통은 사라졌다.

정각 9시에 사무실 문으로 들어섰다. 빨간 속달우편 딱지가 붙은 봉투가 책상에 놓여 있었다. 코트를 벗을 생각도 않고 집게손가락으로 봉투를 뜯었다.

봉투에는 승객 목록이 들어 있었다.

마르틴 베크의 눈은 순간적으로 그 이름을 발견했다.

R. 맥그로, 미국: 1인실 A7.

10.

"내가 그럴 줄 알았지요. 느낌이 그랬습니다. 보트에 탔던 승객은 몇 명이던가요?"

알베리가 물었다.

"명단에 따르면 예순여덟 명입니다."

마르틴 베크는 대답을 하면서 책상의 종이에 펜으로 숫자를 적었다.

"주소도 적혀 있습니까?"

"아니요, 국적만 있습니다. 이 사람들을 다 찾아내려면 끔찍하게 힘들겠군요. 물론 몇 명은 제외해도 됩니다. 가령 아이들이나 나이 많은 여자들은 지워도 되겠죠. 하지만 추가로 선원들과 승무원들을 확보해야 합니다. 열여덟 명입니다만, 그 사람들

주소는 내가 갖고 있습니다."

"카프카는 여자가 혼자 여행했다고 말했다면서요. 당신 생각은 어떻습니까?"

"동행이 있었던 것 같지는 않습니다. 1인실을 썼으니까요. 갑판 평면도를 보면 그녀의 방은 중앙 갑판에서 선미 쪽으로 가장 먼 선실이었습니다."

"솔직히, 그런 말을 들어도 나는 아무 생각이 없습니다. 매년 여름이면 한 주에 몇 번씩 그 배가 오가는 것을 봤지만, 사실 어떻게 생겼는지도 잘 몰라요. 그 배는 물론이고 다른 운하 여객선에도 타본 적이 없습니다. 나한테는 셋 다 똑같아 보입디다."

"똑같지 않아요. 아무래도 우리가 직접 디아나호를 살펴봐야겠군요. 배가 지금 어디에 있는지는 내가 알아보겠습니다."

마르틴 베크는 일레트 호텔에 갔던 일을 알베리에게 말하고 모탈라에 산다는 조타수와 기관장의 주소를 알려주었다. 그리고 디아나호의 소재를 알아내는 대로 다시 전화하겠다고 했다.

통화를 마친 그는 승객 명단을 들고 상사의 사무실로 갔다.

함마르는 수사의 진척을 축하한 뒤, 당장 가서 배를 살펴보라고 했다. 얼마 동안은 콜베리와 멜란데르가 승객 명단을 놓고 머리를 싸맬 것이다.

전 세계에 뿔뿔이 흩어진 정체 모를 예순일곱 명의 주소를 확보하는 일에 멜란데르는 열의를 보이지 않았다. 그는 마르틴 베크의 사무실에 앉아 승객 명단 복사본을 손에 들고 셈을 했다.

"스웨덴 사람이 열다섯 명. 그중에서 다섯 명은 성이 안데르손이고, 세 명은 요한손이고, 세 명은 페테르손이로군. 괜찮은데! 미국 사람은 스물한 명. 물론 거기서 한 명은 빼야겠지. 독일 사람이 열두 명, 덴마크 사람이 네 명, 영국 사람이 또 네 명, 스코틀랜드 사람이 한 명, 프랑스 사람이 두 명, 남아프리카공화국 사람이 두 명. 탐탐을 두드리면서 찾아봐야겠구먼. 네덜란드 사람이 다섯 명에 터키 사람이 두 명이라."

멜란데르는 파이프를 쓰레기통에 탁탁 친 뒤에 명단을 주머니에 넣었다.

"터키 사람이라. 예타운하에."

멜란데르는 웅얼거리면서 방을 나갔다.

마르틴 베크는 운하 선박 사무소에 전화를 걸었다. 디아나호는 예테보리에서 이십 킬로미터 떨어진 보후스라는 예타 강 항구에서 겨울 동안 정박한다고 했다. 마르틴 베크 일행이 그곳에 도착하면 예테보리 사무소에서 사람이 나가 배를 보여주기로 했다.

그는 알베리에게 전화하여 오후 기차로 모탈라에 내려가겠다고 알렸다. 이튿날 아침 10시경에 보후스에 도착하도록, 7시에는 모탈라를 출발하기로 했다.

마르틴 베크가 집으로 가는 길은 평소와 달리 혼잡한 시간대가 아니어선지 지하철이 한산했다.

아내는 그에게 이 사건이 얼마나 중요한지를 어렴풋이 이해했기 때문에 그가 바로 떠나야 한다는 말을 듣고도 변변히 항의할 엄두를 내지 못했다. 아내는 부루퉁하게 입을 다물고 가방을 쌌다. 마르틴 베크는 아내의 과시적인 퉁명스러움을 눈치채지 못한 척했다. 아내의 뺨에 건성으로 입을 맞추고 기차 시간이 한 시간 넘게 남았는데도 일찍 집을 나섰다.

"번거롭게 호텔방을 예약하지는 않았습니다." 모탈라 기차역 앞에서 차를 대고 기다리고 있던 알베리가 말했다. "우리 사무실에 끝내주는 소파가 있으니 거기서 자면 됩니다."

두 사람은 저녁 늦게까지 이야기를 나눴다. 다음날 아침에 자명종이 울렸을 때, 둘은 한숨도 자지 못한 기분이었다. 알베리는 국립과학수사연구원에 전화를 걸어 조사관 두 명을 보후스로 보내달라고 요청했다. 그리고 두 사람은 차에 탔다.

쌀쌀하고 흐린 아침이었다. 한참 가다 보니 가는 비가 날리기 시작했다.

"조타수와 기관장은 소재를 확보했습니까?"

도시를 벗어난 뒤에 마르틴 베크가 물었다.

"기관장만요. 터프가이더군요. 한 마디 한 마디 쥐어짜다시피 해서 겨우 말을 들었습니다. 어쨌든 그는 승객들과는 별로 접촉하지 않는답니다. 게다가 그 운행에서는 모터에…… 아차, 엔진에, 이상이 생겼던지라 거기에 온통 정신이 팔렸답니다. 내가 그 운항을 언급하자마자 기분이 상한 눈치입디다. 어쨌든 그때 자기를 도와서 일한 아이가 두 명 있었는데, 그가 알기로는 디아나호가 마지막 운항을 마친 뒤에 둘 다 영국이랑 독일로 가는 배와 계약했다는군요."

"그렇군요. 우리가 찾을 수 있을 겁니다. 선박 회사 목록을 다 뒤져야겠군요."

비가 굵어졌다. 보후스에 도착할 무렵에는 앞유리창으로 빗줄기가 쏟아졌다. 굵은 빗줄기가 시야를 막아서 잘 보이지 않았지만 강변에 공장 몇 채와 크고 길쭉한 건물 하나가 늘어선 자그마한 마을인 것 같았다. 강가로 빠지는 길을 찾아내어 굼벵이처럼 천천히 내려가자 배가 보이기 시작했다. 배들은 버려진 듯 음산했다. 부두 끝까지 거의 다 가서야 배에 적힌 이름들이 눈에 들어왔다.

두 사람은 차에 앉은 채로 선박 사무소 사람을 찾아보았다. 사람은 한 명도 눈에 띄지 않았지만 멀지 않은 곳에 다른 차 한 대가 서 있었다. 그쪽으로 다가가보았다. 웬 남자가 운전석에 앉아서 두 사람 쪽을 보고 있었다.

알베리는 나란히 차를 세웠다. 남자가 차창을 내리고 뭐라고 소리쳤다. 시끄러운 빗소리 너머로 두 사람의 이름을 외치는 남자의 말소리를 마르틴 베크가 겨우 알아듣고 창을 열면서 '그렇다'는 뜻으로 고개를 끄덕였다.

남자는 자기소개를 한 뒤, 빗줄기가 굵지만 그래도 바로 배로 올라가자고 제안했다.

남자는 작고 통통했다. 앞장서서 디아나호로 걸어가는 모습이 마치 굴러가는 듯했다. 남자는 약간 낑낑대며 난간을 넘은 뒤, 마르틴 베크와 알베리가 뒤를 따라 넘어오기를 기다렸다.

우현 측면의 문을 작달막한 남자가 끌렀다. 세 사람은 소지품 보관실처럼 생긴 방으로 들어섰다. 방 맞은편에도 비슷하게 생긴 문이 있었다. 좌현 산책 갑판으로 나가는 문이었다.

오른쪽에는 식당으로 통하는 유리문이 두 개 있었고 그 사이에 커다란 거울이 있었다. 거울 맞은편으로 아래 갑판으로 내려가는 계단이 있었다. 세 사람은 계단을 내려간 뒤에 한 층 더 내려가서 큰 선실 네 개와 큰 휴게실이 있는 공간으로 들어섰다. 휴게실에는 레이스 덮인 소파들이 놓여 있었다. 작달막한 남자는 커튼을 치면서 이렇게 하면 소파들이 가려진다고 말했다.

"갑판 승객이 있을 때는 여기에서 자곤 합니다."

남자가 말했다.

세 사람은 도로 계단을 올라가서 상갑판으로 갔다. 그곳에는 승객용 선실과 승무원용 선실, 화장실, 세면실 들이 있었다. 식당은 중앙 갑판에 있었다. 여섯 명이 앉을 수 있는 둥근 탁자 여섯 개, 선미 쪽의 뷔페용 탁자, 뻥 뚫린 창을 통해서 주문을 받는 주문 접수용 방, 아래층 주방에서 음식을 나르는 데 쓰는 승강기가 딸린 작은 서빙룸이 있었다.

세 사람이 다시 산책 갑판으로 나왔을 때는 비가 거의 그친 상태였다. 그들은 선미 쪽으로 걸어갔다. 우현 옆쪽으로 문이 셋 있었는데, 첫 번째는 서빙룸으로 통했고 다른 두 개는 선실로 통했다. 맞은편에는 상갑판으로 올라가는 사다리가 있었다. 그것을 계속 올라가면 선교까지 갈 수 있었다. 사다리 바로 옆이 로재나 맥그로의 선실이었다.

로재나 맥그로가 사용한 선실의 문은 곧장 선미로 열렸다. 선실은 좁았다. 길이가 3.7미터였고 환기창은 없었다. 침대판을 접을 수 있고, 그걸 내리면 바닥에서 뜬 침대가 되는 구조였다. 마호가니 덮개가 달린 세면기가 있었고, 그 덮개를 닫으면 간이 탁상이 되었다. 세면기 위쪽 벽에 걸린 거울 아래 선반에 유리컵 하나와 세면용품들이 놓여 있었다. 선실 바닥에는 러그를 압정으로 고정해두었다. 침상 밑에 짐을 둘 공간이 있었다.

침대 머리맡의 빈 벽에는 옷걸이용 후크가 몇 개 붙어 있었다.

선박 사무소에서 나온 남자는 선실에 세 사람이 들어가 있을 공간이 없다는 것을 알고 밖으로 나갔다. 남자는 구명조끼 보관용 상자에 앉아 흠뻑 젖은 신발을 걱정스레 바라보았다. 남자의 두 발은 갑판에 닿지 않고 공중에서 달랑거렸다.

마르틴 베크와 알베리는 좁은 선실을 검사했다. 로재나의 흔적이 남아 있으리라고 기대하는 것은 아니었다. 그녀가 묵은 후로 선실은 여러 차례 청소되었을 것이다. 알베리는 침대에 조심스럽게 누워보고는 어른 한 명이 누울 공간도 부족하다고 결론 내렸다.

두 사람은 선실 문을 열어둔 채 밖으로 나와서 구명조끼 보관함에 앉은 남자 옆에 자리를 잡았다.

그렇게 한동안 선실을 바라보고 있으려니 크고 검은 차 한 대가 배로 다가왔다. 국립과학수사연구원 사람들이었다. 두 남자가 크고 검은 도구함을 맞잡아 들고 와서 당장 작업을 시작했다.

알베리가 마르틴 베크의 옆구리를 찌르면서 고갯짓으로 사다리를 가리켰다. 두 사람은 상갑판으로 올라갔다. 굴뚝 양옆으로 구명보트가 한 대씩 있었고, 갑판 의자들과 담요들 따위를 넣어두는 커다란 보관함이 여러 개 있었다. 그 밖에는 휑한 갑판이었다. 한 층 위의 선교에는 승객용 선실이 둘, 창고가 하나, 조종실과 그 바로 뒤의 선장용 선실이 있었다.

마르틴 베크는 사다리 발치에 서서 선박 사무소에서 받아온 갑판 평면도를 꺼냈다. 두 사람은 평면도를 보면서 다시 한번 보트 전체를 살폈다. 그들이 중앙 갑판의 선미 쪽으로 돌아와보니 작달막한 남자는 여태 상자에 앉아서 국립과학수사연구원 사람들이 무릎을 꿇고 러그를 고정한 압정을 뜯어내는 광경을 슬픈 듯 지켜보고 있었다.

크고 검은 차가 바퀴에서 진흙을 뿌려대면서 예테보리로 떠난 시각은 오후 2시였다. 조사관들은 선실에서 뜯어낼 수 있는 것이라면 뭐든지 뜯어갔는데, 양이 그다지 많지는 않았다. 분석에 그리 오랜 시간이 걸리지는 않을 것이라고 했다.

마르틴 베크와 알베리는 선박 사무소 남자에게 고맙다고 인사했다. 남자는 마침내 그곳에서 벗어나게 되어 천만다행이라는 속내를 숨기지 않고 열렬히 작별의 악수를 나눴다.

남자의 차가 커브를 돌아 시야에서 사라지자 알베리가 말했다.

"피곤하고 배도 고프네요. 예테보리로 가서 하룻밤 묵읍시다. 어때요?"

삼십 분쯤 뒤에 두 사람은 포스트가탄 거리의 어느 호텔 주차장에 차를 세웠다. 각자 1인실로 들어가서 한 시간쯤 휴식한 뒤에 저녁을 먹으러 갔다.

식사를 하면서 마르틴 베크는 보트에 대한 이야기를 했고, 알베리는 페로제도를 여행했던 이야기를 했다.

누구도 로재나 맥그로의 이름은 입에 올리지 않았다.

11.

예테보리에서 모탈라로 가려면 40번 국도를 동쪽으로 달려서 보로스, 울리세함, 옌셰핑을 지나야 한다. 그러고는 북쪽으로 꺾어 3번 유럽고속도로를 타고 외데스회그까지 갔다가, 그곳에서 50번 국도로 접어들어 토케른과 바드스테나를 지나면 된다. 대략 265킬로미터의 여정인데 그날 아침에 알베리는 세 시간 반 만에 그 길을 주파했다.

두 사람은 새벽 5시 반에 출발했다. 막 동이 트려는 참이었다. 쓰레기차가 수거를 하고 있었다. 빗물로 깨끗하게 씻긴 거리에는 신문 배달원이나 경찰관 한두 명을 제외하고는 아무도 없었다. 평탄하게 뻗은 칙칙한 도로를 수 킬로미터 달리는 동안 둘 다 조용했다. 알베리가 목을 가다듬으며 말을 꺼낸 것은 힌

도스를 지난 뒤였다.

"정말 거기에서 일이 벌어졌을까요? 좁아터진 그 선실에서?"

"달리 어디겠습니까?"

"벽 너머로 불과 몇십 센티미터 떨어진 옆방에 다른 사람들이 있었을 텐데?"

"칸막이겠지요."

"뭐라고요?"

"배에서는 벽이 아니라 칸막이라고 합니다."

"아."

십 킬로미터를 더 간 뒤에 마르틴 베크가 말했다.

"가까운 곳에 다른 승객들이 있었으니 범인은 여자가 비명을 못 지르게 막아야 했을 겁니다."

"하지만 어떻게 제압했을까요? 범인은 꽤나 오랫동안…… 그 짓을 했을 텐데요."

마르틴 베크는 대답하지 않았다. 그들은 변변한 기물이 없는 좁은 선실에 대해 골똘히 생각했다. 눈앞의 그림에 상상이 끼어드는 것을 막을 도리가 없었다. 둘 다 스멀스멀 밀려오는 불쾌감과 무력감을 경험했다. 그들은 주머니를 더듬어 담배를 꺼내 잠자코 피웠다.

울리세함에 접어들었을 때 마르틴 베크가 말했다.

"여자가 죽은 뒤에, 아니면 의식을 잃은 뒤에 상해를 입었을지도 모릅니다. 그럴 가능성을 암시하는 대목이 부검 보고서에 있었어요."

알베리가 고개를 끄덕였다. 구태여 말하지는 않았지만 그렇게 생각하는 쪽이 한결 마음이 편하다는 것을 둘 다 잘 알았다.

그들은 옌셰핑의 카페테리아에 차를 세우고 커피를 마셨다. 커피를 마실 때면 늘 그렇듯이 마르틴 베크는 속이 거북했지만 약간 기운도 났다.

그렌나를 지날 때, 알베리는 두 사람이 몇 시간 동안 속으로만 생각했던 말을 끄집어냈다.

"우리는 그녀를 잘 몰라요."

"맞습니다."

마르틴 베크는 뿌옇게 흐리지만 아름다운 바깥 경치에 시선을 고정한 채 대꾸했다.

"우리는 그녀가 어떤 사람인지 몰라요. 무슨 말이냐면……."

알베리는 말을 잇지 못했다.

"무슨 말인지 압니다."

"그렇죠? 그녀가 어떻게 살았는지, 행실은 어땠는지, 어떤 사람들과 어울렸는지, 그런 것 말입니다."

"맞습니다."

모두 사실이었다. 방파제에 누웠던 여자는 이름과 주소와 직업을 되찾았다. 하지만 그 이상은…….

"감식반 사람들이 뭔가 알아낼까요?"

"희망을 품어볼 수는 있겠죠."

알베리가 마르틴 베크를 곁눈으로 보았다. 둘 사이에 빈말은 필요하지 않았다. 감식 보고서에서 바랄 만한 성과란 고작해야 A7 선실이 범행 현장이라는 자신들의 가정을 뒤집지 않는 결과가 나오는 것뿐이었다. 둘은 그 사실을 잘 알았다. 디아나호는 링컨에서 온 여성이 탑승한 뒤로도 스물네 차례 더 항해했다. 선실은 줄잡아도 십수 번 청소되었을 것이고, 선실에 비치되었던 침구나 수건은 몇 번이나 세탁되어 다른 선실의 물건들과 완전히 섞였을 것이다. 로재나 맥그로가 그 방에 묵은 뒤로도 서른에서 마흔 명 사이의 승객들이 그곳을 사용했을 것이다. 당연히 그들 모두 자취를 남겼을 것이다.

"아직 목격자 청취가 남았으니까요."

알베리가 말했다.

"맞습니다."

아마도 여든다섯 명 중에서 한 명이 범인일 것이다. 나머지는 잠재적 목격자들인 셈이다. 각자가 갖고 있는 작은 조각들을 끼워 맞추면 하나의 거대한 퍼즐이 될 것이다. 네 개의 대륙에 흩어진 여든다섯 명의 사람들. 그들을 모두 찾아내는 것만 해도 초인적인 노력을 요하는 일이다. 그들 모두에게서 증언을 듣고 보고서를 쓰고 꼼꼼히 읽는 과정을 생각만 해도 진저리가 났다.

"우리에게는 또 로재나 맥그로가 있지요."

알베리가 말했다.

"맞습니다."

또 한동안 침묵.

"생각나는 방법은 딱 하나뿐입니다."

"미국의 그 경찰?"

"맞습니다."

"이름이 뭐였지요?"

"카프카."

"이상한 이름이네요. 유능한 것 같던가요?"

마르틴 베크는 며칠 전의 한심한 통화를 떠올리고는 음울했던 하루에 처음으로 미소를 지었다.

"그렇다고 말하기는 힘들겠는데요."

바드스테나와 모탈라의 중간쯤을 지날 때 마르틴 베크는 혼잣말처럼 중얼거렸다.

"여행 가방, 옷, 세면용품, 칫솔, 여자가 구입했을 기념품들,

여권, 현금, 여행자수표."

알베리가 핸들을 꽉 움켜쥐었다.

"운하를 샅샅이 긁어볼 겁니다. 먼저 보렌스홀트 갑문과 항구 사이를 훑고, 다음에 보렌 호수 동쪽을 훑을 겁니다. 갑문들 속은 벌써 다 훑었지만 남은 곳이……."

"베테른 호수?"

"네, 물건이 그곳에 버려졌다면 우리가 찾아낼 가능성은 희박하겠고, 보렌 호수라도 준설선이 벌써 바닥을 다 갈아 엎었다면 가망이 없지요. 나는 가끔 꿈에서 그 망할 기계를 보고 식은 땀을 흘리면서 깹니다. 아내는 내가 미쳤다고 생각해요. 딱한 일이지요." 알베리는 경찰서 정면에 차를 세웠다.

마르틴 베크는 부러움, 의심, 존경이 뒤섞인 눈길로 흘깃 알베리를 보았다.

십 분 뒤에 알베리는 여느 때처럼 재킷을 벗은 차림으로 책상에 앉아 작업실과 통화했다. 중간에 라르손 경감이 들어왔다. 라르손은 마르틴 베크와 악수한 뒤, 알베리를 향해 눈썹을 치켜올리고 무언의 질문을 던졌다. 알베리가 수화기를 내려놓았다.

"매트리스와 러그에 혈액이 조금 묻어 있더랍니다. 꼼꼼하게 헤아려서 총 열네 군데예요. 지금 분석중이랍니다."

핏자국이 발견되지 않았다면 A7 선실이 범행 현장이라는 가설은 가능성이 희박해졌을 것이다.

라르손은 마르틴 베크와 알베리의 안도감을 알아차리지 못한 듯했다. 두 사람이 주고받은 무언의 대화는 라르손에게는 익숙하지 않은 파장이었다. 라르손이 다시 눈썹을 치키며 물었다.

"그것뿐인가?"

"오래된 지문도 몇 개 있답니다. 많지는 않고요. 청소를 꽤 꼼꼼하게 한 모양입니다."

"청장이 여기로 오는 중이라는군."

"언제나 환영입니다."

알베리가 대꾸했다.

마르틴 베크는 오후 5시 20분 기차를 타고 미엘뷔를 거쳐 스톡홀름으로 돌아왔다. 여행에는 네 시간 반이 걸렸다. 그동안 미국에 보낼 편지를 썼다. 스톡홀름에 도착할 무렵에는 초고가 완성되었는데, 완벽하게 만족스럽지는 않았지만 그 정도로 만족해야 했다. 그는 시간을 아끼기 위해서 택시를 타고 니콜라이 경찰서로 간 뒤 취조실을 하나 빌려서 타이핑을 했다. 완성된 편지를 읽어보고 있으려니 밖에서 사람들이 말다툼하고 욕하는 소리가 들렸다. 한 경관이 이렇게 말했다.

"진정하세요, 이봐요, 진정들 하시라고요."

참으로 오랜만에 마르틴 베크는 과거 순경 시절을 떠올리며 자신이 토요일 밤의 지저분한 뒤끝을 얼마나 싫어했는지도 떠올렸다.

10시 45분에 그는 바사가탄 거리의 우체통 앞에 섰다. 금속 뚜껑이 철컹 닫혔다.

그는 부슬비를 맞으면서 남쪽으로 걸었다. 콘티넨털 호텔을 지나고 새로 지어진 높은 백화점 건물을 지났다. 지하철로 내려가는 에스컬레이터에 서서 카프카를 떠올렸다. 일면식도 없는 그가 자신의 편지를 얼마나 이해할까 싶었다.

마르틴 베크는 피곤했다. 종착역까지 가서야 내린다는 사실에 안심하면서, 그는 지하철에 타자마자 곯아떨어졌다.

12.

열흘 뒤에 미국에서 답장이 왔다. 마르틴 베크는 아침에 출근해서 사무실 문을 닫기도 전에 책상에 놓인 편지를 보았다. 그는 코트를 걸면서 거울에 비친 자신의 얼굴을 응시했다. 안색이 창백하고 피부가 누렇게 뜨고 눈 밑에 다크서클이 늘어졌다. 독감은 다 나았으니 그 때문은 아니었다. 최근에 잠을 잘 못 잤기 때문이다. 그는 커다란 갈색 봉투를 뜯어 진술서 두 편, 타자기로 친 편지 한 장, 신상 정보가 적힌 카드 한 장을 꺼냈다. 호기심에 이끌려 문서를 후루룩 훑었을 뿐 당장 읽고 싶은 충동을 억눌렀다. 대신에 행정실로 가서 서둘러 번역하여 복사본을 세 개 만들어달라고 부탁했다.

그는 콜베리와 멜란데르가 함께 쓰는 한 층 위 사무실로 올라갔다. 둘은 각자의 책상에 앉아 등을 맞댄 채 일하고 있었다.

"가구 배치를 바꿨나?"

"그것밖에 할 수 있는 일이 없더군."

콜베리가 대답했다.

콜베리는 마르틴 베크만큼이나 혈색이 나쁘고 눈자위가 붉었다. 언제든 동요하지 않는 멜란데르는 여느 때와 다름없는 모습이었다.

노랗고 얇은 종이에 복사한 보고서 한 장이 콜베리 앞에 놓여 있었다. 콜베리가 그것을 집게손가락으로 한 줄 한 줄 짚으면서 읽었다.

"리세로테 옌센 부인, 나이 예순하나. 덴마크 바일레의 경찰에게 다음과 같이 진술했음. 멋진 여행이었다. 스뫼르고스보르드*가 훌륭했다. 꼬박 하루 낮밤 비가 왔고, 배가 지연되었다. 자신은 배가 호수를 지나간 날 밤에, 그러니까 둘째 날 밤에 멀미를 했다. 그럼에도 불구하고 여행은 즐거웠고 승객들은 다들 무척 친절했다. 사진의 예쁜 아가씨는 본 기억이 없다. 설령 보았더라도 같은 식탁에 앉지는 않았던 것이 분명하다. 하지만 선장이 매력적인 사람이었던 것은 똑똑히 기억한다. 남편은 이렇

---

* 다양한 요리들을 뷔페식으로 제공하는 스웨덴 전통 식사.

게 수북이 쌓인 음식을 식당의 사람들이 다 먹어치울 수는 없을 테니 아마도 승객 전원이 식사하러 나온 것은 아닐 것이라고 말했다. 날씨는 비가 내릴 때 말고는 화창했다. 스웨덴이 그렇게 멋진 나라일 줄은 미처 몰랐다. 젠장할, 나도 몰랐군그래." 콜베리는 계속 읽었다. "선상에서는 주로 남아프리카공화국에서 온 매력적인 신사인 호이트 씨와 그 아내와 함께 브리지 게임을 했는데, 호이트 부부는 더반에서 왔다고 했다. 물론 선실은 협소한 편이었고 둘째 날 밤에는, 이제야 뭔가 나오는군, 커다랗고 북슬북슬한 주형류蛛形類 한 마리가 침대에 나타났다. 남편이 그것을 선실에서 몰아내느라 애를 먹었다. 뭐야, 주형류라는 게 색골을 말하는 건가?"

"거미야."

멜란데르가 파이프를 입에서 빼지도 않고 말했다.

"이러니 어떻게 덴마크 사람을 사랑하지 않을 수 있겠나." 콜베리가 마저 읽어 내려갔다. "어쨌든 이상한 것을 보거나 듣지는 못했다. '따라서,' 면담을 실시한 토프트라는 경찰관이 마지막으로 이렇게 적어두었구먼. '이 쾌활한 노부부의 증언에서는 사건에 대해 조금이라도 빛을 던져줄 만한 내용은 전혀 없음.' 거참, 압도적인 추론 기술이로군!"

"보자, 보자." 옆에서 멜란데르가 혼잣말을 했다.

콜베리는 마지막으로 비꼬았다.

"덴마크 동지들에게 축복 있기를!"

마르틴 베크는 책상으로 몸을 숙여 서류들을 보았다. 그리고 남들이 알아듣지 못할 말을 웅얼거렸다. 조사를 시작한 지 열흘이 지난 지금, 그들은 디아나호에 승선했던 사람들 중 3분의 2의 소재를 알아냈다. 온갖 수단을 동원해서 마흔 명과 접촉했고, 개중 스물세 명에 대한 정식 청취 기록이 수중에 들어왔다. 그러나 성과는 미미했다. 면담자들 중에서 아무리 사소한 것이라도 로재나 맥그로에 대해 기억하는 사람은 아무도 없었다. 어쩌면 선상에서 그녀를 본 것도 같다고 애매하게 대답한 사람이 몇 명 있었을 뿐이다.

멜란데르가 입에서 파이프를 빼고 물었다.

"칼오케 에릭손, 선원 명단에 있는 놈 말이야. 그는 찾았나?"

콜베리가 목록을 확인했다.

"화부 말이로군. 아니, 찾지는 못했지만 정보는 있어. 삼 주 전에 예테보리에서 선원의 집을 나가 배를 탔다는군. 핀란드 화물선을 탔다는데."

"으흠, 스물두 살짜리지?"

멜란데르가 물었다.

"맞아. 그런데 으흠이라니 무슨 생각인가?"

"그 이름을 들으니까 생각나는 사건이 있어서. 자네도 분명 기억하는 사건일 텐데. 하지만 당시에는 그 이름으로 불리지 않았어."

"자네 기억이라면야 물론 옳겠지." 콜베리는 순순히 체념하고는 마르틴 베크를 향해 말했다. "도대체가 이 괴물 같은 친구는 기억력이 서커스 코끼리라니까. 꼭 컴퓨터하고 한 방을 쓰는 것 같아."

"나도 알아."

"세계 최악의 담배를 피우는 컴퓨터지."

"조금만 있으면 생각이 날 거야."

멜란데르가 말했다.

"어련하시겠어. 젠장, 피곤해죽겠네."

콜베리의 대꾸였다.

"잠을 충분히 못 잤나 보군."

멜란데르였다.

"그래."

"수면을 충분히 취하도록 해. 나는 매일 여덟 시간씩 자지. 뒤통수가 베개에 닿는 순간 잠들어."

"자네 부인은 거기에 대해서 뭐라고 말하나?"

"아무 말도 안 해. 아내가 나보다 먼저 잠들어버리는걸. 가끔은 불을 끌 새도 없이 둘 다 자버린다니까."

"허풍하고는. 아무튼 내가 요즘 잠을 잘 못 자긴 해."

"왜?"

"나도 몰라. 그냥 잠이 안 와."

"그러면 뭘 하나?"

"말똥말똥하게 눈을 뜬 채로 누워서 자네가 얼마나 따분한 파트너인지 생각하지."

콜베리는 편지를 담아두는 바구니를 끌어당겼다. 멜란데르는 파이프 재를 떨고 천장을 응시했다. 마르틴 베크는 멜란데르를 익히 아는지라, 한번 보거나 읽거나 들은 것은 빠짐없이 간직되는 그 귀하디 귀한 기억 창고에 멜란데르가 방금 새로운 값을 입력했다는 사실을 알아챘다.

점심 식사 후 삼십 분이 지났을 때 행정실 여직원이 번역한 문서들을 가져왔다.

마르틴 베크는 재킷을 벗고 사무실 문을 잠그고 문서들을 읽기 시작했다.

편지부터 읽었다.

친애하는 마르틴

당신의 요구 사항이 아마 이런 것이리라 생각합니다. 여기 동봉하는 신문 기록은 테이프에 녹음된 내용을 그대로 받아쓴 것입니다. 전혀 수정하거나 줄이지 않았습니다. 직접 보고 판단하십시오. 당신이 원한다면 그녀와 알고 지냈던 사람을 몇 명 더 캐낼 수 있겠습니다만, 그래도 아마 이 두 사람이 제일 나을 겁니다. 그 짓을 저지른 놈을 꼭 잡길 바랍니다. 그놈을 잡거든 잊지 말고 내 몫까지 혼내주십시오. 내가 알아낼 수 있는 모든 신상 정보를 정리해서 동봉하고, 녹취록에 대한 코멘트도 보냅니다.

엘머

마르틴 베크는 편지를 옆으로 밀어놓고 녹취록을 쥐었다. 첫 번째 문서의 머리말은 다음과 같았다.

에드거 M. 멀베이니에 대한 신문 기록. 1964년 10월 11일 네브래스카 오마하의 검사 사무실에서 진행되었음. 담당 조사관: 카프카 경위. 증인: 롬니 경사.

카프카: 에드거 몬큐어 멀베이니, 서른세 살, 오마하 이스트 스트리트 12번지 거주. 직업은 기술자로 오마하 북부전력회사의 차장으로 일한 지 일 년 되었음. 이상의 내용이 사실입니까?

멀베이니: 네, 맞습니다.

카: 당신은 선서를 한 것은 아닙니다. 당신의 증언은 공증문서로 기록되지 않습니다. 내가 던질 질문 중에는 당신의 은밀한 사생활을 건드리는 질문이 있을 테고, 어쩌면 불쾌하게 느껴지는 질문도 있을 겁니다. 당신은 우리에게 정보를 제공하기 위해서 이 신문을 받는 것뿐입니다. 당신이 말하는 내용은 공개되지 않고, 당신에게 불리하게 사용되지도 않을 것입니다. 내가 당신의 대답을 강요할 수는 없지만 이 점은 주지하고 싶습니다. 당신이 모든 질문에 충실하게, 정직하게, 가급적 명확하게 답해준다면 로재나 맥그로를 살해한 범인을 잡아 처벌하는 데 크게 도움이 될 겁니다.

멀: 최선을 다하겠습니다.

카: 당신은 십일 개월 전까지 링컨에 살았지요. 직장도 그곳에서 다녔고요.

멀: 네, 공공사업부의 기사로 일했습니다. 가로등을 관리하는 부서입니다.

카: 어디에서 살았습니까?

멀: 그린록 로드 83번지입니다. 직장 동료와 아파트를 함께 썼습니다. 당시에는 둘 다 미혼이었거든요.

카: 로재나 맥그로를 언제 만났습니까?

멀: 거의 이 년 전입니다.

카: 1962년 가을이라는 말입니까?

멀: 네, 십일월이었습니다.

카: 어떻게 만났습니까?

멀: 동료인 조니 맷슨의 집에서 만났습니다.

카: 파티에서?

멀: 네.

카: 맷슨이 로재나 맥그로와 아는 사이였습니까?

멀: 잘 몰랐습니다. 주인이 자기 친구 아무에게나 집을 공개한 파티라서 많은 사람이 멋대로 드나들었죠. 조니와 로재나는 로재나가 일하는 도서관에서 알게 된 사이였습니다. 파티에는 별별 사람이 다 초대되었어요. 조니가 어떻게 그런 사람들을 다 알게 되었는지는 하느님만 아실걸요.

카: 어쩌다가 로재나 맥그로와 만났습니까?

멀: 글쎄요. 그냥 거기에서 만났습니다.

카: 당신은 여자를 사귀겠다는 목표를 갖고서 파티에 갔습니까?

(잠시 침묵)

카: 질문에 답해주십시오.

멀: 지금 생각하는 중입니다. 네, 그럴지도 모릅니다. 당시에 나는 여자친구가 없었으니까요. 하지만 그보다는 그냥 할 일이 없어서 간 겁니다.

카: 파티에서 무슨 일이 있었나요?

멀: 로재나와 내가 만난 건 말하자면 우연이었습니다. 우리는 한동안 대화를 나누다가 춤을 췄습니다.

카: 몇 번이나 췄습니까?

멀: 처음 두 곡을 췄습니다. 파티는 막 시작한 상태였습니다.

카: 두 분은 파티가 시작되자마자 만났다는 건가요?

멀: 네, 그랬던 것 같습니다.

카: 그리고?

멀: 내가 로재나에게 나가자고 제안했습니다.

카: 고작 두 곡을 추고서요?

멀: 정확하게 말하면 두 번째 곡에 맞춰 춤을 추던 도중에 그랬습니다.

카: 그랬더니 로재나 맥그로는 뭐라고 대답했습니까?

멀: "그래요, 가요." 그렇게 말했습니다.

카: 다른 말은 한마디도 없었고요?

멀: 네.

카: 대체 어떻게 그런 제안을 했습니까?

멀: 내가 이런 질문에도 대답해야 합니까?

카: 대답하지 않을 거라면 이 대화가 무슨 의미겠습니까.

멀: 좋아요, 말하죠. 춤을 추는 동안 로재나가 흥분하는 기색을 느꼈습니다.

카: 흥분했다고요? 어떤 식으로요? 성적으로?

멀: 당연히 그렇죠.

카: 어떻게 알았습니까?

멀: 정확하게는 (잠시 침묵) 설명할 수 없습니다. 어쨌든 분명히 그랬습니다. 로재나의 행동에서 느낄 수 있었습니다. 더 구체적인 설명은 못 하겠네요.

카: 당신은? 당신도 성적으로 흥분했습니까?

멀: 네.

카: 사전에 술을 마셨습니까?

멀: 마티니 한 잔 정도였을 겁니다.

카: 로재나 맥그로는?

멀: 로재나는 원래 술을 입에 대지 않았습니다.

카: 그래서 두 사람은 함께 파티장을 나왔습니까? 그다음은 어떻게 됐습니까?

멀: 둘 다 차가 없었습니다. 그래서 택시를 타고 로재나가 살던 세컨드사우스 스트리트 116번지로 갔습니다. 로재나

는 아직 거기에 삽니다. 그러니까, 생전에 거기에 살았다는 말입니다.

카: 그녀는 별말 없이 당신의 동행을 허락했나요?

멀: 아, 대화를 나누기는 했지요. 시시껄렁한 잡담 말입니다. 정확한 내용은 기억도 안 납니다. 사실 로재나는 대화를 지루해하는 눈치였습니다.

카: 택시에서 서로 가깝게 몸을 기댔습니까?

멀: 키스를 했습니다.

카: 그녀가 반대하지 않았나요?

멀: 전혀. 말했잖습니까, 키스를 했다니까요.

(잠시 침묵)

카: 택시 요금은 누가 냈습니까?

멀: 로재나가 냈습니다. 내가 제지할 겨를도 없었습니다.

카: 그리고?

멀: 로재나의 아파트로 올라갔습니다. 집이 꽤 근사해서 좀 놀랐던 기억이 납니다. 책이 아주 많았습니다.

카: 그리고 무엇을 했습니까?

멀: 어…….

카: 섹스를 했습니까?

멀: 네.

카: 언제?

멀: 거의 즉시 했습니다.

카: 가급적 자세하게 상황을 이야기해주시겠습니까?

멀: 이봐요, 이게 무슨 짓입니까? 시민을 상대로 킨제이 보고서라도 작성하는 겁니까?

카: 죄송합니다. 대화 첫머리에 말했던 내용을 상기시켜드려야겠군요. 중요한 정보일지도 몰라서 그렇습니다.

(잠시 침묵)

카: 기억이 잘 안 납니까?

멀: 세상에, 그럴 리가요.

(잠시 침묵)

멀: 나한테 아무런 피해를 입히지 않았고 지금은 죽고 없는 사람에 대해 이렇게 앉아서 나불대려니 기분이 이상해서 그럽니다.

카: 이해합니다. 내가 끈질기게 묻는 것은 당신의 도움이 필요하기 때문입니다.

멀: 좋습니다, 물어보세요.

카: 두 분은 함께 아파트로 갔습니다. 그다음에 어떻게 했습니까?

멀: 로재나가 신발을 벗었습니다.

카: 그리고?

멀: 우리는 키스를 했습니다.

카: 그리고?

멀: 로재나가 침실로 들어갔습니다.

카: 당신은?

멀: 나도 따라갔습니다. 더 자세하게 이야기할까요?

카: 네.

멀: 로재나가 옷을 벗고 누웠습니다.

카: 침대 위에?

멀: 아니요, 침대 속요. 시트와 담요 사이로 들어갔습니다.

카: 그녀는 옷을 다 벗은 상태였나요?

멀: 네.

카: 그녀가 부끄러워했습니까?

멀: 전혀 아니었습니다.

카: 그녀가 불을 껐나요?

멀: 아닙니다.

카: 당신은 어떻게 했습니까?

멀: 어떻게 했겠습니까?

카: 그리고 섹스를 했습니까?

멀: 대체 뭘 했겠습니까? 땅콩이라도 까면서 놀았겠습니

까? 그래요, 미안하지만 이건…….

카: 당신은 그곳에 얼마나 머물렀습니까?

멀: 정확히는 모르겠지만 1시나 2시까지 있었을 겁니다. 그리고 집으로 갔습니다.

카: 그것이 맥그로 씨와의 첫 만남이었다는 말이지요?

멀: 네, 그날이 처음이었습니다.

카: 아파트를 나온 뒤에 그녀에 대해서 어떻게 생각했습니까? 다음날에는 어떻게 생각했습니까?

(잠시 침묵)

멀: 나는……. 처음에는 로재나를 그저 그런 천박한 여자로 생각했습니다. 로재나의 첫인상은 전혀 그렇지 않았는데도 말입니다. 다음에는 로재나가 색광이 아닐까 하는 생각이 들었습니다. 어느 쪽이든 못돼빠진 생각이었지요. 더구나 로재나가 죽은 마당이니, 내가 한때라도 그런 생각을 했다는 게 이렇게 한심할 수가 없습니다.

(잠시 침묵)

카: 여보세요, 내 말 좀 들어보십시오. 이런 이야기를 하는 게 고통스러울 테지요. 하지만 분명히 말하건대, 나도 이런 질문을 던지는 게 고역입니다. 수사에 필요하지 않다면 절대 이런 일을 하지 않을 겁니다. 더 안타까운 점은 우리

이야기가 아직 끝나지 않았다는 겁니다. 아직도 한참 더 남았습니다.

멀: 말하다 말고 갑자기 심란해해서 미안합니다. 이런 상황과 분위기가 낯설군요. 이런 곳에 앉아서 로재나에 대해서 누구에게도 말한 적 없는 이야기를 털어놓아야 하지, 밖에서는 형사들이 돌아다니지, 녹음기는 자꾸 돌아가지, 저기 앉아 계시는 경사님은 뚫어져라 나를 보고 있지……. 나는 특별히 빈정대는 사람은 아닙니다. 특히나 이런 이야기를…….

카: 잭, 저쪽 블라인드를 좀 닫아. 그리고 밖에서 기다려.

(잠시 침묵)

롬니: 이만 나가보겠습니다.

멀: 죄송합니다.

카: 전혀 죄송할 것 없습니다. 당신과 맥그로 씨의 관계는 어떻게 되었습니까? 첫 만남 이후로?

멀: 내가 이틀 뒤에 로재나에게 전화를 걸었습니다. 그때 로재나는 나를 만날 마음이 없다고 직설적으로 말했습니다. 하지만 나더러 나중에도 자기를 보고 싶으면 다음에 다시 전화하라고 했습니다. 다음에 전화를 했더니, 아마 일주일쯤 뒤였던 것 같습니다만, 로재나가 자기집으로 오

라고 했습니다.

카: 그래서…….

멀: 네, 같이 잤습니다. 이후에는 계속 그런 식이었습니다. 일주일에 한 번일 때도 있었고, 두 번일 때도 있었습니다. 언제나 로재나의 아파트에서 만났습니다. 가끔은 토요일에 만나서 다음날 둘 다 별일이 없으면 일요일까지 함께 있기도 했습니다.

카: 그런 관계가 얼마나 오래갔습니까?

멀: 팔 개월간 이어졌습니다.

카: 왜 헤어졌나요?

멀: 내가 로재나를 사랑하게 되었거든요.

카: 미안합니다만 무슨 말인지 모르겠습니다.

멀: 알고 보면 간단한 얘깁니다. 솔직히 말해, 나는 한참 전부터 로재나를 사랑하고 있었습니다. 진심으로 사랑했습니다. 하지만 우리는 사랑이 어쩌고 하는 대화는 절대 나누지 않았기 때문에, 나도 말하지 않았습니다.

카: 왜 안 했습니까?

멀: 로재나를 잡고 싶었거든요. 그러다가 결국 고백을 했더니……. 뭐, 당장에 끝났죠.

카: 왜 그렇지요?

멀: 로재나는 내가 만난 사람들 중에서 가장 솔직한 사람이었습니다. 로재나는 나를 상당히 좋아했고, 무엇보다도 나와 자는 것을 좋아했습니다. 하지만 나와 함께 살고 싶어 하지는 않았습니다. 그 점을 숨기지도 않았습니다. 로재나도 나도 우리가 만나는 목적을 정확하게 알고 있었습니다.

카: 사랑한다고 말하니까 그녀는 뭐라고 반응하던가요?

멀: 슬퍼하더군요. 그리고 말했습니다. '오늘은 같이 자겠지만, 내일 당신이 떠나면 그걸로 끝이야. 서로 상처주지 말기로 해.'

카: 당신은 그 말을 받아들였습니까?

멀: 네. 형사님도 나만큼 로재나를 잘 알았다면 달리 선택의 여지가 없다는 것을 이해했을 겁니다.

카: 그게 언제였나요?

멀: 작년 7월 3일이었습니다.

카: 두 사람은 그날로 연락이 끊겼습니까?

멀: 네.

카: 두 분이 만나던 시기에 그녀는 다른 남자도 만났습니까?

멀: 그렇기도 하고, 아니기도 합니다.

카: 그렇다는 것은, 그녀가 수시로 다른 남자를 만난다는

인상을 받았다는 겁니까?

멀: 인상이 아닙니다. 확실히 그렇다는 걸 알고 있었습니다. 삼월에 내가 필라델피아에서 열리는 사 주짜리 과정에 참가하게 되었습니다. 로재나는 내가 떠나기 전부터 그렇게 오랫동안 자기가…… 충실할 것을 기대하지 말라고 하더군요. 돌아와서 물어봤더니 한 번 그랬다고 했습니다. 내가 떠나고 삼 주쯤 지났을 때.

카: 딴 남자와 성교를 했다는 말입니까?

멀: 네. 그런데 거참, 엄청난 표현이네요. 나는 로재나에게 누구냐고 물었습니다. 멍청하게시리.

카: 그녀는 뭐라고 대답했습니까?

멀: 내가 알 바 아니라고 하더군요. 사실 맞는 말이었습니다. 특히 로재나의 관점에서는.

카: 그녀와 사귄 팔 개월 동안 두 사람은 정기적으로 친밀하게…… 같이 잤다는 말이지요? 내가 제대로 이해한 겁니까?

멀: 네.

카: 함께 보내지 않는 저녁이나 밤에는 어땠습니까? 그녀는 그런 날에 뭘 했나요?

멀: 혼자 있었습니다. 로재나는 혼자 있는 걸 좋아했습니

다. 책을 많이 읽었고, 가끔은 저녁에도 일했습니다. 글도 썼는데 무슨 글인지는 모릅니다. 로재나는 나한테 절대 그런 이야기를 하지 않았습니다. 뭐랄까, 로재나는 굉장히 독립적이었습니다. 더구나 우리는 공통의 관심사가 없었습니다. 딱 하나를 제외하고 말입니다. 그래도 사이는 좋았고, 정말로 그게 다입니다.

카: 당신이 방문하지 않을 때 그녀가 혼자 있었다는 걸 어떻게 압니까?

멀: 그게…… 가끔 나는 질투를 느꼈습니다. 로재나가 나를 만나지 않겠다고 말할 때 가끔 로재나의 집 앞에서 아파트를 훔쳐보곤 했습니다. 두 번인가는 로재나가 귀가해서 이튿날 아침에 출근할 때까지 밖에 서 있기도 했습니다.

카: 당신은 그녀에게 돈을 줬습니까?

멀: 절대 그런 일은 없었습니다.

카: 왜지요?

멀: 로재나는 내 돈이 필요 없었습니다. 처음부터 나한테 딱 잘라 그렇게 말했습니다. 함께 외출하면 자기 몫은 항상 자기가 냈습니다.

카: 헤어진 뒤에는 어땠나요? 그녀는 어떻게 했나요?

멀: 모릅니다. 다시는 로재나를 보지 못했습니다. 오래지

않아 나는 새 직장을 구해서 이쪽으로 이사를 왔고요.

카: 그녀의 성격을 어떻게 묘사하겠습니까?

멀: 아까 말했듯이 로재나는 무척 독립적이었습니다. 정직했고요. 모든 면에서 완벽하게 자연스러웠습니다. 가령 로재나는 화장을 하거나 장신구를 한 적이 없었습니다. 로재나는 대체로 침착하고 느긋했지만, 한번은 나한테 너무 자주 만나는 건 싫다면서 그러면 결국 내가 자기 신경을 거슬리게 될 거라고 하더군요. 자신은 어떤 사람에게나 쉽게 그렇게 느끼는데 우리 관계까지 그렇게 만들 필요는 없지 않느냐는 거였습니다.

카: 지금부터는 다소 사적인 질문을 할까 합니다.

멀: 그러세요. 이제 뭐든 대답하겠습니다.

카: 두 분이 몇 번이나 같이 잤는지 대강이라도 아십니까?

멀: 네, 압니다. 마흔여덟 번입니다.

카: 정말입니까? 정확합니까?

멀: 네. 어떻게 아는가 하면, 우리가 같이 잘 때마다 내가 사무실 달력에 빨간 펜으로 작게 동그라미를 그려두었는데, 달력을 버리기 전에 횟수를 세어보았기 때문입니다.

카: 그녀의 성생활은 정상적이었습니까?

멀: 로재나는 성적으로 굉장히 활발했습니다.

카: 당신은 그런 판단을 할 만큼 경험이 충분했나요?

멀: 로재나를 만났을 때 나는 서른한 살이었습니다. 그때까지 나름대로 경험할 만큼 경험했습니다.

카: 섹스를 하면 그녀는 보통 오르가슴을 느꼈나요?

멀: 네, 언제나.

카: 하룻밤에 여러 차례 섹스를 했습니까?

멀: 아니요, 그런 적은 없었습니다. 그럴 필요도 없었고요.

카: 피임 기구를 썼습니까?

멀: 로재나가 뭔가 약을 먹었습니다. 매일 아침 한 알씩 먹더군요.

카: 성적인 문제를 놓고 서로 대화를 했나요?

멀: 아니요, 전혀. 우리는 그저 자연스럽게 서로에게 필요한 것을 알아차렸습니다.

카: 그녀가 과거의 연애에 대해서 이야기한 적이 있나요?

멀: 전혀.

카: 당신도요?

멀: 딱 한 번 했습니다. 그렇지만 로재나가 조금도 관심이 없다는 투였기 때문에 다시는 이야기를 꺼내지 않았습니다.

카: 그러면 서로 무슨 이야기를 했습니까?

멀: 뭐든, 아무거나. 대개는 일상적인 것들에 대해서.

카: 그녀는 당신 외에 누구를 만났습니까?

멀: 아무도 안 만났습니다. 도서관에서 같이 일하는 여자 친구가 하나 있었는데, 직장 밖에서 만나는 일이 거의 없었습니다. 아까 말했듯이 로재나는 혼자 있는 걸 좋아했습니다.

카: 하지만 파티에 가서 당신을 만났잖습니까?

멀: 그건 함께 잘 사람을 찾기 위해서였습니다. 로재나는 그때 오랫동안…… 관계를 하지 않고 있었거든요.

카: 얼마나 오랫동안?

멀: 육 주 이상이었습니다.

카: 어떻게 그걸 압니까?

멀: 로재나가 나한테 그렇게 말했습니다.

카: 그녀를 만족시키기가 어려웠습니까?

멀: 아니요. 나는 어렵지 않았습니다.

카: 그녀는 요구가 많은 편이었나요?

멀: 평범한 여자들이 보통 원하는 것을 원할 뿐이었습니다. 달리 말해서, 아쉬움이 전혀 남지 않을 때까지 남자가 계속해주는 것. 내가 질문을 제대로 이해했는지 모르겠습니다만.

카: 그녀에게 특별한 버릇은 없었나요?

멀: 침대에서요?

카: 네.

멀: 네브래스카에서는 해리슨 법*이 유효하지 않다고 알고 있는데, 정말인가요?

카: 그런 문제는 전혀 걱정하지 않으셔도 됩니다.

멀: 뭐, 사실은 상관도 없습니다. 로재나에게는 특별하다고 할 만한 버릇이 딱 하나 있었습니다. 할퀴는 것.

카: 언제요?

멀: 보통은 내내 그랬습니다. 오르가슴을 느낄 때는 더 심했고요.

카: 어떻게요?

멀: 어떻게라니요?

카: 어떻게 할퀴었느냐는 말입니다.

멀: 그렇군요. 그러니까, 양손의 열 손가락을 다 써서 할퀴었습니다. 갈고리 발처럼요. 엉덩이에서 시작해서 등을 따라 죽 위로 긁어서 목까지 갔습니다. 아직도 그 자국이 있습니다. 영원히 사라지지 않을 것만 같아요.

카: 그녀는 성행위를 할 때 다양성을 추구했습니까?

---

* 대마 금지법.

멀: 형사님은 정말이지 어처구니없는 표현들만 골라서 쓰네요! 아니요, 그런 경향은 전혀 없었습니다. 로재나는 언제나 같은 자세로 누웠습니다. 등을 대고 누워서 엉덩이 밑에 베개를 받쳤고, 다리는 넓게 벌리고 높게 들어올렸습니다. 로재나는 다른 때와 마찬가지로 그런 행위를 할 때도 완벽하게 자연스러웠고, 직설적이었고, 공개적이었습니다. 그것을 하는 것을 좋아했고, 할 때는 진하게 하고 싶어 했고, 변태적이거나 탈선적인 요구는 전혀 없었고, 그저 자기가 자연스러운 방식으로 하고 싶어 했습니다.

카: 알겠습니다.

멀: 물론 이쯤 되면 아셔야겠지요.

(잠시 침묵)

카: 하나만 더 묻겠습니다. 지금까지 하신 말씀으로 미루어 보건대, 두 분이 만났던 시기에 매번 당신이 먼저 나섰다는 인상을 받았습니다. 매번 당신이 먼저 연락했다는 말입니다. 당신이 먼저 전화를 걸면 그녀가 오라고 하거나 썩 내키지 않으니 다음에 연락하라고 했던 것 같다는 말입니다. 두 분이 만날지 말지를 결정한 게 늘 그녀였던 게 사실입니까?

멀: 그랬던 것 같습니다.

카: 그녀가 당신에게 전화를 걸어서 오라고 한 적도 있습니까?

멀: 네댓 번쯤 있었습니다.

(잠시 침묵)

카: 당신은 헤어지고 힘들었습니까?

멀: 네.

카: 도움이 되는 말을 많이 해주셨고 아주 솔직하셨습니다. 고맙습니다.

멀: 대화 내용을 꼭 비밀로 해주셔야 합니다. 나는 지난 크리스마스에 이곳에서 다른 여자를 만나 이월에 결혼을 했단 말입니다.

카: 물론입니다. 처음에 약속했듯 당연히 비밀로 하겠습니다.

멀: 좋습니다. 그럼 이제 녹음기를 끄셔도 되겠군요.

카: 물론이죠.

마르틴 베크는 녹취록 뭉치를 내려놓고 구깃구깃한 손수건으로 이마와 손바닥에 맺힌 땀을 세심하게 닦아냈다. 다른 자료를 읽기 전에 화장실에 다녀왔다. 세수도 하고 물도 한 잔 마셨다.

13.

카프카가 보낸 두 번째 신문 기록은 첫 번째 것만큼 길지는 않았다. 대화의 어조도 사뭇 달랐다.

메리 제인 피터슨에 대한 신문 기록. 1964년 10월 10일 네브래스카 링컨의 경찰서에서 진행되었음. 담당 조사관: 카프카 경위. 증인: 롬니 경사.

롬니: 이름은 메리 제인 피터슨. 독신이고, 나이는 스물여덟. 사는 곳은 사우스 스트리트 62번지. 링컨의 공공도서관에서 일함.

카프카: 앉으시죠, 피터슨 씨.

피터슨: 고맙습니다. 그런데 왜 부르셨죠?

카: 질문을 몇 가지 드릴까 합니다.

피: 로재나 맥그로에 대해서요?

카: 그렇습니다.

피: 아는 건 이미 다 말했는데요. 로재나가 보낸 엽서를 한 통 받았다. 그게 다예요. 그 말을 다시 듣자고 일하는 사람을 여기까지 데려왔나요?

카: 당신은 로재나 맥그로와 친구였습니까?

피: 물론이죠.

카: 로재나 맥그로가 자기 아파트를 얻어 나가기 전까지 함께 살았습니까?

피: 네, 열네 달 동안. 그 애는 덴버에서 막 이곳으로 이사를 온 터라 지낼 데가 없었어요. 내가 같이 살자고 했죠.

카: 아파트 경비는 공동으로 부담했나요?

피: 당연히.

카: 언제부터 따로 살기 시작했나요?

피: 이 년도 더 됐어요. 1962년 봄이었나 그래요.

카: 하지만 그 후에도 계속 만났고요?

피: 도서관에서 매일 만났죠.

카: 퇴근 후에도 어울리곤 했나요?

피: 자주는 아니에요. 근무중에 보는 것만으로 충분했어요.

카: 로재나 맥그로의 성격에 대해서 어떻게 생각했습니까?

피: 데 모르투이스 닐 니시 보눔.

카: 잭, 잠깐만 대신 맡아줘. 금방 돌아올게.

롬: 맥그로 씨의 성격을 어떻게 생각했느냐고 카프카 경위가 물었습니다만?

피: 나도 들었어요. 대답도 했잖아요. '데 모르투이스 닐 니시 보눔'이라고. 라틴어로 '망자에게 욕된 발언은 하지 말라'는 뜻이에요.

롬: 질문은 이겁니다. 그녀의 성격은 어땠습니까?

피: 그런 건 다른 사람한테 물어보세요. 이제 가도 되나요?

롬: 한번 일어나보십시오. 어떻게 되는지.

피: 당신, 얼간이로군요. 당신이 얼간이라는 걸 말해준 사람이 여태 아무도 없었나요?

롬: 내가 당신 처지라면, 나 원 참, 감히 그런 식으로 지껄이지는 않을 겁니다.

피: 어째서요?

롬: 내가 그런 태도를 싫어하니까요.

피: 하!

롬: 그녀의 성격은 어땠지요?

피: 그딴 질문은 다른 사람한테 하라니까요, 당신 바보예요?

카: 잭, 이만 됐어. 자, 피터슨 씨?

피: 대체 왜요?

카: 왜 로재나 맥그로와 갈라섰습니까?

피: 집이 좁아서요. 어차피 당신들 알 바 아니잖아요?

카: 사이좋은 친구였을 텐데요. 그렇죠?

피: 물론 그랬죠.

카: 1962년 4월 8일 3지구 순찰대에서 작성된 기록이 지금 제 손에 있습니다. 새벽 2시 10분, 사우스 스트리트 62번지 건물에 사는 주민들이 경찰에 신고를 했습니다. 4층에서 고함지르는 소리, 말다툼하는 소리, 시끄러운 소음이 쉴 새 없이 들린다는 불평이었습니다. 그래서 플린과 리처드슨이라는 두 순경이 십 분 뒤에 가봤더니 그 집 사람들이 문을 열어주지 않았고, 순경들은 하는 수 없이 관리인을 불러 예비 열쇠로 따고 들어갔답니다. 그 집에는 당신과 맥그로가 있었습니다. 맥그로는 가운 차림이었고, 당신은, 플린 순경의 묘사에 따르면 짧은 흰색 드레스에 하이힐 차림이었습니다. 맥그로는 이마가 찢어져 피를 흘리고 있었습니다. 방은 난장판이었고요. 하지만 어느 쪽도 경찰

에 신고하려 하지 않았고 현장은 질서를 되찾았다. 뭐, 여기에 적힌 바로는 그랬답니다. 그래서 순경들은 자리를 떴답니다.

피: 옛날 일을 끄집어내서 어쩌자는 건가요?

카: 이튿날 로재나 맥그로는 호텔로 옮겼고, 일주일 뒤에는 같은 거리에서 몇 블록 떨어진 곳에 자기 아파트를 구했답니다.

피: 다시 묻겠는데요, 다 지나간 부끄러운 이야기를 끄집어내서 어쩌자는 건가요? 그러잖아도 나는 여기에서 불쾌한 꼴을 충분히 당했어요.

카: 우리 질문에 대답하는 게 낫다는 말을 드리고 싶은 겁니다. 진실을 털어놓는 게 당신에게도 좋을 겁니다.

피: 좋아요, 내가 그 애를 쫓아냈어요. 그러면 안 되나요? 내 집이었는걸요.

카: 그녀를 왜 쫓아냈습니까? 당신이 그렇게 표현했으니까 말입니다만.

피: 지금 와서 그게 무슨 상관이에요? 삼 년도 더 된 여자끼리의 싸움에 대체 누가 관심이 있다고?

카: 우리는 로재나 맥그로와 관련이 있는 일이라면 뭐든지 관심이 있습니다. 당신도 신문을 봐서 알겠지만, 그녀에

대해서 기사로 쓸 만한 이야기가 별로 없는 형편이지요.

피: 여차하면 이 이야기를 부풀려서 신문사에 찔러줄 거라고 말하는 건가요, 지금?

카: 이 기록은 공개된 문서입니다.

피: 진짜 그렇다면 기자들이 벌써 낚아채지 않았겠어요?

카: 롬니 경사가 잽싸게 먼저 가져왔기 때문일지도 모르지요. 경사가 중앙문서보관소에 기록을 돌려놓는 즉시, 누구든 마음대로 열람할 수 있습니다.

피: 돌려놓지 않는다면요?

카: 그러면 또 얘기가 다르겠지요.

피: 이 신문 기록도 공개되나요?

카: 아닙니다.

피: 믿어도 되나요?

카: 네.

피: 좋아요. 뭘 알고 싶어요? 여하튼 서둘러주세요. 더 있다가는 미쳐버릴 것 같으니까.

카: 왜 로재나 맥그로를 당신 아파트에서 내보냈습니까?

피: 그 애가 나를 황당하게 만들었어요.

카: 어떻게?

피: 로재나는 쓰레기였어요. 발정한 암캐 같았어요. 나는

걔한테도 면전에 대고 직접 그렇게 말해줬어요.

카: 그녀는 뭐라고 대답했습니까?

피: 여보세요, 경위님. 로재나는 그런 상식적인 발언에는 대답하지 않아요. 걔는 그런 차원을 초월해서 고고하게 사는 인간이었다고요. 언제나처럼 발가벗고 침대에 누워서 철학책 나부랭이를 읽다가 문득 나를 쳐다보더군요. 눈을 동그랗게 뜨고, 무슨 말인지 이해가 안 된다는 표정으로, 짐짓 너그럽게.

카: 그녀는 충동적인 성격이었나요?

피: 걔한테는 충동이라는 것 자체가 없었어요.

카: 갑자기 갈라선 직접적인 이유는 뭐였습니까?

피: 어디 한번 직접 맞혀보시죠. 경찰이라도 그 정도 눈치는 있겠죠.

카: 남자 문제?

피: 내가 여기에서 오십 킬로미터쯤 떨어진 누추한 소굴에 앉아 굼벵이 같은 놈을 기다리는 동안 그 애가 그놈이랑 잤기 때문이에요. 웬일인지 그 남자가 약속을 오해해서, 하기야 지지리도 덜떨어진 놈이었으니까, 집으로 나를 데리러 가기로 했다고 착각했다죠. 그 남자가 집에 들렀을 때 나는 벌써 나가고 없었죠. 로재나는 집에 있었고요. 그

애는 맨날 집구석에 처박혀 있었으니까요. 그래서 당연히 일어날 일이 일어난 거예요. 내가 돌아왔을 때 그 굼벵이 같은 놈이 떠나고 없었기에 망정이지, 아니었다면 지금쯤 나는 수시티 교도소 철창에 갇혀 있었을걸요.

카: 일이 있었는지 없었는지 어떻게 알았습니까?

피: 로재나가 말해줬으니까 알았죠. 그 애는 언제나 사실만 말했어요. 내가 왜 그랬느냐고 따졌더니 한다는 소리가, "하지만 메리 제인, 내가 그러고 싶었던 것뿐이야". 게다가 어찌나 논리적이신지. "하지만 메리 제인, 믿을 만한 가치가 없는 남자라는 게 드러난 셈이잖아."

카: 그래도 여전히 로재나 맥그로와 친구 사이였다는 겁니까?

피: 네, 묘한 일이지만 사실이 그랬어요. 굳이 로재나의 친구를 꼽으라면 나밖에 없었을걸요. 그 애가 이사를 나가서 날이면 날마다 얼굴을 맞대지 않아도 되니까 오히려 관계가 나아졌어요. 그 애는 대학을 졸업하고 처음 여기에 왔을 때 늘 혼자였어요. 부모님은 덴버에서 비슷한 시기에 잇달아 돌아가셨대요. 형제자매는 없고 다른 친척이나 친구도 없다고 했어요. 돈도 없었어요. 부모님이 남긴 유산은 뭔가 복잡한 문제에 휘말려서 몇 년이 지나도 좀처럼

정리가 되지 않는다고 했어요. 결국에 돈을 받기는 받았죠. 자기 아파트를 얻은 직후에.

카: 그녀의 성격은 어땠습니까?

피: 내 생각에 그 애는 일종의 독립성 콤플렉스를 겪었던 것 같은데, 그게 참 특이한 방식으로 표현되었어요. 로재나의 큰 특징은 옷을 너절하게 입는 거였어요. 볼썽사나운 몰골을 자랑스럽게 여길 정도였으니까요. 기껏해야 헐렁한 바지에 부대 자루처럼 큰 스웨터를 입었죠. 출근할 때 원피스를 입는 게 그 애한테는 무척 용기를 내야 하는 일이었어요. 생각이 정말 이상했죠. 브래지어는 거의 한 번도 하지 않았어요. 다른 여자들에 비해 브래지어가 더 필요한 몸매였으면서. 신발을 신는 것도 싫어했어요. 옷이란 것 자체가 싫다고 하더라고요. 집에서는 하루 종일 홀딱 벗고 돌아다녔어요. 가운이나 잠옷도 절대 안 입었어요. 나는 그게 엄청나게 짜증스러웠죠.

카: 그녀는 너저분한 편이었나요?

피: 외모에 대해서만요. 그런데 내 생각에는 그 애가 일부러 그랬던 것 같아요. 화장품이니, 미용실이니, 나일론 스타킹이니 하는 것은 존재도 모른다는 시늉을 했죠. 하지만 다른 문제에 대해서는 오히려 깐깐한 편이었고, 책에 대해

서는 특히 더 그랬어요.

카: 그녀의 관심사는 무엇이었습니까?

피: 독서를 많이 했어요. 쓰기도 많이 썼는데 나는 그 애가 뭘 썼는지 모르니까 물을 생각은 하지 마세요. 여름에는 몇 시간씩 자주 외출했어요. 걷는 걸 좋아했어요. 그리고 남자들. 하지만 관심사가 다양한 편은 아니었어요.

카: 로재나 맥그로는 여성으로서 매력적이었나요?

피: 전혀 아니에요. 내가 지금까지 말한 내용에서 짐작이 될 텐데요. 하지만 그 애는 남자라면 환장을 했으니까 그 점이 남자를 사귀는 데 도움이 되었겠죠.

카: 꾸준히 만나는 남자가 있었습니까?

피: 이사하고 나서 고속도로 관리공단에서 일하는 남자랑 반년쯤 간간이 만나는 것 같았어요. 나도 그 남자는 몇 번 봤어요. 하지만 그 애가 그 남자를 얼마나 속였는지 알 게 뭐예요. 아마 수백 번은 될걸.

카: 함께 살 때, 그녀가 집으로 남자를 데려오기도 했나요?

피: 네, 가끔.

카: 가끔이라는 게 무슨 뜻인가요?

피: 무슨 뜻이냐니 그게 무슨 뜻인가요?

카: 가령 일주일에 몇 번이나 그랬느냐는 말입니다.

피: 아, 그 정도는 아니죠. 그 애도 절제란 걸 알아야 하지 않았겠어요?

카: 얼마나 자주 그랬습니까? 대답하세요!

피: 윽박지르지 마세요.

카: 내 말투는 내가 정합니다. 그녀는 얼마나 자주 집에 남자를 데려왔습니까?

피: 한 달에 한두 번요.

카: 매번 다른 남자였나요?

피: 몰라요. 내가 남자들 얼굴을 다 본 건 아니니까. 사실 못 볼 때가 더 많았어요. 그 애는 마음만 먹으면 꽤 비밀스럽게 행동할 줄 알았고, 내가 춤추러 가거나 다른 일로 외출했을 때 남자를 데려오기도 했거든요.

카: 로재나 맥그로가 당신과 함께 외출하는 일은 없었나요?

피: 절대. 그 애가 춤이나 출 줄 알았는지 모르겠네요.

카: 그녀가 어울렸던 남자들 중에서 이름을 아는 사람이 있습니까?

피: 도서관에서 알게 된 독일 학생이 하나 있었어요. 내가 둘을 소개해줬는데, 남자애 이름은 아마도 밀덴베르거였어요. 울리 밀덴베르거. 로재나가 집에 서너 번 데려왔죠.

카: 그들은 얼마나 오래 만났나요?

피: 한 달, 아마도 오 주쯤. 그동안 남자애가 매일 로재나에게 전화를 했고, 가끔 다른 데서도 만나는 것 같았어요. 남자애는 여기서 몇 년 살다가 지난봄에 유럽으로 돌아갔어요.

카: 어떻게 생겼습니까?

피: 잘생겼어요. 키가 크고, 금발이고, 어깨가 넓고.

카: 당신도 밀덴베르거라는 남자와 친밀한 관계였나요?

피: 맙소사, 그건 당신들이 상관할 일이 아니잖아요?

카: 그녀가 당신과 함께 살 때 집에 데려온 남자가 모두 몇 명쯤 됩니까?

피: 글쎄, 예닐곱 명쯤.

카: 로재나 맥그로가 특별히 매력을 느끼는 남자 유형이 있었습니까?

피: 그 점에 대해서만큼은 그 애도 완벽하게 정상이었어요. 잘생긴 남자를 좋아했죠. 적어도 딱 보았을 때 남자답다 싶은 남자.

카: 그녀의 여행에 대해서는 아는 것이 없습니까?

피: 오래 계획한 여행이라는 것 말고는 몰라요. 배를 타고 유럽으로 가서 한 달쯤 있으면서 가급적 많이 돌아보고, 남는 시간에는 파리나 로마 같은 데서 진득하게 있어볼까,

그러던데요. 그런데 이런 걸 왜 묻나요? 그곳 경찰이 살인범을 쐈다고 하지 않았나요?

카: 안타깝게도 잘못된 정보였습니다. 오해가 좀 있어서.

피: 그러면 이제 나는 가도 되나요? 나도 일이 있는 사람이라고요.

카: 로재나 맥그로가 당한 일을 들었을 때 심정이 어땠습니까?

피: 처음에는 물론 충격이었지만, 엄청나게 놀라지는 않았어요.

카: 왜죠?

피: 그걸 꼭 물어봐야 알겠나요? 그 애가 어떻게 살았는지 지금까지 들어놓고?

카: 이쯤에서 끝내지요. 안녕히 가세요, 피터슨 씨.

피: 약속했던 것 잊지 않았죠?

카: 나는 아무것도 약속한 것 없습니다. 잭, 이제 녹음기 꺼도 돼.

마르틴 베크는 의자에 등을 기대고 왼손을 입에 대어 집게손가락 관절을 물었다. 이윽고 네브래스카 링컨에서 온 마지막 문서를 집어, 카프카의 코멘트를 멍하니 읽어 내려갔다.

로재나 비어트리스 맥그로. 1937년 5월 18일 콜로라도 주 덴버 출생. 부친은 소규모 농장을 운영한 농부였음. 농장은 덴버에서 약 삼십이 킬로미터 떨어진 곳에 있었음. 학력: 덴버에서 단과대학을 나온 뒤에 콜로라도 대학을 삼 년 다녔음. 1960년 가을에 양친이 사망. 1962년 7월에 약 이만 달러의 유산이 지급됨. 로재나 맥그로는 유언을 남기지 않았음. 지금까지 알려진 바로는 상속인도 없음.

증인들의 신뢰성에 대해서: 개인적인 인상으로 판단할 때, 메리 제인 피터슨은 진실을 다소 왜곡하였고 세부 사항을 몇 가지 누락했음. 분명 자신에게 불리한 내용을 말하지 않았을 것임. 멀베이니의 증언은 몇몇 대목에 대해서 사실인지 아닌지 확인해볼 수 있었음. 로재나 맥그로가 1962년 11월에서 1963년 7월 사이에 다른 남자를 한 명 더 만났다는 진술은 아마도 사실임. 그녀의 아파트에서 발견된 모종의 일기 같은 기록에서 확인되었음. 날짜는 3월 22일이고, 다른 남자의 이니셜은 U.M.이라고 적혀 있음(울리 밀덴베르거?). 그녀는 자신이 남자들과 맺은 관계를 모두 그처럼 날짜와 이니셜을 써서 암호처럼 메모해두었음. 멀베이니의 진술에서 사실과 어긋나거나 의도적인 거짓말인 대목은 찾지 못했음.

증인들에 관해서: 멀베이니는 키가 약 188센티미터이고, 체격이

꽤 단단하고, 눈동자는 푸른색이고, 머리카락은 짙은 금발임. 꾸밈없는 성격인 듯하지만 다소 순진함. 메리 제인 피터슨은 매우 여성적이고, 매력적이고, 옷을 세련되게 입고, 상당히 호리호리하면서도 몸매가 좋음. 둘 다 전과는 없음. 1962년에 두 아가씨가 함께 살았을 때 벌어졌던 우스꽝스러운 소동에 대한 경찰 기록이 전부임.

(카프카의 서명)

마르틴 베크는 재킷을 입고 문을 닫았다. 그러고는 책상으로 돌아왔다. 카프카가 보낸 서류들을 앞에 펼쳐놓고, 책상에 팔꿈치를 대고 손바닥으로 이마를 짚은 채, 꼼짝 않고 한참을 앉아 있었다.

14.

마르틴 베크가 서류에서 고개를 들었을 때, 멜란데르가 벌컥 사무실 문을 열고 들어섰다. 자주 있는 일이 아니었다.

"칼오케 에릭손스톨트. 그 친구 기억하나?"

멜란데르가 물었다.

마르틴 베크는 잠시 생각해보았다.

"디아나호의 화부? 그런 이름이 아니었던가?"

"지금은 그치가 성을 에릭손이라고 쓰는 모양이지만, 이 년 반 전에는 에릭손스톨트라고 했어. 열세 살도 안 된 여자아이를 꾄 죄로 일 년 형을 선고받았었지. 기억나나? 장발에 거칠었던 애송이 녀석."

"그래, 이제 떠오르는군. 확실히 같은 사람인가?"

"선원 조합에 물어봤어. 같은 녀석이야."

"그게 어떤 사건이었는지 정확하게는 기억이 안 나는걸. 그때는 아마 순뒤베리에 살았지?"

"아니야, 하갈룬드에서 제 모친과 함께 살았어. 모친이 일하러 나가고 없을 때 범행을 저질렀지. 당시에 녀석은 일을 안 다니고 집에 있었는데, 같은 건물 잡역부의 딸을 집으로 데려왔어. 아이는 열세 살이 안 되었고, 나중에 밝혀진 바에 따르면 약간 지능이 모자랐지. 녀석은 어찌어찌 아이에게 술을 먹였는데, 내가 기억하기로는 주스에 술을 타서 줬어. 그래놓고는 취한 아이를 데리고 잤지."

"녀석을 신고한 게 여자아이의 부모였던가?"

"맞아. 내가 가서 잡아왔지. 신문중에 녀석은 터프한 척 굴었어. 아이가 충분히 성숙한 줄 알았다면서, 아이가 원해서 한 일이었다고 말했지. 하지만 사실 아이는 절대 열한 살 이상으로는 안 보였고, 나이에 비해서도 어려 보였어. 의사는 아이가 충격을 극복할 수 있을 거라고 진단했지만 정말로 그럴지는 모르겠군. 어쨌든 에릭손은 일 년의 노역 형을 받았어."

마르틴 베크는 그 남자가 로재나와 같은 때에 디아나호에 탔다는 사실에 소름이 돋았다.

"에릭손은 지금 어디에 있나?"

"핀란드 화물선을 탔다는군. 칼라요키호라는 배야. 내가 그녀를 찾아보겠네. 듣자 하니 배는 여성으로 부르는 거라면서?"

멜란데르가 문을 닫고 나감과 동시에 마르틴 베크는 알베리에게 전화를 걸었다. 알베리는 자초지종을 듣고 이렇게 말했다.

"녀석을 반드시 잡아와야겠군요. 선박 회사와 이야기를 마치면 나한테도 바로 알려주십시오. 헤엄을 쳐서 잡아와야 하는 한이 있더라도 내가 직접 녀석을 반드시 여기로 데려올 테니까. 다른 화부 하나도 배를 타고 나갔다지만, 어디에 있는지 곧 알아낼 수 있을 겁니다. 나는 기관장과 한번 더 이야기를 해봐야겠습니다. 그 사람은 지금은 바다를 떠나서 일렉트로룩스사社에서 일한답니다."

통화를 마친 뒤, 마르틴 베크는 몇 분쯤 하릴없이 앉아 있으면서 자신은 뭘 할지 궁리했다. 갑자기 초조함이 엄습했다. 사무실을 나가 위층으로 갔다. 그가 방에 들어설 때 멜란데르가 막 통화를 끝냈다. 콜베리는 방에 없었다.

"칼라요키호 말이야, 방금 홀름순드를 떠났대. 오늘밤에 쇠데르함에 정박한대. 녀석이 승선했다는 걸 선박 회사가 확인해줬어."

마르틴 베크는 자기 사무실로 돌아와서 다시 알베리에게 전화를 걸었다.

“내가 사람을 데리고 가서 녀석을 잡아오겠습니다. 신병을 확보하면 전화를 드리죠.”

알베리가 말했다. 잠시 침묵이 흐른 뒤에 그가 말을 이었다.

“그가 범인일까요?”

“모르겠습니다. 물론 가능성은 있습니다. 나는 녀석이 구형을 받기 전에 본 적이 있지만, 이 년도 넘은 일이라서 말입니다. 상당히 뒤틀린 타입입니다.”

마르틴 베크는 오후 내내 사무실에 앉아 있었다. 좀처럼 일이 손에 잡히지 않았음에도 그럭저럭 일상 업무를 해치웠다. 그는 쇠데르함으로 항해하고 있을 핀란드 화물선을 줄곧 떠올렸다. 그리고 로재나 맥그로를 떠올렸다.

퇴근한 뒤에는 모형 배 작업을 하려고 앉았다. 그러나 얼마 지나지 않아 탁자에 팔꿈치를 붙이고 얼굴 앞에서 양손을 맞잡은 채 그저 멍하니 앉아 있었다. 어차피 이튿날 오전까지는 알베리로부터 이렇다 할 소식을 기대할 수 없었기에 결국 포기하고 잠자리에 들었다. 자다 깨다 하다가 새벽 5시에 일어났다.

문간에서 쿵 하고 신문이 떨어지는 소리가 들렸을 때 그는 벌써 면도를 마치고 옷도 다 입은 상태였다. 스포츠면을 샅샅이 읽었을 즈음 알베리로부터 전화가 왔다.

“녀석을 여기에 잡아다 뒀습니다. 짐짓 거칠게 행세하는데다

입도 벙끗 안 합니다. 좋아하기 힘든 녀석이로군요. 그건 그렇고, 내가 서장한테 말했더니 전문가가 취조하는 게 낫겠다면서 당신을 부르라고 하더군요. 내 생각도 같습니다."

마르틴 베크는 손목시계를 보았다. 이제는 모탈라행 기차 시간표를 아예 외웠다.

"좋습니다. 7시 30분 기차를 탈 수 있겠군요. 있다 봅시다."

그는 택시를 불러 타고 가다가 잠깐 크리스티네베리에 들러서 자료가 담긴 파일을 챙겼다. 7시 25분에는 기차에 앉았다.

칼오케 에릭손스톨트는 이십이 년 전에 카타리나 교구에서 태어났다. 아버지는 그가 여섯 살일 때 죽었고 그의 어머니는 그 이듬해에 하갈룬드로 이사했다. 그는 외동이었다. 어머니는 재봉사로 일하면서 그가 학업을 마칠 때까지 뒷바라지했다. 그를 기억하는 유일한 선생의 증언에 따르면 그는 지능은 평균이지만 소란스럽고 반항적인 아이였다. 학교를 마친 뒤 여러 직업을 전전했는데 주로 사환이나 건설 노동자로 일했다. 열여덟 살이 되자 바다로 나갔다. 처음에는 잡일꾼으로 일하다가 나중에 화부가 되었다. 선원 조합에는 그에 대한 기록이 별로 없었다. 그는 한 해 뒤에 모친의 집으로 돌아가 일 년쯤 어머니에게 기대어 살았다. 그러고는 결국 국가가 그를 맡게 되었다. 일 년 반 전에 출소했다.

마르틴 베크는 이 기록을 전날에도 읽었지만 한번 더 꼼꼼하게 검토했다. 에릭손을 면담했던 정신과 의사의 증언도 파일에 있었다. 리비도, 무감각, 냉담 등의 단어들이 나열된 짤막한 글이었다. 덤으로, 칼오케 에릭손스톨트는 사이코패스 성향이 있는데다가 성충동이 강하게 발달했기 때문에 두 가지가 결합되어 비정상적인 표현으로 분출될 가능성이 있다고 적혀 있었다.

마르틴 베크는 역에서 곧장 경찰서로 향했다. 알베리의 사무실을 두드린 것은 10시 50분이었다. 라르손 경감도 와 있었다. 두 사람은 피곤해 보였고, 걱정스러워 보였고, 칼자루를 남에게 넘기게 되어 안도한 것처럼 보였다. 둘 다 에릭손에게서 욕지거리를 왕창 끌어낸 것 외에는 별다른 말을 듣지 못했다.

알베리는 재빨리 파일을 훑었다. 그가 파일을 덮기를 기다려 마르틴 베크는 물었다.

"다른 화부는 확보했습니까?"

"네, 그럭저럭. 그 친구는 독일 배에 탔는데 지금 네덜란드의 훅판홀란트에 있답니다. 오늘 아침에 암스테르담으로 전화를 걸어서 독일어를 좀 한다는 그곳 경찰 책임자와 이야기를 나눴습니다. 당신이 내 독일어 실력을 들었어야 하는 건데 아쉽네요. 내가 그쪽 말을 제대로 알아들은 게 맞다면, 덴하흐에 덴마크 말을 할 줄 아는 직원이 있으니 그를 시켜 정식으로 신문하겠답니다. 그쪽이 내 독일어를 제대로 알아들었다면, 아마 내일 쯤 그쪽에서 연락이 올 겁니다."

알베리는 사람을 시켜 커피를 가져오게 했다. 마르틴 베크는 두 잔을 들이켠 뒤에 말했다.

"자, 슬슬 시작하는 게 좋겠군요. 어디에서 할까요?"

"옆방에서 합시다. 녹음기도 있고 취조에 필요한 것은 다 있습니다."

에릭손은 마르틴 베크가 기억하는 모습 그대로였다. 키는 180센티미터쯤 되고 호리호리했다. 얼굴은 기름하고 야위었고 곧고 짙은 눈썹과 길게 굽이친 속눈썹 아래의 푸른 두 눈은 미간이 좁아 바싹 붙어 있었다. 코는 죽 뻗고 입은 작고 입술은 얇았으며, 하관이 좁았다. 긴 구레나룻과 작고 짙은 콧수염은 옛날에는 못 본 것 같았다. 청년은 자세가 나쁘고 어깨가 굽었다. 낡은 청바지, 푸른 작업용 셔츠, 검은 가죽 조끼를 입었고, 끝이 뾰족한 검은 구두를 신었다.

"앉아." 마르틴 베크가 책상 건너편 의자를 턱으로 가리키면서 말했다. "담배?"

에릭손은 담배를 받아 불을 붙이면서 앉았다. 담배를 입꼬리로 물면서 의자에 슬그머니 몸을 내리고 오른발을 왼쪽 무릎에 올렸다. 양 엄지손가락을 허리띠에 꽂고 마르틴 베크의 머리 너머 벽을 응시하면서 왼발로 톡톡 바닥을 두드렸다.

마르틴 베크는 잠시 청년을 바라보다가 바로 옆의 낮은 탁자에 놓인 녹음기를 누르고 파일에서 문서를 꺼내 읽기 시작했다.

"에릭손, 칼오케. 1941년 11월 23일 출생. 직업은 선원. 현재 핀란드 화물선 칼라요키호에 고용되어 있음. 주소는 솔나의 하갈룬드. 맞나?"

에릭손이 작게 고개를 움직였다.

"질문을 들었으면 답을 해야지. 맞나? 이 정보가 정확한가? 대답해. 그렇다 아니다로."

에릭손: 제기랄, 맞아요.

베크: 칼라요키호와는 언제 계약했지?

에: 삼사 주 전에요.

베: 그전에는 뭘 했나?

에: 특별히 아무 일도 안 했는데요.

베: 어디에서 특별히 아무 일도 안 했나?

에: 뭐라고요?

베: 핀란드 배에서 일하기 전에 어디에서 지냈느냐고.

에: 예테보리에서 친구랑 있었어요.

베: 예테보리에는 얼마나 있었나?

에: 며칠쯤. 아마 일주일쯤.

베: 그전에는?

에: 우리 할망구 집에 있었습니다. 엄마 집에.

베: 그때도 일을 했나?

에: 아니요, 좀 아파서.

베: 건강에 문제가 있나?

에: 그냥 좀 아팠다니까요. 기분도 더럽고 열도 나고.

베: 아프기 전에는 어디에서 일했나?

에: 배에서요.

베: 배 이름은 뭐였나?

에: 디아나.

베: 디아나호에서는 무슨 일을 했지?

에: 화부였어요.

베: 디아나호에는 얼마나 탔나?

에: 여름 내내.

베: 언제부터?

에: 7월 1일부터 9월 중순까지 일하고 잘렸어요. 어차피 여름에만 다니는 배라서 그때 배를 항구에 집어넣었으니까요. 촌스러운 관광객들을 잔뜩 태우고 왔다 갔다, 지루해서 죽을 뻔했네. 구닥다리 배에서 진작 내리고 싶었지만 친구

가 계속 있자고 했거든요. 나도 어쨌든 돈이 필요했고요.

유창하게 웅변을 늘어놓느라 힘이 빠졌는지 에릭손은 완전히 지친 기색으로 의자에 더 깊숙이 파고들었다.

베: 친구의 이름은? 친구는 디아나호에서 무슨 일을 했나?

에: 화부요. 엔진실에 총 세 명이 있었습니다. 나, 내 친구, 그리고 기관공.

에: 다른 선원들도 알고 지냈나?

에릭손은 몸을 앞으로 숙이고 재떨이에 담배를 비볐다. "뭐 이딴 조사가 다 있어." 이렇게 말하고는 도로 의자에 몸을 묻었다. "나는 아무 짓도 안 했다고요. 진작 이 동네를 떠서 일자리를 구했더니 빌어먹을 짭새들이 와가지고……."

베: 질문에 대답해. 다른 선원들 중에도 아는 사람이 있었나?

에: 일을 시작할 때는 몰랐죠. 그때는 내 친구만 알았고. 하지만 나중에 다른 사람들도 알게 됐죠. 갑판에서 일하는 사람들 중에서 한 명이 좀 웃겼는데.

베: 항해중에 여자들도 만났나?

에: 그럭저럭 봐줄 만한 계집애는 딱 하나 있었는데 그것도 요리사랑 붙어다녀서 말입니다. 나머지는 죄다 못생긴 쭈그렁 할머니들이었어요.

베: 승객들은?

에: 우리는 손님을 만날 일은 별로 없어요. 여자는 전혀 안 만났습니다.

베: 엔진실의 세 사람은 교대로 근무했나?

에: 네.

베: 여름에 뭔가 특별한 일은 없었나?

에: 없었는데요. 특별한 일이라니 무슨 말입니까?

베: 가령 평소와는 다른 항해가 있었다거나. 언젠가 엔진이 고장나지 않았나?

에: 아, 맞아요. 증기관이 부러졌었죠. 쇠데르셰핑에 배를 대고 수리해야 했어요. 지겹게 시간이 많이 걸렸어요. 내 잘못은 아니었습니다.

베: 그게 언제였는지 기억하나?

에: 스테에보리를 막 지났을 때요.

베: 그래, 그런데 며칠에 일어난 일이었느냐 말이야.

에: 그딴 걸 누가 기억합니까? 대체 이런 웃기지도 않는 조사를 왜 합니까? 엔진 고장은 내 잘못이 아니었다니까요.

나는 그때 일도 안 했어요. 근무시간이 아니었다고요.

베: 쇠데르셰핑을 지났을 때는? 그때는 자네가 일하는 시간이었나?

에: 그래요, 그전부터 일했어요. 배를 다시 움직이려고 셋다 밑구멍에 불이 나게 일해야 했단 말입니다. 밤새도록 일하고 다음날에도 또 일했어요. 기관장하고 나하고.

베: 낮에는 몇 시쯤 근무가 끝났지?

에: 쇠데르셰핑을 지난 날요? 오후 늦게였지 싶은데요.

베: 여유가 생겼을 때 뭘 했나?

에릭손은 멍하니 마르틴 베크를 쳐다볼 뿐 대답하지 않았다.

베: 그날 일을 마치고 뭘 했나?

에: 아무것도.

베: 뭔가를 했을 거 아닌가? 뭘 했지?

(예의 멍한 표정.)

베: 자네 일이 끝났을 때 배는 어디 있었지?

에: 몰라요. 아마 록센 호수 근처였겠죠.

베: 교대 근무가 끝난 뒤에 뭘 했지?

에: 아무것도 안 했다니까요.

베: 당연히 뭔가를 했을 것 아닌가. 누굴 만나지는 않았나?

에릭손은 지루한 듯 목을 쓰다듬었다.

베: 잘 생각해봐. 뭘 했나?

에: 쓸데없는 질문을 왜 자꾸 던지는 거예요? 빌어먹을 조각배 위에서 할 일이 뭐가 있다고? 축구? 배는 물 한가운데 떠 있었다고요. 똑똑히 말하는데, 빌어먹을 그 통통배에서 할 수 있는 일은 먹고 자는 것밖에 없었습니다.

베: 그날 누군가 다른 사람을 만났나?

에: 그래요, 브리지트 바르도를 만났습니다, 어쩔 겁니까? 혹시 누구를 만났더라도 지금 와서 어떻게 기억합니까? 몇 년 전 일이었는데.

베: 좋아. 처음부터 다시 시작해야겠군. 나는 올여름 이야기를 하는 거야. 자네가 디아나호에서 일하면서 승객을 만난 일이 있나?

에: 손님은 아무도 만나지 않았어요. 어차피 우리는 손님하고 마주칠 기회가 없었어요. 만날 수 있더라도 나는 흥미가 없습니다. 그깟 한심한 관광객들, 엿이나 먹으라지.

베: 디아나호에서 함께 일했던 친구 이름은 뭐지?

에: 왜요? 대체 왜 그러죠? 우리는 아무 짓도 안 했습니다.

베: 친구 이름이 뭐지?

에: 로페요.

베: 이름은 뭐고 성은 뭐지?

에: 로페 셰베리.

베: 그 친구는 지금 어디 있지?

에: 무슨 독일 배에 탔댔어요. 녀석이 어디 있는지는 나도 모릅니다. 쿠알라룸푸르 따위에 있겠죠, 알 게 뭐야.

마르틴 베크는 포기했다. 녹음기를 끄고 일어섰다. 에릭손도 천천히 몸을 뻗으며 의자에서 일어나려고 했다.

"앉아." 마르틴 베크는 윽박을 질렀다. "내가 일어나라고 할 때까지 앉아 있어."

그는 알베리를 불렀다. 알베리는 오 초 만에 문간에 섰다.

"일어나."

마르틴 베크는 에릭손에게 이렇게 말하고 먼저 방을 나섰다.

알베리가 자기 사무실로 돌아왔을 때, 마르틴 베크는 책상 옆에 가만히 앉아 있었다. 그는 알베리를 올려다보며 어깨를 으쓱하고 말했다.

"뭘 좀 먹읍시다. 나중에 내가 다시 시도해보겠습니다."

15.

다음날 9시 30분, 마르틴 베크는 에릭손을 세 번째로 불러왔다. 취조는 두 시간이나 이어졌지만 이번에도 성과는 없었다.

에릭손이 젊은 경관에게 이끌려 구부정하게 방을 나가자 마르틴 베크는 녹음테이프를 되감아 알베리에게 가져갔다. 두 사람은 함께 테이프를 들었다. 간간이 마르틴 베크가 부연 설명을 할 때 외에는 둘 다 조용했다.

그들은 몇 시간 뒤에도 여전히 사무실에 있었다.

"어떻게 생각하십니까?"

이윽고 알베리가 물었다.

"저 녀석은 아닙니다. 확신이 드는군요. 첫째로 녀석은 이렇게 시침을 뚝 뗄 만큼 똑똑하지가 못합니다. 우리가 왜 이러는

지 정말로 모르는 것 같습니다. 꾸미는 게 아닙니다."

"그 말이 맞을 겁니다."

"둘째로, 이것은 사실 직감일 뿐이지만 거의 확신할 수 있는데, 우리도 이제 로재나 맥그로가 어떤 여자인지 조금은 압니다. 안 그렇습니까?"

알베리가 고개를 끄덕였다.

"로재나 같은 여자가 칼오케 에릭손을 침대로 끌어들였을 것 같지는 않습니다."

"맞는 말이에요. 남자에게 흔쾌히 응하는 여자였던 모양이지만 아무나 다 좋다고 하진 않았겠지요. 그러면 당신은 그녀가 자발적으로 남자를 끌어들였다고 생각합니까?"

"네, 틀림없이 그랬을 겁니다. 그녀가 함께 자고 싶은 어떤 남자를 만났는데, 상황이 진척되어 실수라는 것을 깨달은 시점에는 이미 늦었던 겁니다. 하지만 그게 칼오케 에릭손은 아니었을 겁니다."

"다른 방식이었을지도 모르잖습니까."

알베리가 의심스럽다는 듯이 말했다.

"어떻게 말입니까? 그렇게 좁은 선실인데? 누군가 강제로 그녀를 밀어넣었다고요? 그러면 그녀가 미친듯이 비명을 지르면서 맞섰을 테고 배 안의 사람들이 소리를 들었을 겁니다."

"범인이 위협했을지도 모르지요. 칼이나 권총 같은 것으로."

마르틴 베크는 천천히 고개를 젓고는 문득 일어나 창가로 갔다. 알베리의 시선이 그를 좇았다.

"저 녀석은 어떻게 할까요? 더는 잡아둘 수 없습니다."

알베리가 말했다.

"한번 더 이야기해보고 싶습니다. 녀석은 자기가 왜 여기에 있는지 모르는 모양이니 이제 말을 해줘야지요."

알베리가 일어나서 재킷을 입고 방을 나갔다.

마르틴 베크는 한동안 생각에 빠져 앉아 있었다. 이윽고 사람을 불러 에릭손을 데려오게 하고 서류 가방을 들고 바로 옆방인 취조실로 갔다.

"이게 무슨 짓입니까?" 에릭손은 마르틴 베크를 보자마자 대뜸 말했다. "나는 아무 짓도 안 했다니까요. 아무 짓도 안 한 사람을 이렇게 묶어둘 수 있는 겁니까? 제기랄……."

"내가 말해도 좋다고 허락할 때까지는 조용히 있어. 자네는 내 질문에 답하려고 여기 있는 거니까."

마르틴 베크는 수정을 거친 로재나 맥그로의 사진을 꺼내어 청년의 눈앞에 댔다.

"이 여자를 알아보겠나?"

"아니요. 누굽니까?"

"사진을 자세히 보고 대답해. 사진의 여자를 본 적이 있나?"

"아니요."

"확실한가?"

에릭손은 한 팔을 의자 등받이에 걸치고 집게손가락으로 콧등을 문질렀다.

"네. 이 아가씨한테 눈길 한번 준 적 없습니다."

"로재나 맥그로. 이 이름에서 뭔가 떠오르는 것 없나?"

"무슨 이름이 그래요, 지금 농담합니까?"

"로재나 맥그로라는 이름을 들어본 적 있나?"

"없어요."

"정 그렇다면 내가 말해주지. 사진의 여성은 로재나 맥그로라고 해. 미국인이고, 디아나호가 스톡홀름에서 처음 출항한 7월 3일에 배에 탔어. 디아나호는 그때 일정에서 열두 시간이나 늦었지. 처음에는 옥셀뢰순드 남쪽의 안개 때문이었고 나중에는 엔진 고장 때문이었지. 자네는 그때 배에 타고 있었다고 이미 진술했어. 배가 예정 시각보다 열 시간 늦게 예테보리에 도착했을 때 로재나 맥그로는 배에 없었어. 7월 4일에서 5일로 넘어가는 밤중에 배에서 살해당했고, 사흘 뒤에 보렌스홀트 갑실에서 시체로 발견되었기 때문이지."

에릭손은 몸을 똑바로 세웠다. 팔걸이를 움켜쥐고 왼쪽 입술끝을 물었다.

"혹시 그것 때문에……? 혹시 생각하는 게……?"

청년은 양손을 깍지 껴서 꽉 오므린 두 무릎 사이에 끼우고, 책상에 턱이 닿을 정도로 몸을 숙였다. 마르틴 베크는 청년의 콧잔등이 새하얗게 질리는 것을 가만히 바라보았다.

"나는 아무도 안 죽였어요! 그 여자를 본 적도 없어요! 맹세해요!"

마르틴 베크는 대꾸하지 않았다. 그저 청년의 얼굴을 똑바로 응시하며 커다랗게 뜬 눈동자에서 공포가 자라는 것을 물끄러미 바라보았다.

마침내 입을 연 그의 목소리는 냉랭하고 단조로웠다.

"7월 4일에서 5일로 넘어가는 밤에 어디에서 뭘 했나?"

"내 선실에 있었어요. 맹세합니다! 내 방에서 잤다고요! 나는 아무 짓도 안 했습니다! 그 여자는 본 적도 없어요! 그건 정말 아니에요!"

에릭손의 목소리는 가성으로 높아졌다. 그가 몸을 홱 젖혔다. 오른손을 입으로 올리고 앞에 놓인 사진을 뚫어져라 보면서 엄지를 물어뜯기 시작했다. 갑자기 눈을 가느스름하게 뜨더니, 목소리도 신경질적으로 가늘어졌다.

"나를 속이려는 거지요. 나한테 겁을 주려는 거지요? 이 여자 이야기는 다 가짜죠? 로페 그 개자식이 내가 그랬다고 말한 거죠? 틀림없이 그 새끼가 불어버린 거야. 하지만 그 자식이 그랬지, 내가 그런 게 아니에요. 나는 아무 짓도 안 했어요. 사실이에요. 나는 아무 짓도 안 했어요. 로페가 내 짓이라고 그랬죠? 틀림없어, 그 새끼가 말한 거야."

마르틴 베크는 청년의 얼굴에서 시선을 떼지 않았다.

"개새끼, 그 새끼가 자물쇠를 따고 돈을 훔쳤어요."

청년은 몸을 수그렸다. 한층 열띤 목소리로 말이 술술 흘러나왔다.

"나는 그 새끼가 강요해서 따라간 것뿐이에요. 그 새끼가 그 빌어먹을 건물에서 일했다고요. 전부 그 자식이 계획한 거예요. 나는 할 맘이 없었어요. 녀석한테 그렇게 말했다고요, 안 하겠다고, 그런 일에 얽히기 싫다고. 하지만 그 망할 새끼가 강요했단 말입니다. 그 새끼가 불다니……."

"그래." 마르틴 베크는 말했다. "로페가 다 불었어. 이제 다 털어놓는 게 좋을 거야."

한 시간 뒤, 마르틴 베크는 라르손과 알베리에게 테이프를 처음부터 들려주었다. 테이프에는 칼오케 에릭손과 로페 셰베리가 한 달 전 예테보리의 어느 창고를 털었던 사건에 대한 완벽한 자백이 담겨 있었다.

라르손이 예테보리 경찰서에 전화를 걸려고 자리를 뜨자 알베리가 말했다. "어쨌든 당분간 녀석의 소재를 모를 일은 없겠군요."

그러고는 한동안 잠자코 책상에 손가락을 굴렸다.

"이제 용의자는 쉰 명쯤 남았군요. 승객들 중에 살인범이 있다는 가정을 고수할 때의 말이지만."

마르틴 베크는 아무 말도 하지 않았다. 고개를 푹 숙이고 손톱을 살펴보는 알베리를 바라볼 뿐이었다. 에릭손에 대한 취조가 막다른 골목이라는 것을 깨달았을 때 마르틴 베크가 그랬듯이 지금 알베리도 몹시 침울해 보였다.

"실망했습니까?"

마르틴 베크가 물었다.

"네, 솔직히 그렇습니다. 잠시나마 수사가 훌쩍 진척된다고 믿었는데 이제 보니 아직 갈 길이 멀군요."

"그래도 진전이 있지 않았습니까. 카프카 덕분에."

전화가 울렸다. 알베리는 수화기를 귀에 찰싹 붙인 채 한참 듣기만 하더니, 갑자기 소리쳤다.

"야, 야, 이히 빈 히어. 알베리 히어."

조심스레 방을 나가는 마르틴 베크에게 알베리가 살짝 말했다.

"암스테르담이네요."

마르틴 베크는 화장실에서 손을 씻으며 머릿속으로 '안, 아우프, 힌터, 인, 네븐, 위버, 운터, 포어, 츠비셴'* 하고 외웠다. 오래전 어느 교실에서 훅 풍겨왔던 후텁지근한 냄새를, 베이즈천이 깔린 둥근 책상을, 통통한 손가락 사이에 얇은 독일어 문법책을 끼고 있던 늙수그레한 선생님을 회상했다. 사무실로 돌아가니 알베리가 막 수화기를 내려놓는 참이었다.

"무슨 놈의 말이 이렇게 어려운지." 알베리가 말했다. "로페셰베리는 그 배에 안 탔답니다. 예테보리에서 계약을 한 건 맞지만 승선하지 않았답니다. 뭐, 이건 이제 예테보리 경찰이 걱정할 일입니다만."

기차에서 마르틴 베크는 잠을 잤다. 스톡홀름 역에 도착할 때까지 한 번도 깨지 않았다. 그가 정말로 잠이 깬 것은 집에서 침대에 누웠을 때였다.

* 독일어에서 방향을 나타내는 전치사들.

16.

5시 10분에 멜란데르가 문을 톡톡 두드렸다. 멜란데르는 오초쯤 기다린 뒤에 길고 핼쑥한 얼굴을 문틈으로 디밀고 말했다.

"이제 집에 갈까 하는데, 괜찮나?"

공식적으로는 이렇게 물어야 할 이유가 전혀 없는데도 멜란데르는 매일 이 절차를 거르지 않았다. 반면에 아침에 출근한 시각을 구태여 알리는 수고는 하지 않았다.

"물론이지. 잘 가."

마르틴 베크는 잠시 후에 덧붙였다.

"오늘 도와줘서 고마웠어."

마르틴 베크는 사무실에 남아서 직장의 하루가 저물어가는 소리에 귀를 기울였다. 제일 먼저 전화들이 잠잠해졌고, 다음으로 타자기들이, 다음으로 사람들의 목소리가 멎었다. 마지막으로 복도를 지나치는 발소리들이 들리지 않게 되었다.

5시 30분에 그는 집에 전화했다.

"집에서 저녁을 먹을 거면 기다릴까?"

"아니야, 먼저들 먹어."

"늦어?"

"글쎄, 그럴지도 몰라."

"아이들을 안 본 지 얼마나 오래되었는지 알아?"

분명 아홉 시간 전에 아이들을 보고 목소리도 들었건만, 아내도 그걸 몰라서 그러는 게 아니었다.

"마르틴?"

"응."

"목소리가 좋지 않네. 나쁜 일이라도 있어?"

"아니야. 전혀 아니야. 일이 많아서 그래."

"그것뿐이야?"

"그럼."

아내는 원래의 목소리로 돌아갔다. 껄끄러운 순간은 금세 지나갔다. 아내의 판에 박은 당부들과 비판들도 지나갔다. 그는 수화기를 귀에서 떼지 않은 채 아내가 전화를 내려놓는 소리를 들었다. 딸각. 그리고 공허한 침묵. 아내는 천 킬로미터쯤 떨어진 곳에 있는 것 같았다. 부부가 진정한 대화를 나눈 지 어언 몇 년이었다.

그는 이마를 찌푸리고 한숨을 쉬며 책상에 놓인 문서들을 보았다. 문서들이 로재나 맥그로에 대해서, 그리고 그녀 인생의 마지막 며칠에 대해서 제각각 뭔가를 말해준다는 것은 확실한 사실이었다. 그럼에도 불구하고 문서들은 그에게 아무 말도 해주지 않았다.

다시 읽어봐도 별 소용은 없을 테지만 그렇게 해야 했다. 그것도 지금 당장. 곧 읽기 시작할 생각이었다.

담배를 찾아 손을 뻗었지만 비어 있었다. 빈 갑을 쓰레기통에 던진 뒤, 새것을 꺼내려고 재킷 주머니를 뒤졌다. 몇 주간 평소의 두 배로 담배를 피워댄 여파가 지갑과 목에서 느껴졌다. 아무래도 여분의 담배마저 다 피워버린 듯했다. 주머니에서 만져지는 것이라고는 수수께끼의 이상한 물건뿐이었다.

엽서였다. 모탈라에 있을 때 담배 가게에서 샀던 것이다. 엽서에는 보렌스훌트 갑실을 위에서 바라본 사진이 찍혀 있었다. 배경에는 호수와 방파제가 있었고, 전경에는 갑실에 담겨 상승하는 여객선과 수문을 여는 작업중인 두 남자가 있었다. 배의 이름은 아스트레아호였다. 이미 오래전에 해체 장비들과 토치램프의 불꽃에 사라져버렸음 직한 배였다.

사진을 찍은 때는 한창 좋은 여름인 것 같았다. 그의 뇌리에 꽃향기와 촉촉히 젖은 잡목의 향긋한 내음이 떠올랐다.

마르틴 베크는 서랍을 열어 확대경을 꺼냈다. 작은 국자처럼 생겼고 손잡이에 전지가 들어있는 물건이었다. 단추를 누르자 꼬마전구에 불이 들어와 검토 대상을 환하게 비췄다. 좋은 사진이었다. 좌현 선교에 나와 있는 선장과 난간에 매달린 승객 몇 명이 똑똑히 보였다. 앞쪽 갑판에 화물이 실려 있었다. 오래전에 찍힌 사진임을 말해주는 또 하나의 신호였다.

그가 시선을 좀더 오른쪽으로 돌리려는 순간, 콜베리가 주먹으로 문을 두드리고 방으로 들어섰다.

"여어. 놀랐나?"

"간 떨어져 죽을 뻔했네."

정말로 마르틴 베크는 일순 심장이 멎었었다.

"아직 집에 안 갔나?"

"보면 모르겠어. 나는 지금 3층 우리집에 앉아서 저녁으로 닭을 먹고 있는 중이야."

"그런데 참, 이번 달 봉급일이 언제지?"

"내일이면 좋겠군."

콜베리가 손님용 의자에 꺼지듯 앉았다.

둘 다 한참 묵묵히 있었다. 콜베리가 갑자기 물었다.

"그건 헛일이었지? 자네가 모탈라에 내려가서 그 터프가이를 사정없이 뭉개면서 취조한 일 말이야."

"그자 짓이 아니야."

"전적으로 확신하나?"

"그건 아니야."

"직감으로는 확실한가?"

"그래."

"그거면 됐어. 솔직하게 말하자면 열두 살짜리 여자아이를 꾀는 것과 성인 여성을 죽이는 것은 큰 차이가 있지."

"맞아."

"게다가 그녀는 그런 타입의 남자에게는 허락하지 않았을 거야. 내가 카프카의 글을 제대로 읽었다면 말이지만."

"맞아." 마르틴 베크는 단호하게 동의했다. "그녀라면 그러지 않았을 거야."

"모탈라의 그 친구는 어땠나? 실망하던가?"

"알베리? 조금은 실망했지. 하지만 끈질긴 사내라 괜찮아. 그나저나 멜란데르는 뭐래?"

"별말 없어. 나는 멜란데르를 훈련생 시절부터 알고 지냈는데 이제까지 그를 우울하게 만든 사건은 단 하나, 담배 배급 제도뿐이었어."

콜베리는 검은 표지의 수첩을 꺼내어 신중하게 들췄다.

"자네가 없는 동안, 내가 전체적인 사항들을 죄다 다시 짚어 보았어. 요약을 해보려고."

"그래서?"

"함마르가 내일 우리에게 물을 게 뻔한 질문들을 스스로에게 하나씩 던져보았지. 가령, 현재 우리는 무엇을 알고 있나?"

"자네의 대답은 어떤가?"

"잠깐, 자네가 대답해보는 게 나을 것 같은데. 자, 우리는 로재나 맥그로에 대해서 얼마나 알고 있나?"

"조금은 알고 있지. 카프카 덕분에."

"맞아. 과감하게 말한다면, 그녀에 관한 중요한 요소들은 이미 다 아는 셈이야. 다음으로 넘어가지. 우리는 실제 살인에 대해서 무엇을 알고 있나?"

"범행 현장을 알지. 사건이 언제 어떻게 벌어졌는지도 대강 알고."

"사건이 일어난 장소를 우리가 정말로 아는 걸까?"

마르틴 베크는 잠시 손가락으로 책상을 두드리다가 대답했다.

"응. 디아나호의 A7 선실이야."

"핏자국의 혈액형 분석에 따르면 그렇게 볼 수 있지만, 그건 증거로서는 효력이 없을걸."

"맞는 말이야. 하지만 어쨌든 우리는 알아."

마르틴 베크가 대뜸 반박했다.

"좋아. 그 점은 우리가 안다고 하지. 범행 시각은?"

"7월 4일 밤, 어두워진 뒤에. 저녁 식사가 끝난 8시 이후라는 건 분명해. 아마 9시에서 자정 사이였겠지."

"범행 수법은? 옳지, 여기에 대해서는 부검 보고서가 있지. 또한 그녀가 스스로 옷을 벗었다고 추측할 수 있어. 사의였을 거야. 혹은 생명의 위협을 느끼는 상황이었을지도 모르지만, 아무래도 그럴 것 같지는 않아."

"그렇지."

"마지막으로 가장 중요한 문제. 우리는 범인에 대해서 무엇을 아는가?"

콜베리는 이십 초 뒤에 스스로 대답했다.

"문제의 인물은 가학 성향이 있고 성적으로 뒤틀렸다."

"문제의 인물은 남자다."

마르틴 베크가 덧붙였다.

"그래, 그럴 가능성이 높지. 그리고 힘이 상당히 셀 거야. 로재나 맥그로는 손수레 같은 데서 떨어진 게 아니니까."

"문제의 인물이 디아나호에 탔다는 것도 알지."

"그래. 우리의 이전 가설이 옳다는 가정하에서지만."

"문제의 인물이 승객 혹은 승무원이라는 두 부류 중 하나에 속한다는 것도 알지."

"꼭 그럴까?"

방에 침묵이 흘렀다. 마르틴 베크는 손가락 끝으로 이마 선을 따라 마사지했다. 그러다가 마침내 말했다. "그래야만 해."

"그래야만 한다고?"

"응."

"좋아, 그렇다고 하지. 하지만 다른 측면을 보면, 우리는 살인자의 생김새나 국적에 대해서는 감도 못 잡고 있어. 지문도 없고, 문제의 인물을 범죄와 연관 지을 만한 것이 전혀 없어. 우리는 그가 로재나 맥그로를 예전부터 알았는지 아닌지 몰라. 그가 어디 출신인지, 어디서 와서 어디로 갔는지, 지금 어디로 가면 찾을 수 있는지를 몰라."

콜베리는 어느새 몹시 진지해졌다.

"우리는 황당할 정도로 아는 게 없어, 마르틴. 로재나 맥그로가 예테보리에서 안전하게 하선하지 않았다는 것을 절대적으로 확신할 수 있겠어? 그녀가 하선한 후에 살해당한 게 아니라는 것을 확신할 수 있겠어? 그녀가 거쳐 온 경로를 아는 범인이 모탈라로 시체를 가져와서 운하에 던졌을 가능성은 없나?"

"그 생각은 나도 해봤지만 말이 안 돼. 범행은 그런 식으로 벌어지지 않아."

"우리가 아직 사건 당일 배에서의 저녁 식사 메뉴를 확보하지 못했으니까, 적어도 지금은 이론적으로 충분히 가능성이 있어. 물론 지나치게 상상력을 발휘해야 하는 가설이지만. 게다가 그녀가 예테보리에 내리지 않았다는 사실이 어떻게든 드러나더라도, 설령 확실하게 증명되더라도, 또 다른 가능성이 있어. 배가 보렌스훌트 갑실에 발이 묶였을 때 그녀가 뭍에 내렸다가 풀숲을 어슬렁대는 웬 미치광이를 만났을 가능성."

"그런 경우라면 자취가 발견되었겠지."

"맞아. 하지만 '뭐뭐 했겠지'라는 건 허약한 발상이야. 이 사건에는 생각만으로도 미치고 환장할 것 같은 문제가 많아. 어떻게 그녀는 배가 노선의 절반을 운항한 시점에서 눈에 띄지 않고 사라졌을까? 어떻게 객실 담당 승무원이나 식당 종업원의 눈에도 띄지 않았을까?"

"그녀를 죽인 인물이 배에 머물렀던 거지. 선실이 정상적으로 사용된 것처럼 꾸몄을 거야. 하룻밤만 넘기면 되니까."

"침구는 어디로 갔단 말이야? 담요는? 그것들에 피가 묻었을 것 아냐. 범인이 눌러앉아서 빨래를 했을 리는 없잖아. 몽땅 물에 던져버렸다면 깨끗한 새 물건들을 어디서 구했겠어?"

"피는 많이 묻지 않았을 거야. 부검 보고서를 보면 알지. 그리고 그녀를 죽인 인물이 그 배에 익숙한 사람이라면 물건 보관함에서 깨끗한 침구를 슬쩍 가져다가 깔았을 수도 있지."

"승객이 그렇게 능숙하게 행동할 수 있나? 누가 눈치채면 어쩌려고?"

"그렇게 어렵지는 않아. 밤에 여객선에 타본 적 있나?"

"아니."

"다들 들어가서 자고 있으니 괴괴할 정도로 조용하고 한산해. 선반이나 보관함은 대체로 잠가두지 않아. 배가 베테른 호수를 지나던 야심한 시각에 확실하게 깨어 있던 사람은 딱 셋뿐이었을걸. 불침번을 서는 승무원들 말이야. 선교에 두 명, 엔진실에 한 명."

"그녀가 예테보리에서 하선하지 않았다면 누가 알아차렸어야 하는 것 아니야?"

"배가 항구에 닿고 승객들이 하선을 할 때는 정해진 절차가 없어. 배가 예테보리의 릴라봄멘 항에 서면 승객들은 짐을 움켜쥐고 쏜살같이 트랩을 내려가지. 특히 그 여행에서는 배가 지연되었기 때문에 대부분의 승객들이 서둘렀을 거야. 게다가 평소와는 달리 캄캄해진 뒤에야 항구에 닿았을 테고."

마르틴 베크는 잠시 입을 다물고 한참 벽을 응시하다가 이어 말했다.

"내가 가장 신경쓰이는 점은 옆 선실의 승객들이 아무것도 알아차리지 못했다는 점이야."

"그건 내가 설명해주지. 두 시간 전에 알아낸 사실인데, A3 선실에 묵었던 네덜란드 부부는 둘 다 일흔이 넘어서 귀머거리나 다름없다는군."

콜베리는 수첩을 넘기면서 머리를 긁었다.

"언제, 어디서, 어떻게 범행이 저질러졌는가에 대한 우리의 가설은 주로 확률과 논리적 가정과 약간의 심리학을 응용한 결과이지. 실제 증거를 따지면 허약하기 짝이 없어. 물론 우리가 기댈 데가 그것밖에 없으니 고수해야겠지만, 한번쯤 통계에 의거한 추론도 따져봐야 하지 않겠어?"

마르틴 베크는 의자에 등을 대고 팔짱을 꼈다.

"한번 들어볼까."

"우리는 배에 탔던 86명의 이름을 다 알아. 승객 68명 더하기 승무원 18명. 그들의 위치를 파악하여 어떤 식으로든 접촉하는 데 거의 성공했지만, 아직 11명은 접촉하지 못했어. 그렇지만 그들의 국적, 성별, 나이는 죄다 알지. 예외적으로 나이를 모르는 사람이 세 명 있지만. 소거법을 적용해보자고. 우선 로재나 맥그로를 지워야겠지. 그러면 85명이 남아. 다음으로 여자를 모두 지우면 승무원 중 8명과 승객 중 37명이 빠져. 남는 것은 40명. 이중 열 살 미만의 소년이 4명, 일흔 살 이상의 노인이 7명이니까 그들을 빼면 남는 것은 29명. 선장과 조타수도 빼야지. 두 사람은 저녁 8시부터 자정까지 근무를 했기 때문에 서로 알리바이를 제공하는 셈이야. 누구를 죽일 시간은 없었을 거야. 반면에 엔진실에 있었던 사람들의 알리바이는 이보다 불확실해. 어쨌든 그 둘을 제하면 남는 것은 27명이지. 14살에서 68살 사이인 이 남자들의 이름은 우리가 다 알아. 스웨덴 사람이 12명인데 개중 7명이 선원이고, 미국 사람이 5명, 독일 사람이 3명, 덴마크 사람이 1명, 남아프리카공화국 사람이 1명, 영국 사람이 1명, 프랑스 사람이 1명, 스코틀랜드 사람이 1명, 터키 사람이 1명, 네덜란드 사람이 1명이야. 지리적으로 어마어마하게 넓게 분포한 셈이야. 미국 사람 중 1명은 텍사스에 살고, 또 1명은 오리건에 살아. 영국 사람은 바하마군도*의 나소에 살고, 남아프리카 사람은 더반에 살고, 터키 사람은 앙카라에 살아. 만약에 경찰 1명이 그들을 모두 조사한다면 대체 얼마나 쏘다녀야 하겠어. 게다가 27명 중에서 4명은 소재가 파악되지 않았어. 덴마크 사람이 1명, 스웨덴 사람이 3명이야. 멜란데르가 지난 이십오 년간의 승객 명단을 캐는 중이지만, 이 사람들이

* 바하마연방은 1973년에 독립하기 전까지 영국령이었다.

과거에도 운하 여객선을 탄 적이 있는지 없는지를 알아낼 도리는 아마 없을걸. 내 개인적인 가설을 말하자면, 승객들 중에는 범행을 저지른 자가 없다는 거야. 1인실을 쓴 사람은 고작 넷뿐이야. 나머지는 배우자든 누구든 하여간 선실을 함께 쓴 사람에게 관찰당하는 입장이었을 거야. 그런데도 범행을 쉽게 저지를 만큼 배의 구조나 일정을 속속들이 아는 손님은 없었을 거라고. 그렇다면 남는 것은 남자 승무원 8명뿐이지. 조타수 하나, 화부 둘, 요리사 하나, 갑판원 셋. 마지막 1명인 기관장은 나이 때문에 어차피 제외되니까 이미 뺐어. 내 가설에 따르면, 이들 중에서도 범행을 저지를 수 있었던 사람은 없어. 승무원들은 서로를 면밀하게 관찰하는 처지이기 때문에, 승객과 어울릴 기회가 극히 제한되어 있거든. 따라서 내 이론에 따르면 로재나 맥그로를 살해한 사람은 어디에도 없어. 그렇다면 내 이론은 틀린 거지. 내 이론이란 늘 그 모양이야. 아, 사유란 얼마나 위험한 것인가."

삼십 초간 침묵이 흐른 뒤, 콜베리가 이어 말했다.

"그런데 그 에릭손이란 놈이 한 짓도 아니라면……. 제기랄, 어쨌든 그 녀석을 잡은 건 행운이야……. 어이, 내 말 듣고 있어? 내가 한 이야기를 듣기나 했어?"

"물론." 마르틴 베크는 무심히 대답했다. "물론 듣고 있어."

사실이었다. 마르틴 베크는 듣고 있었다. 하지만 마지막 십 분 동안 콜베리의 목소리는 그의 뇌리에서 점점 멀어졌다. 전혀 다른 두 가지 생각이 불현듯 떠올랐기 때문이다. 하나는 일전에 누군가로부터 들었던 말과 관련된 것이었는데, 그 생각은 떠오르자마자 냉큼 바닥으로 가라앉아서 손에 잡히지 않는 상념으로 흩어져버렸다. 반면에 다른 하나는 더 구체적인 생각이었다. 잘하면 괜찮은 성과를 낼 법한 새로운 수사 계획이었다.

"그녀는 틀림없이 선상에서 그를 만났을 거야."

마르틴 베크는 혼잣말처럼 중얼거렸다.

"자살이 아니라면 말이지."

콜베리의 말투에는 약간의 빈정거림이 담겨 있었다.

"그녀를 죽일 계획을 세웠던 건 아닐 거야. 적어도 처음에는 아니었을 거야. 그리고 아마도 자신의 정체를 숨길 이유가 없는 사람이었을 테고……."

"그건 그래. 하지만 우리 생각이 그렇다는 것일 뿐 차이가 없잖아. 우리가 아는 것이라고는……."

마르틴 베크의 눈앞에 지난 칠월 모탈라에서 보았던 광경이 선명하게 떠올랐다. 흉측한 유노호가 준설선을 빙 돌아서 항구를 미끄러져 가는 광경이었다.

그는 몸을 바로 하고 오래된 엽서를 꺼내 들여다보았다.

"렌나르트. 당시에 사람들이 쓴 카메라가 몇 대나 됐을까? 적어도 스물다섯 대는 넘었을 테고, 아마도 서른 대쯤 됐겠지. 어쩌면 마흔 대나 됐을지도 몰라. 배가 갑문을 거칠 때마다 사람들은 뭍에 내려서 배를 찍어대고 서로 찍어대고 했겠지. 여행 사진을 붙여둔 앨범이 스무 개, 아니, 서른 개는 될 거야. 별별 사진이 다 있겠지. 아마도 맨 첫 장에는 스톡홀름 부두에서 찍은 사진이 붙어 있을 테고, 맨 마지막 장에는 예테보리에서 찍은 사진이 붙어 있을 거야. 스무 명이 사흘간 각자 서른 장씩 찍었다고 가정하자고. 한 사람당 한 통씩 찍었다고 보는 건데, 어떤 사람은 그보다 더 찍었을 거야. 그렇다는 것은, 렌나르트, 적어도 육백 장의 사진이 있다는 거라네…… 알겠나…… 육백 장의 사진이라고. 천 장이 넘을지도 몰라."

"그래. 무슨 말인지 알겠네."

콜베리가 느릿느릿 대답했다.

17.

“물론 지긋지긋한 작업이겠지.”

마르틴 베크가 말했다.

“우리가 지금 하는 일보다 더 나쁠 것은 없어.”

콜베리의 대답이었다.

“어쩌면 무모한 생각에 지나지 않을지도 몰라. 내 생각이 완전히 틀렸을지도 몰라.”

이것은 두 사람이 과거에도 몇 번이나 했던 일종의 게임이었다. 마르틴 베크가 의혹을 제기하고, 콜베리가 지지를 제공하는 것이다. 사실 마르틴 베크가 정말로 답을 몰라서 그러는 것은 아니었고, 자신이 답을 안다는 사실을 콜베리가 안다는 것도 알았다. 그럴지라도 두 사람은 둘만의 의식을 따랐다.

"틀림없이 뭔가 나올 거야."

콜베리가 단정했다. 그리고 얼른 덧붙였다.

"우리는 유리한 출발선에 서 있잖아. 사람들이 어디에 있는지를 다 알아냈고, 물론 예외가 몇 명 있지만 대부분의 사람들과 이미 접촉했으니까."

콜베리가 말하면 어쩐지 그럴듯하게 들렸다. 그의 장기였다.

한참 후에 마르틴 베크가 물었다.

"지금 몇 시지?"

"7시 10분."

"명단의 사람들 중에서 이 근처에 사는 사람이 있나?"

콜베리가 수첩을 훑었다.

"생각보다 훨씬 가까운 곳에 있는걸. 노르멜라르스트란드에 사는 은퇴한 대령 부부가 있군."

"누가 찾아갔었지? 자넨가?"

"아니야, 멜란데르였어. '좋은 사람들임.'"

"그 말뿐이야?"

"그래."

거리는 비에 젖어 반질반질했다. 뒷바퀴가 미끄러지자 콜베리는 걸게 욕을 했다. 삼 분 뒤에 그들은 대령의 집에 도착했다.

대령의 아내가 문을 열었다.

"악셀, 경찰에서 두 신사분이 찾아왔어요."

그녀는 거실을 향해 엄청나게 큰 목소리로 말했다.

"들어오시라고 해." 안에서 대령도 우렁차게 소리쳤다. "아니면 내가 현관에 나가야 쓰겠나?"

마르틴 베크는 모자에서 빗방울을 털면서 들어섰다. 콜베리는 힘차게 신발을 훔쳤다.

"사람을 쥐락펴락하는 날씨라오. 신사 양반들, 내가 앉은 채로 맞이하는 걸 이해해주시오."

대령이 고래고래 외쳤다.

대령 앞의 낮은 탁자에는 반쯤 세우다 만 도미노 조각들, 코냑잔, 레미 마르탱 한 병이 놓여 있었다. 옆에서 텔레비전 소리가 귀가 먹먹하게 울렸다.

"쥐락펴락하는 날씨라니까. 코냑 좀 드시겠소? 이런 날씨에 도움이 되는 건 이것뿐이라오."

"저는 운전을 해야 합니다."

콜베리는 심각하게 술병을 바라보면서 소리를 질렀다.

마르틴 베크의 마음에서 동료와의 연대가 유혹을 압도하는 데는 십 초쯤 걸렸다. 그는 그저 고개를 저었다.

"자네가 말해."

마르틴 베크가 콜베리에게 말했다.

"뭐라고?"

대령이 빽 소리를 질렀다.

마르틴 베크는 머쓱하게 미소를 띠며 별것 아니라는 몸짓을 취했다. 섣불리 이 토론에 끼겠다고 나섰다가는 앞으로 일주일 내내 목소리가 나오지 않을 게 분명했다.

대화가 이어졌다.

"사진? 아니, 우리는 이제 사진을 찍지 않아요. 나는 눈이 나쁘고, 저이는 한 장 찍을 때마다 필름을 감아줘야 한다는 걸 만날 까먹거든. 두 주 전에 왔던 잘생긴 젊은이도 같은 걸 물어봤어요. 어찌나 반듯한 청년이던지."

마르틴 베크와 콜베리는 힐끔 눈길을 주고받았다. 부인의 말이 의외이기도 하거니와 무엇보다 멜란데르에 대한 묘사가 믿기 어려웠다.

"그런데 것참 이상하지."

대령이 고래고래 말했다.

"옌치 소령은……. 아이구, 자네들은 물론 그를 모르겠지. 우리와 여행중에 나란히 앉았던 소령 부부가 있었다오. 군수장교인데 아주 재미난 사람이야. 사실은 그와 내가 같은 해에 임관을 했지만, 안타깝게도 볼셰비키 원정이 일찍 끝나는 바람에 그 친구는 경력이 끝장났지. 자네들도 알겠지만 전쟁중에는 승진이 후딱후딱 됐거든, 하지만 1945년 이후로는 올스톱이었단 말이야. 뭐, 그래도 엔치 소령한테는 그게 그다지 심각한 문제가 아니었다오. 그는 군수장교였는데 종전 직후에는 그게 천금의 가치가 있는 자리였거든. 한번은 오스나브뤼크의 어느 식품 회사에서 관리자 자리를 제안받기도 했대요. 우리는 이것저것 공통점도 이야깃거리도 많아서 시간이 후딱 갔지. 이야깃거리가 좀 많았어야지. 소령은 아홉 달인가, 아니, 열한 달인가, 아무튼, 청색 사단을 담당하는 연락장교인 적도 있었다오. 자네들 청색 사단 아는가? 프랑코가 반대를 무릅쓰고 배치했던 스페인 엘리트 부대 말이야. 내가 당당하게 말하는데, 우리는 여기 국내에서 이탈리아 놈들, 그리스 놈들, 스페인 놈들, 다른 놈들을 교란시키고는 했지……. 암, 교묘하게 잘 갈라놓고는 했어, 하지만 사실 말이지, 아까 말한 그 친구들, 그러니까 청색 사단, 그 친구들도 정말로 잘……."

마르틴 베크는 절망적인 심정으로 고개를 돌려 텔레비전 화면을 보았다. 남부에서 사탕무를 따는 장면으로 보건대 적어도 한 달 전에 방영된 프로그램인 듯했다. 대령의 아내는 텔레비전에 집중한 나머지 주변의 대화를 전혀 의식하지 못하는 것 같았다.

"그렇군요."

콜베리가 소리쳤다.

그리고 숨을 크게 들이마신 뒤, 감탄할 만큼 커다란 목소리와 정확한 방향으로 질문을 던졌다.

"사진에 대해서 뭐라고 말씀하실 참이었지요?"

"뭐? 아, 이상하게도 옌치 소령은 카메라 다루는 데 전문가라고 말하려고 했다오. 그 친구도 우리만큼이나 귀도 나쁘고 눈도 나쁜데 말이야. 그 친구가 여행중에 사진을 많이 찍었어. 우리한테도 바로 며칠 전에 봉투 가득히 사진을 보냈더라고. 아주 사려 깊은 친구야. 우리 것까지 인화하려면 꽤나 비쌌을 텐데. 사진도 참 잘 찍었어. 뭐라 해도 즐거운 추억이지."

마르틴 베크는 텔레비전으로 가서 소리를 약간 낮췄다. 자기 방어를 위해 본능적으로 나온 행동이었다. 스스로도 아무런 의식 없이 한 행동이었다. 대령의 아내가 황당하다는 듯이 그를 쳐다보았다.

대령이 말했다.

"뭐? 아, 당연히 보여드려야지. 미산, 독일에서 온 사진 좀 가져와요. 신사분들에게 보여주게."

마르틴 베크는 미산이라 불린 부인이 텔레비전 시청용 의자에서 일어나는 모습을 눈썹에 잔뜩 주름을 잡고서 바라보았다.

사진은 컬러였고 가로 십 센티미터, 세로 팔 센티미터의 크기였다. 봉투에 든 사진은 총 열다섯 장쯤이었다. 안락의자에 앉은 대령은 엄지와 집게손가락으로 사진을 집었다. 대령의 양옆에 선 마르틴 베크와 콜베리는 동시에 앞으로 몸을 숙였다.

"이게 우리 부부고, 이게 옌치 소령의 아내라오. 오, 여기에 내 아내도 있구먼. 그래, 그리고 여기에 내가 있네. 이 사진은 선교의 조종실에서 찍은 거라오. 출항 첫날이지. 내가 선장과 대화하는 모습이 보일 거요. 그리고 이건…… 안타깝게도 나는 눈도 썩 좋지 않아서……. 여보, 거기 돋보기 좀 주겠어?"

대령은 돋보기를 천천히 세심하게 닦은 뒤에 말을 이었다.

"그래, 여기에 우리가 있구먼. 여기에 옌치 소령 본인이 찍혔고, 나와 아내도 있고……. 이건 소령의 아내가 찍은 게 분명해. 다른 사진들보다 조금 흐릿하지 않은가. 여기에 또 우리가 나왔는데, 장소는 같지만 각도가 약간 다르지, 이게 나인 것 같구먼. 그리고…… 보자……. 나와 대화하는 이 부인은 리베나이너 부인이라고, 역시 독일 사람이었어요. 부인도 우리와 같은 식탁에서 식사했는데, 아주 매력적이고 훌륭한 여성이었는데 안타깝게도 나이가 좀 많았지. 남편이 엘알라메인전투에서 죽었다더라고."

마르틴 베크는 몸을 더 숙여서 꽃무늬 드레스에 분홍 모자를 쓴 노령의 여성을 확인했다. 그녀는 한 손에 커피잔을, 다른 손에 페이스트리를 들고 구명보트 옆에 서 있었다.

점검이 이어졌다. 사진은 천편일률이었다. 마르틴 베크는 등이 살살 아파왔다. 옌치 소령의 아내가 어떻게 생겼는지는 이제 확실히 알 것 같았다.

마지막 사진이 대령 앞 마호가니 탁자에 놓였다. 마르틴 베크가 묘사한 바 있는 종류의 사진이었다. 정면에는 스톡홀름 부두에 묶인 디아나호의 선미가 보이고, 배경에는 시청 건물이 보이고, 트랩 옆에 택시 두 대가 서 있는 장면이었다.

배가 출항하기 직전에 찍은 사진인 게 분명했다. 이미 많은 사람들이 승선해 있었다. 차양 갑판의 좌현 선미에 놓인 구명보트 옆에 오스나브뤼크에서 온 옌치 부인이 보였다. 그리고 부인 바로 밑에, 그곳에 로재나 맥그로가 있었다.

그녀는 난간에 팔을 대고 몸을 앞으로 숙인 채 두 발을 벌리고 서 있었다. 샌들을 신고 선글라스를 꼈다. 가느다란 어깨끈이 달린 노란색 긴 드레스를 입었다. 마르틴 베크는 그녀 옆에 어떤 사람들이 서 있는지 보려고 최대한 허리를 굽혔다. 동시에 콜베리가 치아 사이로 휘파람을 불었다.

"오, 그렇지, 그렇지."

대령은 아랑곳하지 않고 계속 말했다.

"이게 우리가 탔던 배고 여기는 역사적 장소인 리다르홀멘 섬이라오. 시청 탑도 보이는군. 이 사람이 힐데가르트 옌치 부인이라오. 우리랑 만나기 전이지. 그리고 그래, 그것도 이상했어. 이 젊은 처자도 처음에는 우리 식탁에 몇 번인가 앉았거든. 영국 사람인가 네덜란드 사람인가 그랬어. 아마 나중에 배에서 이 처자를 다른 자리로 옮겼나 보더라고. 우리 늙은이들이 서로 팔꿈치를 부딪히지 않고 여유 있게 식사하도록 해준 게지."

돋보기 아래에서 크게 확대된 노인의 억세고, 주름지고, 흰 털이 잔뜩 난 집게손가락이 샌들을 신고 헐렁한 노란 드레스를 걸친 여자를 턱 짚었다.

마르틴 베크가 말을 꺼내려고 숨을 들이마셨지만 콜베리가 빨랐다.

"뭐?" 대령이 되물었다. "확실하냐고? 그럼 확실하고 말고. 적어도 네댓 번쯤 우리랑 같은 식탁에 앉았다오. 하지만 내 기억이 정확하다면, 이 처자는 말은 한마디도 안 했어."

"하지만……."

"알아요, 일전에 여러분의 동료가 이 여자의 초상 사진을 보여주긴 했지만, 여보시오, 내가 알아보겠는 건 여자의 얼굴이 아니란 말이오. 드레스지. 정확하게 말하면 드레스도 아니야."

노인은 왼쪽으로 몸을 돌려 강인한 집게손가락으로 마르틴 베크의 가슴을 찔렀다.

"데콜테*라오."

대령의 속삭임은 우레 같았다.

* 상체가 많이 드러나는 여성용 옷을 가리키는 프랑스어.

18.

11시 15분이었지만 그들은 아직 크리스티네베리의 사무실에 있었다. 상쾌한 산들바람이 불어 들었고 가는 빗방울이 창을 두드렸다.

마르틴 베크의 책상에는 사진이 스무 장 펼쳐져 있었다. 그는 열아홉 장을 옆으로 밀고 로재나 맥그로가 나온 한 장만을 동그란 확대경 불빛 아래에서 거듭, 한 오십 번쯤 뜯어보았다. 그녀는 그가 상상했던 그대로의 모습이었다. 그녀의 시선은 정면 위를 향했는데 아마도 리다르홀멘 교회탑을 보는 듯했다. 그녀는 건강하고 빈틈없어 보였고 살날이 서른여섯 시간밖에 남지 않았다는 사실은 까맣게 모르는 듯했다. 그녀의 왼쪽으로 A7 선실이 보였다. 문이 열려 있었지만 사진으로는 내부를 알아볼 수 없었다.

"우리는 오늘 운이 좋았어." 콜베리가 말했다. "지랄맞은 이 사건의 수사에서 처음 만난 행운이었어. 어떤 사건이든 언젠가는 반드시 행운이 따르기 마련이지. 이번에는 그게 너무 늦게 왔다는 게 문제지만."

"하지만 운 나쁜 일도 있었잖아."

"그녀가 귀먹은 할아버지 둘, 거의 앞이 안 보이는 할머니 셋과 같은 식탁에 앉았다는 사실 말이야? 그건 운 나쁜 축에도 못 껴. 그건 평균의 법칙일 뿐이야. 이제 집에 가서 좀 자자고. 내가 태워다줄게. 아니면 인류에게 주어진 위대한 선물인 지하철을 타겠나?"

"우선 카프카에게 전보를 쳐야 해. 자세한 내용은 내일 편지로 알리면 되겠지만."

그들은 삼십 분 뒤에 일을 마쳤다. 콜베리는 빗길인데도 성급하고 부주의하게 차를 몰았다. 평소 그런 운전에 기분이 상하곤 하는 마르틴 베크도 지금은 별로 개의치 않는 듯했다. 두 사람은 말이 없었다. 콜베리가 마르틴 베크의 집 앞에 차를 대고서 말했다.

"이제 잠자리에 누워서 얼마든지 이 일을 곱씹어볼 수 있겠군. 잘 들어가."

집은 조용하고 캄캄했다. 딸아이의 방 앞을 지나려니 음악 소리가 들려왔다. 아이가 트랜지스터라디오를 베개 밑에 깔고 누워 있는 것이리라. 마르틴 베크도 어렸을 때 담요 속에서 회중전등 불빛으로 해양 모험소설을 읽곤 했다.

부엌 식탁에 빵과 버터와 치즈가 놓여 있었다. 그는 손수 샌드위치를 만든 뒤에 맥주를 한잔할까 해서 아이스박스를 뒤졌다. 맥주는 한 병도 없었다. 그는 개수대 앞에 서서 검약한 저녁 식사를 하고 우유 반 잔으로 입을 가셨다.

그런 다음 방으로 들어가 조심스럽게 침대에 누웠다. 아내가 그를 향해 돌아누우며 잠에 반쯤 취한 상태로 뭐라고 중얼거렸다. 그는 등을 대고 누워 조용히 숨을 죽였다. 몇 분이 흐르자 아내의 호흡이 다시 깊은 잠을 잘 때처럼 일정해졌다. 그는 긴장을 풀었다. 눈을 감고 생각을 하기 시작했다.

로재나 맥그로는 항해 초기에 찍힌 사진들 중 하나에 등장했다. 사진들에서 다른 승객 다섯 명을 더 알아볼 수 있었다. 은퇴한 군인 부부 두 쌍과 혼자된 리베나이너 부인이었다. 경찰은 아마도 스물다섯에서 서른 개가량의 사진첩을 추가로 확보할 수 있으리라. 아마도 그 대부분은 이번보다 사진 개수가 더 많을 것이다. 그들은 모든 원판을 샅샅이 수거할 테고, 모든 사진을 꼼꼼히 점검하여 사진에 찍힌 사람들을 확인할 것이다. 틀림없이 성과가 있으리라. 그들은 로재나 맥그로의 마지막 여행을 재구성할 수 있을 것이다. 영화처럼 생생하게 그녀의 여행을 눈앞에 그려보게 될 것이다.

작업의 성패는 카프카에게 달려 있었다. 카프카가 북아메리카 대륙 전역에 흩어진 여덟 가구에게서 얼마나 많은 자료를 수거하는가에 달려 있었다. 원래 미국인들은 필름을 펑펑 쓰기로 유명한 사람들이 아닌가? 그리고 링컨에서 온 여자와 접촉한 승객이 살인범 외에 또 있었다면, 아무래도 동향이었을 가능성이 높지 않을까? 어쩌면 미국인 승객들에게 집중하여 살인자를 찾아봐야 할지도 모른다. 어쩌면 언젠가 카프카가 수화기 너머로 마르틴 베크에게 이렇게 말할지도 모른다.

'내가 그 개자식을 쐈습니다.'

마르틴 베크는 이런 생각을 하다가 스르르 잠이 들었다.

이튿날도 비가 내려 날이 우중충하고 습했다. 가을의 마지막 노란 단풍잎들이 건물 벽과 창틀에 처량하게 들러붙었다.

마르틴 베크가 전날 잠자리에서 했던 생각을 읽기라도 했는지 카프카가 간결한 답장을 전보로 보내왔다.

최대한 많은 자료를 보낼 것.

이틀 뒤, 아무것도 잊지 않는 사나이 멜란데르가 입에 문 파이프를 빼면서 차분하게 말했다.

"울리 밀텐베르거는 함부르크에 있대. 여름 내내 거기 있었다는군. 그를 조사해봐야 할까?"

마르틴 베크는 오 초쯤 생각하다가 대답했다.

"아니."

그는 '그래도 주소를 적어둬'라고 덧붙이려다가 마지막 순간에 마음을 바꿔 그저 어깨를 으쓱하고 하던 일로 돌아갔다.

이 즈음에는 일이 많지 않았다. 수사가 알아서 굴러가는 단계에 다다른 탓도 있고 전 세계로 흩어져서 진행되는 탓도 있었다. 그와 모탈라의 알베리 사이에는 일종의 공개적인 '핫라인'이 구축되어 있었지만, 그 밖에는 사방으로 뻗은 햇살마냥 북으로는 노르웨이 노르드 곶부터 남으로는 남아공 더반까지, 동으로는 터키의 앙카라까지 연락선들이 흩어져 있었다. 개중 최고로 중요한 것은 서쪽으로 일만 킬로미터가량 떨어진 링컨의 카프카 사무실이었다. 그곳으로부터 또 미 대륙 곳곳으로 한줌의 가지들이 뻗어나갔다.

그렇게 많은 정보 제공자가 그렇게 널리 퍼져 있으니 반드시 살인범이 덫에 걸려야 하지 않을까? 안타깝게도 논리적인 답은 그렇지 않다는 것이다. 마르틴 베크는 강간 살인 사건에 얽힌

아픈 기억이 하나 있었다. 범행은 스톡홀름 교외의 어느 지하실에서 벌어졌다. 피해자는 즉시 발견되었고 경찰은 한 시간도 안 되어 현장에 도착했다. 살인자를 목격한 사람들이 여러 명이었고 그들이 범인의 인상착의를 상세하게 묘사했다. 범인은 발자국, 담배꽁초, 성냥, 그 밖에도 여러 가지 물건을 남겼다. 게다가 그가 피해자를 유린한 수법은 몹시 변태적이면서도 특징적이었다. 그런데도 경찰은 범인을 잡지 못했다. 애초의 낙관은 스스로의 무능에 서서히 좌절로 변했다. 단서가 그렇게나 많았지만 별무소용이었다. 그로부터 칠 년 뒤, 문제의 남자는 또 강간을 시도하다 체포되었다. 취조중 남자는 갑자기 무너져내려 과거의 살인까지 자백했다. 칠 년 만에 해결된 그 범죄가 마르틴 베크에게는 하나의 작은 일화일 뿐이었지만, 사건을 담당했던 선배 경찰에게는 세상에서 가장 중요한 일이었다. 선배 경찰이 밤늦게까지 사무실에 남아서 오백 번쯤, 아니, 천 번쯤 거듭 자료를 훑어보고 증언을 확인했던 것을, 그 일을 한 달이고 두 달이고, 일 년이고 이 년이고 계속했던 것을 마르틴 베크는 똑똑히 기억했다. 종종 뜻밖의 장소나 의외의 상황에서 선배와 마주친 적도 있었는데, 그때 선배는 비번이거나 휴가였음에도 불구하고 자기 인생 최고의 비극이 된 사건에 대한 새로운 단서를 찾는 중이었다. 선배는 세월과 함께 쇠약해져서 일찌감치 연금을 받는 몸이 되었지만 여전히 수색을 포기하지 않았다. 그러다 갑자기 사건이 해결된 것이었다. 전과도 없고 용의자 선상에 오른 적도 없었던 웬 인물이 할란드의 어느 경찰관 앞에서 느닷없이 눈물을 터뜨리며 칠 년 넘게 묵은 교살 범행을 털어놓았다. 너무나 늦게 찾아온 결말이 과연 늙은 형사에게 진정한 마음의 평화를 안겼을까? 마르틴 베크는 가끔 그게 궁금했다.

어쩌면 이 사건도 그렇게 될지 모른다. 하지만 지하실에서 당했던 여성과 로재나 맥그로 사이에는 차이가 많았다. 전자는 한곳에 뿌리내리지 않은 방랑자였고, 사회의 진정한 일원으로 간주하기 어려운 처지였으며, 핸드백의 내용물들을 보건대 의심의 여지 없이 사회적 관계가 희박한 인물이었다.

마르틴 베크는 골똘히 이런 생각을 하면서 뭔가 일이 벌어지기만을 기다렸다.

한편 모탈라의 알베리는 운하 바닥을 한 뼘도 빠짐없이 뒤집고 잠수부를 보내 샅샅이 확인해야 한다고 우기며 관계 당국의 짜증을 돋우는 데 여념이 없었다. 알베리가 마르틴 베크와 직접 접촉할 일은 드물었지만 그도 전화가 울리기만을 기다리고 있었다.

일주일 뒤에 카프카로부터 또 전보가 왔다. 암호 같은 내용이었다.

머지않아 돌파구가 생길 겁니다.

마르틴 베크는 알베리에게 전화했다.

"머지않아 돌파구가 생길 거랍니다."

"우리에게 돌파구가 절실히 필요한 시점이라는 걸 아나 보군요."

알베리가 대꾸했다.

콜베리는 어깃장을 놓았다.

"근시안을 지닌 남자로군. 소위 직감이라는 질병을 앓는 거지."

멜란데르는 아무런 의견이 없었다.

열흘이 더 지났다. 그동안 그들은 사진을 쉰여 장 더 받았고, 그 세 배쯤 되는 양의 필름을 인화했다. 사진은 대개 화질이 나빴다. 로재나 맥그로가 찍힌 사진은 겨우 두 장이었다. 둘 다 리다르홀멘 부두에서 찍힌 사진이었는데 그녀는 여전히 자기 선실에서 그리 멀지 않은 A 갑판 선미에 홀로 선 모습이었다. 한 장에서는 그녀가 몸을 굽혀 오른쪽 발목을 긁는 모습이 포착되었지만 그뿐이었다. 그녀 외에 스물세 명의 승객이 추가로 더 확인되었으므로 확인된 총 승객 수는 스물여덟이 되었다.

사진들을 꼼꼼히 검사하는 일은 멜란데르가 맡았다. 멜란데르가 사진을 샅샅이 뜯어본 뒤에 콜베리에게 넘기면, 콜베리가 그것을 가능한 한 시간순으로 정렬해보았다. 마르틴 베크도 몇 시간을 눌러앉아서 사진을 전부 다 보았지만 말은 한마디도 하지 않았다.

다음 며칠간 사진이 수십 통 더 왔지만 로재나 맥그로가 찍힌 것은 한 장도 없었다.

한편, 드디어 앙카라에서 편지가 왔다. 편지는 그들이 수집을 시작한 지 열사흘째 되는 오전에 마르틴 베크의 책상에 당도했지만, 터키 대사관에 맡겨 번역을 하는 데 이틀이 더 걸렸다. 원래 별다른 기대를 걸지 않았던 편지의 내용은 짐작을 뒤엎고 그간의 지루한 과정에서 가장 중요한 성과로 떠올랐다.

편지는 터키 승객들 중 스물두 살의 의대생 귀네시 프라트의 진술이었다. 그는 사진의 여성을 알아보겠지만 이름이나 국적은 모른다고 했다. 철자가 외, 위, 즈로만 이루어진 듯한데다가 무지무지 긴 이름의 고위 경찰이 '강압적인 신문'을 실시한 끝에 증인이 실토한 바, 그가 그 여성에게 매력을 느껴 여행 첫날에 영어로 '구두 접근'을 시도했으나 반응은 뜨뜻미지근했다. 그녀가 아무런 대꾸가 없었다는 것이다. 나중에 항해중에 그는 그녀가 웬 남자와 함께 있는 모습을 보았다. 그래서 그는 그녀가 유부녀인데 그때는 마침 혼자 있었던 것이라고 나름대로 결론 내렸다. 증인이 남자의 외모에 대해 말할 수 있는 점은 '아마도 키가 컸다'는 사실뿐이었다. 항해의 후반부에서 증인은 여자를 한 번도 보지 못했다. 발음하기 불가능한 이름을 가진 경찰은 귀네시 프라트의 삼촌도 '비공식적으로' 신문했는데, 삼촌은 자신이 여행 내내 조카를 감시했기 때문에 조카가 십 분 이상 혼자 있었던 적은 없다고 진술했다.

대사관은 두 관광객이 부유하고 명망 있는 집안 출신이라는 코멘트를 덧붙여두었다.

마르틴 베크는 편지에 크게 놀라지는 않았다. 이런 정보가 나타나는 것은 시간문제라고 믿고 있었기 때문이다. 이제 그들은 한 발 내디딘 셈이었다. 마르틴 베크는 모탈라에 알려주기 위해 정보를 취합하면서, 터키 고위 경찰에게 '강압적인 신문'을 당하는 건 어떤 기분일까 생각했다.

한 층 위의 콜베리는 뉴스를 시원스럽게 받아들였다.

"터키 경찰? 그래, 그들의 기술에 대한 소문을 들은 적이 있지."

콜베리가 목록을 훑으며 말했다.

"사진 번호 23, 38, 102, 109……."

"그만하면 됐어."

마르틴 베크는 사진 더미를 뒤져서 남자 둘이 모두 또렷하게 찍힌 사진을 찾아냈다. 그는 삼촌이라는 남자의 새하얀 콧수염을 한참 바라보다가 귀네시 프라트에게 시선을 옮겼다. 청년은 키가 작았지만 옷차림이 고상했다. 검은 콧수염을 작게 기르고 균형 잡힌 이목구비였다. 매력 없는 외모는 아니었다.

안타깝게도 로재나 맥그로는 의견이 달랐던 모양이다.

사진을 모으자는 생각을 떠올린 날로부터 보름째 되는 날이었다. 이제 그들은 사진을 통해서 마흔한 명의 승객을 확실하게 알아볼 수 있었다. 링컨에서 온 여자가 찍힌 사진도 두 장 더 발견되었다. 둘 다 배가 쇠데르텔리에운하를 항해하는 동안에 찍힌 것이었다. 한 장에서는 로재나 맥그로가 배경에 찍혔는데, 초점을 벗어나 흐릿한데다가 카메라에 등을 돌린 자세였다. 반면에 다른 한 장에서는 그녀의 옆모습이 뚜렷하게 찍혔다. 그녀는 난간에 서 있었고 옆으로 철로 교각이 보였다. 죽음을 향해 세 시간쯤 더 흐른 시점이었다. 그녀는 선글라스를 벗고 따가운 햇살을 향해 눈을 가늘게 뜬 모습이었다. 바람이 그녀의 검은 머리카락을 날렸다. 그녀의 입은 뭔가 말하려는 듯이, 혹은 방금 하품을 한 듯이 반쯤 벌어져 있었다. 마르틴 베크는 오랫동안 돋보기로 그녀를 들여다보다가 물었다.

"누가 찍은 사진인가?"

"어느 덴마크 승객이. 코펜하겐에 사는 비베케 암달. 혼자 1인실을 사용했다는군."

멜란데르가 대답했다.

"그 승객을 통해서 최대한 많은 정보를 수집해."

폭탄이 떨어진 것은 삼십 분 뒤였다.

"미국에서 전보가 왔습니다." 전화선 너머에서 여직원이 말했다. "읽어드릴까요?"

어제 노다지를 캤음. 팔 밀리미터 컬러 영상 열 통과 스틸 사진 백오십 장. 로재나 맥그로가 자주 등장함. 신원을 알 수 없는 인물이 그녀와 함께 있는 것으로 보임. 팬아메리칸 항공이 목요일까지 스톡홀름에 배달하겠다고 보장했음.

카프카

"번역해드릴까요?"

"아니요, 됐습니다. 지금은 그 정도로 충분합니다."

마르틴 베크는 털썩 앉았다. 이마 선을 마사지하면서 탁상 달력을 보았다. 11월 25일 수요일이었다.

밖은 비가 내리고 쌀쌀했다. 곧 눈이 올 것이다.

19.

그들은 스톡홀름 북역의 건너편에 있는 어느 스튜디오에서 필름을 보기로 했다. 상영실은 사람으로 꽉 찼다. 이런 순간에조차 마르틴 베크는 사람들 속에 끼어 있는 것을 싫어하는 성격을 극복하기 힘들었다.

그의 상사도 있었고, 린셰핑의 주 경찰청장도 와 있었다. 모탈라 경찰서장, 라르손 경감, 알베리도 모탈라에서 차를 몰고 왔다. 콜베리, 스텐스트룀, 멜란데르도 참석했다.

남들의 경험을 다 합한 것보다 더 많은 범죄를 보아왔을 함마르조차 지금은 말을 꺼리고 긴장하고 신경이 곤두선 눈치였다.

조명이 꺼졌다.

영사기가 돌아가기 시작했다.

"오, 그렇지, 그렇지……. 아아."

언제나 그러듯이 콜베리는 조용히 있지를 못했다.

영상은 스톡홀름의 근위대를 찍은 장면으로 시작했다. 근위대가 구스타브아돌프스토리 광장을 가로질러 노르브로 다리로 접어들었다. 카메라가 오페라극장을 향해 선회했다.

"영 폼이 안 난단 말이야. 꼭 헌병대 같잖아."

콜베리가 말했다.

청장이 "쉿" 하고 속삭였다.

다음 장면은 들창코에 어여쁜 스웨덴 아가씨들이 콘서트홀 계단에 앉아 햇볕을 쬐는 광경이었다. 시내의 고층 건물들. 스칸센 공원에 세워진 라프족* 천막에 나붙은 관광 포스터. 그립스홀름 성을 배경에 두고 무용수들이 전통춤을 추는 광경. 입술을 보라색으로 칠하고 선글라스를 낀 중년의 미국인 관광객들. 레이센 호텔, 셉스브론 다리, 스베아 얄호의 선미, 유르고르덴으로 가는 보트 관광에서 찍은 장면들, 스톡홀름 항구에 정박한 거대한 여객선을 관광용 보트에서 바라본 광경.

"저게 무슨 배입니까?"

청장이 물었다.

* 스칸디나비아 북부 원주민 사미족을 가리킨다.

"무어매코맥사社의 브라질호라고 합니다. 여름마다 스톡홀름에 옵니다."

마르틴 베크가 대답했다.

"저건 무슨 건물입니까?"

잠시 후에 또 청장이 물었다.

"양로원입니다." 이번에는 콜베리가 대답했다. "에티오피아 황제 하일레 셀라시에가 전쟁 전에 스웨덴에 방문했을 때 저 건물을 보고 경례를 붙였다지요. 왕궁인 줄 알았답니다."

갈매기들이 우아하게 날개를 퍼덕이는 모습. 교외 지역인 파르스타에서 찍은 장면들, 사람들이 줄을 서서 지붕이 유리로 된 버스에 타는 모습. 어부들이 험상궂게 카메라를 노려보는 모습.

"누가 찍은 영상입니까?"

청장이 물었다.

"윌프레드 S. 벨러미 주니어, 오리건 주 클래머스폴스에 사는 사람입니다."

마르틴 베크가 대답했다.

"처음 들어보는 동네로군요."

청장이 대꾸했다.

스바르트만가탄 거리, 브룽케베리 광장의 펌프. 노출이 부족한 영상이었다.

"이제 나오는군요."

청장이 말했다.

리다르홀멘 부두에 정박한 디아나호의 선미를 정면에서 바라본 광경. 로재나 맥그로가 똑바로 위를 쳐다보는 예의 자세로 서 있었다.

"저기에 여자가 있군요."

청장이 말했다.

"오, 세상에."

콜베리도 중얼거렸다.

보랏빛 입술의 여자가 이를 다 드러내고 웃으면서 왼쪽으로부터 화면에 들어왔다. 선박 회사 깃발과 시청 탑을 제외한 나머지가 다 가렸다. 희끄무레한 점들. 깜박임. 적갈색 그림자. 암흑.

갑자기 영사실의 불이 켜졌다. 흰 가운을 입은 남자가 문을 흘긋 보았다.

"잠깐만요. 영사기에 문제가 좀 있는 것 같습니다."

알베리가 몸을 돌려 마르틴 베크에게 시선을 던졌다.

"이럴 때 꼭 영사기에 불이 붙어서 필름이 타버리곤 하지."

독심술에 일가견이 있는 렌나르트 콜베리 경위가 말했다.

그 순간 불이 꺼졌다.

"다시 집중합시다, 여러분."

청장이 말했다.

시내를 찍은 장면 몇 장 더, 관광객들의 등, 베스테르브론 다리, 다리를 수평으로 훑은 영상. 수면에 이는 새하얀 물결, 스웨덴 국기, 경주중인 보트 몇 척. 갑판 의자에 길게 드러누워 눈을 감고 일광욕을 하는 벨러미 부인을 찍은 롱 시퀀스.

"배경을 잘 봅시다."

청장이 말했다.

마르틴 베크는 화면에서 여러 승객들을 알아볼 수 있었지만, 로재나 맥그로는 없었다.

쇠데르텔리에 갑문, 차량용 교각, 철로 교각. 아래에서 돛대를 올려다보았는지 푸른 하늘을 배경으로 선박 회사 깃발이 산들바람에 가볍게 나부끼는 모습. 갑판 가득 생선을 실은 기범선이 그들을 향해 다가오고, 누군가 손을 흔드는 모습. 같은 기범선의 선미, 그리고 화면 오른쪽으로는 벨러미 부인의 주름진 옆얼굴.

물에서 바라본 옥셀뢰순드, 하늘을 배경으로 솟은 현대적인 교회 탑, 뭉게뭉게 연기를 내뿜는 제철소 굴뚝들. 영상은 천천히 오르락내리락하는 배에 따라 부드럽게 흔들렸다. 화면은 녹회색으로 다소 번져 보였다.

"날씨가 나빠졌군."

청장이 말했다.

화면이 온통 희끄무레해졌다. 카메라가 갑자기 회전하여 텅 빈 선교 갑판의 일부를 보여주었다. 저멀리 뱃머리에 걸린 예테보리 시의 깃발은 비에 젖어 늘어졌다. 조타수가 화면에 들어왔다. 그는 쟁반을 든 채로 균형을 잡으면서 사다리를 내려오고 있었다.

"이게 어딥니까?"

청장이 물었다.

"헤브링에 섬 외곽입니다. 5시나 6시쯤 됐을 겁니다. 안개 때문에 섰죠."

마르틴 베크가 대답했다.

차양 갑판의 선미에서 바라본 광경, 쓸쓸히 버려진 갑판 의자들, 희끄무레한 화면, 축축한 풍경. 아무도 없음.

카메라가 오른쪽으로 회전했다가 다시 가볍게 방향을 틀어 원래 자리로 돌아왔다. 로재나 맥그로가 A 갑판 사다리를 오르고 있었다. 여전히 맨발에 샌들 차림이었지만 원피스 위에 얇은 비닐 우비를 걸쳤고 머리에 스카프를 둘렀다. 그녀는 구명보트를 지나쳐 화면 중앙으로 들어왔다. 그녀가 지나치듯 무심한 눈길을 촬영자에게 던졌다. 그녀의 침착하고 느긋한 얼굴이 곧 화면 오른쪽으로 사라졌다. 재빨리 쫓아가는 카메라. 이제는 뒤에서 본 로재나 맥그로의 모습이었다. 그녀는 팔꿈치를 난간에 대고, 오른쪽 다리에 체중을 싣고 발가락 끝으로 서서 오른손으로 왼쪽 발목을 긁었다.

죽기 스물네 시간쯤 전이었다. 마르틴 베크는 숨이 멎는 듯했다. 방안의 누구도 아무 말도 하지 않았다. 화면에 흰 점들이 넘쳐흐르면서 링컨에서 온 여인이 희미해졌다. 필름이 끝나갔다.

안개가 걷혔다. 보라색 입술이 짓는 억지스러운 미소. 무릎에 담요를 두르고 갑판 의자에 앉은 노부부의 모습. 해는 나지 않았지만 비도 오지 않았다.

"저 사람들은 누굽니까?"

청장이 물었다.

"다른 미국 관광객들입니다. 앤더슨 부부라고 하더군요."

콜베리가 대답했다.

갑실에 갇힌 보트. 선교에서 본 앞 갑판, 앞 갑판에 선 승객들의 등. 한 선원이 뭍에 올라, 몸을 앞으로 숙이고, 바퀴를 돌려 갑실 수문을 열었다. 서서히 열리는 수문을 좇아 카메라가 하늘로 올라갔다. 벨러미 부인의 주름진 이중턱을 아래에서 찍은 장면. 배경으로 선교와 배의 이름이 찍혔다.

역시 선교에서 찍은 장면. 새로운 갑문. 사람들로 가득찬 앞 갑판. 장면이 바뀌어, 밀짚모자를 쓴 남자가 수다스럽게 뭔가 이야기했다.

"콘필드, 미국 사람입니다. 혼자 여행했답니다."

콜베리가 설명했다.

마르틴 베크는 방금 배경에 로재나 맥그로가 지나간 것을 자신만 알아챘나 싶었다. 그녀는 우현 난간에 서 있었다. 언제나처럼 팔꿈치를 난간에 댄 채 긴 바지와 까만 스웨터를 입은 모습이었다.

갑문을 찍은 장면이 이어졌지만 그녀는 어디에도 보이지 않았다.

"저게 어디일까요?"

청장이 물었다.

"칼스보리입니다." 이번에는 알베리가 대답했다. "아직 베테른 호수까지는 못 갔습니다. 쇠데르셰핑에서 약간 서쪽입니다. 배가 쇠데르셰핑을 떠난 게 9시 45분이니까, 11시쯤 될 겁니다."

새로운 갑문. 또 앞 갑판을 찍은 장면. 다시 그녀가 나타났다. 스웨터는 검은색 터틀넥이었다. 그녀 주변에 사람이 많았다. 그녀가 카메라를 향해 얼굴을 돌렸다. 웃는 것 같았다. 갑작스러운 장면 변화. 물을 찍은 장면. 벨러미 부인과 앤더슨 부부를 찍은 롱 시퀀스. 중간에 노르멜라르스트란드에 사는 은퇴한 대령이 피사체와 카메라 렌즈 사이를 지나갔다.

마르틴 베크는 목덜미에 땀이 났다. 남은 시간은 열 시간. 그녀는 정말 웃었을까?

사람이 서너 명밖에 없는 앞 갑판을 짧게 찍은 장면. 이제 배는 호수로 나왔다. 흰 점들. 필름이 끝났다.

청장이 몸을 돌렸다.

"록센 호수?"

"아스플롱엔 호수입니다."

알베리가 대꾸했다.

도개교. 물가의 건물들. 물가에 나와 배를 구경하며 손을 흔드는 사람들.

"노르스홀름입니다. 이제 3시 45분입니다."

알베리가 설명했다.

카메라는 고집스럽게 물가로 시선을 고정했다. 나무들, 소들, 집들. 일고여덟 살쯤 되어 보이는 어린 여자아이가 운하를 따라 난 오솔길을 걷고 있었다. 푸른 면으로 된 여름 원피스에 머리를 두 갈래로 땋았고 나막신을 신었다. 배에서 누군가 오솔길에 동전을 한 닢 던졌다. 동전을 주운 아이는 수줍게 무릎 인사를 했으나 영문을 모르겠다는 표정이었다. 동전이 더 쏟아졌다. 아이가 주웠다. 아이는 배에서 던져지는 동전들을 따라잡기 위해서 몇 발짝 뛰어야 했다. 진홍색으로 칠한 손톱과 갈퀴 같은 손가락 사이에 반짝이는 오십 센트짜리 동전을 끼운 여자의 손. 카메라가 배 쪽으로 회전했다. 벨러미 부인이 신난 표정으로 동전을 던졌다. 물가의 소녀는 오른손에 동전을 가뜩 움켜쥔 채, 푸른 눈동자를 커다랗게 뜨고 혼란스러운 표정으로 서 있었다.

마르틴 베크는 화면에서 눈을 돌렸다. 알베리가 깊게 한숨을 쉬는 소리와 콜베리가 의자에서 몸을 부시럭대는 소리가 들렸다.

오리건 주 클래머스폴스 출신의 적선하는 여자 뒤로 로재나 맥그로가 나타났다. 그녀는 차양 갑판을 왼쪽에서 오른쪽으로 가로질렀다. 그녀는 혼자가 아니었다. 그녀의 왼쪽에 몸을 가깝게 붙인 다른 사람이 있었다. 스포츠 모자를 쓴 남자였다. 키가 그녀보다 머리 하나쯤 더 컸다. 환한 배경에 새겨진 듯한 남자의 옆모습이 10분의 1초쯤 짧게 비췄다.

모두 그 남자를 보았다.

"필름을 멈춰요."

청장이 말했다.

"아니, 아닙니다."

알베리가 반대했다.

카메라는 배로 돌아오지 않았다. 녹음이 우거진 물가 풍경이 한없이 미끄러져 지나갔다. 풀밭, 나무들, 산들바람에 흔들리는 키 큰 풀들. 시골의 여름 풍경이 서서히 희미해지다가 흰 점들에 뒤덮였다.

마르틴 베크는 가슴팍의 주머니에서 꺼낸 손수건을 손아귀에 구겨 쥐고 목덜미를 닦았다.

이어 등장한 장면은 새롭고 놀라웠다. 앞뒤로 길게 뻗은 운하가 나타났다. 운하는 수풀이 우거진 물가를 따라 길고 완만하게 커브를 그렸다. 왼편에 오솔길이 났고 저멀리 울타리 너머에서 말들이 풀을 뜯었다. 한 무리의 사람들이 오솔길을 걷고 있었다.

청장이 입을 열기 전에 알베리가 선수를 쳤다.

"저곳은 록센 호수 서쪽입니다. 배는 베리 갑문을 다 지났습니다. 촬영자는 그때 융스브로 다리로 질러갔던 것 같습니다. 보렌스베리까지는 이제 갑문이 딱 하나 남았습니다. 저 때는 아마 저녁 7시쯤이었을 겁니다."

예테보리 깃발을 단 흰 뱃머리가 한참 앞쪽 전경에 등장했다. 오솔길의 사람들은 서서히 가까이 다가오고 있었다.

"정말로 고맙군."

알베리가 말했다.

그 말이 무슨 뜻인지 알아들은 사람은 마르틴 베크뿐이었다. 촬영을 한 남자는 얼마든지 다른 선택을 할 수도 있었다. 배가 갑실에 있는 동안 뭍에 내릴 수도 있었다. 브레타에 있는 수도원을 구경하러 안내인을 따라갈 수도 있었던 것이다.

이제 배 전체를 조감한 장면이었다. 배는 동력을 끈 채 느리게 운하를 흘러갔다. 희끄무레한 연기 기둥이 저녁 햇살에 반사되었다.

하지만 영사실의 사람들은 배에 관심이 없었다. 오솔길을 걷는 사람들이 이제 제법 가까이 다가왔다. 한 명 한 명 구분할 수 있을 정도였다. 마르틴 베크는 앙카라에서 온 스물두 살의 의대생 귀네시 프라트를 한눈에 알아보았다. 청년은 남들보다 앞서 걸으면서 뒤따르는 누군가에게 손을 흔들었다.

마르틴 베크는 그녀를 보았다.

무리에서 십오 미터쯤 뒤처진 남녀가 있었다. 여자는 로재나 맥그로였다. 여전히 밝은색 바지와 까만 스웨터를 입었다. 스포츠 모자를 쓴 남자가 그녀 옆에서 성큼성큼 걸었다.

아직 그들은 꽤 멀리 있었다.

'필름이 충분히 남아 있어야 할 텐데.'

마르틴 베크는 생각했다.

두 사람이 좀더 가까이 다가왔다. 카메라는 위치를 바꾸지 않았다.

과연 얼굴을 알아볼 수 있을까?

마르틴 베크는 키 큰 남자가 그녀의 팔을 잡는 것을 보았다. 오솔길에 파인 작은 웅덩이를 뛰어넘도록 거드는 몸짓 같았다.

갑자기 두 사람이 멈춰서서 배를 바라보았다. 배가 전경에서 천천히 지나가며 두 사람을 시야에서 가리기 시작했다. 두 사람이 사라졌다. 하지만 클래머스폴스에서 온 벨러미 씨는 고집스러웠다. 카메라는 움직이지 않았다. 로재나 맥그로가 배를 지나쳤다. 이제 오솔길에 선 그녀의 모습이 온전하고 또렷하게 보였다. 그녀가 걸음을 멈췄다. 고개를 끄덕이면서 여전히 배에 가려진 남자를 향해 오른팔을 뻗었다. 그때 남자가 드러났다. 바로 그 순간.

갑작스러운 장면 변화는 충격적이었다. 수문이 화면의 전경을 장악했고, 화면 가장자리로 구경꾼들의 다리가 보였다. 밝은색 바지에 샌들을 신은 발과 그 옆에 선 단화 신은 발이 얼핏 보인 듯했다.

영상이 사라졌다. 화면이 살짝 깜박거렸다. 여기저기에서 한숨이 나왔다. 마르틴 베크는 손가락에 낀 손수건을 비틀었다.

그러나 끝이 아니었다. 보랏빛 입술에 선글라스를 낀 얼굴이 노출이 부족한 화면을 메웠다가 오른쪽으로 사라졌다. 흰 블라우스를 입은 여종업원이 A 갑판의 좌현을 돌아다니면서 식사를 알리는 종을 울렸다. 종업원 뒤에서 로재나 맥그로가 걸어 나왔다. 그녀는 식당으로 통하는 문을 나서면서 미간을 찡그렸고, 하늘을 쳐다본 뒤, 웃으면서, 화면에 보이지 않는 누군가를 향해 몸을 돌렸다. 상대가 전혀 보이지 않는 것은 아니었다. 얼룩덜룩한 트위드 재킷을 입은 팔과 어깨의 일부가 보였다. 그러나 흰 점들이 나타났다. 필름은 희미해졌다. 끝없는 회색, 회색, 회색만 화면에 남았다.

그녀는 웃었다. 마르틴 베크는 확신했다. 7월 4일 저녁 7시에. 십 분 뒤에 그녀는 비프스테이크, 신선한 감자, 딸기, 우유를 먹을 것이다. 스웨덴 대령과 독일 소령이 스탈린그라드 포위에 관한 견해를 주고받는 동안에.

화면에서 환한 빛이 쏟아졌다. 갑문들이 보였다. 구름이 떠가는 푸른 하늘. 전신 기계를 손에 든 선장.

"셰토르프입니다. 이튿날 12시입니다. 배는 곧 베네른 호수로 나갈 겁니다."

알베리가 설명했다.

마르틴 베크는 다음에 벌어질 일을 세세하게 알고 있었다. 한 시간 뒤에 비가 그쳤다. 로재나 맥그로는 죽었다. 유린당하고 벌거벗은 그녀의 몸은 보렌스훌트 방파제 근처의 진흙탕에 열두 시간 가까이 누워 있었다.

갑판에 나온 사람들은 의자에서 기지개를 켜고, 이야기하고,

웃고, 태양을 바라보았다. 오리건 주 클래머스폴스에서 온 부유한 여자가 주름투성이 얼굴을 카메라에 대고 격렬하게 미소지었다.

배가 베네른 호수로 나갔다. 승객들이 이리저리 돌아다녔다. 마르틴 베크가 모탈라의 취조실에서 만났던 음습한 청년이 등장하여 재가 든 자루를 호수에 비웠다. 검댕투성이 얼굴의 청년이 성난 듯 촬영자를 노려보았다.

까만 스웨터와 밝은색 바지와 샌들 차림의 여자는 어디에도 보이지 않았다.

트위드 재킷과 스포츠 모자를 걸친 키 큰 남자는 어디에도 보이지 않았다.

한 통 한 통 필름이 넘어갔다. 저녁 햇살에 물든 베네르스보리. 부두에 정박한 디아나호. 배에서 내리는 갑판원. 트롤헤테 운하.

"앞 갑판에 전동 자전거가 있군."

알베리가 말했다.

배는 청명한 아침 햇살을 받으며 예테보리의 릴라봄멘 항에 서 있었다. 바이킹호라는 전장범선의 선미가 디아나호에 닿아 있었다. 승객들이 앞 갑판에서 트랩을 내려오는 모습. 전동 자전거는 사라지고 없었다.

장면이 전환되었다. 보랏빛 입술의 여자가 예테보리의 관광용 보트에 딱딱한 자세로 앉아 있는 모습, 예테보리정원협회 식물원의 꽃들을 훑은 장면, 화면에 수직으로 그어지기 시작하는 흰 점들.

페이드아웃. 끝. 영사실의 불이 켜졌다.

십오 초쯤 정적이 흘렀다. 함마르 경감이 자리에서 일어나 청장, 서장, 라르손을 차례차례 바라보았다.

"점심시간입니다, 여러분. 정부가 대접하겠습니다."

함마르는 무덤덤한 표정으로 사람들을 보고는 덧붙였다.

"여러분은 여기에서 잠깐 더 이야기를 나누고 싶은 모양이로군요."

스텐스트룀도 함마르를 좇아 나갔다. 사실 스텐스트룀은 이 사건에는 참가하지 않았다.

콜베리가 얼굴에 의문을 띄우고 멜란데르를 보았다.

"아니, 나도 한 번도 못 본 남자야."

알베리가 돌연 오른손을 들어 얼굴에 댔다.

"갑판 승객."

알베리는 이렇게 말하고 마르틴 베크에게로 몸을 돌려 물었다.

"보후스에서 우리한테 배를 보여준 남자가 했던 말 기억합니까? 갑판 승객이 있으면 장막을 치고 휴게실 소파에서 자면 된다고 했던 것?"

마르틴 베크는 끄덕였다.

"처음에는 전동 자전거가 없었습니다. 처음 등장한 건 배가 쇠데르셰핑을 지나서 갑문에 있을 때였어요."

멜란데르는 이렇게 말하고는 입에서 파이프를 뺐다. 파이프 속을 비운 뒤에 이어 말했다.

"그 장면에서도 스포츠 모자를 쓴 남자가 보였습니다. 딱 한 장면에서, 등만."

그들은 필름을 다시 보았다. 멜란데르의 말은 과연 옳았다.

20.

겨울의 첫눈이 내리기 시작했다. 희고 큼지막한 눈송이들은 창에 부딪히자마자 녹았고 넓은 물줄기로 번져 흘러내렸다. 눈 녹은 물이 홈통에서 졸졸 소리를 냈다. 큰 덩어리들은 금속 창틀에 부딪혀 절버덕 소리를 냈다.

정오인데도 방이 어둑해서 마르틴 베크는 독서등을 켜야 했다. 책상과 그 위에 펼쳐진 파일에만 아늑한 빛이 떨어졌다. 나머지 공간은 여전히 어둠에 묻혀 있었다.

마르틴 베크는 마지막 담배를 끈 뒤, 재떨이를 들고 책상에 흩어진 재를 훅 불어 치웠다.

배가 고팠다. 콜베리와 멜란데르가 카페테리아에 간다고 할 때 따라가지 않은 것이 후회되었다.

카프카가 보내온 영상을 본 뒤로 열흘이 흘렀다. 여전히 그들은 뭔가 일이 벌어지기만을 기다리고 있었다. 이 사건에 관련된 모든 단서들이 그러듯이 새로운 실마리는 실타래처럼 엉킨 물음표들과 의심스러운 증언들 속으로 금세 종적을 감췄다. 알베리와 부하들은 증인들을 철저히 조사하는 일에 엄청난 정성과 정력을 쏟았다. 결과는 보잘것없었다. 그나마 긍정적인 성과라면 멤이나 쇠데르셰핑, 혹은 노르스홀름에서 갑판 승객이 승선하여 예테보리까지 타고 갔다는 그들의 가설에 반대되는 증거가 없다는 것 정도였다. 그 갑판 승객이 보통 체격이고, 키는 평균보다 큰 편이고, 스포츠 모자를 썼고, 얼룩덜룩한 회색 트위드 재킷과 회색 개버딘 바지를 입었고, 갈색이 도는 신발을 신었다는 가정에 반대되는 증거도 없었다. 그가 모나르크 브랜드의 청색 전동 자전거를 갖고 있었다는 가정을 반박하는 증거도 없었다.

가장 유용한 증언은 일등항해사의 것이었다. 그는 영상의 남자와 비슷한 누군가에게 표를 팔았다고 했다. 언제인지는 몰랐다. 올여름의 일이었는지 아닌지도 확실하지 않았다. 지나간 여름의 일이었을지도 모른다. 그렇지만 일등항해사의 어렴풋한 회상에 따르면 그 남자는 분명 보통 자전거나 전동 자전거를 갖고 있었다. 낚시 도구 같은 잡동사니도 지니고 있었다. 취미로 낚시를 즐기는 사람일지도 모른다는 단서였다. 물론 그것이 그들이 말하는 남자일 때의 이야기이겠지만.

알베리는 직접 청취를 맡아 증인의 기억력을 한계까지 밀어붙였다. 그 녹취 기록이 마르틴 베크의 파일에 있었다.

알베리: 항해중에 흔히 갑판 승객을 태웁니까?

증인: 옛날에 더 많았지요. 요즘도 수가 줄었을 뿐 몇 명쯤는 있습니다.

알: 갑판 승객들은 보통 어디에서 탑니까?

증: 배가 정박하는 곳이나 갑문 어디서든 탈 수 있습니다.

알: 그 사람들은 일반적으로 어디에서 어디까지 여행합니까?

증: 노선의 어느 구간이든 가능합니다. 특히 자전거 여행이나 하이킹을 하는 사람들이 베테른 호수를 건너기 위해서 모탈라나 바드스테나에서 많이 탑니다.

알: 다른 데서 타는 사람들도 있고요?

증: 그럼요. 아까 말했잖습니까. 예전에는 스톡홀름에서 옥셀뢰순드까지나 리드셰핑에서 베네르스보리까지 피서객을 태우기도 했지만, 그건 이제 그만뒀습니다.

알: 왜요?

증: 너무 붐벼서요. 일반 승객들은 만만치 않은 요금을 다

내잖습니까. 보온병과 도시락을 들고 돌아다니는 노부인들이나 젊은이들 때문에 일반 손님들이 번잡하게 느끼면 안 되니까요.

알: 쇠데르셰핑에서 갑판 승객이 탔을지도 모른다는 가정을 반박할 만한 사실이 있습니까?

증: 전혀 없습니다. 어디에서든 탈 수 있었을 겁니다. 어느 갑문에서든 가능합니다. 운하에는 갑문이 총 예순다섯 개나 있습니다. 배가 잠깐씩 정박하는 곳도 많습니다.

알: 갑판 승객은 몇 명이나 태웁니까?

증: 한 번에 말입니까? 요즘은 열 명 이상은 거의 안 태웁니다. 보통 두세 명입니다. 한 명도 없을 때도 있습니다.

알: 어떤 사람들입니까? 보통 스웨덴 사람입니까?

증: 아니요, 전혀 그렇지 않습니다. 외국인도 많아요. 별별 사람이 다 있는데, 대부분은 배를 하도 좋아해서 번거롭게 운항 시간표까지 알아두었다가 일부러 타는 사람들이지요.

알: 갑판 승객은 승객 명단에 적지 않는다는 말이지요?

증: 네.

알: 갑판 승객도 배에서 식사할 수 있습니까?

증: 네, 원한다면 일반 승객들처럼 식사할 수 있습니다. 보통 다른 손님들이 다 먹고 일어서서 자리가 비었을 때 먹

습니다. 식사는 메뉴별로 가격이 정해져 있기 때문에, 골라서 사 먹으면 됩니다.

알: 당신은 아까 사진의 여성은 전혀 기억나지 않지만 남자는 알 것 같다고 진술했지요. 디아나호에는 따로 사무장이 없으니까 일등항해사인 당신에게 승객을 돌볼 책임이 있는 것 아닙니까?

증: 나는 손님들을 태우면서 표를 받고 인사하는 일만 합니다. 그 뒤에는 손님들을 가만히 내버려두고요. 이건 시끄럽게 관광 정보를 떠들어대는 여행이 아니란 말입니다. 손님들은 그런 거라면 다른 데서 질리게 겪어요.

알: 당신이 이 사람들을 못 알아보는 건 이상하지 않습니까? 거의 사흘을 함께 보냈을 것 아닙니까.

증: 나한테는 손님들이 다 똑같아 보입니다. 보세요, 나는 여름마다 손님을 이천 명씩 만납니다. 십 년이면 이만 명이에요. 게다가 근무중에는 선교에 있어야 합니다. 경계근무를 하는 사람이 둘뿐이라서 하루에 열두 시간씩 선교에 붙어 있어야 한단 말입니다.

알: 그래도 이건 특별한 운항이었잖습니까. 의외의 사건들이 많았으니까.

증: 그거야 어쨌든 나는 하루에 열두 시간씩 선교에서 망을

봤단 말입니다. 그리고 여행에는 아내도 함께 있었어요.

알: 명단에는 아내분의 성함이 없었는데요.

증: 당연히 없죠. 거기에 뭣하러 적겠습니까? 선원들은 여행의 일부 구간에 동반인을 태울 권리가 있다 이겁니다.

알: 당시에 배에 여든여섯 명이 탔다는 정보는 믿을 게 못 되는군요. 갑판 승객도 있고 동반인도 있었다면 백 명이 넘을 수도 있겠군요?

증: 당연히 그렇죠.

알: 그건 그렇고, 전동 자전거를 갖고 탔다는 사진의 남자는 언제 배에서 내렸습니까?

증: 본 기억도 확실하지 않은 마당에 남자가 언제 하선했는지를 어떻게 알겠습니까? 배가 릴라봄멘 항에 도착한 게 새벽 3시였는데, 기차나 비행기나 다른 배로 갈아타야 하는 손님들이 많아서 그 꼭두새벽에 많이들 내렸어요. 나머지는 배에서 하룻밤 더 잔 뒤에 아침에 내렸고요.

알: 당신 아내는 어디에서 탔습니까?

증: 여기 모탈라에서요. 우리는 여기 삽니다.

알: 모탈라에서? 한밤중에?

증: 아니요, 그 닷새 전에 스톡홀름으로 올라가던 중에 탔습니다. 그리고 다음번에 다시 상류로 올라갈 때, 그러니까

7월 8일 오후 4시에 배에서 내렸습니다. 이제 됐습니까?

알: 당시의 사건에 대해서 어떻게 생각합니까?

증: 아까 그쪽이 설명했던 그런 방식으로 일이 벌어졌을 것 같지는 않습니다.

알: 왜요?

증: 그랬다면 누가 눈치를 챘을 겁니다. 생각해보세요, 길이가 27미터에 폭이 4.6미터밖에 안 되는 작은 배에 백 명이 탔단 말입니다. 선실은 쥐덫만 하고.

알: 당신이 승객과 직업적인 관계 이상으로 접촉한 일은 없습니까?

증: 왜요, 있습니다. 내 아내하고요.

마르틴 베크는 안주머니에서 사진을 세 장 꺼냈다. 두 장은 영상에서 딴 것이었고, 나머지 하나는 카프카가 보내준 사진들 중 아마추어가 찍은 흑백사진의 일부를 확대한 것이었다. 세 사진에는 공통점이 두 가지 있었다. 스포츠 모자에 트위드 재킷의 키 큰 남자가 찍혔다는 점과 화질이 조잡하다는 점이었다.

현재 스톡홀름, 예테보리, 쇠데르셰핑, 린셰핑의 경찰 수백 명에게 사진들의 복사본을 뿌려둔 상태였다. 모든 검사 사무실들에도, 스웨덴 끝에서 끝까지 거의 모든 경찰서에도, 덤으로 몇몇 다른 나라의 연락책들에게도 보내두었다.

화질이 나쁘기는 해도 남자와 가깝게 알고 지내는 사람은 틀림없이 알아볼 것이다.

아마도. 그러나 지난 회의에서 함마르는 이렇게 말했다.

"멜란데르를 닮았군."

그는 또 말했다.

"이건 허튼짓이야. 대강 끼워 맞춘 가정일 뿐이잖나. 이 남자가 스웨덴 사람이라고 믿을 만한 증거가 있나?"

"전동 자전거가 있습니다."

"이 남자의 것이라고 확신할 수는 없잖나."

"그렇습니다."

"그것뿐인가?"

"네."

마르틴 베크는 사진을 도로 안주머니에 넣었다. 알베리에게 받은 청취 보고서를 넘겨 질문 몇 개를 거슬러 올라간 뒤에 찾던 것을 발견했다.

> 증: 네, 원한다면 일반 승객들처럼 식사할 수 있습니다. 보통 다른 손님들이 다 먹고 일어서서 자리가 비었을 때 먹습니다…….

마르틴 베크는 서류를 뒤졌다. 그가 끄집어낸 것은 지난 오년간 운하 여객선에 근무했던 승무원의 명단이었다. 그는 명단을 훑다가 연필꽂이에서 펜을 꺼내 어떤 이름 옆에 표시했다.

예타 이삭손, 종업원, 스톡홀름 폴헴스가탄 7번지. 1964년 10월 15일부터 SHT 레스토랑에서 일하고 있음. 1959년~1961년 디아나호, 1962년 유노호, 1963년 디아나호, 1964년 유노호에서 근무했음.

멜란데르나 콜베리가 그녀를 조사했다는 언급은 없었다.

택시 회사는 두 군데 모두 통화중이었다. 그는 차를 부르겠다는 생각을 접었다. 얼른 모자와 코트를 걸치고, 옷깃을 세운 뒤, 진창길을 걸어 지하철역으로 갔다.

SHT 레스토랑의 수석 웨이터는 귀찮고 짜증스러운 기색이 역력하긴 했지만 예타가 담당하는 자리들 중에서 부엌과 통하는 간이문 바로 옆자리로 마르틴 베크를 안내했다. 마르틴 베크는 벽에 붙은 의자에 앉았다. 메뉴를 들어 읽으면서 식당을 둘러보았다.

식당은 거의 만석이었다. 손님들 중에 여자는 드물었다. 혼자 앉은 남자 손님이 꽤 많았는데, 대부분은 중년을 넘긴 지긋한 나이들이었다. 종업원과 친근한 모습으로 보건대 대부분 단골인 것 같았다.

마르틴 베크는 종업원들이 회전식 간이문을 쏜살같이 들락날락하는 모습을 지켜보았다. 누가 예타인지 궁금했다. 족히 이십 분을 기다리고서야 답을 알 수 있었다.

여자는 동그랗고 서글서글한 얼굴에 치아가 큼직했다. 짧고 부스스한 머리카락은 마르틴 베크더러 표현하라면 그저 '머리카락 색깔'이라고 대답하고 싶은 색깔이었다.

마르틴 베크는 작은 샌드위치, 미트볼, 암스텔 맥주를 주문해 천천히 먹으면서 점심의 분주함이 쓸려 나가기를 기다렸다. 그가 식사를 마치고 커피를 네 잔째 마셨을 때 드디어 예타의 다른 테이블들이 다 비었다. 여자가 그에게로 건너왔다.

그는 여자에게 왜 찾아왔는지를 밝히고 사진을 보여주었다. 여자는 사진을 한참 들여다본 뒤에 탁자에 내려놓았고, 숨을 한 번 깊게 들이마시고서 입을 열었다.

"네, 알아보겠어요. 이 남자가 누구인지는 전혀 모르지만, 이 사람이 여러 번 배를 타고 여행했던 건 확실해요. 유노호에 탔었고, 디아나호에도 탔던 것 같아요."

마르틴 베크는 사진을 들어 여자의 눈앞에 댔다.

"확실합니까? 사진이 아주 또렷하지는 않으니까요. 혹시 다른 사람과 착각한 건 아닙니까?"

"확실한걸요. 이 사람은 옷차림이 늘 이랬어요. 이 재킷하고 모자를 알아보겠어요."

"올여름에도 이 남자를 봤습니까? 올해 예타 씨는 유노호에서 일했다던데, 맞나요?"

"네. 그런데 생각을 좀 해봐야겠지만, 음, 아무래도 기억이 안 나네요. 워낙 많은 사람을 만나서 그런가 봐요. 하지만 작년 여름에 이 남자를 몇 번 봤다는 건 확실한 사실이에요. 적어도 두 번은 확실히 봤어요. 작년에는 제가 디아나호에서 일했는데요, 함께 일했던 친구가, 그러니까 다른 종업원이 이 남자를 알았어요. 둘이서 소곤소곤 말하는 걸 봤던 기억이 나요. 일반 승객은 아니었어요. 노선의 일부 구간에만 탔던 것 같거든요. 갑판 승객이었으니까요. 두 번째나 세 번째 서빙 시간에 식당에 와서 밥을 먹곤 했는데 매번 식사하러 오진 않았어요. 보통 예테보리에서 내렸던 것 같아요."

"친구분은 어디에 삽니까?"

"친구라고 말하기는 좀 그러네요. 그냥 같이 일했던 사이예요. 저는 그 애가 어디에 사는지도 몰라요. 하지만 보트 시즌이 끝나면 보통 벡셰로 가더라고요."

예타는 체중을 반대쪽 다리로 옮겨 싣고 팔짱을 끼면서 천장을 올려다보았다.

"네, 맞아요. 벡셰. 거기에 살았던 것 같아요."

"그 아가씨가 남자와 얼마나 친한지 아십니까?"

"아니요, 그건 잘 모르겠어요. 다만 그 애가 이 남자한테 약간 마음이 있었던 것 같아요. 비번일 때 가끔 만났던 것 같아요. 사실 우리는 승객과 사귀면 안 되지만…… 남자가 꽤 괜찮게 생겼거든요. 매력이 있다고 할까……."

"자세히 묘사할 수 있습니까? 가령 머리카락 색깔, 눈동자 색깔, 키, 나이, 그런 것들 말입니다."

"글쎄요, 키는 꽤 컸어요. 형사님보다 클 거예요. 마르지도 않고 뚱뚱하지도 않고, 뭐랄까, 딱 바라진 체격이요. 어깨가 넓은 편이었고 눈동자는 푸른색이었던 것 같아요. 확실하지는 않아요. 머리카락은 밝은색인데, 잿빛 금발이라고 할까, 저보다 살짝 더 옅었어요. 하지만 남자가 거의 항상 이 모자를 썼기 때문에 머리카락을 자주 보진 못했어요. 그리고 치아가 가지런했어요. 그건 확실하게 기억나요. 눈은 동그랬어요……. 살짝 개구리눈 같았죠. 하지만 정말로 잘생긴 편이에요. 나이는 서른다섯에서 마흔 사이일 거예요."

마르틴 베크는 몇 가지 질문을 더 던졌지만 그 이상의 정보는 얻지 못했다. 그는 사무실로 돌아온 뒤에 명단을 다시 뒤져서 예타와 함께 일했다는 아가씨의 이름을 발견했다. 주소는 없었다. 그녀가 1960년에서 1963년까지 디아나호에서 일했다는 내용이 전부였다.

벡셰 전화번호부에서 그녀의 이름을 찾아내는 데는 몇 분밖에 걸리지 않았지만 막상 전화를 걸었을 때는 오랫동안 기다린 끝에야 겨우 저쪽에서 여자가 받았다. 그녀는 마르틴 베크를 만나는 게 여간 내키지 않는 듯했다. 그러나 당연히 끝까지 거부할 수는 없었다.

마르틴 베크는 밤 기차를 탔다. 벡셰에 도착하니 새벽 6시 30분이었다. 아직 컴컴했지만 날은 푸근했고 안개가 좀 꼈다. 그는 길거리를 돌아다니면서 잠에서 깨어나는 도시를 구경하다가 7시 45분에 역으로 돌아왔다. 깜박하고 방수용 덧신을 신지 않았더니 얇은 신발 밑창으로 물기가 스미기 시작했다. 대합실 벤치에 앉아 노점에서 산 신문을 읽으면서 발을 라디에이터에 대고 말렸다. 한참 후에 밖으로 나왔다. 문을 연 카페를 발견하고는 들어가서 커피를 마시며 기다렸다.

9시 정각 자리에서 일어나 계산을 했다. 사 분 뒤에는 여자의 집 문 앞에 서 있었다. 금속 명판에 라르손이라는 이름이 새겨져 있었고 그 위에 장식적인 글씨체로 시브 스벤손이라고 쓴 명함이 덧붙어 있었다.

연한 푸른색 가운을 입은 덩치 큰 여자가 문을 열어주었다.

"라르손 씨?"

여자는 키들키들 웃더니 사라졌다. 여자가 아파트 안쪽에 대고 부르는 소리가 들렸다.

"카린, 웬 남자가 널 찾아왔어."

대답 소리는 들리지 않았다. 덩치 큰 여자는 현관으로 돌아와서 그에게 들어오라고 하고는 다시 사라졌다.

마르틴 베크는 모자를 벗어 들고서 좁고 컴컴한 현관에 서 있었다. 한참 지나서야 커튼이 양쪽으로 젖혀지면서 "들어오세요"라고 말하는 소리가 들렸다.

"이렇게 일찍 오실 줄은 몰랐어요."

안에 선 여자가 말했다. 여자는 군데군데 회색이 섞인 검은 머리카락을 되는대로 올려 묶은 모습이었다. 얼굴은 홀쭉하고 체구에 비해 작았다. 이목구비는 단정하고 예뻤지만 낯빛이 어두웠다. 화장은 미처 하지 못한 듯했다. 눈가에 살짝 치켜 올려 그린 갈색 마스카라 자국이 남아 있었다. 녹색 저지 원피스는 가슴과 펑퍼짐한 엉덩이 부분이 팽팽했다.

"매일 밤늦게까지 일하기 때문에 아침에는 보통 늦게까지 자요." 여자가 짜증 섞인 목소리로 말했다.

"죄송합니다. 디아나호에서 근무하셨던 것과 관련해서 도움을 얻으려고 왔습니다. 올여름에도 그 배에서 일하셨나요?"

"아니요. 올해는 러시아 레닌그라드로 나가는 배를 탔어요."

여자가 대답했다. 여자는 선 채로 마르틴 베크를 조심스럽게 뜯어보았다. 마르틴 베크는 꽃무늬 안락의자들 중 하나에 앉은 뒤, 여자에게 사진을 건넸다. 여자가 사진을 받아 들여다본 순간 눈치채기 힘들 정도로 작은 변화가 얼굴에 떠올랐다. 순간적으로 두 눈이 크게 벌어졌다. 하지만 사진을 돌려줄 때 여자의 얼굴은 거절하는 사람처럼 딱딱하게 돌아가 있었다.

"그래서요?"

"이 남자를 아시죠?"

"아니요."

여자는 일말의 주저도 없이 잘라 말했다.

그녀는 방을 가로질러 창가로 가서 타일 탁자에 놓인 유리 상자에서 담배를 한 개비 꺼냈다. 그리고 담배에 불을 붙이면서 마르틴 베크와 마주보는 소파에 앉았다.

"무슨 말씀이죠? 한 번도 본 적 없는 사람이에요. 왜 물으시나요?"

그녀의 목소리는 차분했다. 마르틴 베크는 여자를 한참 쳐다보다가 말했다.

"당신이 이 남자를 안다는 것을 알고 왔습니다. 작년 여름에 디아나호에서 이 남자를 만나셨지요."

"아니에요, 본 적 없는 남자예요. 그만 가주시겠어요? 저는 좀더 자야 해요."

"왜 거짓말하십니까?"

"경찰이라도 내 집에서 이렇게 무례하게 굴 권리는 없을 텐데요. 그만 가주세요."

"라르손 씨, 그를 안다는 사실을 왜 부인합니까? 당신의 말이 사실이 아니라는 것을 압니다. 지금 사실대로 말하지 않으면 나중에 불쾌한 일을 겪을지도 모릅니다."

"그 사람이 누군지 모른다니까요."

"나는 당신이 이 남자와 여러 번 만났다는 사실을 증명할 수 있습니다. 그러니 사실대로 말하는 게 좋을 겁니다. 나는 사진의 남자가 누군지 알고 싶습니다. 당신이 말해줄 수 있지 않습니까. 현명하게 판단하십시오."

"착오가 있나 보죠. 잘못 아신 거예요. 나는 그 남자가 누군지 몰라요. 부탁이니 날 좀 내버려두세요."

대화를 나누는 동안 마르틴 베크는 여자에게서 눈을 떼지 않고 정면으로 바라보았다. 여자는 소파 끝에 걸터앉아 쉴 새 없이 집게손가락으로 담배를 톡톡 쳤지만 더이상 떨어낼 재가 없었다. 얼굴은 긴장한 기색이 역력했다. 살갗 아래에서 턱뼈가 불룩거렸다.

겁을 먹은 게 분명했다.

마르틴 베크는 꽃무늬 의자에 눌러앉아 여자에게 말을 시켜 보려고 노력했다. 하지만 여자는 아예 입을 닫았다. 딱딱한 자세로 소파에 앉아 손톱에서 오렌지색 매니큐어를 벗겨낼 뿐이었다. 이윽고 여자는 자리에서 일어나 방안을 왔다갔다하기 시작했다. 한참 후에 마르틴 베크도 일어났다. 모자를 쓰고 인사를 했다. 여자는 대꾸하지 않았다. 그에게 등을 돌린 채로 딱딱하게 서서 온몸으로 거부했다.

"다시 연락드리겠습니다."

그는 명함을 탁자에 놓아두고 나섰다.

스톡홀름에 도착했을 때는 해가 진 후였다. 그는 지하철을 타고 곧장 집으로 갔다.

이튿날 아침에 예타 이삭손에게 전화를 걸었다. 그녀는 오후 근무시간까지 할 일이 없으니 언제든 집으로 찾아와도 좋다고 했다. 한 시간 뒤에 그는 예타의 작은 아파트에 앉아 있었다. 그녀가 간이 부엌에서 커피를 끓여와 그의 잔에 부어주면서 맞은편에 앉자, 그가 말을 꺼냈다.

"어제 벡셰로 내려가서 동료였던 분과 이야기했습니다. 그분은 그 남자를 알고 지냈다는 사실을 부인하더군요. 겁을 내는 듯했습니다. 왜 그분이 남자를 안다는 사실을 인정하지 않는지 이유가 혹시 짐작이 갑니까?"

"전혀 모르겠는데요. 사실 그 애에 대해서도 별로 아는 게 없어요. 수다스러운 애가 아니었거든요. 우리는 세 해 여름 동안 함께 일했지만 그 애는 자기 이야기는 거의 안 했어요."

"함께 일하는 동안 그분이 남자에 대해서 이야기한 적이 있습니까?"

"딱 한 번. 배에서 멋진 남자를 만났다고 말했던 게 기억나요. 함께 일한 지 두 해째 되던 때였을 거예요."

여자는 머리를 외로 꼬고 속으로 헤아렸다.

"네, 1961년 여름이 틀림없어요."

"그분이 그 남자에 대해서 자주 말했나요?"

"가끔씩 언급하는 정도였어요. 서로 만났다 안 만났다 하는 것 같았어요. 남자가 배에 여러 번 탄 것 같았고, 아니면 스톡홀름이나 예테보리에서 만나는 것 같았어요. 어쩌면 남자가 일반 승객이었을지도 모르죠. 그 애를 보려고 배에 탔을지도 모르고요. 전 잘 모르겠네요."

"당신은 그 남자를 못 봤습니까?"

"네. 형사님이 묻기 전에는 생각도 못 하고 있었는걸요. 남자가 사진에 찍힌 그 사람일 가능성도 없진 않지만, 제 기억에 그 애는 이 년 전 여름에서야 사진의 남자를 알게 되었던 것 같아요. 그 애가 워낙 말이 없어서 잘 모르겠지만요."

"1961년에 만난 남자에 대해서는 그분이 뭐라고 말했습니까?"

"별로 특별한 말은 없었어요. 멋진 사람이라고, 세련된 사람이라고 했던 것 같아요. 매너가 좋고 정중하고 어쩌고저쩌고. 꼭 자기한테 보통 남자는 부족하다는 듯이 말했어요. 그러다가 갑자기 그 남자 이야기를 안 하더라고요. 저는 둘이 헤어졌거나 둘 사이에 뭔가 일이 있겠거니 짐작했어요. 그해 여름이 끝나갈 무렵에 그 애가 좀 우울해 보였고요."

"당신과 라르손 씨는 다음해 여름에도 만났습니까?"

"아니요. 그 애는 그해에도 디아나호에서 일했지만 저는 유노호에서 일했어요. 바드스테나에서 몇 번 봤던 것 같기는 해요. 배들이 그곳에서 만나거든요. 하지만 서로 말은 안 했어요. 커피 더 드시겠어요?"

마르틴 베크는 속이 반응하는 게 느껴졌지만 됐다고 말할 엄두가 나지 않았다.

"그 애가 무슨 일이라도 저질렀나요? 왜 이렇게 질문이 많으신지."

"아닙니다. 라르손 씨는 아무 문제가 없습니다. 우리는 사진의 남자를 찾고 싶은 것뿐입니다. 작년 여름에 라르손 씨가 사진의 남자와 관련이 있는 말이나 행동을 했습니까?"

"아니요, 제 기억으로는 없어요. 우리는 선실을 함께 썼는데, 그 애는 가끔 밤에 외출을 했어요. 아마도 남자를 만나는구나 짐작은 했지만 저는 남의 일에 참견하는 타입이 아니라서요. 하지만 분명한 점은 그 애가 딱히 행복해 보이지는 않았다는 거예요. 이상하잖아요? 사랑에 빠진 사람은 행복해 보여야 하는데, 그렇지 않았으니까요. 오히려 신경질적이고 슬퍼 보였어요. 사람이 좀 바뀌었다고 해도 될 정도였어요. 하지만 그건 몸이 아팠기 때문인지도 몰라요. 제 기억에 그 애는 시즌이 끝나기 한 달 전에 일찌감치 일을 그만뒀어요. 어느 날 아침에 느닷없이 출근을 하지 않았죠. 회사가 대신할 사람을 구할 때까지 저 혼자 하루 종일 일해야 했어요. 사람들 말로는 그 애가 병원에 입원했댔지만 어디가 아픈지는 아무도 몰랐어요. 아무튼 그러고서는 여름이 끝날 때까지 돌아오지 않았죠. 저도 그 후로는 그 애를 못 봤어요."

여자는 커피를 좀더 따르고 마르틴 베크에게 비스킷을 권했다. 그리고 이야기를 계속했다. 배에서의 일과, 동료 직원들, 기억에 남은 몇몇 승객들에 대해 이것저것 잔뜩 산만하게 털어놓았다. 그는 한 시간을 더 채우고서야 자리를 떴다.

날씨는 좋아졌다. 길은 거의 말랐고 맑은 하늘에서 햇살이 내리쬐었다. 커피 때문에 속이 그다지 좋지 않았던 마르틴 베크는 크리스티네베리의 사무실까지 걸어서 왔다. 노르멜라르스트란드의 물가를 따라 걸으면서 두 종업원에 대해 밝혀낸 사실들을 곱씹었다.

그는 카린 라르손으로부터 아무 말도 끌어내지 못했다. 하지만 벡셰에 가서 그녀를 만난 것이 허사는 아니었다. 덕분에 그녀가 남자를 알지만 감히 그렇다고 말하지 못한다는 사실을 확신하게 되었다.

예타 이삭손으로부터는 다음과 같은 사실들을 알아냈다.

카린 라르손은 1961년 여름에 디아나호에서 한 남자를 만났다. 남자는 아마도 갑판 승객이었을 것이고, 그해 여름에 여러 번 그 배를 탔을 가능성이 있다.

두 해 후인 1963년 여름에도 그녀는 어떤 남자를 만났다. 그도 아마 갑판 승객이었을 것이고, 간혹 배를 탔다. 예타 이삭손에 따르면 이 남자가 사진의 남자와 동일 인물일 가능성이 있다.

카린 라르손은 1963년 여름에 우울해했고 신경질적이었다. 그리고 시즌이 끝나기 전인 팔월 초에 일을 그만두고 입원했다.

여자가 입원한 이유는 알 수 없었다. 여자가 찾아간 병원이 어디인지 얼마나 오래 입원했는지도 알 수 없었다. 그녀에게 직접 물어보는 것이 유일한 방법인 듯했다.

마르틴 베크는 사무실로 돌아오자마자 벡셰로 전화를 걸었다. 응답이 없었다. 여자가 잠을 자고 있거나 오전 근무를 하고 있을 거라고 생각했다.

오후에도 그는 여러 번 전화를 걸었다. 저녁에도 몇 번 시도했다.

이튿날 오후 2시에 일곱 번째로 시도했을 때, 푸른 가운을 입고 있었던 덩치 큰 여자로 짐작되는 목소리가 받았다.

"아니요, 집에 없어요."

"언제 나갔습니까?"

"어젯밤에 떠났어요. 누구시죠?"

"아는 친구입니다. 그분은 어디로 갔나요?"

"그건 말하지 않았어요. 하지만 통화하는 걸 살짝 들었는데, 예테보리로 가는 기차가 어쩌고저쩌고 했어요."

"다른 말은 못 들었습니까?"

"무슨 배에서 일할 생각인 것 같던데요."

"떠나기로 결정한 게 언제입니까?"

"갑자기 정한 게 분명해요. 어제 아침에 집에 웬 남자가 왔었는데요, 그 애가 떠나겠다고 마음먹은 게 그 직후였어요. 사람이 갑자기 변한 것 같더라니까요."

"어느 배에서 일하기로 했는지 아십니까?"

"몰라요. 못 들었어요."

"그분이 오래 떠나 있을까요?"

"말해주지 않아서 모르겠어요. 연락이 오면 메모를 전해드릴까요?"

"아니요, 됐습니다."

그녀는 사라졌다. 허겁지겁 서둘러 사라졌다. 벌써 배에 올라서 그의 손길이 닿지 않는 먼 곳에 나가 있을 것이다. 그는 그렇게 확신했다. 지금까지는 추측에 불과했던 생각을 이제 사실로 확신하게 되었다.

그녀는 누군가를, 혹은 무언가를 죽도록 두려워한 것이다. 이유를 알아내야 했다.

21.

벡셰 병원 원무과는 금세 정보를 찾아주었다.

"카린 엘리사베트 라르손, 네, 맞습니다, 그런 이름의 환자가 작년 8월 9일에 부인과에 들어와서 10월 1일까지 있었어요. 무엇 때문에 그러시죠? 아, 그건 담당 의사와 이야기하셔야겠어요."

부인과 담당 의사는 이렇게 말했다.

"네, 기억나는 것 같습니다. 기록을 살펴본 뒤에 다시 전화드리겠습니다."

의사의 연락을 기다리는 동안 마르틴 베크는 남자의 사진을 보면서 자신이 예타 이삭손과 대화한 뒤에 직접 작성한 남자의 인상착의 묘사를 읽어보았다. 완벽하진 않았으나 몇 시간 전보다는 훨씬 나아진 정보였다.

키: 약 185센티미터.

체격: 보통.

머리카락 색깔: 잿빛 금발.

눈: 아마도 푸른색(혹은 초록색이나 회색), 둥글고 살짝 튀어나왔음.

치아: 희고 건강함.

전화는 한 시간 뒤에 왔다. 의사는 기록을 찾았다고 했다.

"네, 제 기억이 맞았습니다. 환자는 8월 9일 저녁에 제 발로 찾아왔습니다. 막 퇴근하려는 참이었는데 간호사들이 불러서 환자를 좀 봐달라고 했었습니다. 환자를 진료실로 데려가서 보니 생식기에서 출혈이 심했습니다. 게다가 꽤 오랫동안요. 이미 혈액이 많이 빠져나가서 상태가 극히 나빴거든요. 생명에 위협이 될 정도는 아니었습니다만. 무슨 일이 있었느냐고 물었지만 환자는 대답을 거부했습니다. 부인과에서는 환자가 출혈의 원인을 밝히길 꺼리는 게 그리 드문 일은 아닙니다. 물론 진찰로 밝혀낼 수도 있겠지만 결국에는 시간문제일 뿐이라 좀 있으면 환자가 이유를 밝힙니다. 하지만 이 환자는 처음에는 묵묵부답이었고, 나중에는 거짓말을 했습니다. 진단 기록을 그대로 읽어 드릴까요? 아니면 제가 평범한 말로 풀어서 설명할까요?"

"풀어서 말해주시면 고맙겠습니다. 저는 라틴어를 썩 잘하지 못해서요."

마르틴 베크가 대답했다.

"저도 그렇습니다."

의사가 대꾸했다.

의사는 남부 사투리가 묻어나는 말씨로 차분하게, 찬찬히, 체계적으로 설명했다.

"아까 말했듯이, 환자는 출혈이 극심하고 통증이 있어서 수혈을 받아야 했습니다. 출혈은 자궁 경부에서 나온 것도 있고, 질에 난 상처에서 나온 것도 있었습니다. 자궁 경부와 질 내벽의 뒤쪽에 상처가 있었는데, 딱딱하고 날카로운 물체로 인한 것이었습니다. 질구 주변의 근육들이 찢긴 형태를 볼 때, 도구는 엄청나게 거친 것이었을 겁니다. 흔히 낙태 수술을 실시한 의사가 부주의했거나 실수한 경우, 혹은 여성이 스스로 낙태를 시도한 경우에 심한 상처가 납니다만, 장담하건대 낙태에 관해서는 그녀만큼 심각한 상태를 본 적이 없습니다. 환자가 자기 몸에 그런 공격을 가하는 것은 절대 불가능합니다."

"여자가 그렇게 말했습니까? 그러니까, 스스로 한 일이라고 말했다고요?"

"네, 마침내 입을 열기는 열었는데 그렇게 주장했습니다. 환자에게 사실대로 말하라고 달래봤습니다만 계속 자기가 그랬다고만 했습니다. 저는 환자를 믿지 않았고, 제가 자기를 믿지 않는다는 걸 환자도 알았기 때문에, 결국에는 절 설득하려는 생각마저 포기한 채 똑같은 말만 되풀이 하더군요. '내가 그랬어요, 내가 그랬어요' 하고, 고장난 축음기처럼 말입니다. 제가 가장 의심스러워한 점은 그녀에게 임신 경력이 없다는 사실이었습니다. 자궁이 훼손되었으니 확실치는 않을 수도 있지만, 만약에 환자가 임신을 했더라도 본인이 알아차릴 수 없을 정도로 초기 단계였을 겁니다."

"선생님은 환자의 사정을 어떻게 짐작했습니까?"

"변태 성욕자의 짓이라고 생각했습니다. 대뜸 이렇게 말하면 실없는 생각으로 들릴지도 모르겠지만, 저는 환자가 누군가를 보호하려 그랬다고 확신합니다. 환자가 몹시 걱정스러워서, 진작 내보낼 수 있었는데도 굳이 10월 1일까지 잡아두었습니다. 좀더 있다 보면 환자가 솔직하게 말해주지 않을까 하는 기대도 있었고요. 하지만 환자는 끝까지 끈질기게 부인했고, 우리는 환자를 집으로 돌려보낼 수밖에 없었습니다. 우리가 더 할 수 있는 일은 없었습니다. 제가 이곳 경찰 중에 아는 사람이 있어서 환자의 사정을 귀띔했으니까 경찰이 뭔가 손을 쓰기는 썼을 텐데, 별 소식은 없었습니다."

마르틴 베크는 말이 없었다.

"아까 말했듯이, 저도 정확하게 어떤 사정이었는지는 모릅니다." 의사가 이어 말했다. "하지만 모종의 흉기가 사용되었던 것은 분명합니다. 종류도 쉽게 짐작됩니다. 아마도 유리병이었을 겁니다. 환자한테 또 무슨 일이 생겼습니까?"

"아닙니다. 그저 환자하고 이야기를 해보고 싶을 뿐입니다."

"쉽지 않을 것 같군요."

"네." 마르틴 베크는 대답했다. "도와주셔서 고맙습니다."

그는 한 글자도 적지 않은 채 펜을 도로 주머니에 넣었다.

스포츠 모자를 쓴 남자의 사진을 들여다보면서 손가락 끝으로 이마 선을 따라 문질렀다.

겁먹은 나머지 그토록 완강하고 철저하게 진실을 숨기고, 이제는 질문 공세에서 벗어나기 위해서 멀리 달아나기까지 한 벡셰의 여자를 생각했다. 그는 사진을 응시하며 중얼거렸다.

"왜?"

사실 이 질문에 대한 답은 하나뿐이라는 것을 그는 이미 알았다.

전화가 울렸다. 의사였다.

"관심 있어 하실 만한 일을 하나 빼먹었습니다. 문제의 환자는 그전에도 병원에 왔었습니다. 정확하게 1962년 12월 말이었습니다. 제가 왜 깜박했느냐 하면, 그때 휴가중이었던데다가 환자가 다른 과에 들어왔었거든요. 전 작년에 그녀를 치료하면서 옛날 기록을 읽었습니다. 당시에 환자는 손가락이 두 개 부러졌는데, 왼손 집게손가락과 가운뎃손가락이었습니다. 그때도 왜 다쳤는지를 말하지 않으려고 했답니다. 옆에서 누가 혹시 계단에서 굴렀느냐고 물었더니 환자가 그렇다고 했답니다. 하지만 진찰했던 의사 말로는 그게 아닐 것 같았다더군요. 손가락이 뒤로, 그러니까 손등을 향해서 꺾였고 다른 부상은 전혀 없었다는 겁니다. 내가 아는 건 여기까지입니다. 환자는 통상적으로 깁스 등등 치료를 받았고 문제없이 잘 나았습니다."

마르틴 베크는 고맙다고 인사하고 수화기를 내려놓았다. 그리고 곧장 다시 들어서 SHT 레스토랑으로 걸었다. 시끄러운 주방 소음, 누가 수화기 바로 옆에서 "린드스트룀풍 비프스테이크* 세 개!"라고 외치는 소리가 들렸다. 몇 분을 기다리자 예타 이삭손이 받았다.

"여기는 너무 시끄럽네요. 그 애가 아팠을 때 배가 어디에 있

* 소고기 패티에 붉고 달큰한 비트 소스를 가미한 스웨덴 전통 요리.

었느냐고요? 네, 기억해요. 예테보리였어요. 다음날 오전에 배가 출항하려는데 그 애가 나타나지 않았죠. 퇴레보다에 닿을 때까지 대신할 사람을 못 구했어요."

"예테보리에 있을 때 두 분은 어디서 묵었습니까?"

"저는 포스트가탄 거리에 있는 구세군 호텔을 이용했는데 그 애는 어디에서 잤는지 모르겠네요. 아마 배에 남았거나 다른 호텔에서 잤겠죠. 죄송한데 끊어야겠어요. 손님들이 기다려요."

마르틴 베크는 모탈라에 전화를 걸었다. 알베리는 묵묵히 듣기만 하다가 한참 만에 말했다.

"여자는 예테보리에서 곧장 벡셰 병원으로 갔겠군요. 8월 8일과 9일에 여자가 어디에서 묵었는지를 알아봐야 하겠습니다. 사건이 그때 벌어졌을 테니까요."

"여자는 상태가 몹시 안 좋았다는데 그런 상태로 벡셰까지 갔다는 게 좀 이상합니다."

"어쩌면 그 짓을 한 남자가 예테보리에 살았는지도 모릅니다. 사건이 남자의 집에서 벌어졌을지도 모르지요."

알베리는 잠깐 말을 멎었다가 이어 말했다.

"남자가 한 번 더 그 짓을 저지른다면 우리가 반드시 잡아낼 텐데요. 여자가 남자의 신원을 말하지 않았다지만 분명히 정확하게 이름을 알 겁니다."

"여자는 겁먹은 겁니다. 말 그대로 죽도록 겁먹은 겁니다."

"여자를 찾기에는 너무 늦었을까요?"

"네. 여자는 자신이 어떤 행동을 하는지를 똑똑히 알고 있었을 겁니다. 몇 년쯤은 너끈히 우리 수사망을 피할 수 있을 겁니다. 우리도 그녀가 왜 그랬는지 알지 않습니까."

"왜 그런 겁니까?"

알베리가 물었다.

"목숨을 지키려고 도망간 겁니다."

마르틴 베크가 대답했다.

22.

짓밟혀 더러워진 눈이 거리에 단단하게 다져졌다. 레예링스가탄 거리의 건물 지붕들에서, 그리고 건물들 사이에 걸린 커다란 노란 별에서 눈 녹은 물이 떨어졌다. 크리스마스가 한 달 넘게 남았는데도 별은 벌써 몇 주째 내걸려 있었다.

바삐 걷는 사람들이 인도를 메우고, 꼬리에 꼬리를 물고 꾸준히 흘러가는 자동차들이 도로를 채웠다. 간혹 바퀴에서 흙탕물을 튀기면서 기습적으로 속도를 높여 다른 차들의 틈바구니에 끼어드는 차가 있었다.

그 길에서 서두르지 않는 사람은 룬드베리 순경뿐인 듯했다. 그는 뒷짐을 진 채 걷고 있었다. 크리스마스 장식이 된 쇼윈도들에 바싹 붙어서 레예링스가탄 거리를 남쪽으로 걸어내려갔다. 지붕에서 흘러내린 눈이 묵직하게 방울져 그의 모자에 떨어졌고, 진창이 된 눈이 고무 덧신 아래에서 삐걱거렸다. 그는 NK 백화점 근처에서 스몰란스가탄 거리로 꺾었다. 이 길에는 인파와 통행이 그다지 많지 않았다. 그는 조심스럽게 언덕을 내려가서 한때 야코브 경찰서 건물이 있었던 장소에서 멈췄다. 모자에서 물을 털었다. 그는 젊었고 경찰이 된 지 얼마 되지 않았기 때문에 예전에 이곳에 경찰서가 있었다는 사실을 알지 못했다. 야코브 경찰서는 몇 년 전에 헐렸고 그 구역은 클라라 경찰서 관할로 편입되었다.

클라라 경찰서에 배속된 룬드베리 순경은 스몰란스가탄 거리에 볼일이 있어 찾아온 참이었다. 노를란스가탄 거리 모퉁이에 카페가 하나 있었다. 순경은 카페로 들어갔다. 그는 그곳의 여종업원에게서 봉투를 하나 받아오라는 지시를 받았다.

종업원을 기다리는 동안 그는 카운터에 몸을 기대고 주변을 둘러보았다. 오전 10시였다. 서너 테이블 정도가 차 있었다. 그와 정면으로 마주보는 자리에 한 남자가 커피잔을 놓고 앉아 있었다. 순경은 남자의 얼굴이 낯익다고 생각하면서 기억을 더듬었다. 남자는 바지 주머니에 손을 넣어 돈을 찾기 시작했다. 그러느라 잠시 순경으로부터 시선을 돌렸다.

순간 룬드베리는 목덜미의 털들이 쭈뼛 섰다.

예타운하의 남자!

순경은 저 사람이 그 남자라고 확신했다. 경찰서에서 사진을 여러 번 봤기 때문에 인상착의가 뇌리에 새겨져 있었다. 그는 들뜬 나머지 봉투를 잊을 뻔했다. 남자가 동전 몇 닢을 탁자에 두고 일어나는 것과 동시에 종업원이 그에게 봉투를 건네주었다. 남자는 모자를 쓰지 않았고 코트도 입지 않았다. 남자가 문으로 걸어갔다. 룬드베리는 남자의 키, 체격, 머리카락 색깔이 수배 전단에 묘사된 내용과 같다는 사실을 확인했다.

유리문 너머로 남자가 오른쪽으로 꺾는 것이 보였다. 룬드베리는 종업원에게 얼른 정보의 사례를 하고 서둘러 남자를 따라갔다. 남자는 거리를 십 미터쯤 걸어간 뒤, 어느 건물의 자동차 진입로 입구에 난 문으로 들어갔다. 룬드베리는 용케 늦지 않고 쫓아가서 남자가 문을 닫고 들어가는 모습을 보았다. 문에는 "J.A. 에릭손 운송 회사/사무실"이라고 적힌 간판이 붙어 있었다. 문의 윗부분에는 유리창이 뚫려 있었다. 룬드베리는 천천히 진입로로 다가가 문을 지나치면서 창 너머를 들여다보았다. 문 안쪽으로 또 다른 문이 보였다. 건물 마당에는 트럭이 두 대 있었다. 차문에 페인트로 "J.A. 에릭손 운송 회사"라고 씌어 있었다.

룬드베리는 진입로 문 앞을 다시 한번 지나갔다. 이번에는 더 천천히 걸었다. 목을 쭉 빼고 더 자세히 안을 훔쳐보았다. 유리창 너머로 칸막이벽으로 나뉜 공간이 두세 개 있었고, 칸마다 복도로 통하는 문이 나 있었다. 룬드베리에게 가장 가까운 문은 가장 좁은 공간으로 이어졌고, 문에 뚫린 유리창에는 "출납계"라고 적혀 있었다. 그다음 문에는 명판이 달렸다. 명판에는 "사무실-F. 벵트손"이라고 적혀 있었다.

아까 봤던 키 큰 남자는 그 방의 카운터 앞에 서서 통화를 하는 중이었다. 남자는 룬드베리에게 등을 보인 채 창을 향해 서 있었다. 재킷 대신에 얇고 검은 작업복으로 갈아입은 모습이었고 한 손을 호주머니에 넣고 있었다. 그때 룬드베리로부터 가장 먼 문, 복도의 짧은 면에 난 문이 열리면서 바람막이 점퍼에 털모자 차림의 남자가 손에 종이 뭉치를 들고 들어왔다. 그 남자는 벵트손의 사무실 문을 열면서 바깥의 문으로 시선을 보냈다. 남자의 시선을 느낀 룬드베리는 침착하게 진입로를 지나쳐 걸었다.

룬드베리는 생애 최초로 미행을 한 것이다.

"젠장, 이제야 겨우 시작이군."

콜베리가 외쳤다.

"아마도 12시부터 점심시간일 거야. 서둘러 나가면 그때까지는 도착할 거야. 룬드베리라는 그 순경, 물론 그가 옳게 봤다면 말이겠지만. 꽤 똑똑한 젊은이로군. 가거든 오후에 전화해. 그러면 스텐스트룀을 보내서 교대해줄게."

마르틴 베크가 말했다.

"오늘은 나 혼자서 어떻게 될 것 같은데. 스텐스트룀은 저녁에 교대하면 될 거야. 자, 그럼."

11시 45분에 콜베리는 망볼 장소에 섰다. 운송 회사 건물의 건너편에 바가 하나 있었다. 콜베리는 창가 자리에 앉았다. 탁자에는 커피가 한 잔, 시든 튤립 한 송이와 상록수 한 가지가 꽂힌 작은 빨간 화병, 먼지가 낀 플라스틱 산타클로스 인형이 놓여 있었다. 콜베리는 길 건너 진입로에서 눈을 떼지 않고 천천히 커피를 마셨다. 정문 왼쪽의 창문 다섯 개가 운송 회사에 속하는 것 같았는데 창 아래쪽 절반에 흰 페인트칠이 되어 유리 너머를 볼 수는 없었다.

문짝에 운송 회사의 이름이 쓰인 트럭 한 대가 진입로로 나왔다. 콜베리는 시계를 보았다. 12시 삼 분 전이었다. 이 분 뒤에 사무실 문이 열리면서 진회색 코트에 검은 모자를 쓴 키 큰 남자가 나왔다. 콜베리는 커피값을 탁자에 놓고 일어나서 남자를 눈으로 좇으면서 모자를 썼다. 남자는 연석에서 내려서서 길을 건넌 뒤에 바를 지나쳤다. 콜베리가 밖으로 나서니 남자는 길

모퉁이에서 옆으로 꺾어 노를란스가탄 거리로 접어드는 중이었다. 콜베리는 남자를 따라갔다. 그다지 멀리 갈 것은 없었다. 남자는 길모퉁이에서 이십 미터쯤 더 간 곳에 있는 카페테리아로 들어갔다.

남자는 카운터 앞에 늘어선 줄에서 참을성 있게 기다렸다. 자기 차례가 되자 쟁반을 하나 들고, 우유팩 작은 것과 빵과 버터를 올리고, 창구에 뭔가 주문하고 돈을 치른 뒤, 빈자리에 앉았다. 콜베리에게 등을 돌린 자세였다.

창구의 아가씨가 "연어 하나요!"라고 외치자 남자는 일어서서 접시를 받으러 갔다. 남자는 음식에 집중하면서 천천히 식사했고 우유를 마실 때만 고개를 들었다. 콜베리는 커피를 시켜 남자의 얼굴이 보이는 자리에 앉았다. 이 남자가 영상에 나왔던 남자라는 사실을 갈수록 확신하게 되었다.

남자는 식후에 커피를 마시지 않았다. 담배도 피우지 않았다. 그는 입가를 세심하게 닦은 후에 모자와 코트를 걸치고 밖으로 나갔다. 함가탄 거리를 걸어 내려가는 남자를 따라 콜베리도 걸었다. 남자는 길을 건너 쿵스트레드고르덴 공원 쪽으로 갔다. 걸음이 빠른 편이었다. 콜베리는 남자와 이십 미터쯤 거리를 유지하면서 동쪽 큰길을 끝까지 걸어 내려갔다. 몰린 분수에 다다른 남자는 오른쪽으로 꺾었고, 더러운 회색 눈이 반쯤 쌓인 분수대를 지나쳐, 이번에는 서쪽 큰길을 끝까지 걸어 올라왔다. 콜베리도 남자를 따라 빅토리아 블랑슈 카페를 지나쳤고, NK 백화점 쪽으로 길을 건넜고, 함가탄 거리를 내려갔고, 노를란스가탄 거리로 접어든 뒤, 스몰란스가탄 거리를 건너서 진입로 문으로 사라졌다.

'그래, 그래. 이것참 재미있는 일과로군.'

콜베리는 생각했다.

시계를 보았다. 남자의 식사와 산책에는 정확히 사십오 분이 걸렸다.

오후에는 특별한 일이 없었다. 빈 채로 나갔던 트럭들이 빈 채로 돌아왔다. 사람들이 건물을 드나들었다. 스테이션왜건 한 대가 나갔다가 돌아왔다. 트럭 두 대가 다시 나갔다. 개중 한 대가 돌아오다가 진입로를 나서는 스테이션왜건과 부딪힐 뻔했다.

5시 오 분 전에 트럭 운전사 하나와 머리가 허옇게 센 퉁퉁한 여자가 진입로 문으로 나왔다. 5시 정각에 다른 운전사가 나왔다. 세 번째 운전사는 아직 트럭을 끌고 돌아오지 않았다. 운전사 뒤로 남자 세 명이 더 나왔다. 그들은 함께 길을 건너서 바로 들어왔고, 소란스럽게 맥주를 주문하더니 묵묵히 마셨다.

5시 5분에 키 큰 남자가 나왔다. 남자는 문밖에 서서 주머니에서 열쇠고리를 꺼내 문을 잠갔다. 열쇠고리를 도로 주머니에 넣고 문이 제대로 잠겼는지 확인한 뒤 거리로 나섰다.

콜베리가 코트를 입는데 맥주를 마시던 사내들 중 하나가 이렇게 말하는 소리가 들렸다.

"폴케가 집에 가는군."

또 다른 사내가 말했다.

"결혼해서 코가 꿰인 것도 아니면서. 집에 꿀단지라도 묻어뒀나 봐. 자기 신세가 얼마나 좋은지 모른다니까. 간밤에 우리 여편네가 나한테 잔소리해댄 걸 자네들도 들었어야 해……. 남자가 일을 마치고 맥주를 몇 잔 마셨기로서니 여태 어디 있다 왔느냐……. 내 장담하는데……."

콜베리는 대화를 더 듣지 않았다. 키 큰 남자, 의심의 여지없이 폴케 벵트손이라는 이름의 남자가 시야에서 사라졌다. 콜베리는 노를란스가탄 거리에서 남자를 따라잡았다. 남자는 인파를 헤치며 함가탄 거리 쪽으로 걸었고 좀더 가서 NK 백화점 맞은편의 버스 정류장에 섰다.

콜베리가 정류장에 도착했을 때는 벵트손 뒤로 네 명이 더 서 있었다. 콜베리는 버스에 사람이 너무 많아 자기까지 타지 못하는 일이 없기만을 빌었다. 벵트손은 내내 똑바로 전방을 주시했다. NK 백화점 쇼윈도의 크리스마스 장식을 구경하는 것 같았다. 버스가 도착하자 남자는 훌쩍 계단을 올랐고 콜베리는 문이

닫히기 직전에 가까스로 올라탔다.

남자는 상트에릭스플란 광장에서 내렸다. 지나가는 차가 많았기에 그가 신호등을 일일이 지키면서 광장 건너편으로 건너가는 데 몇 분이 걸렸다. 뢰르스트란스가탄 거리에서 그는 슈퍼마켓으로 들어섰다.

그다음에 남자는 뢰르스트란스가탄 거리를 죽 걸어 비르카가탄 거리를 지난 뒤, 슬쩍 길을 건너 어느 건물로 들어갔다. 한참 뒤에 콜베리는 건물로 다가가서 우편함의 이름들을 읽어보았다. 건물에는 출입구가 두 개였는데 하나는 거리로 났고 다른 하나는 정원으로 나 있었다. 벵트손의 집이 거리에 면한 쪽의 3층이라는 것을 확인하고서 콜베리는 행운에 감사했다.

콜베리는 건너편 건물의 현관에 자리를 잡고 서서 맞은편 3층을 올려다보았다. 네 창문에는 망사천으로 된 주름 커튼이 달렸고 화분이 조르르 늘어서 있었다. 바에 있던 남자들의 수다에 따르면 벵트손은 독신이라니까, 콜베리는 커튼 달린 창문들은 남자의 집이 아니라고 생각했다. 나머지 두 창문에 집중했다. 하나는 열렸고 하나는 닫혔는데, 콜베리가 관찰하는 동안 닫힌 창에 불이 들어왔다. 그쪽이 부엌인 것 같았다. 콜베리에게는 천장과 흰 벽 윗부분만 보였다. 안에서 돌아다니는 사람의 실루엣이 몇 번 보였지만 그게 벵트손인지 아닌지는 알 수 없었다.

이십 분 뒤에 부엌 불이 꺼지고 반대쪽 창에 불이 켜졌다. 잠시 후 벵트손이 그쪽으로 모습을 드러냈다. 남자는 창을 더 활짝 열고 몸을 내밀어 밖을 보았다. 그러더니 창을 다시 닫고 노란색 베니션블라인드도 쳤다. 블라인드 틈새로 빛이 새어 나온 덕에 벵트손의 실루엣이 방안으로 사라지는 모습이 희미하게 보였다. 커튼은 따로 없는 것 같았다. 블라인드 양끝에서 환하게 불빛이 흘러나왔기 때문이다.

콜베리는 공중전화로 가서 스텐스트룀에게 걸었다.

"남자는 집에 있어. 내가 다시 전화하지 않는 한 자네는 9시까지 이리로 와서 교대해."

9시 8분에 스텐스트룀이 도착했다. 그동안 아무 일도 없었다. 8시에 불이 꺼진 후에는 블라인드 틈새로 차가운 푸른 빛이 희미하게 흘러나왔을 뿐이다.

주머니에 석간신문을 꽂은 스텐스트룀은 남자가 텔레비전에서 해주는 미국 장편영화를 보는 게 분명하다고 단언했다.

"그 영화 좋지." 콜베리가 말했다. "나는 십 년인가 십오 년 전에 봤어. 결말이 훌륭하지. 여자 주인공만 빼고 나머지는 다 죽어. 지금 달려가면 끝부분을 볼 수 있을지도 모르겠네. 새벽 6시 좀 전에 나한테 전화를 걸어. 그러면 내가 와서 교대할 테니까."

맑고 쌀쌀한 아침이었다. 열 시간 동안 망을 본 스텐스트룀은 황급히 콜베리와 교대하고 상트에릭스플란 광장으로 떠났다. 10시 30분에 3층 방의 불이 꺼진 뒤로 아무 일도 없었다고 했다.

"얼어죽지 않도록 조심하십시오."

스텐스트룀은 떠나기 전에 그렇게 말했다. 마침내 문이 열리고 키 큰 남자가 나오자, 콜베리는 움직일 수 있다는 것에 감사했다.

벵트손은 전날 입었던 코트를 그대로 입고 있었다. 모자는 회색 양털 모자로 바뀌었다. 그는 총총 빠르게 걸었다. 입에서 흰 연기 같은 입김이 솟았다. 상트에릭스플란 광장에서 남자는 함가탄 거리로 가는 버스를 탔다. 8시 몇 분 전에 콜베리는 남자가 운송 회사의 문 뒤로 사라지는 것을 보았다.

남자는 몇 시간 뒤에 다시 나왔다. 몇 발짝 걸어서 바로 옆 건물의 카페로 들어가더니 커피를 한 잔 마시고 샌드위치를 두 개 먹었다. 남자는 12시에 카페테리아로 갔고, 식사를 했고, 시내를 산책한 뒤, 사무실로 돌아왔다. 5시에서 몇 분이 지나자 나와서 사무실 문을 잠갔고, 버스로 상트에릭스플란 광장으로 갔고, 빵집에서 빵을 샀고, 집으로 갔다.

7시 20분에 남자가 집에서 나왔다. 상트에릭스플란 광장에서 오른쪽으로 꺾어 계속 걸었다. 다리까지 건넌 뒤에 쿵스홀름스가탄 거리로 접어들더니 어느 문으로 사라졌다. 콜베리는 문 밖에 한참 서 있었다. "볼링"이라는 커다란 글씨가 빨갛게 빛났다. 콜베리는 문을 열고 들어섰다.

볼링장에는 레인이 일곱 개 있었고, 난간 너머로 작은 원형 탁자들과 의자들을 놓아둔 바가 있었다. 사람들이 이야기하고 웃는 소리가 실내에 울려 퍼졌다. 간간이 공 굴러가는 소리와 잠시 뒤에 꽝하는 소리도 들렸다.

벵트손은 안 보였다. 대신에 콜베리가 전날 바에서 마주쳤던 세 남자 중 두 명이 바로 보였다. 그들은 바에 앉아 있었다. 콜베리는 그들에게 들키지 않으려고 문 쪽으로 물러났다. 한참 뒤에 세 번째 남자가 벵트손과 함께 탁자로 걸어왔다. 그들이 볼링을 치기 시작하자 콜베리는 밖으로 나갔다.

몇 시간 뒤에 네 볼링 선수가 나왔다. 그들은 상트에릭스플란 광장의 전차 정류소에서 헤어졌고, 벵트손은 왔던 길을 되짚어 집으로 갔다. 혼자서.

벵트손의 아파트는 11시가 되어서야 캄캄해졌는데 이때 콜베리는 겹겹이 껴입은 동료가 비르카가탄 거리를 종종거리며 왔다갔다하는 것을 내버려두고 벌써 귀가하여 침대에 든 뒤였다. 스텐스트룀은 감기에 걸렸다.

이튿날인 수요일도 전날들과 비슷하게 흘러갔다. 스텐스트룀은 감기를 그럭저럭 다스렸고 하루의 대부분을 스몰란스가탄 거리의 카페에서 보냈다.

그날 저녁에 벵트손은 극장에 갔다. 콜베리도 벵트손으로부터 다섯 줄 뒤의 좌석에서 금발에 반라의 미스터 아메리카가 고대의 괴물과 씨름하는 영화를 와이드스크린으로 관람했다.

다음 이틀도 비슷했다. 스텐스트룀과 콜베리는 별다른 사건 없이 엄격하게 통제된 남자의 일상을 교대로 뒤쫓았다. 콜베리는 다시 한번 볼링장을 방문하여 벵트손이 볼링을 꽤 잘 친다는 사실과 몇 년간 화요일마다 세 직장 동료와 함께 볼링을 쳐왔다는 사실을 알게 되었다.

이레째 되는 날은 일요일이었다. 스텐스트룀에 따르면 그날 가장 흥미로운 사건은 스웨덴과 체코슬로바키아의 하키 시합이었다. 스텐스트룀은 벵트손을 비롯한 만 명의 관중과 함께 경기를 관람해야 했다.

일요일 밤에 콜베리는 망보기에 적당한 다른 집 문을 찾아냈다.

연속 이 주째 벵트손이 토요일 12시 2분에 사무실 문을 잠그고 나와 레예링스가탄 거리를 향해 걷기 시작하자, 콜베리는 속으로 생각했다. '이제 뢰벤브로이로 가서 맥주를 마시겠지.' 벵트손이 뢰벤브로이 문을 열고 들어갈 때 콜베리는 드로트닝가탄 거리 모퉁이에 서서 남자를 저주했다.

그날 저녁에 콜베리는 크리스티네베리의 사무실로 가서 영상에서 딴 사진들을 보았다. 이미 헤아릴 수 없이 자주 들여다본 사진들이었다.

콜베리는 시간을 들여 꼼꼼히 사진 하나하나를 살펴보았다. 믿기 어려운 일이지만, 지난 이 주간 관찰한 조용한 일상의 남자가 지금 보고 있는 사진 속의 남자가 분명했다.

23.

"틀림없이 다른 남자야."

콜베리가 말했다.

"자네 지쳤나?"

"오해하지 마. 밤이면 밤마다 비르카가탄 거리의 문간에 서서 조는 것에는 아무 불만이 없어. 하지만……."

"하지만?"

"열나흘 중 열흘은 정확하게 이랬어. 그가 7시에 블라인드를 연다. 7시 1분에 창문을 연다. 7시 35분에 창문을 닫는다. 7시 40분에 집을 나서서 상트에릭스플란 광장으로 걸어간다. 56번 버스를 타고 레예링스가탄 거리와 함가탄 거리가 만나는 모퉁이에 내려서 운송 회사로 걸어간다. 8시 되기 일 분 삼십 초 전에 회사의 문을 연다. 10시에 시티 카페로 가서 커피 두 잔과 치즈 샌드위치 하나를 먹는다. 12시 1분에 두 카페테리아 중 하나에 간다. 점심을 먹고……."

"점심은 뭘 먹던데?"

마르틴 베크가 물었다.

"생선이나 튀긴 고기. 12시 20분에 식사를 마치고 시내 중심가를 빠른 걸음으로 산책한 뒤 일터로 돌아온다. 5시 5분에 문을 잠그고 퇴근한다. 날씨가 궂으면 56번 버스를 탄다. 아니면 레예링스가탄, 쿵스가탄, 드로트닝가탄, 바른후스가탄, 우플란스가탄, 옵세르바토리에가탄 거리를 걸어 바사파르켄 공원을 통과한 뒤 상트에릭스플란 광장을 가로지르고 비르카가탄 거리를 지나 집으로 간다. 가끔 도중에 사람이 많지 않은 슈퍼마켓에 들러서 장을 본다. 매일 우유와 케이크를 사고, 며칠에 한 번씩 빵, 버터, 치즈, 마멀레이드를 산다. 열나흘 중 여드레는 저녁에 집에서 바보상자를 봤어. 수요일에는 7시 영화를 보러가. 두 번 다 쓰잘머리 없는 공상적인 영화였지. 괜히 나까지 그걸 다 봐야 했어. 집에 가는 길에 핫도그로 배를 채우는데, 겨자 소스와 케첩을 둘 다 쳐. 일요일에는 두 번 다 지하철을 타고 가서 아이스하키 경기를 관람했어. 스텐스트룀도 그걸 봐야 했지. 화요일에는 두 번 다 회사 동료 세 명과 함께 볼링을 쳤어. 토요일에는 열두 시까지만 일한 다음에 뢰벤브로이로 가서 생맥주 한 잔을 마셔. 안주로 소시지 샐러드도 좀 먹지. 그리고 집에 가는 거야. 길거리에서 여자들에게는 눈길도 안 줘. 가끔 걸음을 멈추고 극장 포스터나 쇼윈도를 구경하는데, 대개 스포츠 용품점이나 각종 용품점이야. 신문은 절대 사지 않고 구독하는 것도 없어. 잡지는 두 종을 구입하는데 하나는 《레코드 매거진》이고 다른 하나는 무슨 낚시 잡지야. 이름은 까먹었어. 어차피 쓰레기인 것을! 그가 사는 건물의 지하 주차장에는 청색 모나르크 전동 자전거는 없지만 대신에 빨간색 스발란 전동 자전거가 있어. 그 남자 거야. 우편물은 거의 안 와. 이웃과 교류는 없지만 계단에서 만나면 인사 정도는 하더군."

"그는 어떤 사람인가?"

"당최 내가 어떻게 알겠나?"

콜베리가 응수했다.

"진지하게 묻는 말이야."

"건전하고, 차분하고, 건강하고, 지루한 사람인 것 같더군. 밤마다 창문을 열어 환기를 해. 아무런 말썽도 없이 자연스럽게 행동하고, 옷을 잘 입고, 신경질적이지 않아. 서두르는 일이 결코 없지만 그렇다고 느림보도 아니야. 파이프 담배가 딱 어울릴 듯한 사람인데 실제로는 피우지 않아."

"그가 자네의 미행을 눈치챘나?"

"아닐걸. 적어도 나는 눈치채지 못했을 거야."

두 사람은 축축하고 큼직한 눈송이들을 바라보면서 한참 묵묵히 있었다.

"자네도 알겠지만," 이윽고 입을 연 것은 콜베리였다. "남자가 내년 여름에 휴가를 떠날 때까지 이런 식으로 계속 미행할 수도 있겠다 싶을 정도야. 그야 물론 흥미진진한 활동이지만 이른바 유능한 형사들 두 명이 계속 이 일에 매달릴 만큼 국가가 여유가 있는지……."

콜베리가 말을 흐리더니 이어 말했다.

"유능한 형사라, 그러고 보니 어젯밤에는 내가 아파트를 감시하고 있는데 웬 주정뱅이가 다가와서 '우우' 하고 야유하는 게 아니겠어. 심장이 멎을 뻔했다니까."

"벵트손이 정말로 그자일까?"

"영상을 보면 분명히 그런 것 같아."

마르틴 베크는 의자를 앞뒤로 살살 흔들었다.

"좋아, 남자를 불러와."

"지금?"

"그래."

"누가?"

"자네가. 근무시간 뒤에. 그가 일에 지장이 없도록. 우선 자네 사무실로 데려와서 인적 사항을 받아놔. 그런 다음에 나를 불러."

"온건 노선인가?"

"절대로 그래야지."

12월 14일 오전 9시 30분이었다. 마르틴 베크는 하루 늦은 경찰서 성聖 루시아의 날 파티에서 억지로 루세카트 빵과 알코올이 거의 안 든 글뢰그* 두 잔을 먹었다.

그는 린셰핑의 주 경찰청장과 모탈라의 알베리에게 전화를 걸었다. 둘 다 당장 오겠다고 하는 것을 듣고 놀랐다.

오후 3시에 그들이 도착했다. 청장은 모탈라를 들렀다가 왔다. 청장은 마르틴 베크와 몇 마디를 주고받은 뒤에 함마르의 사무실로 갔다.

알베리는 마르틴 베크의 사무실에 두 시간 동안 앉아 있었다. 그러나 변변한 대화는 오가지 않았다. 이윽고 알베리가 물었다.

"정말로 그가 범인일까요?"

---

* 레드 와인에 향신료를 넣고 끓여 뜨겁게 마시는 음료로 크리스마스 시즌에 주로 마신다.

"모르죠."

"틀림없이 그럴 겁니다."

"네."

5시 5분에 노크 소리가 났다. 청장과 함마르였다.

"나도 여러분의 짐작이 옳다고 믿습니다. 모든 방법을 다 동원하십시오."

청장이 말했다. 마르틴 베크는 고개를 끄덕였다.

그때 전화가 울렸다. 콜베리였다.

"여어, 이리로 좀 와주겠나? 폴케 벵트손이라고, 내가 일전에 말했던 그분이 와 있어."

마르틴 베크는 수화기를 내려놓고 일어섰다. 문간에서 잠깐 몸을 돌려 알베리를 보았다. 둘 다 말은 없었다.

그는 천천히 계단을 올라갔다. 취조라면 지금껏 수천 번을 해봤는데도 어쩐지 속이 야릇하니 불쾌하고 왼쪽 가슴이 빠근했다.

콜베리는 셔츠 바람으로 팔꿈치를 책상에 대고 앉아 있었다. 여느 때처럼 태연하고 쾌활한 표정이었다. 멜란데르는 그들에게 등을 돌리고 앉아서 평온하게 문서 작업에 몰두하고 있었다.

"이분이 폴케 벵트손 씨야."

콜베리가 일어나면서 말했다.

"베크입니다."

"벵트손입니다."

그들은 악수를 했다. 콜베리가 재킷을 입었다.

"나는 이만 가볼게."

"잘 가."

마르틴 베크는 자리에 앉았다. 콜베리의 타자기에 종이가 한 장 끼워져 있었다. 마르틴 베크는 종이를 위로 약간 끌어당겨 읽었다.

'폴케 렌나르트 벵트손, 사무실 관리인, 1926년 6월 8일 스톡홀름 구스타프바사 교구 출생, 미혼.'

그는 남자를 보았다. 푸른 눈동자에 평범한 편인 얼굴. 군데군데 희끗해진 머리카락. 초조한 기색은 없음. 대체적으로 특이한 사항 전혀 없음.

"우리가 왜 여기로 모시고 왔는지 아십니까?"

"사실 잘 모르겠습니다."

"벵트손 씨가 우리를 도와줄 수 있을지도 모릅니다."

"어떻게 말입니까?"

마르틴 베크는 창을 쳐다보면서 말했다.

"눈이 퍼붓기 시작하는군요."

"그렇네요."

"올여름, 칠월 첫 주에 어디 계셨습니까? 기억하십니까?"

"물론 기억하죠. 휴가였습니다. 내가 일하는 회사는 하지 직후에 사 주간 문을 닫습니다."

"그래서요?"

"여기저기 돌아다녔습니다. 서해안에도 두 주 가 있었습니다. 나는 여유가 있으면 낚시를 다닙니다. 겨울에도 최소한 일 주일은 낚시를 하러 갑니다."

"어떻게 다니셨습니까? 자동차로?"

남자가 미소를 지었다.

"아니요, 나는 차가 없습니다. 운전면허증도 없는걸요. 전동 자전거를 몰고 갔습니다."

마르틴 베크는 잠시 말이 없었다.

"나쁘지 않은 여행 수단이지요. 나도 몇 년 전까지 전동 자전거가 있었습니다. 어떤 제품을 갖고 계십니까?"

"여름에는 모나르크사 제품을 갖고 있었지만 가을에 새로 장만했습니다."

"휴가에 어떻게 지냈는지 기억하십니까?"

"물론이지요. 첫 주에는 멤에 있었습니다. 외스테르예틀란드 해안가 마을인데, 예타운하가 시작되는 지점이지요. 그다음에 보후슬렌 지역으로 갔습니다."

마르틴 베크는 자리에서 일어나 문가의 서류함 위에 놓인 물병 쪽으로 갔다. 멜란데르를 흘긋 쳐다본 뒤에 자리로 돌아왔다. 녹음기의 뚜껑을 들추고 마이크를 꽂았다. 남자가 기계를 쳐다보았다.

"멤에서 예테보리까지는 배로 갔습니까?"

"아니요, 쇠데르셰핑에서 배를 탔습니다."

"배의 이름은?"

"디아나호."

"항해한 날짜가 언제였나요?"

"정확하게는 기억이 안 납니다. 칠월 초였다는 것밖에."

"항해중에 특별한 사건은 없었습니까?"

"내 기억으로는 없었는데요."

"확실합니까? 잘 생각해보시죠."

"아, 그렇지. 배의 엔진에 문제가 있었답니다. 하지만 내가 타기 전의 일이었습니다. 그 바람에 일정이 지연되었는데 그러지 않았다면 내가 못 탔을 겁니다."

"예테보리에 도착해서는 뭘 했습니까?"

"배가 꼭두새벽에 도착했기 때문에 곧장 함부리순드로 갔습니다. 방을 예약해뒀거든요."

"그곳에서는 얼마나 오래 묵었습니까?"

"이 주 있었습니다."

"이 주 동안 뭘 했습니까?"

"틈나는 대로 낚시를 했습니다. 하지만 날씨가 나빴지요."

마르틴 베크는 콜베리의 책상 서랍을 열고 로재나 맥그로의 사진 세 장을 꺼냈다.

"이 여성을 알아보겠습니까?"

남자는 사진을 한 장 한 장 들여다보았다. 표정은 미동도 없었다.

"어쩐지 낯익은 얼굴인데요. 누굽니까?"

남자가 물었다.

"디아나호에 탔던 승객입니다."

"아, 기억날 것 같습니다."

남자는 무심하게 말했다. 그러고는 다시 사진을 들여다보았다.

"하지만 확실하지는 않네요. 이름이 뭡니까?"

"로재나 맥그로. 미국 사람입니다."

"이제 기억이 나네요. 네, 맞습니다. 배에서 만났던 사람입니다. 몇 번 이야기를 나눴습니다. 내 영어 실력이 별로 신통치는 않지만."

"그때 이후로 여자의 이름을 보거나 들은 일이 없었습니까?"

"네, 없었는데요. 물론 이 자리 이전에는 없었다는 말입니다."

마르틴 베크는 시선을 남자의 눈에 고정하여 똑바로 보았다. 남자의 눈은 차가웠고, 차분했고, 의문을 담고 있었다.

"로재나 맥그로가 항해 도중에 살해당했다는 사실을 모릅니까?"

남자의 표정에 미세한 변화가 스쳤다. 남자는 한참 뒤에 대답했다.

"아니요, 아니요……. 정말 몰랐습니다."

남자는 이마를 찡그렸다.

"정말입니까?"

남자가 갑자기 물었다.

"사건에 대해서 전혀 듣지 못하셨다니 이상한 일이로군요. 솔직히 말해서 믿기지 않습니다."

남자는 마르틴 베크의 말을 듣지 않는 것 같았다.

"그래서 그랬군요, 왜 나를 여기로 불렀는지 이제야 이해됩니다."

"방금 내가 한 말을 들었습니까? 사방에서 그 사건을 보도했는데도 전혀 몰랐다는 것은 좀 이상하지 않습니까? 그래서 나는 벵트손 씨의 말이 믿기지 않습니다."

"이 일을 알았다면 반드시 자진해서 왔을 겁니다."

"자진해서 왔을 거라고요?"

"네, 증인으로요."

"무엇에 대한?"

"그녀를 만난 적이 있다고 말하려고요. 그녀는 살해당했나요? 예테보리에서?"

"아닙니다. 선상에서, 자기 선실에서 당했습니다. 당신이 배에 있었을 때."

"그건 불가능합니다."

"왜죠?"

"누가 눈치챘을 겁니다. 선실이 다 찼었으니까요."

"나는 그보다도 당신이 사건을 전혀 몰랐다는 게 더 불가능해 보입니다만. 어떻게 그럴 수 있는지 믿기지 않습니다."

"잠깐만요, 그건 설명할 수 있습니다. 나는 신문을 전혀 읽지 않거든요."

"사건은 라디오에서도 많이 보도되었고, 텔레비전 뉴스에도 나왔습니다. 악투엘트 뉴스에서 여자의 사진도 보여줬습니다. 그것도 여러 번. 집에 텔레비전도 없습니까?"

"텔레비전이야 있습니다. 하지만 나는 자연 다큐멘터리나 영화만 봅니다."

마르틴 베크는 잠자코 남자를 응시하다가 한참 후에 물었다.

"왜 신문을 안 읽습니까?"

"흥미 있는 내용이 아무것도 없으니까요. 언제나 정치 이야기뿐이고……. 그래요, 방금 형사님이 말한 그런 것들, 살인이니 사고니 하는 비참한 사건들뿐이니까요."

"신문 말고도 글은 전혀 안 읽습니까?"

"물론 읽습니다. 잡지는 여러 개 봅니다. 스포츠나 낚시, 야외 활동에 관한 잡지들을 봅니다. 가끔 모험 이야기 같은 것도 찾아 읽습니다."

"잡지 이름들이 뭡니까?"

"《스포츠맨》은 거의 매 회 챙겨 봅니다. 《올 스포츠》나 《레코드 매거진》도 보통 다 사서 보고, 《렉튀르》도 봅니다. 그건 어릴 때부터 읽었습니다. 가끔 미국 낚시 잡지도 사봅니다."

"직장 동료들과 시사 이야기를 나누지 않습니까?"

"아니요. 내가 그런 데 흥미가 없다는 걸 다들 압니다. 자기들끼리는 이야기하겠지만 나는 안 듣습니다. 정말입니다."

마르틴 베크는 대꾸하지 않았다.

"이상한 말로 들린다는 것은 알지만 사실이 그러니 달리 말할 수가 없습니다. 믿어주십시오."

"종교가 있습니까?"

"아니요. 그건 왜 묻습니까?"

마르틴 베크는 담배를 꺼내 남자에게 권했다.

"괜찮습니다. 안 피웁니다."

"술은 마십니까?"

"맥주를 좋아합니다. 토요일 퇴근 후에 한두 잔 마십니다. 맥주보다 센 술은 안 마십니다."

마르틴 베크는 남자를 똑바로 응시했다. 남자는 시선을 피하지 않았다.

"어쨌든 우리가 당신을 찾았으니까, 그건 됐습니다."

"네. 그런데 어떻게 알았습니까? 내가 배에 탔다는 사실을 어떻게 알았습니까?"

"아, 우연이었지요. 당신을 알아본 사람이 있었습니다. 현재 사정은 이렇습니다. 우리가 아는 한, 지금으로서는 이 여성과 이야기를 나눈 사람이 당신밖에 없습니다. 그녀와 어떻게 만났습니까?"

"그러니까……. 그래요, 이제 생각이 납니다. 우리가 어쩌다 나란히 서 있게 되었는데, 그녀가 먼저 나한테 뭔가 물었습니다."

"그래서?"

"대답해줬습니다. 최대한 열심히. 내가 영어를 잘하지는 못하지만."

"종종 미국 잡지를 읽는다고 하지 않았습니까?"

"맞습니다. 영국 사람이나 미국 사람과 대화할 기회가 있으면 마다하지 않는 것도 그 때문입니다. 연습하려고요. 그럴 기회는 자주 없지요. 나는 일주일에 한 번은 미국 영화를 보러 갑니다. 내용은 상관없어요. 가끔 텔레비전에서 해주는 탐정 영화도 봅니다. 별로 흥미를 못 느끼는 소재이긴 해도."

"로재나 맥그로와 대화를 했다고요. 무슨 이야기를 했습니까?"

"글쎄요……."

"기억해보십시오. 중요한 문제일지도 모릅니다."

"그녀가 자기 이야기를 했습니다."

"예를 들면 어떤?"

"자기는 어디에 산다, 그런 거였는데, 정확하게 뭐라고 했는지는 잊었습니다."

"혹시 뉴욕입니까?"

"아니요, 미국의 어느 주라고 했는데요. 네바다 주라고 했던가. 정말로 기억이 안 나네요."

"그 밖에는?"

"도서관에서 일한다고 했습니다. 그건 똑똑히 기억합니다. 노르드 곶과 라플란드를 다녀왔다고도 했습니다. 백야를 봤다고 하더군요. 그 밖에도 나한테 이것저것 많이 물었습니다."

"두 분은 오랫동안 함께 시간을 보냈습니까?"

"아니요, 그건 아닙니다. 서너 번 이야기를 나눈 게 전부입니다."

"언제였죠? 항해의 어느 구간에?"

남자의 대답은 즉시 나오지 않았다.

"아마 첫날이었을 겁니다. 베리와 융스브로 다리 사이에 이야기를 했던 기억이 나니까요. 배가 갑실에 들어 있어서 승객들 대부분이 뭍에 내릴 때였습니다."

"당신은 운하를 잘 압니까?"

"잘 아는 편입니다."

"예전에도 운하 여행을 한 적이 있습니까?"

"네, 여러 번. 보통 휴가를 계획할 때 미리 생각해뒀다가 일부 구간을 탑니다. 오래된 배들은 이제 얼마 없기 때문에 썩 괜찮은 여행입니다."

"몇 번이나 탔습니까?"

"당장 정확히 답하기는 어렵습니다. 잘 따져보면 알 수 있을지도 모르지만 몇 년 동안 열 번 이상 타긴 했습니다. 매번 다른 구간을. 예테보리에서 스톡홀름까지 구간 전체를 다 탄 건 딱 한 번입니다."

"갑판 승객으로요?"

"네. 선실은 훨씬 전에 예매가 끝나버립니다. 게다가 일반 승객으로 타면 상당히 비쌉니다."

"선실이 없으면 불편하지 않습니까?"

"아니요, 전혀. 자고 싶으면 갑판 아래 휴게실에 있는 소파에서 자면 됩니다. 나는 그런 문제에 까다로운 편은 아닙니다."

"그래서, 로재나 맥그로를 만나셨군요. 윱스브로 다리에서 그녀와 이야기했던 것 같다고요. 그 뒤에는 어땠습니까?"

"나중에도 몇 번 더 대화를 나눴습니다. 지나치다가."

"언제였죠?"

"정확하게는 기억나지 않습니다."

"그 뒤에도 그녀를 봤습니까?"

"못 본 것 같습니다."

"그녀의 선실이 어디인지 알았습니까?"

묵묵부답.

"질문을 못 들었습니까? 그녀의 선실은 어디였나요?"

"기억을 떠올리는 중입니다. 아니요, 그녀의 선실이 어디인지는 못 들었습니다."

"그녀의 선실에 들어가봤습니까?"

"아니요. 선실은 대개 끔찍하게 좁고, 어차피 2인실이니까요."

"전부 다?"

"뭐, 1인실도 몇 개 있기는 있습니다. 하지만 수가 적은데다

꽤 비쌉니다."

"로재나 맥그로가 혼자 여행했는지 아닌지를 아십니까?"

"그건 전혀 생각해보지 않았는데요. 제 기억으로는 그녀가 말한 적은 없었습니다."

"그녀의 선실에 따라간 일이 없다는 겁니까?"

"네, 정말 없습니다."

"융스브로 다리에서는 무슨 이야기를 했습니까?"

"내가 그녀에게 브레타 수도원을 구경하겠느냐고 물었습니다. 바로 그 근처에 있거든요. 하지만 싫다더군요. 사실 그녀가 내 말을 제대로 알아들었는지 아닌지도 확실하지 않습니다."

"그 밖에는 무슨 이야기를 했습니까?"

"정말로 기억이 안 납니다. 특별한 건 없었습니다. 이야기를 그렇게 오래한 것도 아니고요. 운하를 따라서 둑길을 좀 걸었을 뿐입니다. 다들 많이 그렇게 했습니다."

"그녀가 다른 사람과 함께 있는 것을 봤습니까?"

남자는 조용했다. 표정 없는 얼굴로 창을 바라보았다.

"아주 중요한 질문입니다."

"나도 압니다. 생각해보는 중입니다. 옆에 있을 때 그녀가 다른 사람들하고 이야기를 나누는 걸 봤습니다. 미국 사람들인지 영국 사람들인지. 특별히 기억나는 사람은 없습니다만."

마르틴 베크는 일어나서 물병 쪽으로 갔다.

"마실 걸 드릴까요?"

"고맙습니다만 됐습니다. 목마르지 않습니다."

마르틴 베크는 물을 한 컵 따라서 돌아왔다. 책상 아래의 버튼을 눌러 녹음기를 멈추고 테이프를 꺼냈다.

일 분 뒤에 멜란데르가 들어와서 자기 책상으로 갔다.

"이것 좀 챙겨줘."

마르틴 베크가 멜란데르에게 부탁했다.

멜란데르는 테이프를 받아들고 나갔다.

폴케 벵트손이라는 이름의 남자는 꼼짝달싹 않고 표정 없는 푸른 눈으로 마르틴 베크를 바라볼 뿐이었다.

"아까 말했듯이, 우리가 현재 알기로는 그녀와 이야기를 했다고 기억하는 사람, 혹은 이야기를 했다고 인정하는 사람이 당신밖에 없습니다."

"그렇군요."

"혹시 당신이 그녀를 죽였습니까?"

"아니요, 정말로 그건 아닙니다. 그렇게 생각하십니까?"

"누군가는 저지른 일이니까요."

"나는 그녀가 죽었다는 것도 몰랐습니다. 그녀의 이름도 몰랐습니다. 정말로 그렇게 생각하시는 건 아니겠지요……."

"당신이 범행을 인정할 가능성이 있다고 생각했다면 내가 이런 말투로 이렇게 묻지는 않았겠지요."

"대강…… 알겠습니다. 혹시 이건 농담입니까?"

"아닙니다."

남자는 잠자코 있었다.

"당신이 그녀의 선실에 들어갔다는 증거가 있다고 한다면, 뭐라고 대답하겠습니까?"

남자는 십 초쯤 있다가 대답했다.

"경찰이 잘못 안 거라고 하겠지요. 하지만 증거가 확실하기 때문에 그렇게 말한 거겠지요?"

마르틴 베크는 대꾸하지 않았다.

"그렇다면 나도 모르는 사이에 들어갔던 것이 아닐까요."

"당신은 보통 자신이 무슨 행동을 하는지 압니까?"

남자가 눈썹을 살짝 치켰다.

"보통은 압니다."

그리고 단호하게 덧붙였다.

"나는 그곳에 들어가지 않았습니다."

"이해하십시오. 몹시 혼란스러운 사건이라 그렇습니다."

마르틴 베크는 속으로 '이 대화가 녹음되지 않는 게 천만다행이군' 하고 생각했다.

"알겠습니다."

마르틴 베크는 담배를 물고 불을 붙인 뒤에 질문했다.

"결혼했습니까?"

"아니요."

"꾸준히 만나는 여자가 있습니까?"

"아니요. 나는 독신주의입니다. 혼자 사는 데 익숙해졌습니다."

"형제자매가 있습니까?"

"아니요, 외동입니다."

"양친과 함께 살았습니까?"

"어머니와 살았습니다. 아버지는 내가 여섯 살 때 돌아가셨습니다. 아버지에 대해서는 기억이 별로 없습니다."

"여자를 사귄 적이 한 번도 없습니까?"

"물론 경험이 전혀 없는 건 아닙니다. 마흔을 바라보는 나이인데 어떻게 그렇겠습니까."

마르틴 베크는 남자를 똑바로 보았다.

"여자가 필요할 때는 창녀를 찾아갑니까?"

"아니요, 절대로."

"길게든 짧게든 사귀었던 여자의 이름을 알려줄 수 있습니까?"

"못 할 것은 없지만, 그러지 않는 게 좋겠습니다."

마르틴 베크는 서랍을 조금 열고 속을 들여다보았다. 집게손가락으로 아랫입술을 문지르면서 망설이듯 말했다.

"한 명이라도 이름을 대주시면 참 좋겠는데요."

"지금 떠오른 사람은, 내가 가장 오래…… 관계를 유지했던 사람인데……. 그녀는 이미 딴 사람과 결혼을 했고 우리는 연락을 끊었습니다. 이름을 밝히면 그녀가 곤란해질 겁니다."

"그래도 직접 알려주시는 게 최선입니다."

마르틴 베크는 고개를 숙인 채 말했다.

"그녀를 불쾌하게 만들고 싶지 않습니다."

"그분에게는 전혀 불쾌한 일이 아닐 겁니다. 이름이 뭡니까?"

"그렇게 장담한다면……. 그녀가 결혼 후에 성을 바꿨기 때문에 지금은 시브 린드베리입니다. 하지만 정말 부탁인데……."

"그분은 어디에 삽니까?"

"리딩에. 남편이 기술자입니다. 주소는 모릅니다. 보달 어디라고 들었습니다."

마르틴 베크는 링컨에서 온 여자의 사진을 마지막으로 한 번 더 보고 서랍을 닫았다.

"고맙습니다. 난처한 질문을 해서 미안합니다만 이게 내 일이라 어쩔 수 없습니다."

멜란데르가 들어와 자기 자리에 앉았다.

"몇 분만 기다려주시겠습니까."

마르틴 베크는 이렇게 말하고 나왔다.

한 층 아래에서는 녹음기가 두 사람의 마지막 대화를 재생하고 있었다. 마르틴 베크는 벽에 등을 대고 서서 귀를 기울였다.

—마실 걸 드릴까요?

—고맙습니다만 됐습니다. 목마르지 않습니다.

처음 말문을 연 사람은 청장이었다.

"어쩌지요?"

"내보내야지요."

청장은 천장을 보았고, 콜베리는 바닥을 보았고, 알베리는 마르틴 베크를 보았다.

"심하게 몰아붙이진 않았군요. 길게 취조하지도 않았고."

청장이 말했다.

"네."

"남자를 잡아둔다면?"

청장이 물었다.

"그러면 목요일 이 시각에 풀어줘야 할 겁니다."

함마르가 대답했다.

"그건 모르는 일 아닙니까."

"물론 그렇습니다만."

함마르의 대답이었다.

"좋습니다."

마침내 청장이 말했다.

마르틴 베크는 고개를 끄덕이고 방을 나왔다. 한 층 위로 올라갔다. 여전히 기분이 나쁘고 왼쪽 가슴팍이 약간 불편했다.

멜란데르와 폴케 벵트손은 그가 방을 나선 이후로 한 치도 움직이지 않은 듯했다.

"번거롭게 해서 미안합니다. 댁으로 돌아가도록 차를 불러드릴까요?"

"고맙습니다만 지하철을 타겠습니다."

"그게 더 빠를지도 모르죠."

"네, 실제로 그렇습니다."

마르틴 베크는 습관적으로 1층까지 따라 내려갔다.

"안녕히 가십시오."

"가보겠습니다."

평범한 악수.

콜베리와 알베리는 여전히 자리에 앉아서 녹음기를 쳐다보고 있었다.

"미행을 계속해야 할까?"

콜베리가 물었다.

"아니."

"그가 그자일까?"

다시 콜베리가 물었다.

마르틴 베크는 방 한가운데 서서 자신의 오른손을 들여다보았다.

"그래. 확실해."

24.

아파트는 기본 구조가 바가르모센에 있는 마르틴 베크 자신의 집을 연상시켰다. 층계는 좁고 문마다 통일된 모양의 명판이 붙어 있었다. 층간마다 소각로로 통하는 통로의 뚜껑이 있었다. 보달스베겐 거리에 있는 집이었다. 마르틴 베크는 리딩에까지 기차를 타고 가서 그곳에 도착했다.

그는 시간을 신중하게 선택했다. 오후 1시 15분이면 회사원들은 책상에 앉아 일하고 아이들은 낮잠을 즐길 때였다. 주부들은 라디오로 음악을 들으면서 커피와 사카린 정제가 놓인 식탁에 앉아 쉴 때였다.

현관문을 연 여자는 몸집이 아담하고 금발에 푸른 눈동자였다. 나이는 서른이 안 된 듯했고 상당히 예뻤다. 여자는 금방이라도 문을 닫아버릴 듯이 손잡이에서 손을 떼지 않고 불안하게 서 있었다.

"경찰이라고요? 남편에게 무슨 일이 있나요?"

여자의 얼굴에 걱정스럽고 당혹스러운 기색이 떠올랐다. 그리고 또한 매혹적이로군, 마르틴 베크는 생각했다. 그가 신분증을 보여주자 여자는 안심하는 듯했다.

"제가 뭘 도와드릴 수 있을지 모르겠지만, 들어오세요."

집안의 가구들은 단정하지만 특색 없고 칙칙했다. 그렇지만 경치가 훌륭했다. 바로 아래가 릴라베르트탄 항이었다. 예인선 두 척이 화물선을 부두로 끌어가는 모습이 훤히 보였다. 마르틴 베크는 자기집과 이 아파트를 바꿀 수 있다면 어떤 대가라도 치르겠다고 생각했다.

"아이가 있습니까?"

분위기를 바꿀 요량으로 그가 물었다.

"네, 십 개월 된 딸이 있어요. 방금 요람에 뉘었어요."

그는 사진을 꺼냈다.

"이 남자를 아십니까?"

그녀는 대번에 얼굴을 붉히며 시선을 돌리더니 고개를 애매하게 끄덕였다.

"네, 알아요. 하지만…… 몇 년 전에 알고 지냈던 것뿐이에요. 그에게 무슨 일이 있나요?"

마르틴 베크는 대답을 미뤘다.

"저, 이건 제게 몹시 불쾌한 일이에요. 남편이……."

그녀는 적당한 표현을 고르는 듯했다.

"앉아서 이야기하는 게 어떻겠습니까. 제가 이렇게 말해서 죄송합니다만."

마르틴 베크가 제안했다.

"아, 당연히 그러셔야죠."

그녀는 소파에 앉고는 딱딱하게 긴장한 몸을 곧게 세웠다.

"겁을 내거나 걱정할 필요 없습니다. 사정은 이렇습니다. 우리는 모종의 이유로 이 남자에게 관심이 있습니다. 어떤 사건의 증인으로서 관심이 있는 겁니다. 사건은 부인과는 아무런 관계가 없습니다. 하지만 우리는 그를 아는 사람으로부터, 말하자면 한때 어떤 방식으로든 그와 사귀었던 사람으로부터, 그에 대한 일반적인 정보를 얻고 싶습니다."

이 말은 그녀를 그다지 안심시키지 못한 것 같았다.

"이건 저한테는 굉장히 불쾌한 일이에요. 남편은요, 그러니까, 제가 결혼한 지는 이 년쯤 되는데, 남편은요…… 폴케에 대해서는 전혀 몰라요. 남편한테는 폴케에 대한 이야기를 안 했어요……. 물론 남편도, 당연히, 제가 과거에 누군가를…… 사귀었을 것이라고 짐작은 하겠죠……."

그녀는 갈수록 혼란스러운 듯했다. 얼굴이 엄청나게 붉어졌다.

"남편하고 전 그런 문제에 대해서는 서로 말하지 않아요."

"정말로 안심하셔도 됩니다. 저는 그냥 부인에게 몇 가지 묻고 싶을 뿐입니다. 부인의 대답을 부군께서 아실 일은 없을 것이고, 부군이 아니라 다른 사람들도 마찬가지입니다. 적어도 부인이 아는 사람들 중에서는 절대 없을 겁니다."

그녀는 고개를 끄덕였다. 하지만 시선은 고집스럽게 계속 옆을 향했다.

"폴케 벵트손을 아십니까?"

"네."

"언제, 어디서 만났습니까?"

"제가…… 우리가 만났던 건 사 년도 더 된 일이에요. 같은 회사에서 일했거든요."

"에릭손 운송 회사?"

"네, 저는 거기서 출납원으로 일했어요."

"그러다가 그와 사귀게 된 겁니까?"

여자는 옆으로 튼 고개를 끄덕였다.

"얼마나 만났습니까?"

"일 년요."

여자는 기어들어가는 목소리로 대답했다.

"사귈 때 행복했습니까?"

여자가 고개를 돌렸다. 마르틴 베크 쪽으로 애매하게 시선을 던지면서, 팔을 들어 어찌할 바를 모르겠다는 듯한 자세를 취했다.

마르틴 베크는 여자의 어깨 너머로 음산한 회색의 겨울 하늘이 펼쳐진 창을 바라보았다.

"언제부터 만났습니까?"

"그건……. 서로 매일 얼굴을 마주치다 보니 자연스럽게 함께 커피를 마시게 됐고, 그러다가 점심도 함께 먹게 됐어요. 그리고……. 네, 그가 몇 번 저를 집에 데려다줬어요."

"부인은 그때 어디 살았습니까?"

"우플란스가탄 거리의 바사스탄에요."

"혼자?"

"오, 아니에요. 그땐 부모님과 함께 살았어요."

"그가 부인의 집을 방문한 적도 있습니까?"

그녀는 여전히 마르틴 베크를 보지 않은 채로 세차게 고개를 흔들었다.

"그리고 어떻게 되었습니까?"

"그가 몇 번인가 영화를 보러 가자고 했어요. 그리고…….

네, 저녁 식사에 초대했고요."

"자기집으로?"

"아니요, 처음엔 아니었죠."

"집으로 초대한 건 언제였나요?"

"시월이었어요."

"두 분이 만난 지 얼마나 된 때였습니까?"

"몇 달쯤 지난 뒤였어요."

"이후로 두 분이 깊은 관계가 된 겁니까?"

그녀는 한참 가만히 있다가 이윽고 말했다.

"제가 이런 질문에도 대답해야 하나요?"

"네. 이건 중요한 질문입니다. 지금 이 자리에서 대답하시는 편이 훨씬 나을 겁니다. 그러면 굳이 서로 불쾌한 일을 겪지 않아도 됩니다."

"뭘 알고 싶으신 거죠? 저한테 무슨 이야기를 듣고 싶으신 거예요?"

"두 분은 친밀한 관계였지요?"

그녀가 끄덕였다.

"언제부터 그랬습니까? 그의 집에 처음 간 날?"

그녀가 힘없이 그를 보았다.

"얼마나 자주?"

"그렇게 잦진 않았어요."

"그래도 그의 집에 갈 때마다?"

"아, 아니에요. 절대 그건 아니에요."

"함께 있을 때는 보통 뭘 했습니까?"

"글쎄요……. 이것저것, 밥도 먹고, 이야기도 하고, 텔레비전도 보고, 그리고 물고기도 보고."

"물고기?"

"그의 집에 커다란 수족관이 있었어요."

마르틴 베크는 심호흡을 했다.

"그가 부인을 행복하게 해줬습니까?"

"저는……."

"어떻게든 대답해보십시오."

"형사님이……. 형사님이 그렇게 어려운 질문을 하시니까 그렇죠. 네, 그랬던 것 같아요."

"그가 부인에게 잔인하게 대했습니까?"

"그게 무슨 말인가요?"

"함께 있었을 때 말입니다. 그가 부인을 때렸습니까?"

"어머, 아니에요."

"그가 다른 방식으로 부인을 해친 적은 없습니까?"

"없어요."

"한 번도?"

"네, 한 번도 없었어요. 그럴 이유가 없잖아요?"

"두 분 사이에 결혼해서 함께 살자는 말이 나왔습니까?"

"아니요."

"왜죠?"

"폴케는 그런 말은 전혀 하지 않았어요. 한마디도."

"임신이 걱정되진 않았습니까?"

"걱정은 됐죠. 하지만 우리는 늘 굉장히 조심했어요."

마르틴 베크는 억지로 창에서 시선을 떼어 그녀를 보았다. 여자는 여전히 소파 끄트머리에 곧은 자세로 앉아 있었다. 무릎은 꽉 오므라졌고 다리 근육은 긴장했다. 얼굴은 물론 목까지 붉은데다 이마에 땀방울이 송송 솟아 있었다.

마르틴 베크가 다시 묻기 시작했다.

"그는 어떤 남자였습니까? 성적으로?"

이 질문에 그녀는 깜짝 놀랐다. 당황하여 손을 꼼지락거리다가 이윽고 대답했다.

"괜찮았어요."

"괜찮았다는 게 무슨 뜻입니까?"

"폴케는……. 제 생각에 폴케는 부드럽게 하는 것을 좋아했어요. 저도요, 저도 그래요."

마르틴 베크와 그녀의 거리는 불과 이 미터도 안 되었지만, 애써 귀를 기울여야만 그녀의 목소리를 들을 수 있었다.

"부인은 그를 사랑했습니까?"

"그랬던 것 같아요."

"그가 부인을 만족시켜주었습니까?"

"모르겠어요."

"왜 헤어졌습니까?"

"모르겠어요. 그냥 그렇게 됐어요."

"부인이 꼭 대답해주었으면 하는 질문이 하나 더 있습니다. 친밀한 관계를 맺을 때, 항상 그가 주도했습니까?"

"글쎄요……. 어떤 대답을 원하시는 건지……. 그렇기는 했지만, 보통 다들 그러는 것 아닌가요. 저는 항상 응하는 쪽이었고요."

"관계를 맺은 게 몇 번쯤이라고 기억하십니까?"

"다섯 번이에요."

그녀가 속삭였다.

마르틴 베크는 잠자코 여자를 보았다. 그는 이런 것을 물어야 했다. 그가 부인의 첫 남자였습니까? 옷은 보통 다 벗었습니까? 불은 켜뒀습니까? 그는…….

"안녕히 계십시오." 마르틴 베크는 대신 이렇게 말하고 일어섰다. "귀찮게 해서 죄송합니다."

그는 현관문을 닫고 나왔다. 마지막으로 들은 그녀의 말은 이랬다.

"죄송해요, 제가 좀 수줍어서……."

마르틴 베크는 플랫폼에서 기차를 기다리는 동안 진창이 된 눈을 밟으며 오락가락 걸었다. 손은 코트 주머니에 찔러 넣고 어깨를 웅크린 채 음정도 안 맞는 휘파람을 무심히 불어젖혔다.

마침내 그는 자신이 할 일이 무엇인지 알아냈다.

25.

함마르는 이야기를 들으면서 종이에 끼적끼적 노인의 얼굴을 그렸다. 좋은 징조였다. 그러다가 그가 물었다.

"여자는 어떻게 구할 건가?"

"경찰 인력 중에 괜찮은 사람이 있을 겁니다."

"여자부터 찾고 이야기하는 게 좋겠군."

이 분 뒤에 콜베리가 물었다.

"여자는 어떻게 구할 건가?"

"십팔 년 동안 일하면서 동료들의 사정에 사사건건 궁둥이를 들이밀며 참견한 건 내가 아니라 자네잖아."

"아무나 골라서는 안 될 텐데."

"우리 인원을 자네보다 더 소상하게 아는 사람은 없어."

"글쎄, 한번 둘러보는 것쯤은 할 수 있겠지."

"바로 그거야."

멜란데르는 대화에 털끝만큼도 흥미가 없는 듯했다. 그는 몸을 돌리거나 입에서 파이프를 빼지도 않은 채 말했다. "덴마크의 톨보드가데 거리에 사는 비베케 암달은 쉰아홉 살이고, 양조업자 남편을 앞세워 홀몸이야. 로재나 맥그로를 본 기억은 리다르홀멘에서 사진을 찍었을 때가 전부라는군. 그리고 카린 라르손은 로테르담에 배가 정박했을 때 달아났대. 그곳 경찰 말로는 로테르담에도 없대. 아마 위조한 문서로 다른 배에 탔겠지."

"분명 외국 배겠지. 그 여자는 그런 일에 훤할 테니까, 우리가 여자를 찾아내려면 일 년, 어쩌면 오 년쯤 걸릴걸. 설령 찾아내도 여자는 한사코 증언을 거부할지도 몰라."

콜베리는 이어 마르틴 베크에게 물었다.

"카프카한테서는 답이 왔나?"

"아직."

마르틴 베크는 사무실로 가서 모탈라에 전화했다.

"그래요. 나도 그게 유일한 방법이라고 생각합니다. 하지만 여자를 어떻게 구할 겁니까?"

알베리는 차분하게 응수했다.

"경찰 인력 중에서요. 그쪽 사람도 가능하겠지요."

"안 됩니다. 우리 여경은 조건이 맞지 않아요."

마르틴 베크가 수화기를 내려놓자마자 벨이 울렸다. 클라라 경찰서의 순경이었다.

"말씀하신 대로 했습니다."

"그랬더니?"

"남자에게 별문제는 없습니다만, 경계하는 태도입니다. 자꾸 신경을 쓰며 뒤를 돌아보거나 걸음을 멈춥니다. 들키지 않고 미행하기는 어려울 것 같습니다."

"그가 자네들을 알아보았을까?"

"아닙니다. 우리는 세 명이 함께 서 있었을 뿐입니다. 남자를 쫓아가지도 않았습니다. 그냥 가만히 지나가게 내버려뒀습니다. 들키지 않는 게 우리 일이니까요. 달리 요청하실 일이 있습니까?"

"지금은 없어."

다음 전화는 아돌프프레드리크 구역에서 왔다.

"제5분서 아돌프프레드리크 경찰서의 한손입니다. 오늘 아침 브로발라가탄 거리에서 남자를 목격했고, 지금 귀가하는 것도 목격했습니다."

"행동이 어떻던가?"

"태연했습니다. 하지만 꽤 주의를 기울인다는 인상을 받았습니다."

"우리가 관찰하는 것을 그가 알아차렸을까?"

"그럴 일은 절대 없습니다. 아침에는 제가 차 안에 있었고, 두 번째 마주쳤을 때는 주변에 사람이 많았습니다. 제가 남자 가까이 다가간 것은 방금 상트에릭스플란 광장에서뿐입니다. 남자가 신문 가판대에 줄을 섰는데, 저는 두 사람 뒤에 서 있었습니다."

"남자가 뭘 샀나?"

"신문을 샀습니다."

"어떤 신문?"

"몽땅 쓸어갔습니다. 조간신문 네 종류 다하고 허섭스레기 같은 석간도 두 종류 다."

멜란데르가 똑똑 노크를 하고서 얼굴을 내밀었다.

"퇴근할까 하는데, 괜찮을까? 크리스마스 선물을 사야 해서."

마르틴 베크는 수화기를 내리면서 고개를 끄덕였다. 불현듯 걱정이 들었다. '세상에, 나는 크리스마스 선물을 어쩌지.' 그러나 금세 그 생각을 잊었다.

평소보다 늦게 사무실을 나섰는데도 인파를 피하지 못했다. 거리는 크리스마스를 맞아 몰려나온 사람들로 넘쳤고 모든 가게가 평소보다 늦게까지 열었다.

집에서 아내가 그에게 넋이 나간 것 같다고 말했지만, 그는 아내의 말을 듣지 못했기 때문에 대꾸도 하지 않았다.

다음날 아침을 먹으면서 아내가 물었다. "연휴에 쉴 거야?"

4시 15분이 되도록 아무 일이 없다가, 콜베리가 문을 부술 듯 두드리고 들어와 말했다. "괜찮아 보이는 사람을 발견했어."

"경찰 중에서?"

"그래, 베리스가탄 거리에서 일하는 순경이야. 내일 아침 9시 반에 이리로 올 거야. 자네가 보기에도 괜찮으면 함마르가 손을 써서 그녀를 빌려오면 될 거야."

"어떻게 생겼나?"

"내가 보기에는 로재나 맥그로랑 닮았던걸. 키가 좀더 크고, 얼굴이 좀더 예쁘긴 하지. 좀더 영리하기도 하겠지."

"경험은 있나?"

"경찰이 된 지 몇 년째야. 차분하고 좋은 아가씨야. 건강하고, 튼튼하고."

"자네는 그 아가씨를 잘 알아?"

"거의 몰라."

"결혼은 안 했고?"

콜베리가 주머니에서 종이를 한 장 꺼냈다.

"자네가 그 친구에 대해서 알고 싶어 할 만한 내용을 여기 다

적었어. 나는 가볼게. 크리스마스 선물을 사야 해."

'크리스마스 선물이라.'

마르틴 베크는 또 그렇게 생각하면서 시계를 보았다. 4시 30분. 그때 갑자기 떠오른 생각이 있어서, 얼른 수화기를 움켜잡고 보달스베겐에 사는 여자에게 걸었다.

"아, 형사님이시군요. 성함이……."

"혹시 제가 통화하기 곤란한 시각에 걸었습니까?"

"아니요, 아니에요……. 남편은 5시 45분에야 퇴근해요."

"간단한 질문을 하나만 더 드리겠습니다. 어제 이야기했던 남자에게 뭔가를 준 적이 있습니까? 선물이나 기념으로나 말입니다."

"아니요, 선물은 준 적 없어요. 서로 물건을 주고받은 적은 없어요. 아마 아시겠지만……."

"그가 인색한가요?"

"알뜰하다고 해야겠죠. 저도 그렇고요. 다만……."

침묵. 그녀가 얼굴을 붉히는 소리가 들려오는 듯했다.

"그에게 뭘 주셨습니까?"

"그게…… 작은 부적이라고 해야 하나…… 장신구라고 해야 하나…… 작고 값나가지 않는 물건을 하나……."

"언제 주셨습니까?"

"헤어질 때요……. 그가 갖고 싶다고 해서…… 제가 늘 지니고 다녔던 물건이에요."

"그가 달라고 하던가요?"

"저도 기쁜 마음으로 줬어요. 누구나 기념이 되는 물건을 간직하고 싶은 법이잖아요……. 설령…… 그러니까……."

"정말 고맙습니다. 이만 끊겠습니다."

다음으로는 알베리에게 전화했다.

"라르손 경감에게도, 서장에게도 이야기했습니다. 청장은 몸이 좋지 않다더군요."

"다들 뭐라던가요?"

"좋답니다. 다른 방법이 없다는 걸 아니까요. 물론 정석적인 방법은 아니지만……."

"비슷한 선례가 우리 나라에서도 몇 번 있었습니다. 그보다는 내가 지금부터 제안하려고 하는 일이 훨씬 더 정도에서 벗어나는데요."

"그거 좋지요. 그래, 뭡니까?"

"살인 사건이 거의 다 해결되었다는 정보를 언론에 흘리세요."

"지금 말입니까?"

"그렇습니다, 오늘 당장. 무슨 말인지 알겠지요?"

"그래요. 외국인의 범행이었다 이거죠."

"그렇습니다. 대충 이렇게 말하면 되겠죠. '최근 경찰 발표에 따르면, 로재나 맥그로의 살인범으로 오랫동안 인터폴의 수배를 받아왔던 용의자가 마침내 미국 경찰에 체포되었다.'"

"스웨덴 경찰은 살인범이 국내에 없다는 사실을 줄곧 알고 있었다?"

"예를 들면 그렇다는 겁니다. 중요한 것은 한시라도 빨리 소문을 퍼뜨리는 겁니다."

"알겠습니다."

"그리고 당신도 이리로 오는 게 어떻겠습니까."

"당장?"

"뭐, 그러면 좋겠죠."

누가 방에 들어와서 우편물을 전해주었다. 마르틴 베크는 수화기를 왼쪽 어깨에 단단히 끼우고 봉투를 뜯었다. 카프카가 보낸 전보였다.

"뭐랍니까?"

알베리가 물었다.

"딱 세 단어입니다. '덫을 놓을 것.'"

26.

순경 소냐 한손은 과연 로재나 맥그로와 닮았다고 할 만했다. 콜베리가 옳았다.

그녀는 마르틴 베크의 사무실에 앉아 있었다. 손을 포개 무릎 위에 가볍게 얹고 침착한 회색 눈동자로 그를 쳐다보았다. 검은 머리카락은 어깨 언저리에서 안으로 만 스타일이었고 앞머리가 왼쪽 눈썹 위로 찰랑 떨어졌다. 얼굴은 건강해 보였고 표정은 솔직했다. 화장은 안 한 것 같았다. 스무 살도 안 되어 보였지만 마르틴 베크는 그녀가 스물다섯 살이라는 사실을 알았다.

"우선 이것이 자네가 자원해서 하는 일이라는 걸 확실히 했으면 좋겠네. 내키지 않으면 거절하게. 우리가 자네에게 이 일을 맡기기로 한 이유는 자네가 임무에 유리한 조건을 갖추고 있기 때문이야. 주로 자네의 외모를 가리키는 말이지."

마르틴 베크가 말했다.

의자에 앉은 아가씨는 앞머리를 옆으로 쓸면서 의아한 눈으로 그를 보았다.

"그리고 또," 마르틴 베크는 계속 말했다. "자네가 시내에 집이 있고 함께 사는 배우자나 동거인이 없기 때문이지. 여기까지는 됐나?"

소냐 한손은 고개를 저었다.

"물론 제가 도움이 되기를 바랍니다만, 제 외모가 어떻다는 건가요?"

"로재나 맥그로를 기억하나? 미국에서 온 관광객인데 올여름에 예타운하에서 살해당했지."

"기억하냐니요? 저는 실종사건전담반에 있습니다. 한동안 그 사건에 투입된 적도 있습니다."

"우리는 범인을 알아냈다네. 그 남자가 스톡홀름 시내에 산다는 것도 알아냈고. 남자를 불러 면담도 했지. 남자는 사건이 벌어졌을 때 배에 있었다는 것과 배에서 그녀를 만났다는 것은 인정했지만 사건이 발생했다는 사실조차 몰랐다고 말하더군."

"말이 안 되는 것 아닌가요? 신문에 그렇게 대대적으로 보도

되었는데요."

"남자는 신문을 전혀 읽지 않는다고 해명했다네. 결국 아무것도 캐내지 못했지. 그는 조금도 거리낄 것 없다는 듯이 태연하게 행동했고, 모든 질문에 솔직하게 답하는 것 같았어. 우리는 남자를 계속 잡아둘 수가 없었고 미행도 그만둬야 했지. 우리에게 남은 유일한 가능성은 남자가 그 짓을 다시 저지르는 것뿐인데, 이 대목에서 자네가 개입하는 거야. 이 일을 할 용의가 있다면, 그리고 감당할 수 있겠다면 자네가 그의 다음 희생자가 되는 거야."

"좋은데요."

소냐 한손은 이렇게 말하면서 손가방을 더듬어 담배를 찾았다.

"자네가 로재나를 닮았기 때문에 미끼로 활동해줬으면 하는 거야. 작전은 이렇다네. 그 남자는 스몰란스가탄 거리에 있는 운송 회사에서 관리자로 일하는데, 자네가 그곳으로 찾아가서 옮길 물건이 있다고 하며 슬슬 추파를 던지는 거야. 그에게 자네의 주소와 전화번호를 받아 적게 하는 거지. 그가 자네에게 흥미를 갖게 만들어야 해. 그리고 걸려들기를 기다리는 거지."

"벌써 그를 취조했다고 하셨잖아요? 그가 경계하고 있을 텐데요."

"그가 안심할 만한 정보를 흘려두었어."

"제가 그를 유혹해야 하는 거죠? 어떻게 해야 할지 막막한데요. 어쨌든 유혹하는 데 성공하면 또 어떻게 되는 거죠?"

"겁낼 건 없어. 우리가 늘 근처에 있을 테니까. 하지만 먼저 자네가 사건을 속속들이 익혀야 해. 모든 자료를 다 읽어봐야 해. 자네는 로재나 맥그로가 되는 거니까. 그녀와 비슷하게 행동해야 한다는 말이야."

"학교 다닐 때 연극을 한 적은 있지만, 주로 천사나 버섯 역할이었는데요."

"그거면 됐어. 해낼 수 있을 거야."

마르틴 베크는 잠깐 주저하다가 이어 말했다.

"이 작전은 우리의 유일한 희망이야. 남자에게는 자극이 부족할 뿐이니까, 우리가 일부러 그걸 제공하는 거지."

"네, 해보겠습니다. 감당할 수 있을 것 같아요. 쉽진 않겠지만."

"수사보고서, 필름, 면담 기록, 편지, 사진 등을 당장 훑어보는 게 좋겠군. 다 본 다음에 다시 이야기를 나누도록 하지."

"당장 지금요?"

"그래, 오늘부터. 자네는 이 사건이 해결될 때까지 기존 업무에서 손을 떼도 돼. 함마르 경감이 그렇게 지시할 거야. 그리고 하나 더. 우리가 자네 집으로 가서 집이 어떻게 생겼는지 봐둬야 해. 열쇠도 복사해야 하고. 나머지는 나중에 처리하면 될 거야."

십 분 뒤에 마르틴 베크는 콜베리와 멜란데르가 함께 쓰는 사무실의 옆방에 그녀를 남겨두고 나왔다. 그녀는 팔꿈치를 책상에 대고 1차 보고서를 읽기 시작했다.

그날 오후에 알베리가 왔다. 알베리가 의자에 엉덩이를 붙이기도 전에 들이닥친 콜베리가 그의 등을 후려갈겼다. 그 바람에 알베리는 의자에서 굴러떨어질 뻔했다.

"일베리는 내일 도로 내려가야 한다는군. 내려가기 전에 벵트손을 봐두는 게 좋겠지."

마르틴 베크가 콜베리에게 말했다.

"아주 조심스럽게 접근해야 할 거야."

콜베리가 말했다.

"그가 눈치채지 못할 것 같은데요."

알베리가 말했다.

"그가 퇴근할 때 살펴보는 게 좋겠군. 어쨌든 우리는 당장 가보는 게 좋겠어. 시내에 사는 사람들은 물론이고 스톡홀름 인구의 절반이 크리스마스 선물을 사려고 쏟아져 나왔거든."

콜베리가 말했다.

알베리가 손가락을 딱 튕기고는 손바닥으로 이마를 쳤다.

"크리스마스 선물, 까맣게 잊었네."

"나도. 간간이 생각은 했지만 매번 생각뿐이었으니."

마르틴 베크가 말했다.

도로는 끔찍하게 혼잡했다. 콜베리와 마르틴 베크는 4시 58분에 알베리를 노르말름스토리 광장에 내려주고 스몰란스가탄 거리의 군중 속으로 사라지는 그의 뒷모습을 지켜보았다.

두 사람은 차에 앉아 베른스 호텔 앞에서 기다렸다. 이십오 분 뒤에 알베리가 돌아와서 뒷좌석에 탔다. 알베리가 말했다.

"필름에 나왔던 사내가 분명합니다. 56번 버스를 타던데요."

"상트에릭스플란 광장으로 가는 겁니다. 버스에서 내려 우유, 빵, 버터를 사서 집에 가겠죠. 저녁을 먹고, 바보상자를 보다가, 침대에 누워서 잘걸요. 자, 두 분은 어디에서 내려드릴까요?"

콜베리가 물었다.

"여기. 크리스마스 쇼핑을 할 절호의 기회야."

마르틴 베크가 대답했다.

한 시간 뒤 장난감 코너에서 알베리가 말했다.

"콜베리가 틀렸네요. 스톡홀름 인구의 나머지 절반도 여기에 와 있잖습니까."

두 사람은 쇼핑에 거의 세 시간을 썼다. 함께 마르틴 베크의 집으로 가는 데 또 한 시간이 걸렸다.

이튿날 알베리는 그들의 미끼가 될 여성을 처음 만났다. 그녀는 아직 사건 자료에서 극히 일부밖에 읽지 못했다.

저녁에 알베리는 크리스마스를 쇠러 모탈라로 내려갔다. 그들은 새해가 되자마자 계획을 실행하기로 합의했다.

27.

우중충한 크리스마스였다. 폴케 벵트손은 쇠데르텔리에에 있는 어머니의 집에서 조용히 명절을 보내는 듯했다. 마르틴 베크는 쉴 새 없이 그 남자를 생각했다. 교회에서 크리스마스 예배를 드릴 때도, 산타클로스 분장을 뒤집어쓰고 땀에 흠뻑 젖었을 때도. 콜베리는 심하게 과식을 해서 사흘을 병원에 누워 있었다.

크리스마스 다음날 알베리가 전화를 걸어왔다. 말짱한 정신이 아닌 목소리였다.

신문들은 운하 살인 사건의 해결이 임박했으며 스웨덴 경찰은 이제 그 사건과 씨름할 이유가 없다는 요지의 무미건조한 기사를 조금씩 다른 표현으로 일제히 보도했다.

예테보리에서는 만 하루 만에 해결되기 마련인 전통적인 신년 살인이 일어났다. 카프카는 흉물스러울 정도로 거대한 라일락 색깔 크리스마스카드를 보내왔다. 순록이 노을을 배경으로 서 있는 그림이었다.

그리고 1월 7일다운 1월 7일이 왔다. 울적한 표정에, 텅 빈 지갑에, 꽁꽁 언 사람들이 거리에 넘쳤다. 가게들은 세일을 시작했지만 손님은 거의 없었다. 안개가 꼈고 얼어붙을 듯이 추웠다.

1월 7일은 디데이였다.

오전에 함마르가 대원들을 시찰하며 물었다.

"실험을 언제까지 해야 하겠나?"

"성공할 때까지입니다."

알베리가 말했다.

"그건 그쪽 생각이고."

함마르는 앞으로 일어날 가능성이 있는 상황들을 꼽아보았다. 마르틴 베크와 콜베리가 다른 임무에 필요하게 될지도 모른다. 멜란데르와 스텐스트룀은 일과 시간의 일부만이라도 다른 사건에 쏟아야 할 것이다. 머지않아 제3분서 쿵스홀멘 경찰서 사람들은 빌려준 일손이 돌아오지 않는다며 불평하기 시작할 것이다.

"행운을 비네, 제군."

함마르가 말했다.

잠시 뒤, 방에는 소냐 한손만 남았다. 감기에 걸렸는지 코를 훌쩍이며 앉아 있었다. 마르틴 베크는 그녀를 훑어보았다. 부츠와 회색 원피스에 검은 스타킹 차림이었다.

"그 복장으로 나설 건가?"

그가 심술궂게 물었다.

"아니요. 집에 가서 갈아입으려고요. 하지만 한 가지 지적할 점이 있습니다. 작년 7월 3일은 여름이었지만 지금은 겨울이에요. 제가 선글라스와 얇은 원피스 차림으로 회사에 쳐들어가서 옷장을 옮겨달라고 하면 괴상해 보일 겁니다."

"최선을 다하면 된다네. 자네가 핵심을 이해하는지가 제일 중요해."

그는 잠시 말이 없다가 덧붙였다.

"나부터 핵심을 이해했는지가 문제겠지만."

여자가 골똘히 생각하는 표정으로 마르틴 베크를 보다가 말했다.

"저는 제대로 파악했다고 생각합니다. 로재나 맥그로에 관한 자료를 한 자도 빠뜨리지 않고 다 읽었습니다. 몇 번이나 읽고 또 읽었습니다. 영상은 적어도 스무 번은 봤을 겁니다. 적당한 옷도 골라두었고 거울 앞에서 연습도 몇 시간이나 했습니다. 물론 쉽기만 한 건 아닙니다. 제 성격은 그녀와 전혀 다르거든요. 버릇도 다르고요. 저는 그녀처럼 살아본 적이 없고 앞으로도 그러지 않을 겁니다. 하지만 능력껏 최선을 다하겠습니다."

"그거면 됐네."

소냐 한손은 대하기 어려운 구석이 있었다. 그는 그녀를 쉽게 헤아릴 수 없었다. 그녀의 사생활에 관해서 아는 것은 하나 있는 다섯 살짜리 딸아이가 시골에서 조부모와 함께 산다는 사실뿐이었다. 결혼은 한 적 없는 듯했다. 그러나 잘 몰라도 마르틴 베크는 그녀를 신용했다. 그녀는 영리했고 현실적이며 일에 헌신했다. 그 정도면 한 인간에 대해서 많이 안다고 할 수 있었다.

오후 4시가 되어서야 그녀에게서 연락이 왔다.

"방금 다녀왔습니다. 곧장 집으로 왔습니다."

"뭐, 그가 당장 찾아와서 문을 부수지는 않겠지. 어땠나?"

"무리 없이 해낸 것 같아요. 적어도 제가 바랐던 만큼은 했습니다. 옷장은 내일 배달될 거예요."

"남자가 자네를 어떻게 보던가?"

"모르겠어요. 눈을 살짝 빛냈다는 느낌이에요. 하지만 그가 어떻게 행동하는 사람인지 잘 모르니 뭐라고 말하기가 어렵네요."

"연기는 어려웠나?"

"솔직히 말하면 그다지 어렵지 않았습니다. 사람이 꽤 괜찮아 보였거든요. 어떻게 보면 매력적이라고도 할 수 있겠던데요. 그가 확실히 그자일까요? 제가 살인범을 접한 경험이 없는 건 사실이지만 그가 로재나 맥그로를 죽인 범인이라고 믿기는 어렵더군요."

"물론 확실해. 그는 뭐라고 하던가? 그가 직접 자네의 전화번호를 받았나?"

"네, 종이에 제 주소와 전화번호를 적었어요. 건물에 인터폰이 있지만 나는 찾아올 사람이 있어야만 대답하니까 사전에 꼭 전화를 달라고 했습니다. 그는 말이 없는 편이었어요."

"사무실에 그와 단둘이 있었나?"

"네. 유리로 된 칸막이벽 너머에 뚱뚱한 노부인이 한 명 있었지만 우리 대화를 듣지는 못했을 겁니다. 부인이 한창 통화를 하고 있었는데 이쪽에서는 그 소리가 들리지 않았거든요."

"옷장에 관한 것 외에 다른 이야기를 할 기회가 있었나?"

"네. 날씨가 끔찍하다고 했더니 그가 맞장구를 쳤어요. 크리스마스가 지나서 기쁘다고 했더니 자기도 그렇다고 했습니다. 그래서 저처럼 혼자인 사람에게는 크리스마스가 쓸쓸하기만 하다고 했어요."

"그랬더니 뭐라던가?"

"자기도 혼자인데, 크리스마스에는 아무래도 우울해진다고요. 보통 어머니와 함께 보내지만 그래도."

"나쁘지 않군. 또 다른 말도 했나?"

"아니요, 그게 전부였던 것 같습니다."

전화기 너머에서 한참 침묵이 흐르다가 이윽고 그녀가 말했다.

"아, 제가 그 사람한테 나중에 전화번호부에서 찾아보려면 번거로우니까 회사 주소랑 전화번호를 써달라고 했습니다. 그랬더니 명함을 한 장 줬습니다."

"그리고 자네는 나왔나?"

"네. 거기에서 계속 수다를 떨 수는 없었어요. 그래도 나올 때 최대한 시간을 끌었습니다. 딱 붙는 스웨터를 보여주려고 코트를 열었다가 닫았다가 그러면서요. 그리고 참, 옷장이 낮에 오지 않아도 괜찮다고 하면서, 나는 밤에는 외출을 거의 안 하고 집에서 친구 전화나 기다리는 편이라고 말했어요. 그랬더니 그 사람이 옷장은 반드시 오전 중에 회사에 도착할 거라고 하더군요."

"좋아. 자, 그럼 내 말을 들어봐. 오늘밤에 리허설을 해보면 어떨까 싶다네. 우리는 클라라 경찰서에서 대기할 거야. 스텐스트룀이 벵트손 역할을 맡아서 자네한테 전화를 걸 거야. 자네가 그 전화를 받은 뒤에 즉시 클라라 경찰서로 전화해서 나한테 알려주면 우리가 자네 집으로 달려가서 미리 스텐스트룀을 기다리는 거지. 이해했나?"

"네, 알겠습니다. 스텐스트룀의 전화를 받는 즉시 연락하라는 거지요. 대강 몇 시일까요?"

"말해줄 수 없어. 벵트손이 언제 자네에게 전화를 걸지 모르니까."

"아, 맞는 말이네요. 저, 그리고요."

"말하게."

"그 남자는 어떻게 보면 정말 매력적인 사람이었어요. 불쾌한 사람도 충동적인 사람도 아닌 것 같았습니다. 하긴 로재나 맥그로도 이렇게 생각했겠지요."

레예링스가탄 거리에 있는 제4분서 클라라 경찰서의 주간 휴게실은 깔끔하고 적당했다. 하지만 즐길 거리는 전혀 없다고 봐도 무방했다.

오후 8시 15분이었다. 마르틴 베크는 석간신문에서 스포츠면과 개인광고면을 뺀 나머지를 두 번 반복해서 읽었다. 알베리와 콜베리는 두 시간 가까이 체스를 두는 중이었다. 그나마 남았던 대화의 의지도 체스에 골몰하느라 깡그리 사라진 듯했다. 스텐스트룀은 문가의 의자에 앉아 입을 헤벌리고 잤다. 간밤에 다른 사건의 수사에 참여했던 터라 면죄받을 만했다. 그리고 그는 어차피 악당을 연기할 예정이라 긴장하고 있을 필요는 없었다.

8시 20분에 마르틴 베크가 스텐스트룀을 쿡쿡 찔렀다.

"슬슬 시작하지."

스텐스트룀이 일어나 전화기로 갔다. 번호를 돌렸다.

"안녕하세요. 제가 지금 가도 됩니까? 된다고요? 알겠습니다."

스텐스트룀은 의자로 돌아가서 다시 잠들었다.

마르틴 베크는 시계를 보았다. 십오 초 뒤에 벨이 울렸다. 오직 그들만 사용하도록 직통으로 연결해둔 전화였다. 다른 사람들은 그 전화를 쓸 수 없었다.

"베크입니다."

"소냐에요. 방금 그의 전화를 받았어요. 삼십 분 안에 온대요."

"알았어."

그는 전화를 내려놓았다.

"이봐, 시작하자고."

"그만 접지그래요."

알베리가 체스판 너머 상대에게 말했다.

"그러죠. 중간 점수는 일 대 영으로 당신이 앞선 상황."

콜베리가 대답했다.

스텐스트룀이 한 눈을 떴다.

“저는 어느 길로 갈까요?”

“어느 길이든 자네가 가고 싶은 대로.”

세 사람은 경찰서 진입로에 주차된 차로 갔다. 콜베리의 차였기 때문에 그가 운전을 맡았다. 레예링스가탄 거리로 들어서며 콜베리가 물었다.

“붙박이 옷장에 들어가는 역할을 내가 해도 돼?”

“안 돼. 그건 알베리 몫이야.”

“왜?”

“혹시라도 남들에게 얼굴을 들킬 위험 없이 들어갈 수 있는 사람은 그뿐이니까.”

소냐 한손은 루네베리스가탄 거리에 살았다. 에릭스베리스플란 광장에 접한 모퉁이 건물의 3층이었다.

콜베리는 릴라테아테른 극장과 텡네르가탄 거리 사이에 주차했다. 그들은 뿔뿔이 흩어졌다. 마르틴 베크는 길 건너 잡목 속으로 들어가 칼 스타프 총리 동상의 그늘에 몸을 숨겼다. 여자의 집이 잘 보이고 에릭스베리스플란 광장과 주변의 중요한 길목들도 다 보이는 위치였다. 콜베리는 특유의 감탄스러운 유유자적함을 잃지 않은 채 루네베리스가탄 거리 남쪽을 어슬렁어슬렁 걸어내려왔다. 한편 알베리는 결연하게 건물로 돌진했다. 마치 자기집으로 들어가는 주민인 양 서슴없이 문을 열고 들어갔다. 사십오 초가 지나면 알베리는 아파트 안에 있을 것이고, 콜베리는 미리 정한 대로 에릭스베리스가탄 거리 아래쪽 아치 밑에 서 있을 것이다. 마르틴 베크는 스톱워치를 꺼내 시간을 쟀다. 소냐 한손과 통화를 마친 시점으로부터 정확히 오 분하고도 십 초가 지나 있었다.

날이 으스스했다. 그는 코트 깃을 세웠다. 웬 주정뱅이가 그에게 다가와 을러대며 담배 한 개비를 뺏으려 들기에 나즈막하게 위협하여 쫓아버렸다.

스텐스트룀은 최선을 다하여 훌륭하게 역할을 수행했다.

스텐스트룀은 그들의 예상보다 십이 분 일찍 도착했고, 그것도 전혀 예상치 못했던 방향에서 나타났다. 영화를 보러가는 행인들 틈에 섞여 에릭스베리스파켄 공원의 계단을 지난 뒤 구석으로 살짝 숨어들었던 것이다. 마르틴 베크는 스텐스트룀이 건물로 슬쩍 미끄러 들 때에야 그를 알아차렸다.

콜베리도 만족스럽게 움직였다. 마르틴 베크와 건물 현관에서 딱 마주쳤다.

두 사람은 함께 안으로 들어가 안쪽의 잠긴 유리문을 땄다. 둘 다 말은 없었다.

콜베리는 계단을 맡았다. 소냐 한손의 집에서 반 층 아래에 서 있다가 신호를 받으면 움직이는 게 콜베리의 역할이었다. 마르틴 베크는 올라가야 했다. 엘리베이터를 타려고 버튼을 눌렀지만 엘리베이터가 아래로 내려오지 않았다. 계단을 뛰어 올라갔다. 2층에 서 있던 콜베리가 깜짝 놀랐다. 엘리베이터는 3층에 서 있었다. 스텐스트룀이 엘리베이터 안쪽 문을 일부러 열어놓아서 작동을 방해했던 것이다. 스텐스트룀은 마르틴 베크가 엘리베이터로 4층까지 올라간 뒤에 내려오면서 덮친다는 계획을 훼방하는 데에 성공한 셈이었다.

아파트는 아직 조용했다. 그러나 스텐스트룀이 속도에 승산을 걸기로 한 게 분명했다. 불과 삼십 초 후에 나즈막한 비명과 약간의 소음이 들려왔기 때문이다. 진작 열쇠를 꺼내 쥐고 있던 마르틴 베크는 십 초 뒤에 소냐 한손의 침실로 들어섰다.

여자는 침대에 앉아 있었다. 스텐스트룀은 방 한가운데에 서서 하품을 하고 있었다. 알베리가 스텐스트룀의 오른팔을 등뒤로 헐겁게 잡아챈 상황이었다.

마르틴 베크가 휘파람을 불자 콜베리가 급행열차처럼 요란하게 아파트로 들이닥쳤다. 부리나케 서두르다가 그만 현관의 탁자를 넘어뜨렸다. 콜베리가 열어야 할 문은 없었다.

마르틴 베크는 코를 문지르면서 여자를 보았다.

"잘했어."

한손은 그가 바란 대로 상황에 맞게 꾸민 모습이었다. 맨발에 맨다리였고, 무릎 바로 위까지 내려오는 얇은 반팔의 면 원피스를 입었다. 그는 여자가 속에 아무것도 입지 않았으리라고 확신했다.

"옷을 입고 나서 커피를 끓여드릴게요."

그녀가 말했다.

그들은 옆방으로 건너갔다. 그녀는 금세 샌들과 청바지, 갈색 스웨터를 걸치고 나타났다. 십 분 뒤에 커피가 마련되었다.

"내가 가진 현관 열쇠가 빡빡합니다. 죽어라 흔들어야 했어요."

알베리가 말했다.

"그건 그다지 문제되지 않습니다. 우리와는 달리 당신은 다급하게 움직일 필요가 없으니까요."

마르틴 베크가 말했다.

"계단에서 인기척이 나던데요. 한손이 저한테 문을 열어줄 때."

스텐스트룀이 지적했다.

"신발이 고무 밑창이라서."

콜베리가 변명했다.

"문을 더 빨리 열어주도록 해."

마르틴 베크가 여자에게 지시했다.

"붙박이장의 열쇠 구멍이 끝내주더군요. 스텐스트룀이 거의 처음부터 끝까지 다 보였어요."

알베리가 말했다.

"다음에는 열쇠를 빼두세요. 콱 잠가서 가둬버리고 싶더라고요."

스텐스트룀이 응수했다.

전화가 울렸다. 모두들 흠칫 굳었다.

여자가 수화기를 들었다.

"여보세요. ……안녕. ……아니, 오늘은 안 돼. 글쎄, 한동안 바쁠 것 같은데……. 만나는 남자? ……글쎄, 아주 틀린 말은 아니네."

그녀는 전화를 끊고 그들의 시선을 마주했다.

"아무것도 아니에요."

그녀가 말했다.

28.

소냐 한손은 욕실에 서서 빨래를 헹구고 있었다. 수도꼭지를 잠그자 거실에서 전화벨 소리가 들려왔다. 그녀는 손을 닦을 겨를도 없이 달려가서 수화기를 들었다.

벵트손이었다.

"옷장이 가는 중입니다. 십오 분쯤 뒤에 도착할 겁니다."

"고마워요. 친절하게 직접 전화를 주셨네요. 그때 말씀드렸지만 전화를 주시지 않았으면 문을 열지 않았을 거예요. 그런데 배달이 이렇게 빠를 줄은 몰랐어요. 요금은 제가 사무실로 가서 내야 하나요, 아니면……."

"운전사에게 지불하시면 됩니다. 운전사가 청구서를 갖고 갈 겁니다."

"그럴게요. 그런데 전화 주신 분 성함이……?"

"벵트손입니다. 우리 회사의 서비스에 만족하셨으면 좋겠습니다. 말씀드렸듯이 트럭은 십오 분이면 도착합니다."

"고맙습니다. 끊을게요."

벵트손이 전화를 끊자 그녀는 마르틴 베크에게 전화를 걸었다.

"십오 분 안에 옷장이 온대요. 방금 그가 전화했어요. 다행히 벨 소리를 들었기에 망정이지, 자칫하면 못 받을 뻔했어요. 지금까지는 전혀 생각지 못했는데, 욕실에 물이 틀어져 있으면 벨 소리가 안 들리네요."

"한동안 목욕도 관두는 게 좋겠군. 물론 농담이야. 하지만 항상 전화 근처에 있도록 해. 이건 진담이야. 다락에 올라가거나 지하 세탁실에 내려가거나 그런 건 안 돼."

"네, 알아요. 옷장을 받는 대로 사무실에 찾아가야 할까요?"

"그래, 그게 좋겠지. 다녀와서 전화하게."

마르틴 베크는 알베리와 같이 있었다. 그가 전화를 끊자 알베리가 눈짓으로 물었다.

"약 삼십 분 뒤에 그녀가 사무실로 갈 겁니다."

마르틴 베크가 말했다.

"우리도 대기하고 있어야겠군요. 대단한 아가씨예요. 마음에 듭니다."

두 시간을 기다린 뒤 알베리가 말했다.

"벌써 무슨 일이 벌어졌을 리는 없는데……."

"동요할 것 없습니다. 그녀가 전화할 겁니다."

마르틴 베크가 말했다.

전화는 그로부터 또 삼십 분 뒤에야 왔다.

"오래 기다리셨죠?"

마르틴 베크는 우거지상을 지었다.

"무슨 일이 있었나?"

그는 목청을 가다듬으면서 물었다.

"처음부터 설명할게요. 아까 제가 전화를 드리고서 이십 분이 지났을 때 운전사 두 명이 옷장을 갖고 왔어요. 저는 물건을 제대로 보지도 않고 대충 어디에 내려놓으라고 했죠. 기사들이 간 다음에 봤더니 제가 주문한 옷장이 아닌 거예요. 그래서 사무실에 항의하러 갔습니다."

"사무실에 꽤 오래 있었군."

"네, 제가 갔을 때 그 사람은 다른 손님을 상대하고 있었어요. 카운터 밖에서 기다리는데 그가 자꾸만 곁눈질로 쳐다보더군요. 그는 옷장이 잘못 배달된 것을 무척 속상해했고 저는 저대로 운송 회사의 실수가 아니라 제 실수라고 우겼어요. 꼭 싸우기라도 할 듯이 서로 자기 잘못이라고 했죠. 결국엔 그가 오늘 저녁에 올바른 옷장을 다시 배달해줄 직원을 수배했어요."

"그래서?"

"여의치 않았나 봐요. 내일 오전에는 꼭 배송해주겠다고 약속하더군요. 그는 자기가 직접 배달해야 마음이 놓일 것 같다고 했고, 저는 그렇다면 기쁘겠지만 지나친 요청이라 죄송하다고 말했어요."

"좋아. 그리고 바로 나왔나?"

"아니요. 당연히 좀더 있었습니다."

"그에게 말을 걸기가 어렵던가?"

"딱히 그렇지는 않았습니다. 그는 약간 수줍어하는 것 같았어요."

"무슨 대화를 했나?"

"뭐, 길이 끔찍하게 막힌다, 스톡홀름은 옛날이 훨씬 좋았다, 그런 이야기요. 제가 이 도시는 혼자 살 곳이 못 된다고 말했더니, 그 사람은 자기는 혼자 있는 것을 좋아하는 편이라고 하면서도 제 말에 동의했어요."

"그가 자네와의 대화를 즐기는 것 같았나?"

"그런 것 같아요. 하지만 언제까지나 미적댈 수는 없었어요. 참, 그가 또 자신은 극장 가는 것을 좋아하지만 그 밖에는 외출을 거의 하지 않는 편이라고 말했어요. 그러고 나니 더 할 말이 없더라고요. 그래서 나왔죠. 그는 정중하게 문까지 저를 배웅해 줬어요. 이제 어쩔까요?"

"지금은 할 일이 없어. 기다려야지."

이틀 뒤에 소냐 한손은 다시 운송 회사로 갔다.

"옷장 잘 받았고, 도와주셔서 고맙다는 말을 하려고 들렀어요. 일을 번거롭게 만들어 미안해요."

"전혀 번거롭지 않았습니다." 폴케 벵트손이 대답했다. "또 뵙게 되어 반갑습니다. 뭘 도와드릴까요?"

다른 남자가 사무실로 들어와서 둘 사이에 끼어들었다. 아마도 사장인 듯했다.

그녀는 사무실을 나서면서 벵트손이 카운터 너머로 쳐다보고 있다는 것을 눈치챘다. 그래서 바깥문을 나서기 전에 몸을 돌려 그와 눈을 마주쳤다.

일주일 뒤에 그들은 작전을 반복했다. 이번에도 구실은 물건 배송이었다. 그녀가 루네베리스가탄의 집에 이사온 지 얼마 되지 않았기 때문에 여러 친척들의 다락방에서 잠자고 있던 가구를 한창 모아 들이는 중이라는 설정이었다.

또 닷새가 지난 뒤에 그녀가 사무실로 찾아갔다. 오후 5시 직전이었다. 지나다가 생각이 나서 들렀다고 핑계를 댔다.

전화기 너머로 소냐 한손의 목소리가 심란하게 들렸다.

"그가 아직 반응이 없나?"

마르틴 베크가 물었다.

"미지근해요. 저기, 제 생각에는 그가 범인이 아닌 것 같아요."

"어째서?"

"너무 수줍어해요. 그리고 여자에게 무심합니다. 최근 몇 번은 제가 상당히 노골적으로 밀어붙였어요. 드러내놓고 유혹한 거나 마찬가지였죠. 보통 남자라면 열에 일곱은 벌써 우리집 앞에서 늑대처럼 울부짖었을걸요. 저한테 매력이 없는 게 아닌가 싶어요. 어쩌죠?"

"계속해야지."

"다른 사람을 구하셔야 하지 않을까요."

"그냥 계속할 거라네."

계속한다. 하지만 얼마나 더? 하루하루 지날수록 함마르의 얼굴에는 의혹이 짙어졌다. 마르틴 베크가 거울로 보는 얼굴은 하루하루 수척해졌다.

클라라 경찰서의 벽에 걸린 전자식 벽시계가 또다시 무사태평한 사흘을 똑딱거렸다. 그들이 정식 리허설을 한 뒤로 삼 주가 흘렀다. 그들의 계획은 훌륭했지만 문제는 그것을 실행에 옮길 기회가 오지 않을 것 같다는 점이었다. 절대적으로 아무 일도 없었다. 폴케 벵트손이라는 남자는 조용하고 규칙적인 삶을 살았다. 남자는 버터밀크를 마셨고, 직장에 나갔고, 매일 아홉 시간씩 잤다. 반면에 그들은 정상적인 바깥세상과 서서히 접촉을 잃어갔다. 사냥개들이 죽어라 쫓는데 여우는 추격을 눈치챈 기색도 없는 격이라고 마르틴 베크는 생각했다.

그는 삼 주 동안 침묵을 지켜온 검정 전화기를 매섭게 노려보았다. 루네베리스가탄의 아가씨는 단 하나의 특수한 상황에만 그 번호로 전화를 걸어야 한다는 사실을 주지하고 있었다. 그들은 확인차 매일 저녁 두 번씩 그녀에게 전화했다. 6시에 한 번, 자정에 한 번이었다. 사건이라고는 그게 전부였다.

마르틴 베크의 집에는 긴장이 차올랐다. 아내가 뭐라고 말하진 않았지만 마르틴 베크는 아내의 눈에 어린 의심이 점점 짙어지는 걸 알 수 있었다. 아내는 이 작전에 대한 신뢰를 거둔 지 오래였다. 성과가 눈곱만큼도 없는데 그는 매일 밤 경찰서에 묶여 있었기 때문이다. 그는 해명할 수 없었고 해명할 마음도 없었다.

콜베리는 사정이 나았다. 멜란데르와 스텐스트룀이 사흘에 한 번씩 야간에 교대해주었기 때문이다. 알베리는 혼자 두는 체스에 빠졌다. 얄궂게도 그것을 '체스 문제 풀기'라고 부른다고 했다. 대화 소재는 진작에 고갈되었다.

마르틴 베크는 읽는 시늉만 했던 신문에서 완전히 마음이 떠났다. 하품을 하면서 모범적인 동료들을 쳐다보니 그들은 심오한 생각으로 머릿속을 채우고 꿋꿋하게 입을 다문 채 마주앉아 있었다.

시계를 보았다. 10시 오 분 전이었다. 다시 하품하면서 뻣뻣한 몸을 일으켜 화장실로 갔다. 손을 씻고 얼굴에 찬물을 끼얹은 후에 사무실로 돌아갔다.

문에서 세 발짝 떨어진 지점까지 왔을 때 전화벨 소리가 들렸다.

콜베리가 벌써 통화를 마치고 수화기를 내려놓고 있었다.

"남자가……?"

"아니야. 하지만 집 앞을 서성거리고 있대."

콜베리가 말했다.

뜻밖의 일이었다. 그렇지만 냉정하게 볼 때 바뀐 것은 아무것도 없었다. 다음 삼 분 동안 마르틴 베크는 계획을 세심하게 따져보았다. 벵트손은 건물 출입문을 억지로 들어갈 수 없다. 설령 어찌어찌 들어가더라도 그가 위층에 닿기도 전에 그들이 그곳에 도착할 것이다.

"조심스럽게 움직이는 게 좋겠어."

"맞아."

콜베리가 대답했다.

그들은 극장 정면에 급히 차를 세우고 갈라졌다.

마르틴 베크는 알베리가 건물로 들어가는 것을 지켜본 뒤에 시계를 확인했다. 한손의 전화를 받은 때로부터 정확하게 사 분이 지났다. 그는 두 층 위의 아파트에 혼자 있을 여자를 떠올렸다. 폴케 벵트손의 모습은 보이지 않았다.

삼십 초 후 3층의 한 창문에 불이 켜졌다. 누군가 창가로 와서 밖을 내다보는 것 같더니 금세 사라졌다. 불이 꺼졌다. 알베리가 제자리에 도착한 것이다. 알베리와 소냐 한손은 침실 창가에 묵묵히 서 있었다. 방안은 어두웠지만 문틈으로 가늘게 빛이 새어 들어왔다. 그녀가 집에 있다는 것을 과시할 요량으로 거실 등을 켜놓았기 때문이다. 거실 창은 거리를 굽어보는 위치였고, 침실 창에서는 교차로로 모이는 여러 골목길들이 내려다보였다.

벵트손은 길 건너 정면의 버스 정류장에 있었다. 그가 그녀의 창을 올려다보았다. 길에 사람이라고는 그밖에 없었다. 그는 한동안 그렇게 서 있다가, 거리를 위아래로 훑어보았다. 그러고는 차량 통행을 갈라놓는 도로 중앙의 안전지대로 천천히 걸어갔다. 그리고 공중전화 부스 뒤로 사라졌다.

"이제 전화가 오겠군."

알베리는 이렇게 말하면서 어둠 속에서 여자에게 손짓했다.

전화는 울리지 않았다. 몇 분 뒤에 벵트손이 다시 거리를 걸어 올라가는 모습이 보였다.

건물 앞 보도에 나란히 서 있는 낮은 돌담은 그녀의 창문 바로 아래까지 이어졌다. 담 너머는 잔디와 키 작은 잡목들이 심어진 녹지로, 그녀가 사는 건물까지 닿았다.

남자가 또다시 보도에 멈춰 서서 그녀의 집을 바라보았다. 그러다가 서서히 문을 향해 걸어가기 시작했다.

남자가 알베리의 시야에서 사라졌다. 알베리는 광장을 뚫어져라 바라본 끝에 녹지의 한 나무 밑에 꼼짝 않고 서 있는 마르틴 베크를 알아보았다. 전차 한 대가 비르게르얄스가탄 거리를 지나가면서 몇 초쯤 마르틴 베크를 가렸다. 전차가 지나간 뒤에 다시 보니 마르틴 베크도 사라졌다.

알베리와 소냐 한손이 다시 벵트손을 목격한 것은 오 분 뒤였다.

남자가 벽에 하도 바싹 붙어 있어서 그들에게 안 보인 모양이었다. 남자가 도로로 내려서서 전차 정류장 쪽으로 걸어가니 그제야 시야에 잡혔다. 남자는 노점 앞에 서서 핫도그를 사서 노점에 기댄 채 먹으면서 쉴 새 없이 그녀의 창문을 올려보았다. 그러고는 손을 주머니에 찔러 넣고 오락가락 걸었다. 간간이 그녀의 창문을 쳐다보았다.

십오 분 후, 마르틴 베크가 아까의 나무 뒤에 다시 섰다.

오가는 차가 많아졌고 사람들이 줄줄이 거리로 나왔다. 영화가 끝난 모양이었다.

알베리와 여자는 몇 분 동안 벵트손을 시야에서 놓쳤다가, 영화를 보고 귀가하는 사람들에 섞인 그를 곧 찾아냈다. 남자는 공중전화로 걸어가다가 몇 미터 앞에서 멈췄다. 갑자기 녹지 쪽으로 씩씩하게 걸어가기 시작했다. 마르틴 베크가 몸을 돌려 천천히 걸어갔다.

벵트손은 작은 공원을 지나 길을 건너서 건너편의 식당 쪽으로 갔다가 텡네르가탄 거리로 사라졌다. 그러고는 몇 분 뒤에 건너편 보도에 다시 나타나서, 에릭스베리스플란 광장을 어슬렁어슬렁 걸었다.

"그가 예전에도 여기에 왔을까요?" 면 실내복을 입은 여자가 물었다. "제가 오늘밤에 그를 본 것은 순전히 운이었을지도 모르잖아요."

알베리는 등을 벽에 대고서 담배를 피웠다. 옆에 선 여자를 보았다. 여자는 다리를 벌리고 서서 손을 주머니에 꽂은 채로 창을 바라보고 있었다. 그녀의 얼굴은 거리의 불빛을 받아 창백하게 빛났지만 두 눈은 깊은 구멍처럼 캄캄했다.

"어쩌면 저 사람은 매일 밤 여기에 있었을지도 몰라요."

그녀가 말했다.

남자가 광장을 또 한 바퀴 돌아 네 번째로 텡네르가탄 거리를 건넜을 때, 그녀가 말했다.

“저 사람이 밤새도록 저렇게 걸어 다닌다면 저는 아마 돌아버릴 거예요. 렌나르트와 마르틴 형사님은 얼어죽을 거고요.”

12시 25분에 남자는 여덟 번째로 광장을 돌았다. 걸음이 점점 더 빨라졌다. 그가 공원으로 이어진 계단 밑에 우뚝 섰다. 그곳에서 한참 건물을 올려다보더니 달리듯이 길을 건너서 전차 정류장으로 갔다.

버스 한 대가 정류장으로 다가왔다. 그것이 지나갔을 때, 벵트손의 모습은 더이상 보이지 않았다.

“저기 좀 보세요. 마르틴 형사님이에요.”

소냐 한손이 말했다.

알베리는 그녀의 목소리에 펄 듯이 놀랐다. 둘 다 내내 작게 속삭이다가 두 시간 만에 처음으로 그녀가 정상적인 목소리를 냈기 때문이다.

알베리는 마르틴 베크가 허둥지둥 길을 건너 극장 앞에서 대기하는 차에 오르는 것을 보았다. 차는 마르틴 베크가 문을 닫기도 전에 움직이기 시작하여 버스와 같은 방향으로 달려갔다.

“오늘 곁에 있어주셔서 고마워요. 이제 자야겠어요.”

소냐 한손이 말했다.

"그러십시오."

알베리도 좀 자고 싶었다. 그러나 그는 십 분 뒤에 클라라 경찰서로 들어섰다. 잠시 후에 콜베리도 돌아왔다.

두 사람이 체스를 다섯 수째 두었을 때 마르틴 베크가 들어와서 말했다.

"남자는 상트에릭스플란 광장으로 가는 버스를 타고 집에 갔다네. 집에 들어가자마자 불을 껐으니 지금쯤 자고 있겠지."

"한손이 오늘 남자를 목격한 것은 순전히 우연이었어요. 어쩌면 남자는 예전에도 여러 번 그곳에 갔을 겁니다."

알베리가 말했다.

콜베리는 꿋꿋하게 체스판을 연구하면서 말했다.

"그래서요? 그걸로는 아무것도 증명되지 않아요."

"무슨 말입니까?"

"콜베리 말이 맞습니다."

마르틴 베크가 말했다.

"당연하죠. 그걸로 뭐가 증명되겠습니까? 나도 한때는 기꺼이 만나줄 것 같은 아가씨들의 집밖에서 도둑고양이처럼 얼씬댔단 말입니다."

알베리가 어깨를 으쓱했다.

"물론 지금보다 훨씬, 훨씬 어릴 때였지만."

콜베리가 덧붙였다.

마르틴 베크는 입을 닫았다. 다른 사람들은 썩 내키지 않는 심정으로 애써 체스에 집중했다. 한참 후, 콜베리가 반복 수를 두었다. 그 때문에 쭉 콜베리가 이기고 있었음에도 불구하고 결국 알베리와 비겼다.

"젠장. 아까 그 이야기 때문에 생각이 끊어졌잖아. 이렇게 되면 당신이 몇 점 앞선 거죠?"

"4점요. 12.5 대 8.5."

알베리가 대답했다.

콜베리는 자리에서 일어나 방을 왔다갔다했다.

"남자를 다시 불러오고 집을 샅샅이 수색하고 최대한 거칠게 다뤄보는 수밖에 없어."

아무도 대답하지 않았다.

"다시 미행을 해야 해. 다른 사람들을 시켜서."

"그건 안 됩니다."

알베리가 반대했다.

마르틴 베크는 집게손가락을 질근질근 깨물다가 한참 후에 물었다.

"한손이 겁을 먹었던가요?"

"아니요. 여간해서는 평정을 잃지 않는 아가씨이니까요."

알베리가 대답했다.

'로재나 맥그로도 그랬지.'

마르틴 베크는 속으로만 생각했다.

그들은 이후 별말이 없었다. 그러나 그들은 또렷하게 깨어 있었다. 그들의 하루는 이제 끝나가지만 남들의 하루는 막 시작되었다는 것을 알려주듯이 레예링스가탄 거리를 지나는 차 소리가 점점 커졌다.

뭔가 틀림없이 달라졌다. 하지만 마르틴 베크는 그것이 정확하게 무엇인지 알 수 없었다.

또 하루가 흘러갔다. 알베리가 일 점을 더 앞섰다. 그것뿐이었다.

이튿날은 금요일이었다. 일월이 겨우 사흘 남았다. 날은 여전히 푸근했고, 낮 동안 대개 비가 오거나 흐리다가 해거름 무렵에 안개가 밀려왔다.

9시 10분에 전화벨이 침묵을 깨뜨렸다. 마르틴 베크가 수화기를 잡았다.

"남자가 또 왔어요. 버스 정류장에 서 있어요."

콜베리가 도로에서 빈 공간을 찾아 주차해야 했는데도 그들은 먼젓번보다 십오 초 일찍 도착했다. 다시 삼십 초가 지나자 알베리가 제자리에 위치했음을 알리는 신호가 보였다.

상황은 섬뜩하리만치 저번과 같았다. 폴케 벵트손은 에릭스베리스플란 광장을 네 시간 동안 어슬렁댔다. 공중전화 부스 앞에서 네다섯 번쯤 망설였다. 발길을 멈추고 핫도그를 사 먹었다. 버스를 타고 집으로 갔다. 콜베리가 그를 쫓아갔다.

마르틴 베크는 몹시 추웠다. 손을 주머니에 넣고 땅만 보면서 잰걸음으로 경찰서로 돌아갔다.

콜베리는 삼십 분 뒤에 돌아왔다.

"뢰르스트란스가탄 거리는 잠잠해졌어."

"그가 자네를 봤나?"

"녀석은 몽유병 환자 같다네. 일 미터 앞에서 하마가 걸어와도 눈치 못 챌걸."

마르틴 베크는 순경 소냐 한손에게 전화를 했다. 그녀의 직업과 직위를 끊임없이 상기하지 않으면 견딜 수 없을 것 같았다.

"여보세요. 내일이 토요일이지. 정확하게 말하자면 벌써 오늘이지만. 토요일에는 남자가 정오까지만 일해. 그가 퇴근하는 시각에 맞춰서 사무실로 가. 일이 있어서 어딜 가는 것처럼 서둘러 그를 지나치다가, 그의 팔을 잡고 말해. '안녕, 연락 기다렸어요. 안부 전화라도 해주지 그랬어요?' 대강 그렇게. 그렇게만 말하고 자리를 떠. 코트 앞섶은 열어두고."

그는 잠시 말을 멈췄다.

"이번에는 정말 최선을 다해."

그가 전화를 끊자 다른 사람들이 쳐다봤다.

"자네들 중 뒤를 제일 잘 밟는 사람이 누구지?"

그가 무심하게 물었다.

"스텐스트룀."

"좋아, 내일 아침 남자가 집을 나서는 순간부터 미행을 해야겠어. 스텐스트룀이 하면 되겠지. 남자의 움직임을 일일이 보고하도록. 물론 이것 말고 다른 전화로. 우리 중에서 적어도 두 명은 항상 여기에서 자리를 지켜야 해."

알베리와 콜베리가 계속 뚫어져라 그를 보았지만, 그는 전혀 알지 못하는 듯했다.

7시 38분에 벵트손이 뢰르스트란스가탄 거리의 대문을 나섰다. 스텐스트룀의 임무가 시작되었다.

스텐스트룀은 11시 15분까지 스몰란스가탄 거리의 운송 회사 사무실 근처를 맴돌다가 카페로 들어가 창가에서 기다렸다.

11시 55분에 소냐 한손이 길모퉁이에 나타났다.

그녀는 푸른색의 얇은 트위드 코트를 입었고 단추는 잠그지 않았다. 허리띠를 꽉 졸라맨 것이 스텐스트룀에게도 보였다. 코트 속에는 검은 터틀넥 스웨터를 입었다. 모자는 쓰지 않았다. 손에 장갑을 들었지만 핸드백은 들지 않았다. 얇은 스타킹과 검은 펌프스는 날씨에 비해 너무 추워 보였다.

한손은 길을 끝까지 걸어가서 스텐스트룀의 시야에서 사라졌다.

운송 회사 직원들이 사무실을 나서기 시작했다. 마침내 벵트손이 나와서 문을 잠갔다. 남자가 몇 미터쯤 느긋하게 보도를 걸었을 때, 소냐 한손이 남자를 향해 뛰어왔다. 그녀는 남자에게 인사를 하고, 남자의 팔을 잡은 뒤, 눈을 똑바로 들여다보면서 뭐라고 말했다. 금세 다시 팔을 놓고, 남자에게 계속 말을 하면서 몇 걸음 걸어갔다. 그러다가 이내 발꿈치를 홱 틀어 달려갔다.

스텐스트룀은 한손의 얼굴을 똑똑히 보았다. 열렬하고 쾌활하고 매력적인 표정이었다. 스텐스트룀은 그녀의 열연에 속으로 찬사를 보냈다.

남자는 그 자리에 우두커니 서서 여자가 달려가는 모습을 지켜보았다. 여자를 쫓아가려는 듯이 살짝 몸을 움직였지만 마음이 바뀌었는지 곧 손을 주머니에 넣고 고개를 숙인 채 천천히 걷기 시작했다.

스텐스트룀은 모자를 쓰고 계산을 한 후 조심스럽게 밖을 보았다. 벵트손이 모퉁이를 꺾기를 기다렸다가 자리에서 일어나 따라갔다.

클라라 경찰서에서는 마르틴 베크가 우울하게 전화기를 응시하고 있었다. 알베리와 콜베리는 체스를 잠깐 접고 묵묵히 각자 신문을 쳐들고 있었다. 콜베리는 미친듯이 연필을 씹으면서 십자말 퍼즐을 풀었다.

마침내 전화가 울린 순간, 콜베리가 어찌나 세게 씹었던지 연필이 두 동강이 났다.

첫 벨 소리가 잦아들기도 전에 마르틴 베크가 귀에 수화기를 댔다.

"여보세요, 저 소냐예요. 잘 끝난 것 같아요. 정확하게 시키신 대로 했어요."

"수고했어. 스텐스트룀을 만났나?"

"아니요, 안 보이던데요. 하지만 근처 어딘가에 있었겠죠. 전 뒤돌아볼 엄두가 나지 않아서 NK 백화점 모퉁이까지 계속 달려갔어요."

"초조한가?"

"아니요. 전혀."

1시 15분에 다시 전화가 울렸다. 스텐스트룀이었다.

"예른토리에트 광장의 담배 가게에 있습니다. 소냐는 대단했어요. 녀석은 틀림없이 머리가 팽 돌았을 겁니다. 시내를 가로질러서 스트룀브론 다리를 건넜고, 지금은 감라스탄을 배회하고 있습니다."

"조심해."

"문제없습니다. 녀석은 꼭 좀비 같습니다. 주변에서 벌어지는 일을 전혀 보고 듣지 못하는 것 같습니다. 놓치면 안 되니까 이만 끊겠습니다."

알베리가 일어나서 왔다갔다했다.

"우리가 그녀에게 맡긴 일은 썩 유쾌하다고는 할 수 없어요."

알베리의 말이었다.

"소냐는 괜찮을 겁니다. 남은 문제도 잘 감당할 거예요. 그보다도 스텐스트룀이 남자를 겁줘서 쫓아버리지나 않았으면 좋겠군요."

콜베리가 대답했다.

"스텐스트룀도 잘할 겁니다."

한참 뒤에 알베리가 말했다. 마르틴 베크는 말이 없었다.

3시가 좀 넘었을 때 스텐스트룀이 다시 소식을 전했다.

"이제 폴쿵아가탄 거리입니다. 녀석은 그저 이리저리 걷기만 합니다. 절대 멈추거나 주변을 둘러보지도 않습니다. 어쩐지 초연한 표정입니다."

"계속 따라다녀."

마르틴 베크가 말했다.

정상적인 상황이라면, 어지간한 일이 아니고서는 마르틴 베크의 차분한 겉모습을 무너뜨릴 수 없을 것이다. 하지만 방안의 누구도 일체 말이 없는 상황에서 그저 시계와 전화를 번갈아 바라보면서 사십오 분이 흐르자, 그는 벌떡 일어나서 방을 나갔다.

알베리와 콜베리가 시선을 주고받았다. 콜베리는 어깨를 으쓱하고 체스판에 말을 늘어놓기 시작했다.

세면실로 간 마르틴 베크는 찬물로 손과 얼굴을 씻고 꼼꼼히 닦아냈다. 그가 막 복도로 나왔을 때, 셔츠 차림의 순경이 다가와서 전화가 왔다고 말했다.

그의 아내였다.

"언제부터인지도 모를 만큼 오랫동안 코빼기도 안 보여놓고는, 이젠 전화도 하지 말라니, 대체 뭘 한다고 그러는 거야? 집에는 언제 올 거야?"

"나도 몰라."

그는 피곤한 목소리로 대답했다. 아내가 줄기차게 말을 쏟았다. 갈수록 목소리는 갈라지고 높아졌다. 마르틴 베크는 아내가 이야기하는 도중에 말을 끊었다.

"지금 이야기할 시간 없어. 끊어. 전화하지 마."

그는 수화기를 내려놓기도 전에 자신의 말투가 나빴다는 사실을 깨닫고 뉘우쳤지만, 어깨를 한번 으쓱하고는 체스 경기에 몰입한 동료들에게로 건너갔다.

스텐스트룀의 세 번째 전화는 셉스브론에서 걸려왔다. 4시 40분이었다.

"녀석이 잠깐 숨프란시스카네르 식당에 들어갔습니다. 혼자 구석자리에 앉아서 맥주를 마시고 있습니다. 시내 남쪽을 샅샅이 누빈 것 같아요. 여전히 좀 이상해 보입니다."

마르틴 베크는 하루 종일 아무것도 먹지 않았다는 사실을 깨달았다. 사람을 시켜 길 건너 카페테리아에서 먹을 것을 사 오게 했다. 식사를 마치자 콜베리는 의자에서 잠을 청했고 곧 코를 골기 시작했다.

콜베리는 전화벨 소리에 소스라치며 깼다. 7시였다.

"남자는 지금껏 식당에 앉아서 맥주를 네 병 마셨습니다. 방금 나와서 다시 시내 중심가를 향해서 걷기 시작했습니다. 걸음이 더 빨라졌습니다. 가급적 빨리 다시 연락하겠습니다. 그럼."

스텐스트룀은 달리기라도 한 듯 숨가쁜 목소리로 보고한 후 마르틴 베크가 대꾸할 겨를도 없이 전화를 끊었다.

"틀림없이 그쪽으로 가는 중일 거야."

콜베리가 말했다.

다음 전화는 7시 30분에 왔다. 먼젓번보다 더 짧고 먼젓번만큼이나 일방적인 통화였다.

"엥엘브렉트스플란 광장입니다. 놈은 비르게르얄스가탄 거리를 잰걸음으로 걷고 있습니다."

그들은 시계와 전화를 번갈아 바라보며 기다렸다.

8시 5분. 첫 벨 소리가 울리는 도중에 마르틴 베크가 수화기를 들었다. 스텐스트룀은 실망한 눈치였다.

"놈이 에릭스베리스가탄 거리로 꺾어서 육교를 건넜습니다. 이제 오덴가탄 거리를 따라 오덴플란 광장으로 향하고 있습니다. 아마도 집으로 가려나 봅니다. 다시 천천히 걷기 시작했습니다."

"제기랄. 남자가 집에 들어가면 전화해."

삼십 분 뒤에 스텐스트룀이 다시 연락했다.

"집으로 돌아가지 않았어요. 우플란스가탄 거리에서 꺾었습니다. 자신에게 발이 달렸다는 것도 모르는 것 같습니다. 그저 걷고 또 걸어요. 제 다리는 이제 오래 버티지 못할 것 같습니다."

"자네는 지금 어디야?"

"노라반토리에트 광장입니다. 녀석은 막 스톡홀름 시립 극장을 지나고 있습니다."

마르틴 베크는 막 극장을 지나쳤다는 남자를 생각했다. 그는 무슨 생각을 할까? 생각을 하기는 할까? 아니면 모종의 생각에 골몰하여, 혹은 모종의 결정이 마음속에서 무르익기를 기다리느라 주변을 의식하지도 못하고 망연히 걷는 것일까?

다음 세 시간 동안 스텐스트룀은 각각 다른 장소에서 네 번 전화했다. 남자는 에릭스베리스플란 광장 근처를 맴돌았지만 한손의 집으로 더 가까이 다가가지는 않았다.

2시 30분에 스텐스트룀이 마지막으로 쾨르스트란스가탄 거리에서 보고했다. 벵트손은 마침내 집으로 돌아갔고 방금 불이 꺼졌다고 했다.

마르틴 베크는 콜베리를 보내 교대하게 했다.

콜베리는 일요일 오전 8시에 돌아왔다. 소파에서 자고 있던 알베리를 깨운 뒤, 자기가 그 자리에 몸을 던져 잠들었다.

알베리는 전화기 옆에서 상념에 빠진 마르틴 베크에게 다가갔다.

"콜베리가 왔습니까?"

마르틴 베크는 충혈된 눈을 들어 물었다.

"자고 있습니다. 까무러친 듯이. 다시 스텐스트룀이 감시하러 나갔습니다."

불과 두 시간 후에 그날의 첫 전화가 걸려왔다.

"남자가 다시 나왔습니다. 쿵스홀멘 섬으로 넘어가는 다리

쪽으로 가고 있습니다."

"모양새가 어떤가?"

"똑같습니다. 심지어 옷도 같습니다. 간밤에 벗기나 했는지 모르겠습니다."

"빠른 걸음으로 걷나?"

"아니요, 느린 편입니다."

"자네는 잠을 좀 잤나?"

"약간은요. 하지만 몸이 강철처럼 단단하진 않습니다."

오전 10시와 오후 4시 사이에 스텐스트룀은 한 시간에 한 번꼴로 전화했다. 폴케 벵트손은 커피숍에서 두 번 짧게 쉰 것을 제외하고는 여섯 시간 동안 줄기차게 걸었다. 쿵스홀멘, 시 남쪽, 감라스탄을 하염없이 돌아다녔다. 소냐 한손의 집 근처로는 가지 않았다.

6시 30분에 마르틴 베크는 전화 곁에서 잠들었다. 십오 분 뒤에 스텐스트룀의 전화가 그를 깨웠다.

"노르말름스토리 광장에 있습니다. 스트란드베겐 거리로 가는데 녀석이 뭔가 달라진 것 같습니다."

"어떤 면에서?

"각성한 것 같달까요. 꼭 뭔가에 조종당하는 사람 같습니다."

한 시간 삼십 분 뒤.

"이제 제가 좀더 조심해야겠습니다. 녀석이 방금 오덴가탄 거리에서 스베아베겐 거리로 접어들었습니다. 이제 길거리의 여자들을 쳐다보기 시작했습니다."

9시 30분.

"칼라베겐과 스투레가탄 거리의 교차로입니다. 천천히 스투레플란 광장으로 걸어가고 있습니다. 태도가 더 차분해졌고 여전히 여자들을 살펴보고 다닙니다."

"진정해."

마르틴 베크가 말했다. 그는 마흔여덟 시간 동안 제대로 잠을 자지 못했는데도 갑자기 푹 쉰 듯 가뿐해졌다.

자리에서 일어나 콜베리가 지도 위에 빨간 펜으로 벵트손의 방랑 경로를 따라 표시하는 것을 들여다보았다. 그때 다시 벨이 울렸다.

"오늘의 열 번째 전화야." 콜베리가 말했다.

마르틴 베크는 수화기를 들고 시계를 보았다. 10시 59분이었다.

소냐 한손이었다. 갈라지고 약간 떨리는 목소리였다.

"마르틴! 그가 여기에 나타났어요."

"당장 가겠네."

소냐 한손은 전화기를 옆으로 밀고 시계를 보았다. 11시 1분이었다. 사 분만 있으면 알베리가 문을 열고 들어와서 혼자라는 무기력함과 스멀거리는 불쾌감을 덜어줄 것이다. 그녀는 땀이 밴 손바닥을 면 실내복에 문질렀다. 눅눅해진 옷자락이 엉덩이에 들러붙었다.

캄캄한 침실로 가만가만 걸어가 창가로 갔다. 맨발에 닿은 쪽매 맞춤 마루가 유난히 차갑고 단단하게 느껴졌다. 오른손을 창틀에 짚어 몸을 지탱하면서 발가락 끝으로 선 채 얇은 커튼 사이를 조심스레 내다보았다. 길에는 행인이 많았다. 길 건너 식당 앞에도 몇 명쯤 서 있었다. 적어도 일 분 삼십 초쯤 훑은 뒤에야 벵트손을 찾아냈다. 그는 그녀의 건물 방향으로부터 루네베리스가탄 거리에서 나와, 낮은 담을 따라 걸으며 똑바로 비르게르얄스가탄 거리로 갔다. 그러다 전차 궤도 중간쯤에서 직각으로 오른쪽으로 꺾었다. 벵트손은 그녀의 시야에서 삼십 초 정도 사라졌다. 그는 아주 빠르게, 큰 보폭으로 미끄러지듯이 걸었다. 주변을 전혀 의식하지 못하는 것처럼, 혹은 뭔가 속으로 집중하는 일이 있는 것처럼 정면만 보며 걸었다.

그녀는 자신을 반기는 듯한 불빛과 온기, 좋아하는 익숙한 장식품들이 있는 거실로 돌아갔다. 담배에 불을 붙이고 깊게 들이마셨다. 임무를 충분히 인식하고 있는데도 남자가 공중전화에서 멈추지 않고 그냥 지나쳐버리자 안도감이 들었다. 마음의 평화를 산산이 부수고 부조리하며 불쾌한 요소를 집에 끌어들일 그 따르릉 소리를 그녀는 너무나 오랫동안 기다려왔다. 이제 그녀는 그 소리가 영원히 울리지 않기를 바랐다. 모든 것이 착각이기를 바랐다. 일상으로 돌아가서 다시는 남자에 대해서 생각하지 않게 되기를 바랐다.

그녀는 지난 삼 주 동안 떠온 스웨터를 들고 거울로 가서 어깨에 대보았다. 곧 완성될 것이다. 다시 시계를 보았다. 알베리가 십 초쯤 늦는다. 오늘은 기록을 깨지 못하겠다. 알베리가 그 사실에 신경질을 낼 것이라고 생각하니 웃음이 났다. 그녀는 거울에서 자신의 차분한 미소를 마주하고 이마에 작은 땀방울이 송송 맺힌 것을 보았다.

소냐 한손은 복도를 걸어 욕실로 갔다. 차가운 타일 바닥에 다리를 벌리고 서서 허리를 굽혀 찬물로 세수하고 손을 씻었다.

수도꼭지를 잠글 때 알베리가 열쇠를 찰캉거리면서 문을 여는 소리가 들렸다. 이미 일 분 넘게 늦었다.

그녀는 수건을 손에 들고 복도로 나갔다. 빈손을 뻗어 안전체인을 풀고 활짝 문을 열었다.

"이제야 살았네요. 와주셔서 너무 고마워요."

알베리가 아니었다.

입가의 미소를 지우지도 못한 채 그녀는 천천히 집안으로 물러섰다. 폴케 벵트손이라는 이름의 남자가 그녀를 똑바로 바라보면서 집으로 들어와 등뒤로 문을 잠그고 체인을 걸었다.

29.

마르틴 베크는 맨 마지막으로 방을 나갔다. 그가 문을 나섰을 때 전화가 울렸다. 그는 달려 돌아와서 수화기를 움켜쥐었다.

"앰배서더 호텔 로비입니다." 스텐스트룀이었다. "남자를 놓쳤습니다. 여기 인파 속에서요. 사오 분밖에 안 되었을 겁니다."

"녀석이 벌써 루네베리스가탄 거리에 있어. 최대한 빨리 그리로 와."

마르틴 베크는 전화기를 내던지고 다른 사람들의 뒤를 쫓아 계단을 달려 내려갔다. 알베리의 뒷좌석에 앉았다. 그들은 늘 같은 위치에 앉았다. 알베리가 제일 먼저 차에서 내리는 것이 중요했다.

콜베리는 당장 기어를 넣었다가 바로 클러치를 풀었다. 마침

주차장으로 들어오는 회색 경찰 트럭을 피하기 위해서였다. 콜베리는 곧 방향을 바로 하고 레예링스가탄 거리로 올라서서, 초록색 볼보와 베이지색 슈코다 사이로 끼어들었다. 마르틴 베크는 팔을 무릎에 받치고 춥고 우중충하게 내리는 가랑비를 보았다. 머리도 몸도 흥분했고 바싹 긴장했지만 한편으로는 잘 정돈되고 준비된 기분이었다. 마치 신기록에 도전하러 나서는, 능숙한 운동선수 같았다.

이 초 뒤, 그들 앞의 초록색 볼보가 일방통행인 다비드바가레스가타 거리에서 잘못된 방향으로 튀어나온 소형 배달 트럭과 충돌할 뻔했다. 볼보는 충돌하기 일 초 전에 급하게 왼쪽으로 꺾었다. 볼보를 지나쳐 달릴 참이었던 콜베리도 황급히 왼쪽으로 꺾어야 했다. 콜베리는 신속한 반응 덕택에 앞차를 건드리지도 않았지만, 교차로를 지나던 주변의 다른 차들은 급정거하면서 서로 닿을 듯 가깝게 섰다. 콜베리가 지체 없이 차를 반대쪽으로 돌리려는데, 뒤에 오던 베이지색 슈코다가 콜베리의 왼쪽 앞문을 들이받았다. 슈코다 운전자는 재까닥 차를 세웠다. 꽉 막힌 교차로에서 그것은 심각한 판단 착오였다.

심각한 사고는 아니었다. 십 분만 기다리면 교통경찰 몇 명이 와서 줄자로 표시를 할 것이다. 운전자들의 이름과 차량 등록 번호를 적고, 운전면허증과 신분증을 요구하고, 무선으로 조회할 것이다. 기록부에 '차체 손상'이라고 적은 뒤 어깨를 으쓱하며 가버릴 것이다. 지금 고함을 쳐대며 주먹을 흔들어대는 저 운전자들 중에서 위스키 냄새를 풍기는 사람이 한 명도 없다면 곧 각자의 차를 타고 각자의 방향으로 떠날 것이다.

알베리가 욕을 뱉었다. 마르틴 베크는 십 초쯤 뒤에야 이유를 깨달았다. 그들은 빠져나갈 수가 없었다. 차들이 한데 용접이라도 된 듯 앞뒷문이 사실상 모두 막혀버렸다.

필사적이 된 콜베리가 후진으로 난리통에서 빠져나가야겠다고 결정해 시도한 순간, 55번 버스가 그들 뒤를 막아섰다. 유일한 퇴로가 차단되었다. 베이지색 슈코다 운전사가 빗속으로 나왔다. 척 보기에도 머리끝까지 화가 난 듯했고 할말이 잔뜩 있는 듯했다. 그가 시야에서 사라졌다. 다른 두 차 사이에 있는 듯했다.

알베리는 두 발을 문에 대고 신음이 나올 때까지 밀었다. 하지만 슈코다는 기어를 풀지 않은 상태라 꿈쩍도 하지 않았다.

악몽 같은 삼사 분이 흘렀다. 알베리는 고함을 지르며 팔을 흔들었다. 비가 얼어붙은 회색 장막처럼 뒷유리창을 덮었다. 그 너머로 번쩍거리는 어두운색 우비를 입은 경찰의 그림자가 어른거렸다.

이윽고 밖에 있던 몇몇 사람들이 상황을 이해한 듯, 베이지색 슈코다를 옆으로 치우기 시작했다. 사람들의 움직임은 어설프고 느렸다. 경찰이 그들을 제지하려 했다. 일 분 뒤에는 거꾸로 도우려 했다. 이제 차 사이에 일 미터쯤 간격이 확보되었지만, 차문의 경첩이 구겨졌는지 문은 여전히 열리지 않았다.

알베리가 욕을 내뱉으며 문을 밀었다. 마르틴 베크는 목에서 흘러내린 땀이 옷깃 속으로 파고들어 어깨뼈 사이에서 차가운 물줄기처럼 흐르는 것을 느꼈다.

천천히 삐걱거리며 문이 열렸다.

알베리가 굴러떨어지듯 밖으로 나갔다. 뒤이어 마르틴 베크와 콜베리가 동시에 나가려 했고, 어찌어찌 가까스로 해냈다.

경찰관은 기록부를 든 손을 쭉 내민 채 그들을 기다리고 있었다.

"무슨 일입니까?"

"닥쳐."

콜베리가 윽박질렀다. 다행히 경찰관이 콜베리를 알아보았다.

"달려!"

알베리가 외쳤다. 그는 다른 둘보다 벌써 오 미터쯤 앞서 있었다.

사람들의 더듬는 손이 그들을 잡으려 했다. 콜베리는 상자를 걸치고 핫도그를 파는 노인과 부딪혔다.

사백오십 미터다, 마르틴 베크는 생각했다. 훈련된 운동선수라면 일 분 만에 주파할 거리다. 하지만 그들은 훈련된 운동선수가 아니었다. 그들이 달리는 것은 경주 트랙이 아니라 영하의 비에 얼어붙은 아스팔트 도로였다. 여전히 오 미터 앞서 달리던 알베리는 다음번 모퉁이를 돌 때 미끄러져 넘어질 뻔하는 바람에 선두를 잃었다.

세 사람은 어깨를 나란히 하고 경사로를 달려 내려갔다. 마르틴 베크는 눈앞에 별이 어른대기 시작했다. 바로 뒤에서 콜베리가 힘겹게 헐떡이는 소리가 들렸다.

그들은 모퉁이를 돌아 그대로 돌진하여 낮은 잡목들을 뚫고 나간 뒤, 그것을 보았다. 세 사람이 동시에 보았다. 루네베리스가탄 거리의 아파트 건물 3층에 흐릿한 밝은 직사각형이 떠 있었다. 침실의 불이 켜지고 차양이 내려져 있다는 뜻이었다.

마르틴 베크는 눈앞에 어른대던 붉은 별과 가슴 통증이 없어졌음을 느꼈다. 길을 건너면서 자신이 평생 어느 때보다도 빠르게 달리고 있다는 사실도 깨달았다. 그래도 알베리는 그보다 삼 미터쯤 앞서 있었고 콜베리는 그의 옆에서 달리고 있었다. 그가 건물에 닿았을 때, 알베리는 벌써 건물 정문을 열쇠로 땄다.

엘리베이터는 1층에 없었다. 어차피 그들은 탈 마음도 없었다. 계단을 한 층 올라갔을 때 마르틴 베크는 두 가지 사실을 알아차렸다. 허파에 공기가 하나도 남지 않았다는 사실과 콜베리가 옆에 없다는 사실이었다. 콜베리는 계획을 지키고 있었다. 빌어먹을 완벽한 계획. 마르틴 베크는 벌써 열쇠를 꺼내어 손에 쥔 채 마지막 층계를 오르면서 생각했다.

열쇠는 단번에 돌아갔다. 그러나 문은 고작 십 센티미터쯤 열렸다. 문틈으로 안전 체인이 걸린 것이 보였다. 집안에서 인기척은 전혀 느껴지지 않았지만, 유달리 금속성인 전화벨 소리가 끊임없이 울리고 있었다. 시간이 멈췄다. 그는 현관에 깔린 러그의 무늬, 그곳에 떨어진 수건 한 장, 신발 한 켤레를 보았다.

"비켜요."

알베리가 쉬었지만 깜짝 놀랄 만큼 침착한 목소리로 말했다.

온 세상을 산산조각 내는 듯한 소리를 내면서 알베리가 몸을 부딪쳐 안전 체인을 부쉈다. 알베리는 관성 때문에 멈추지 못하고 달린다기보다는 고꾸라져 넘어지듯이 현관을 지나 거실까지 들어갔다.

그것은 마담 튀소 밀랍 인형 전시관의 공포의 방에 전시된 장면들처럼 정적이고 비현실적인 광경이었다. 노출이 과다한 사진처럼, 환한 빛에 휩싸여 멎어버린 장면 같았다. 마르틴 베크는 무시무시한 그 광경을 어느 것 하나 빼놓지 않고 한눈에 모두 포착했다.

남자는 아직 코트를 입고 있었다. 남자의 갈색 모자는 바닥에 떨어진 채였고, 그 위를 반쯤 덮은 것은 푸른색과 흰색이 섞인 여자의 가운이었는데, 조금 찢어져 있었다.

이자가 로재나 맥그로를 죽인 남자였다. 남자는 왼발은 바닥에 붙이고 오른쪽 무릎을 침대에 올린 채 몸을 앞으로 숙여, 무릎으로 여자의 왼쪽 허벅지를 세게 누르고 있었다. 햇볕에 그은 남자의 커다란 왼손이 여자의 턱과 입을 덮었고, 두 손가락이 여자의 코를 양쪽에서 눌렀다. 남자의 오른손은 좀더 아래에 있었다. 그 손은 더듬거리며 여자의 목을 찾다가 이제 막 거머쥔 참이었다.

여자는 등을 대고 누워 있었다. 남자의 쭉 뻗은 손가락 사이로 홉뜬 여자의 눈이 보였다. 가느다란 핏줄기가 뺨에 흘렀다. 여자는 오른다리를 들어 발로 남자의 가슴을 밀고 있었다. 맨몸이었다. 몸의 모든 근육들이 긴장해 있었다. 흡사 해부 모형처럼 온몸의 힘줄들이 또렷하게 튀어나와 있었다.

100분의 1초가 될까 말까 한 시간이었지만 마르틴 베크의 뇌리에 그 광경이 속속들이 새겨져 영원히 기억되기에는 충분했다. 그때, 코트를 입은 남자가 손아귀를 풀고 훌쩍 튀어 올랐다. 두 발을 딛고 균형을 잡으며 몸을 돌렸다. 번개처럼 잽싸고 순간적인 행동이었다.

마르틴 베크는 육 개월하고도 십구 일 동안 추적해온 상대를 처음 마주했다. 폴케 벵트손이라는 그 사람에게서는 크리스마스 직전 어느 오후에 콜베리의 사무실에서 면담했던 남자를 떠올리게 하는 구석을 거의 찾아볼 수 없었다.

남자의 얼굴은 딱딱하고 무표정했다. 동공이 좁아졌다. 마치 포획당한 동물처럼 눈동자가 획획 돌아갔다. 남자는 무릎을 굽혀 상체를 숙인 자세로 흔들흔들 규칙적으로 몸을 움직였다.

일순간, 눈 깜박할 사이, 남자가 목이 멘 듯 흐느끼는 오열을 터뜨리면서 몸을 앞으로 던졌다. 동시에 마르틴 베크가 오른손 날로 남자의 쇄골을 쳤고 알베리는 뒤에서 덤벼들어 양팔을 잡으려 했다.

알베리는 손에 쥔 권총 때문에 동작이 자유롭지 못했고 마르틴 베크는 불시에 받은 강한 습격으로 당황했다. 마르틴 베크의 머릿속이 침대에 누운 여자 생각으로 가득찼던 것도 한 이유였다. 사지를 늘어뜨린 여자는 입을 벌리고 눈을 반쯤 감은 채 꼼짝 않고 누워 있었다.

남자의 머리가 마르틴 베크의 가슴팍을 어마어마한 힘으로 들이받았다. 마르틴 베크가 뒤로 넘어져 벽에 나동그라짐과 동시에, 광분한 남자는 알베리의 느슨한 포박에서 벗어나 현관으로 돌진했다. 여전히 낮게 쭈그리고 넓은 보폭으로 잽싸게 도망치는 모습은 보고도 믿기지 않는 광경이었다. 하기야 이 상황은 모든 면이 어처구니가 없었다.

그동안 전화벨은 끊이지 않고 울려 퍼졌다.

마르틴 베크는 남자와의 거리를 반 층 이상으로 좁히지 못했다. 거리는 자꾸만 벌어졌다.

마르틴 베크는 남자가 밑에서 달아나는 소리만 들으며 쫓아가다가 1층까지 내려가서야 다시 남자를 시야에 포착했다. 남자는 이미 건물의 안쪽 유리문을 통과해서 바깥문에 가까이 갔다. 상대적으로 자유로운 바깥 거리로 나가기까지 불과 몇 걸음 남겨두었다.

그곳에는 콜베리가 있었다. 벽에 서 있던 콜베리가 앞으로 두 걸음을 내딛자, 코트를 입은 남자가 콜베리의 얼굴에 세게 주먹을 날리려 했다.

일 초 뒤에 마르틴 베크는 마침내 모든 것이 끝났다는 것을 깨달았다. 남자가 고통에 겨운 비명을 짧게 내질렀다. 콜베리가 남자의 팔을 낚아챈 뒤 빠르고 무자비하게 뒤틀어 어깨까지 꺾어 올렸기 때문이다. 코트를 입은 남자는 힘없이 대리석 바닥에 쓰러졌다.

마르틴 베크는 벽에 기대어 서서 사방에서 달려오는 듯한 경찰차 사이렌 소리를 들었다. 벌써 경계 인력이 배치되었다. 제

복 경찰들이 보도에 서서 끈질기게 안을 엿보려는 호기심 많은 구경꾼들을 물리쳤다.

마르틴 베크는 폴케 벵트손을 보았다. 남자는 쓰러진 자리에 반쯤 눕다시피 하여 벽에 얼굴을 묻었다. 남자의 뺨으로 하염없이 눈물이 흘렀다.

"구급차가 오는 중입니다."

스텐스트룀이 말했다. 마르틴 베크는 엘리베이터를 타고 올라갔다. 소냐 한손은 코듀로이 바지와 모직 스웨터를 입고 거실 의자에 앉아 있었다. 그는 울적한 기분으로 그녀를 바라보았다.

"구급차가 오고 있어. 곧 사람들이 데리러 올라올 거야."

"제 발로 갈 수 있어요."

그녀는 건조한 말투로 대답했다.

엘리베이터에서 그녀가 말했다.

"그렇게 비참한 표정 짓지 마세요. 형사님 잘못이 아니에요. 제가 심하게 다친 것도 아니고요."

그는 그녀의 눈을 똑바로 바라볼 수 없었다.

"그가 강간을 하려고 했다면 제가 어떻게든 대처할 수 있었을 거예요. 하지만 그런 게 아니었어요. 제가 대응할 여유가 없었어요. 전혀."

그녀는 고개를 흔들었다.

"십 초나 십오 초만 늦었다면……. 혹은 그가 벨 소리에 신경쓰느라 몸을 약간 내리지 않았다면, 그 남자 뜻대로 됐을 거예요. 벨 소리가 어떤 면에서 고립을 깨뜨려줬죠. 으으, 끔찍해요."

구급차까지 왔을 때 그녀가 말했다.

"안됐어요."

"누가?"

"그 남자요."

십오 분 뒤, 루네베리스가탄 거리의 건물 앞에는 콜베리와 스텐스트룀만 남았다.

"더 늦었으면 놈을 제압하시는 장면을 못 볼 뻔했네요. 다행히 길 건너편에서 봤습니다. 그런 건 어디서 배우셨습니까?"

"옛날에 공수부대에 있었거든. 자주 쓰는 기술은 아니야."

"제가 본 것 중 최고였습니다. 그 기술이면 못 잡을 사람이 없을 것 같아요."

"팔월에 자칼은 태어났고,
우기는 구월에 시작되었네.
그가 말하기를, '홍수란 이다지도 무서운 것,
그런데 나는 기억이 안 나!'"

"그게 뭡니까?"

"그냥 읊어본 거야. 키플링이라는 사람이 한 말이지."*

콜베리가 대답했다.

* 『정글북 2』의 '장의사들' 중 한 대목.

30.

마르틴 베크는 한 팔을 붕대에 걸고 몸을 수그려 앉은 남자를 보았다. 남자는 계속 고개를 숙이고 있었다.

육 개월 하고 보름 넘게 기다려온 순간이었다. 마르틴 베크는 몸을 숙여 녹음기를 눌렀다.

"이름은 폴케 렌나르트 벵트손, 1926년 8월 6일 구스타프바사 교구 출생, 현재 스톡홀름 뢰르스트란스가탄 거리 거주. 맞나?"

남자는 알아차리기 어려울 정도로 작게 고개를 까닥였다.

"소리 내어 대답해야 해."

마르틴 베크가 지적했다.

"네, 맞습니다."

폴케 벵트손이라는 이름의 남자가 말했다.

"작년 7월 4일에서 5일로 넘어가는 밤에 미국 시민 로재나 맥그로를 성폭행하고 살해한 죄를 인정하나?"

"나는 아무도 죽이지 않았습니다."

벵트손이 대답했다.

"큰 소리로 말해."

"아니요, 그러지 않았습니다."

"작년 7월 4일 디아나호라는 여객선에서 로재나 맥그로를 만났던 사실은 요전에 인정했지. 그건 사실인가?"

"모릅니다. 그녀의 이름은 몰랐습니다."

"당신이 7월 4일에 그녀와 함께 있었다는 증거가 있어. 그날 밤에 당신은 여자의 선실에서 그녀를 죽이고 시체를 배 밖으로 던졌지."

"아닙니다, 그건 아닙니다!"

"루네베리스가탄의 여자에게 시도했던 것과 동일한 방식으로 로재나 맥그로를 죽였나?"

"그녀를 죽이고 싶지는 않았습니다."

"누구를 죽이고 싶지 않았다고?"

"그 여자요. 그 여자는 사무실로 여러 번 찾아와서 나한테 자기집으로 오라고 초대했습니다. 진지한 말은 아니었습니다. 그냥 나를 희롱하고 싶었던 겁니다."

"로재나 맥그로도 당신을 희롱했나? 그래서 죽였나?"

"모릅니다."

"그녀의 선실에 들어갔나?"

"기억이 안 납니다. 어쩌면 그랬을지도 모릅니다. 모르겠습니다."

마르틴 베크는 잠자코 남자를 관찰하다가 물었다.

"피곤한가?"

"별로 그렇지는 않습니다."

"팔이 아픈가?"

"지금은 괜찮습니다. 병원에서 주사를 맞았습니다."

"어젯밤에 그 여자를 보았을 때 작년 여름에 배에서 만났던 여자가 떠오르지 않았나?"

"그들은 여자가 아닙니다."

"무슨 말인가? 당연히 그들은 여자야."

"그야 그렇지만…… 짐승입니다."

"무슨 뜻인지 모르겠네."

"그들은 짐승이라고요. 정신을 못 차리고 사로잡힌 꼴이라니……."

"사로잡히다니, 무엇에? 당신에게?"

"제발 나를 조롱하지 마십시오. 그들은 욕정에 사로잡힌 겁니다. 부끄러운 줄도 모르고."

삼십 초 동안 침묵.

"정말로 그렇게 생각하나?"

"제대로 된 인간이라면 누구나 그렇게 생각할 겁니다. 퇴폐적이고 타락한 인간들 빼고는."

"그들을 좋아하지 않았나? 로재나 맥그로, 그리고 루네베리스가탄 거리에 사는 그 아가씨……."

"소냐 한손."

남자가 뱉듯이 이름을 말했다.

"그래, 맞아. 그녀를 좋아하지 않았나?"

"증오합니다. 로재나 맥그로라는 그 여자도 증오합니다. 기억은 잘 안 나지만. 당신은 그들의 행동을 못 봤습니까? 남자로서 그런 여자들을 만난다는 게 어떤 건지 이해가 안 됩니까?"

남자는 열띤 말투로 빠르게 말했다.

"모르겠는데. 그게 어떤 건가?"

"으으! 그들은 역겹습니다. 퇴폐함을 자랑처럼 발산하다가 결국에는 무례하고 불쾌하게 굴지요."

"당신은 창녀를 사나?"

"그들은 역겹지 않습니다. 부끄러움을 모르지 않습니다. 그리고 그들은 돈을 받지요. 적어도 그들은 다소나마 명예와 정직을 압니다."

"먼젓번에 내가 같은 질문을 했을 때 당신이 뭐라고 대답했는지 기억하나?"

남자는 혼란하고 걱정스러운 표정을 지었다.

"아니요……."

"내가 당신에게 창녀를 사느냐고 물었던 것을 기억하나?"

"아니요. 그랬던가요?"

마르틴 베크는 다시 한참 입을 다물고 코를 문질렀다.

"나는 당신을 돕고 싶어."

"어떻게요? 나를 돕는다고요? 어떻게 돕습니까? 이렇게 된 마당에?"

"당신이 기억을 되찾도록 돕고 싶어."

"그렇군요."

"하지만 당신 스스로도 노력을 해야겠지."

"그렇겠지요."

"쇠데르셰핑에서 디아나호에 탄 후에 어떤 일이 있었는지 기억해보지 않겠나. 당신은 전동 자전거와 낚시 도구를 갖고 있었고, 배는 일정에서 한참 늦어졌지."

"네, 기억합니다. 날씨가 아름다웠지요."

"배에 타서 뭘 했지?"

"아침을 먹었던 것 같습니다. 배에서 먹기로 계획했기 때문에 식전이었습니다."

"식탁에서 다른 사람들과 이야기를 나눴나?"

"아니요. 혼자였던 것 같습니다. 다른 사람들은 벌써 다 식사를 끝냈던 것 같아요."

"그리고? 아침을 먹은 뒤에는?"

"갑판에 나갔던 것 같습니다. 네, 그랬어요. 날씨가 좋았죠."

"그때는 이야기를 나눈 사람이 있었나?"

"아니요. 뱃머리에 혼자 서 있었습니다. 그러다 곧 점심시간이 되었죠."

"그때도 혼자 먹었나?"

"아니요, 다른 사람들도 같이 있었습니다. 하지만 아무하고도 이야기하지 않았습니다."

"로재나 맥그로가 같은 식탁에 앉았나?"

"기억이 안 납니다. 다른 사람들에게는 신경을 쓰지 않았으니까요."

"어떻게 그녀를 만났는지 기억하나?"

"아니요. 정말 기억이 안 납니다."

"먼젓번에는 그녀가 당신에게 뭔가를 물어서 대화가 시작되었다고 대답했어."

"네, 맞습니다. 이제 기억이 나는군요. 그녀가 나한테 지금 지나가는 곳이 어디냐고 물었습니다."

"어디였지?"

"노르스홀름이었을 겁니다."

"그녀는 계속 곁에 서서 말을 걸었고?"

"네. 그녀가 한 말은 거의 기억이 안 납니다만."

"그녀를 보자마자 당장 싫던가?"

"네."

"그런데 왜 대화를 나눴지?"

"그녀가 억지로 말을 붙였습니다. 자리를 뜨지 않고 옆에서 계속 이야기하고 웃었습니다. 다른 여자들과 마찬가지였어요. 수치를 모르는 것들."

"그다음에 어떻게 했지?"

"그다음에?"

"그래, 함께 뭍에 내리지 않았나?"

"내가 잠깐 배에서 내렸는데 여자가 따라온 겁니다."

"무슨 이야기를 했나?"

"기억이 안 납니다. 떠오르는 대로 아무거나 말했죠. 특별한 건 없었습니다. 영어 연습을 할 기회라고 생각했습니다."

"배로 돌아와서는 어떻게 했지?"

"모릅니다. 정말로 기억이 안 납니다. 아마도 저녁을 먹었겠죠."

"저녁에도 그녀를 만났나?"

"어두워진 뒤에 뱃머리에 한참 서 있었던 기억이 납니다. 하지만 그때는 나 혼자였습니다."

"그날 저녁에 그녀를 만나지 않았나? 잘 생각해봐."

"만나지 않았을 겁니다. 정말 모르겠습니다. 하지만 선미의 벤치에 앉아서 이야기를 했던 것 같기는 합니다. 정말로 나는 혼자 조용히 있고 싶었는데 여자가 자꾸 접근했습니다."

"그녀가 당신을 자기 선실로 초대하지 않았나?"

"아닙니다."

"그날 저녁에 당신이 그녀를 죽였지, 아니야?"

"아닙니다. 나는 그런 일은 하지 않았습니다."

"당신이 그녀를 죽였던 게 정말로 기억이 안 나나?"

"왜 이렇게 나를 괴롭힙니까? 자꾸 똑같은 걸 묻지 마십시오. 나는 아무 짓도 안 했습니다."

"당신을 괴롭히려는 게 아니야."

사실일까? 마르틴 베크는 알 수 없었다. 어쨌든 남자가 다시 방어적으로 나올까 봐 걱정되었다. 여기서 더 압박하면 남자가 바깥세계에 대한 경계를 다시 가동할 것 같았다. 그러면 벽을 무너뜨리려고 할수록 더 어려워지기만 할 것이다.

"뭐, 그건 그다지 중요한 문제가 아니니까."

남자의 눈동자가 다시 초점을 잃었고 두려운 듯 두리번거리기 시작했다.

"당신은 나를 이해하지 못하는군요."

남자가 탁한 목소리로 말했다.

"노력중이야. 당신이 사람들을 싫어한다는 것은 알겠어. 불쾌하게 느낀다는 것도."

"이해가 안 됩니까? 세상에는 역겨운 사람들이 있습니다."

"그래, 그건 알겠어. 당신은 특정 부류의 사람들을 특히 나쁘게 보지. 당신이 수치를 모르는 것들이라고 표현한 여성들. 아닌가?"

남자는 대답하지 않았다.

"종교가 있나?"

"없습니다."

"왜지?"

남자는 영문을 모르겠다는 듯 어깨를 으쓱했다.

"종교적인 책이나 잡지를 읽나?"

"성경은 읽었습니다."

"성경의 가르침을 믿나?"

"아니요. 성경에는 설명이 불가능하거나 누락된 내용이 너무 많습니다."

"예를 들면?"

"세상의 더러운 것들에 대한 이야기가."

"로재나 맥그로나 소냐 한손 같은 여성들이 더럽다고 생각하나?"

"네. 당신은 안 그렇습니까? 우리 주변에서 벌어지는 온갖 역겨운 일들을 보십시오. 작년 연말에 몇 주 동안 신문을 읽어 보았는데 매일 역겨운 내용이 가득했습니다. 왜 그렇다고 생각합니까?"

"당신은 더러운 사람들과 관계를 맺는 게 싫고?"

"그래요, 싫습니다."

남자는 짧게 숨을 몰아쉬고 덧붙였다.

"절대로."

"좋아, 그런 사람들이 싫다 이거지. 하지만 당신은 로재나 맥그로나 소냐 한손 같은 여성들에게 대단히 매력을 느끼지 않나? 그들을 보고 싶고, 만지고 싶지 않나? 그들의 몸을 느끼고 싶지 않나?"

"당신이 나한테 그런 추잡한 말을 할 권리는 없습니다."

"그들의 다리와 팔을 감상하고 싶지 않나? 그들의 피부를 느끼고 싶지 않나?"

"왜 그런 추잡한 말을 합니까?"

"그들을 느끼고 싶지 않나? 그들의 옷을 벗기고 싶지 않나? 그들의 벗은 몸을 보고 싶지 않나?"

"아니, 아니, 아니란 말입니다."

"그들의 손이 당신의 몸에 닿는 것을 느끼고 싶지 않나? 그들이 당신을 만져주길 원하지 않나?"

"입 다물어요!"

남자는 소리를 지르면서 의자에서 일어나려고 했지만, 갑작스러운 움직임에 숨을 헐떡이며 얼굴을 심하게 찡그렸다. 다친 팔이 아픈 모양이었다.

"그건 전혀 비정상적인 일이 아니야. 사실은 아주 정상적인 일이지. 나도 어떤 여자들에 대해서 같은 생각을 할 때가 있어."

남자가 마르틴 베크를 응시했다.

"지금 내가 비정상이라고 말하는 겁니까?"

마르틴 베크는 대꾸하지 않았다.

"내 속에 부끄러운 생각이 조금 있다고 해서, 내가 비정상이라는 겁니까?"

묵묵부답.

"내 인생에 대한 권리는 나한테 있습니다."

"그야 그렇지만 다른 사람들의 인생에 대한 권리는 없지. 어젯밤에 나는 당신이 다른 사람을 죽일 뻔한 광경을 똑똑히 목격했어."

"거짓말하지 마십시오. 나는 아무 짓도 안 했습니다."

"나는 확실하지 않은 말은 안 해. 당신이 그녀를 죽이려고 한 건 사실이야. 우리가 제때 끼어들지 않았다면 당신은 지금쯤 한 인간의 생명을 손에 넣었을 거야. 살인자가 되었을 거라고."

이상하게도 이 말이 남자에게 강한 인상을 준 것 같았다. 남자는 한참 입술만 달싹거리다가 마침내 잘 들리지 않을 만큼 작게 말했다.

"그녀는 그래도 쌉니다. 그녀의 잘못이지, 내 잘못이 아닙니다."

"미안하지만 잘 안 들리는데."

침묵.

"방금 한 말을 다시 해봐."

남자는 뚱한 표정으로 바닥을 보았다.

마르틴 베크가 돌연 말을 바꿨다. "나한테 거짓말을 했더군."

남자가 고개를 들었다.

"먼젓번에 당신은 스포츠 잡지와 낚시 잡지만 산다고 했지.

하지만 사실은 여자의 누드 사진이 실리는 잡지들도 사던걸."

"사실이 아닙니다."

"나는 절대로 거짓말을 하지 않는다고 했잖아."

침묵.

"당신의 옷장 구석에 그런 잡지가 백 권도 넘게 처박혀 있지."

남자의 반응은 몹시 격렬했다.

"그걸 당신이 어떻게 압니까?"

"사람들을 보내 당신의 아파트를 수색했으니까. 그들이 당신의 옷장 뒤에서 잡지들을 찾아냈어. 다른 것들도 많이 찾아냈지. 가령 로재나 맥그로가 썼던 선글라스라든가."

"내 집에 무단 침입해서 사생활을 침범했다는 말입니까? 근거가 뭐죠?"

몇 초 뒤에 남자는 마지막 말을 한 번 더 반복하고 덧붙였다.

"당신과는 더이상 말을 섞고 싶지 않습니다. 당신도 혐오스러운 인간이로군요."

"뭐, 누드 사진을 보는 게 불법은 아니야. 전혀 아니지. 전혀 이상할 게 없는 일이야. 그런 잡지에 실리는 여자들도 평범한 여자들과 비슷해. 큰 차이는 없어. 만약에 평범한 여자들이 그런 잡지에 등장한다면, 가령 로재나 맥그로, 소냐 한손, 시브 린드베리가……."

"입 닥쳐! 주둥이를 그따위로 놀리지 말라고! 당신은 그 이름을 입에 올릴 자격이 없어!"

"왜 안 되지? 시브 린드베리도 그런 잡지에 사진을 실은 적이 있다면, 당신은 어떻게 할 건가?"

"당신은 악독한 거짓말쟁이야."

"내가 아까 한 말을 잊지 마. 자, 그러면 당신은 어떻게 할 건가?"

"내가 처단하겠어……. 그따위 거짓말을 지껄이는 당신을 내가 죽여버리겠어……."

"당신은 나를 죽이지 못해. 하지만 그 여자는 어떻게 할 텐가? 여자의 이름이 뭐더라? 그렇지, 시브……."

"처단하고 말겠어, 내가, 내가……."

"그래?"

남자는 주먹을 몇 번 쥐었다 폈다 했다.

"그래, 내가 그렇게 할 거야."

"그녀를 죽일 거라고?"

"그래."

"왜?"

침묵.

"당신은 그따위 말을 할 자격이 없어."

남자가 말했다. 한줄기 눈물이 남자의 왼뺨으로 굴러떨어졌다.

"당신은 잡지의 사진을 군데군데 훼손했더군. 칼로 그었더군. 왜 그랬지?"

마르틴 베크는 조용히 물었다.

"내 집에……. 당신들이 내 집에 들어갔어. 뒤지고 기웃거리고……."

"왜 사진을 칼로 그었지?" 마르틴 베크가 큰 목소리로 물었다.

"네가 알 바 아니야. 이 악마! 음탕한 돼지 새끼!"

"왜 그랬지?"

"벌을 준 거야. 너한테도 반드시 벌을 주고 말겠어."

이 분쯤 침묵이 흘렀다. 이윽고 마르틴 베크가 상냥하게 말했다. "당신은 배에서 여자를 죽였어. 기억이 안 난다고 하니까 내가 도와주지. 선실은 작고 좁았어. 내부는 어두침침했지. 배는 호수를 항해하고 있었어. 그렇지?"

"보렌 호수였어."

남자가 말했다.

"당신은 선실에서 그녀의 옷을 벗겼어."

"아니야. 여자가 스스로 그랬어. 자기가 옷을 벗기 시작했어. 더러움을 나에게 옮기고 싶어 했어. 역겨운 여자였어."

"그래서 당신이 그녀를 벌했나?"

마르틴 베크가 차분하게 물었다.

"그래. 내가 여자를 벌했어. 모르겠나? 벌을 받아 마땅한 여자였다고. 음탕하고, 수치를 모르고."

"어떻게 그녀를 벌했나? 그녀를 죽였지?"

"죽어 마땅한 여자였어. 나까지 더럽게 만들려고 했어. 파렴치함을 자랑스러워했어. 그게 이해가 안 돼?" 남자는 소리를 질러댔다. "내가 여자를 죽여야만 했어! 더러운 몸뚱어리를 죽여야만 했다고!"

"누군가 환기구로 들여다볼까 봐 겁나지 않았나?"

"환기구 같은 건 없어. 겁 따위는 나지 않았어. 내가 하는 일이 옳다는 걸 아니까. 그 여자는 죄인이야. 마땅히 그렇게 되어야 했어."

"그녀를 죽인 다음에는? 어떻게 했지?"

남자는 의자에 푹 꺼지면서 웅얼거렸다.

"나를 자꾸 괴롭히지 마. 왜 자꾸 이런 말을 하는 거지? 나는 기억이 안 나."

"그녀가 죽자 당신은 선실을 나갔나?"

마르틴 베크의 목소리는 부드럽고 차분했다.

"아니야. 아니, 그랬어. 몰라, 기억이 안 나."

"그녀는 벌거벗은 채 침대에 누워 있었어. 그렇지? 그리고 당신이 그녀를 죽였어. 그러고도 계속 선실에 있었나?"

"아니, 밖으로 나갔어. 기억이 안 나."

"선실의 위치는 어디였지?"

"기억 안 나."

"갑판에서 한참 밑이었나?"

"아니, 하지만 꽤 뒤쪽이었어……. 한참 뒤쪽……. 갑판에서 선미 쪽으로 마지막에 있는 방."

"그녀가 죽은 뒤에 당신은 어떻게 했지?"

"제발 자꾸 그런 걸 묻지 마. 내 잘못이 아니었어. 여자의 잘못이었어." 남자는 징징거리는 아이처럼 말했다.

"나는 당신이 그녀를 죽였다는 것을 알아. 당신도 스스로 그랬다고 말했어. 그다음에 그녀를 어떻게 했지?"

마르틴 베크는 상냥하게 물었다.

"여자를 호수에 던졌어. 도무지 참고 볼 수가 없었으니까!"

남자가 버럭 소리를 질렀다.

마르틴 베크는 차분하게 남자를 보면서 물었다.

"어디에서? 그때 배가 어디에 있었지?"

"몰라. 난 그저 여자를 호수에 던졌을 뿐이야."

남자는 풀썩 무너지며 울기 시작했다.

"가만히 놔두고 볼 수가 없었어. 도무지 참고 볼 수가 없었다고." 억양 없이 중얼거리는 남자의 뺨으로 눈물이 흘렀다.

마르틴 베크는 녹음기를 껐다. 전화로 경관을 불렀다.

로재나 맥그로를 살해한 남자가 경관에 이끌려 방을 나가는 동안, 마르틴 베크는 담배에 불을 붙였다. 꼼짝 않고 앉아서 정면을 응시했다.

눈앞에서 사물이 일그러져 보이기 시작했다. 엄지와 집게손가락으로 눈을 문질렀다.

책상 위의 보관함에서 연필을 꺼내 영어로 썼다.

그를 잡았음. 거의 즉시 자백했음.

'즉시'라는 단어의 철자를 두 번이나 틀렸다. 그는 연필을 도로 넣고, 종이를 구겨 쓰레기통에 던졌다. 잠을 좀 자고 쉰 뒤에 카프카에게 전화를 걸기로 마음먹었다.

마르틴 베크는 모자와 코트를 입고 나섰다. 2시부터 내리기 시작한 눈이 이제 담요처럼 십 센티미터쯤 쌓였다. 눈송이는 묵직하고 축축했다. 나른하고 느릿하게 빙글빙글 돌면서, 세상의 모든 소리를 덮어 죽이면서, 세상의 모든 것을 가 닿을 수 없는 머나먼 것으로 멀어지게 만들면서, 눈송이들이 폭폭 내렸다. 진짜 겨울이 와 있었다.

로재나 맥그로는 유럽에 왔다. 노르스홀름이라는 곳에서 남자를 만났다. 남자는 보후슬렌으로 낚시를 하러 가는 중이었다. 만약에 배의 엔진이 고장나지 않았다면, 만약에 종업원이 그녀의 자리를 다른 식탁으로 옮기지 않았다면, 그녀는 남자를 만나지 못했을 것이다. 남자가 그녀를 죽였다. 물론 어쩌면 그녀는 쿵스가탄 거리에서 차에 치여 죽을 수도 있었고, 어쩌면 호텔 계단에서 굴러 목이 부러질 수도 있었다. 소냐 한손이라는 이름의 여자도 있다. 어쩌면 그녀는 두 번 다시 완벽한 평온을 느끼지 못할지도 모른다. 소녀일 때처럼 두 무릎 사이에 손을 끼우고 꿈도 없이 깊게 잠드는 일은 두 번 다시 없을지도 모른다. 하지만 그녀는 겉으로는 이 사건과 아무런 관계가 없다. 겉으로 그들은 모탈라, 스톡홀름, 네브래스카 링컨의 사무실에 얌전히 앉아 있었을 뿐이다. 그들은 결코 공개해서는 안 될 방법으로 사건을 해결했다. 그들은 영원히 이 일을 기억할 것이다. 자랑스러운 기억은 아닐 것이다.

마르틴 베크는 어깨를 움츠리고 휘파람을 불면서, 살아 숨쉬는 듯한 흰 눈의 장막을 뚫고 지하철역으로 갔다. 만약에 길에서 지나치는 사람들이 그가 지금 하는 생각을 읽을 수 있다면 아마도 다들 놀랄 것이다.

여기 마르틴 베크가 걸어가네, 그의 모자에 눈이 내린다네, 노래에 맞춰 걷는다네, 우쭐우쭐 걷는다네, 우스꽝스러운 친구들아, 모두 안녕하신가. 발밑에서 찍찍 소리가 나네, 추운 겨울밤이라네, 이봐요, 언제든 말씀만 하시구려, 그러면 우리는 남쪽으로 돌아갈 테니까. 지하철을 타고서. 바가르모센과 반퇴르로.

그는 집으로 가고 있었다.

작가 정보

/

마이 셰발과 페르 발뢰

Maj Sjöwall & Per Wahlöö

연인이자 동료였던 두 사람

마이 셰발은 1935년 스웨덴 스톡홀름, 페르 발뢰는 1926년 스웨덴 할란드에서 태어났다. 셰발이 언론학과 그래픽디자인을 공부한 후 기자 겸 아트 디렉터로 일하기 시작했을 때, 발뢰는 이미 범죄와 시사 분야의 기자로 입지를 다진 후였다. 두 사람은 한 회사에서 나오는 다른 잡지에서 일하다가 1962년 여름에 처음 만났다. 말이 잘 통하고 관심사가 같아서 금방 서로에게 빠져들었다. 그러나 당시 발뢰에게는 이미 (사이는 좋지 않았지만) 아내가 있었고 셰발은 아이가 있었다. 쉽게 만날 수 없었던 두 사람은 독특한 데이트 방법을 찾아냈다. 서로를 위해 글을 쓰는 것이다. 그것은 영국 《옵서버》의 기자 루이즈 프랜

스의 표현에 따르면, "종이 위에 단어들로 구축한 연애이자 문장으로 표현한 구애였다".

오래지 않아 발뢰는 결혼 생활을 정리했다. 그러고는 세발이 딸과 살던 집에 들어와, 십삼 년 동안 한 가족으로 살았다. 자녀도 태어났지만 그들은 끝까지 결혼은 하지 않았다. 결혼 제도가 자기들과는 맞지 않는다고 생각했기 때문이다.

두 사람은 전 세계에 부르주아 복지국가로 알려진 스웨덴의 그늘, 가난과 범죄와 야만성을 폭로하는 글을 쓰는 데 관심을 가졌다. 프랑코 독재 정권하의 스페인이 배경인 소설 『화물차Lastbilen』(1962)에 이미 사회주의 사상을 담았던 발뢰에게는 특별한 일도 아니었다. 세발은 그전까지 소설을 써본 적이 없었지만, 기자로 일하고 있었기 때문에 글을 쓰는 데 두려움은 없었다. 그들은 노동계급을 저버리는 사회를 고발하기 위해 '범죄 이야기'라는 부제를 단 열 권짜리 시리즈를 쓰기로 했다. 그때까지 스웨덴에는 '마르틴 베크' 시리즈처럼 현실적이고 사회 고발적인 범죄소설이 존재하지 않았다. 1965년에 시리즈의 첫 번째 작품 『로재나』가 발표되자 기득권 중장년층은 당황스러워했고 청년 세대는 열렬한 환호를 보냈다.

시리즈가 인기를 얻으며 세발과 발뢰는 기자를 그만두고 전업 작가가 되었다. 전업 작가로서의 삶은 윤택하지 않았다. 첫 작품 『로재나』의 출판 계약을 할 때 계획에 있던 열 권을 전부 계약했는데, '마르틴 베크' 시리즈가 이렇게까지 인기를 끌 줄 몰랐던 두 사람이 굳이 인세를 많이 받으려 하지 않았기 때문이다. 하지만 그들은 소설을 집필하는 삶 자체에 만족했다.

행복에 위기가 찾아든 것은 1971년, 일곱 번째 작품인 『어느 끔찍한 남자』가 출간된 해였다. 몸이 붓고 폐에 물이 차는 증상으로 고통스러워하던 발뢰가 결국 쓰러졌다. 두 사람은 치료할 수 있을 것이라 믿고 병원을 전전했지만 방법을 찾을 수 없었다. 급기야 발뢰는 진료 기록을 훔쳐보고 자신이 암으로 죽을 거라는 사실을 알게 되었다. 시리즈의 마지막 작품 『테러리스트Terroristerna』를 집필하던 1974년에 발뢰의 병세는 한층 깊어졌다. 두 사람은 아이들과 함께 스페인 남부에 있는 따듯한 도시 말라가로 떠났다. 이전 책들과 다르게 『테러리스트』는 발뢰 혼자서 쓰기 시작했다. 셰발은 그의 원고를 다듬었는데 때때로 밤새 쓴 원고의 한 글자도 알아볼 수 없었다. 1975년 3월에 그들은 스웨덴으로 돌아왔다. 발뢰는 결국 책을 마치지 못했고 셰발이 후반부를 마저 써서 원고를 완성했다. 고통이 견딜 수 없는 정도에 달하자 발뢰는 강력한 모르핀 알약을 먹었지만 곧 혼수상태에 빠졌고, 1975년 6월 22일 말뫼에서 숨을 거두었다. '마르틴 베크' 시리즈를 완결 짓는 『테러리스트』가 출간된 것은 그 직후였다.

발뢰가 세상을 떠난 후 셰발은 혼란스럽고 힘겨운 시간을 보냈다. 인생의 동반자를 잃고, 생활은 궁핍하고, 돌봐야 할 아이들은 셋이나 되었다. 그녀는 오래 방황했다. 경제적으로 어려운 와중에도 셰발은 시리즈의 열한 번째 작품을 쓰라는 출판사의 제안을 거절했다. '마르틴 베크' 시리즈는 처음 계획대로 열 권으로 완결되었다.

현재 마이 셰발은 스웨덴의 벤 섬에서 소박하고 평범하게 살고 있다. 여전히 작가로서 단편소설을 쓰고, 때때로 번역도 한다. 네덜란드 작가 토마스 로스와 함께 쓴 스릴러 소설 『그레타 가르보를 닮은 여자Kvinnan som liknade Greta Garbo』(1990)는 호평을 받았다.

'마르틴 베크' 시리즈의 탄생

스웨덴에는 '마르틴 베크' 시리즈 이전에 평범한 경찰이 주인공인 소설이 없었다. 2차세계대전 직후인 1960년대에는 이언 플레밍의 '007' 시리즈가 인기를 끌었고, 스웨덴 국내에 소개된 영미 범죄소설의 주류는 수수께끼 풀이 중심의 추리소설이었다. 이들 작품에서 주인공은 비범한 영웅이거나 천재였다.

하지만 마이 셰발과 페르 발뢰에게는 이런 주류에 편승해 대중적인 인기를 노리는 범죄소설을 쓸 생각이 없었다. 당초 '마르틴 베크' 시리즈를 범죄소설로 쓰기로 한 것도 전달하고 싶은 이야기의 파급력을 위해 독자층이 두터운 장르를 고른 것에 불과했다. 그들은 사회의 부조리함을 보여주고, 특히 스웨덴 음지에 존재하는 범죄와 비인간적이고 물질만능주의적으로 흘러가는 세태를 조명해 사회를 전복시킬 만한 이야기를 쓰고자 했다. 그러니 '마르틴 베크' 시리즈는 지극히 현실적인 모습이 담겨야 했다.

목표를 위한 첫 번째 시도는 주인공 인물 조형에서 시작되었다. 마르틴 베크는 그전까지 없던 종류의 주인공이다. 영웅적인 면모로 범죄를 해결하거나 번뜩이는 영감으로 수수께끼를 푸는 모습은 없다. 그는 한 사람의 경찰인 동시에 직장인이자 가장으로서, 아내에게 잔소리를 듣고 택시비를 걱정하는 평범한 인물이다. 또한 동료들과 함께 애를 쓰고 난관을 넘어서며 사건을 차근차근 해결한다. 그가 이끄는 경찰 수사는 한 사람이 가진 천재적인 추리력보다는 충분한 물적증거를 토대로 한 공동의 판단으로 진행된다. 특히 셰발과 발뢰는 경찰이라는 직업을 있는 그대로 화려하지 않게 그리는 데 공을 들였으며, 느리고 짜증스러운 현실의 수사에서 유발되는 긴장감을 사용해 사실주의를 구현했다.

그들은 기자 생활에서 얻은 통찰력과 철두철미한 조사 능력을 집필에 쏟아부었다. 범죄 현장의 모습은 물론이고 작중 인물들이 이동하는 거리와 시간까지 일일이 조사했다. 작은 에피소드까지 하나하나 정하는 것은 물론이고 우연을 어떻게 연출할지까지 포함해 모든 것을 결정한 후에야 글을 쓰기 시작했다. 자료 조사를 하고 시놉시스를 쓰는 데에만 일 년의 절반 이상을 할애했으나 본격적으로 집필에 들어가서는 한 권의 책을 완성하는 데 한 달에서 세 달 정도밖에 걸리지 않았다. 한 사람이 한 장씩 번갈아 쓰는 식이었다. 발뢰가 1장을 쓸 때 셰발은 동시에 2장을 쓰고, 한 장을 완성하면 서로 원고를 바꾸어 다듬었다. 두 사람이 동시에 쓰기 때문에 누구의 문체도 아닌 공동의 문체를 만들었다. 또한 셰발은 이 소설이 누구나 읽을 수 있는 쉬운 작품이기를 바라며 썼다. '마르틴 베크' 시리즈는 어렵거나 복잡한 서술보다는 일상적인 대화가 주를 이루고, 경찰들의 일상이 사건을 진행시킨다는 점에서 독특하다. 또한 문장과 표현은 간결하고 적절해서 군더더기가 없다. 20세기 중반 스웨덴의 사회제도와 구조에 관한 묘사는 정확하게 본질을 관통한다. 무엇보다 '마르틴 베크' 시리즈에는 시대를 초월하는 위트가 있다.

스웨덴 경찰소설의 모범에서 세계적 명작으로

셰발과 발뢰는 스웨덴 문학사상 처음으로 현실적인 경찰 캐릭터를 만들어냈다. 또한 당대 추리소설의 흐름을 보았을 때, 현실의 문제를 오락성이 강한 범죄소설의 소재로 썼다는 점이 독보적으로 독창적이었다. 특히 시리즈의 대표작인 『웃는 경관』(1968)은 미국을 깜짝 놀라게 했다. 당시 미국은 빠른 전개와 뛰어난 오락성으로 가볍게 읽을 수 있는 펄프 픽션이 유행하고 있었는데, 『웃는 경관』은 장르의 오락성을 잃지 않으면서도 어두운 현실에 대한 철학적인 고찰이 가능하다는 사실을 입증했기 때문이다. '마르틴 베크' 시리즈를 기점으로 북유럽 범죄소설은 수수께끼 풀이에서 탈피하여, 현실적이고 입체적인 인물이 등장해 사회의 문제점을 고발하는 방향으로 흘러갔다.

후대 작가들은 범죄소설에 새로운 방향을 제시하고 철학적 깊이를 더한 '마르틴 베크' 시리즈에 깊은 존경심을 표하고 있다. '형사 쿠르트 발란데르' 시리즈의 헨닝 망켈은 "내게 가장 큰 영향을 끼친 시리즈"이자 "현대의 고전"이라고 했으며, '잭 리처' 시리즈의 리 차일드는 "스릴러소설의 정점을 찍은 시리즈", '변호사 미키 할러' 시리즈의 마이클 코널리는 "경찰 수사물이 보여줄 수 있는 모든 것"이라는 찬사를 바쳤다. 또한 '형사 해리 홀레' 시리즈를 쓴 요 네스뵈는 저자들에게 "북유럽 범죄소설의 대부모Godparents"라는 말로 경의를 표했다.

저자들의 공로를 기리기 위해 그들이 함께 쓴 유일한 시리즈의 주인공 '마르틴 베크'의 이름을 딴 북유럽 범죄소설상이 제정되어 1971년부터 시상을 시작했다. 또한 시리즈 최고의 작품으로 여겨지는 『웃는 경관』은 1971년 미국 추리작가협회에서 선정하는 에드거상 최우수작품상을 수상했다. 그 외에도 '마르틴 베크' 시리즈는 1973년 이탈리아에서 그해 최고의 미스터리 소설에 수여하는 그랑 지알로 치타 디카톨리카상을, 1974년 덴마크에서 그해 최고의 범죄소설에 수여하는 에드거앨런포클럽상을, 1993년 스웨덴 범죄소설작가 아카데미에서 수여하는 금세기 최고의 범죄소설상 등을 받았다. 또한 마르틴 베크를 주인공으로 하는 영화가 전 세계적으로 열세 편이나 만들어졌고, 스웨덴에서는 이십 년 동안 '마르틴 베크' 텔레비전 드라마 시리즈가 시즌 6까지 방영되었다. 스웨덴에서 '마르틴 베크' 시리즈는 오십 년이 넘는 시간 동안 절판된 적 없으며, 미국에서는 세 차례나 재발행되었다. 36개국에서 출간되어 지금까지 총 천만 부 이상 판매되었다. '마르틴 베크' 시리즈는 북유럽 범죄소설사에 한 획을 그었을 뿐만 아니라 작품성과 대중성을 모두 갖춘, 시대를 뛰어넘는 명작이다.

해설

/

'마르틴 베크' 시리즈 — 범죄소설의 새로운 출발점을 제시하다

북유럽 범죄소설: 전 세계 독자의 화젯거리

북유럽 국가, 즉 스칸디나비아삼국인 스웨덴·노르웨이·덴마크에 아이슬란드와 핀란드를 더한 5개국은 2017년까지 노벨문학상 수상자의 수가 열여섯 명에 달할 정도로 문학 강국이다. 덴마크의 동화 작가 한스 크리스티안 안데르센이나 『인형의 집』을 쓴 노르웨이의 극작가 헨리크 입센, 여성 최초로 노벨문학상을 수상한 스웨덴의 소설가 셀마 라겔뢰프 등은 세계적으로 익숙한 이름이다. 21세기에도 새로운 북유럽 작품들이 전 세계 독자들 사이에서 화제가 되었다. 이번에는 범죄소설*이었

* 북유럽 범죄소설은 '북유럽 추리소설', '노르딕 누아르', '스칸디나비아 범죄소설' 등 다양한 명칭으로

다. 1991년부터 출간된 헤닝 망켈의 범죄소설 '형사 쿠르트 발란데르' 시리즈가 스웨덴을 넘어 영어권 국가에서 호응을 얻었으며, 스티그 라르손의 '밀레니엄' 시리즈는 세계적인 베스트셀러가 되었고, 노르웨이의 요 네스뵈가 발표한 터프한 '형사 해리 홀레' 시리즈도 선풍적인 인기를 끌며 국제적인 명성 또한 얻었다.

21세기 들어 세계로 퍼진 북유럽 범죄소설의 인기는 우리나라에서도 예외가 아니다. 1990년대까지만 해도 국내에 정식 번역된 작품은 페터 회의 『눈에 대한 스밀라의 감각』(정영목 옮김, 까치, 1996)** 정도로 한 손에 꼽을 수 있었지만, 2000년대에는 소개된 몇몇 작품은 마니아 독자들에게 호평을 받았고, 2012년 국내 출간된 요 네스뵈의 『스노우맨』(노진선 옮김, 비채)은 한국 독자들을 북유럽 범죄소설 속으로 빠져들게 만들었다.

북유럽 범죄소설의 주춧돌: '마르틴 베크' 시리즈

시대마다 인기를 끄는 작품이 등장하는데, 시대의 흐름을 당

불리나 모두 같은 의미이며 일반적인 범죄소설과 구별되는 특수 장르는 아니다.

** 출간 후 절판되었다가 2005년 『스밀라의 눈에 대한 감각』(박현주 옮김, 마음산책)으로 재출간되었다. 재출간 후 큰 인기를 모았다.

하지 못하고 사라지는 경우가 대부분이며, '셜록 홈스' 시리즈처럼 끊임없이 읽히는 작품은 고전 대접을 받는다. 물론 '셜록 홈스' 시리즈의 인기에 비교할 수는 없지만, 마이 셰발과 페르 발뢰가 함께 쓴 '마르틴 베크' 시리즈 역시 첫 작품 『로재나』 출간 이래 반세기 동안 스웨덴에서 절판된 적이 없는 현대 범죄소설의 고전이다. 영어 번역판도 초기 출간과 비슷한 시기에 모두 출간되었으며, 1980년대 후반의 재출간에 이어 그리고 최근 열 편의 시리즈가 전부 미국에서 다시 출간되었다.

2015년 7월, 영국의 저널리스트이자 범죄소설 평론가인 제이크 케리지는 "노르딕 누아르라는 장르를 만들어낸 커플The couple who invented Nordic Noir"이라는 기사를 다음과 같은 문장으로 시작했다.

> "스티그 라르손과 요 네스뵈가 전원주택이나 사제관을 배경으로 한 점잖은 탐정 이야기를 쓰는 평행 우주를 상상해보라. 반세기 전 페르 발뢰라는 스웨덴 언론인과 마이 셰발이라는 젊은 출판인이 사랑에 빠지지 않았다면, 우리는 그런 세상에 살고 있었을 것이다."[1]

북유럽 추리-범죄소설의 역사는 결코 짧지 않다. 간단히 스웨덴만으로 범위를 좁혀 요르겐 엘그스트룀과 오케 룬퀴스트가 공저한 『스웨덴 살인의 책: 스웨덴 탐정소설의 역사 1900-1950 Svensk mordbok: den svenska detektivromanens historia 1900-1950』를 보면, 스웨덴 최초의 추리소설은 1898년에 출간되었다. 극작가인 프레드리크 린드홀름이 프린스 피에레라는 필명으로 내놓은 『스톡홀름의 탐정 Stockholms-detektiven』이다. 이 작품 이후, 스웨덴에서는 코넌 도일이나 가스통 르루의 영향을 받은 작가들이 등장해 명탐정이 정통적인 수수께끼 풀이를 펼치는 작품을 발표했다.

스웨덴 추리소설은 20세기 중반에 접어들어 등장한 뛰어난 작가들에 힘입어 대중소설로서 입지를 다졌다. 1950년대 4대 추리 작가로 꼽히는 마리아 랑, 스티그 트렌테르, 빅 수네손, H.K. 뢴블롬이 특히 유명하다. 이 중 마리아 랑은 '스웨덴의 애거사 크리스티'라는 별명까지 갖고 있다. 영어권 국가에 '스웨덴의 존 딕슨 카'라고 소개된 얀 엑스트룀은 1967년 스웨덴 최고의 밀실 추리소설 『장어 덫 Ålkistan』을 발표했다.

이처럼 여전히 고전적 추리소설이 인기를 끌던 상황에서 셰발과 발뢰가 등장하며 스웨덴 추리소설, 나아가 북유럽 추리소설은 분기점을 맞이한다. 셰발과 발뢰는 당시까지만 해도 낯설었던 경찰소설의 형식으로, 1965년 『로재나』로 시작해 열 편의 '마르틴 베크' 시리즈를 발표했다. 이 시리즈는 단순히 사건 해결 과정을 보여주는 것이 아니라 범죄의 그늘에 숨어 있는 사회적 모순과 부조리를 조명했으며, 한편으로는 수사관들의 생활과 인간적 면모를 현실적으로 그렸다. 반세기가 지난 지금도 시리즈의 가치는 떨어지지 않았다. 해마다 영국 브리스틀에서 개최되는 미스터리 컨벤션 크라임페스트의 2015년 행사에서, '마르틴 베크' 시리즈 50주년 기념 인터뷰를 위해 셰발을 만난 '잭 리처' 시리즈의 작가 리 차일드는 폴 매카트니나 버락 오바마를 만나는 것만 한 전율을 느꼈다고 밝힐 정도였다.

한편 1971년 발족한 스웨덴 범죄소설작가 아카데미는 창립 첫해에 스웨덴의 가장 유명한 형사 캐릭터의 이름을 기리기 위하여 마르틴 베크상을 제정했다. 이 상은 매년 스웨덴에 번역되는 범죄소설 중 가장 뛰어난 작품에 수여된다.

'마르틴 베크' 시리즈는 당대의 인기작이었을 뿐만 아니라 이후 북유럽 추리소설의 흐름에 큰 영향을 미쳤다. 셰발과 발뢰의 성공 이후 북유럽 추리소설은 작품의 형식과는 별개로 사건의 배경에 당대의 사회문제를 엮어 넣는 것이 전통이 되다시피 했다. 초기에는 복지국가의 어두운 면이나 부유층의 비리, '선량한 가해자와 사악한 피해자'라는 역설적 선악 구조 등을, 1990년대 이후에는 첨단 기술의 역효과 및 다양한 환경문제와 자연 생태계 파괴에 대한 경고 등을 담았다. 범죄소설을 국가와 사회 병폐에 대한 거울이자 사회문제를 지적하는 수단으로 삼은 것이다.

'마르틴 베크' 시리즈의 후예들

마이 셰발과 페르 발뢰 이후 국제적으로 명성을 얻은 스웨덴 작가는 헨닝 망켈이다. 이십 대에 희곡과 아동소설을 발표했던 그가 범죄소설에 뜻을 두게 된 때는 1980년대 후반이었다. 장기간의 아프리카 방문을 마치고 귀국해 스웨덴 사회에 만연한 인종주의를 피부로 느낀 것이 계기였다. 그가 내놓은 인상적인 수사관, '쿠르트 발란데르'는 주인공으로 등장하는 시리즈 첫 번째 작품인 『얼굴 없는 살인자들Mördare utan ansikte』(1991)에서 이 문제를 정면으로 맞닥뜨린다. 최초의 유리열쇠상 수상작으로 선정된 이 작품을 필두로 하여 시리즈의 후속작들 또한 '마르틴 베크' 시리즈처럼 스웨덴 사회의 문제점과 모순을 다루고 있으며, 전 세계에서 폭넓은 사랑과 인정을 받고 있다.

스티그 라르손은 21세기 들어 북유럽 추리소설이 세계적인 인기를 얻는 데 가장 큰 공헌을 한 작가라 해도 과언이 아니다. 그는 '마르틴 베크' 시리즈를 염두에 둔 듯 범죄소설 '밀레니엄' 시리즈를 십 부짜리로 구상해 2002년부터 집필을 시작, 삼

부까지 완성하여 출판사와 계약했으나 갑작스러운 심장마비로 출간을 보지 못하고 세상을 떠났다. 그러나 2005년부터 일 년 간격으로 출간된 '밀레니엄' 삼 부작은 스웨덴뿐만 아니라 세계 각국에서 베스트셀러가 되었으며, TV 드라마와 영화로도 제작되면서 스웨덴 작품의 인기를 크게 높였다.

한편 노르웨이 출신의 작가 요 네스뵈 역시 셰발과 발뢰의 영향을 듬뿍 받은 작가다. 냉소적이고 염세적이지만 범죄 수사에는 열정적인 형사 해리 홀레가 주인공인 시리즈가 북유럽뿐만 아니라 영어권, 아시아 국가에서도 인기를 끌고 있다.

2012년, 한 출판사와의 인터뷰에서 요 네스뵈는 이렇게 말했다.

> "1970년대 이래 마이 셰발과 페르 발뢰는 스칸디나비아 범죄소설의 대부모Godparents였습니다. 그들은 간이매점에서 팔던 스칸디나비아의 범죄소설을 번듯한 서점에서 팔게 만들었습니다."[2]

『로재나』: 마르틴 베크의 데뷔

페르 발뢰는 1940년대부터 기자로 활동하면서 전후 유럽에서 조성된 정치적 혼란과 경제적 불균형을 직접 목격했다. 그는 언론인으로 활동하는 한편 소설도 집필했는데, 『31층의 살인Mord på 31:a våningen』(1964)와 『강철 도약대Stålsprånget』(1968) 같은 스릴러소설도 썼다.

발뢰와 셰발은 1962년 처음 만났다. 당시 발뢰는 아이가 있는 유부남이었으며, 셰발은 두 차례 이혼 후 혼자 아이를 키우고 있었다. 두 사람은 서로 매력을 느꼈지만 셰발은 발뢰와 어느 정도 거리를 두었고, 그들은 글을 쓰는 데 협력하는 관계에 머물렀다. 셰발이 회상하기로는 당시 발뢰가 소설을 쓰고 있었는데, 그가 보낸 원고를 보고 그녀가 인물이나 스토리 라인을 제안해서 다시 보내곤 했다고 한다. 일 년 후 발뢰는 이혼했고, 이후 동반자가 된 두 사람은 총 열 권으로 구성된 범죄소설 시리즈를 쓰기로 계획했다*. 둘 다 범죄소설을 즐겨 읽었으며, 범죄 현장을 응접실에서 도시의 거리로 옮겨놓은 작가인 대실 해밋과 조르주 심농을 좋아했다. 셰발은 시리즈의 창작 의도에 대해 다음과 같이 말했다.

"범죄 이야기를 읽은 사람들이 복지국가 스웨덴이라는 공식적 이미지 아래 가난, 범죄, 잔인함이 깔려 있음을 깨닫길 원했습니다.

* 일부에서는 발뢰가 세상을 떠나면서 시리즈가 중단된 것으로 알려지기도 했으나, 원래 열 권으로 구성되었던 작품이다.

우린 스웨덴이 어디로 향하고 있는지 보여주고 싶었지요. 자본주의를 추구하면서 이 사회는 차갑고 비인간적으로 변했으며, 부자는 더욱 부자가 되고 가난한 사람들은 더욱 가난해졌습니다."[3]

마침 그 무렵은 스웨덴의 경찰 제도의 변혁기였다. 기초 지방자치단체가 각 지방에 맞게 경찰제를 운영하는 것이 골자이던 자치 경찰제가 국가 경찰제로 전환되는 시기였다. 경찰 조직의 효율화, 재정 안정 등을 위한 개혁이었으나 전환에 반대하는 사람들도 있었다. 이들은 지역사회와 경찰 간 관계가 멀어지고, 법 집행 및 질서유지와 같은 민감한 업무를 수행할 정부 조직이 거대해질 거라고 우려했지만 결국 스웨덴의 경찰 제도는 1965년부터 국가 경찰제로 개편되었다. 모든 경찰 임원은 중앙정부가 임용하게 되었고, 경찰 관리의 중앙 집중화가 이루어졌다.[4]

시리즈 첫 번째 작품인 『로재나』의 플롯은 '로재나 살인 사건 수사'라고 표현해도 될 정도로 단순하며 사건 해결을 향해 한줄기로 진행된다. 자칫 밋밋할 수 있는 이야기는 약 반 년에 걸친 지독할 정도로 끈질긴 수사 과정, 실존하는 듯한 등장인물 묘사, 그리고 우발적 상황이라는 변수를 훌륭하게 엮은 셰발과 발뢰의 솜씨를 통해 긴장감 넘치게 이어진다. 미국과의 공조수사를 위해 국제전화를 하기까지 사십오 분이나 걸리고, 편지를 보내 자료를 받기까지 열흘이 걸리는 모습은 컴퓨터와 인터넷, 스마트폰의 시대를 살아가는 21세기의 독자에게는 너무나 느리게 보일 것이다. 그러나 다시금 차분히 살펴보면, 국제통신 및 정보교환 기술이 발전하던 당시의 문화와 사회적 상황을 확인할 수 있다.

특히 『로재나』는 여러 방면에서 선구적인 업적을 남겼다. 첫 번째로는 1940년대 중반 영어권 국가에서 탄생한 경찰소설을 스웨덴에서 독자적으로 구현했다는 점이다. '경찰소설'이란 사설탐정이 아닌 경찰공무원이 사건 수사의 주축을 이루는 형식의 추리소설로, 영어권에서는 '경찰수사소설Police procedural'이라고 표현한다. 1945년 미국의 로런스 트리트가 『희생자의 브이V as in Victim』에서 경찰관의 시각을 통해 살인 사건 수사의 진전을 묘사했는데, 이 작품을 본격적인 경찰소설의 시초로 보고 있다. 명탐정 한 명이 놀라운 추리로 순식간에 사건을 해결하는 작품과는 달리, 경찰소설에서는 여러 수사관들이 역할을 분담하여 사건의 진상을 찾아낸다. 특히 탐정소설에 곧잘 등장하는 명탐정은 일종의 두뇌 유희로서 난해한 사건을 수사하는 것을 즐기지만, 경찰소설의 수사관들에게 범죄는 반드시 해결해야 하는 직업적 의무의 대상이라는 점에서 수사 과정은 훨씬 현실적으로 묘사되고 있다. 같은 경찰소설의 범주라는 이유로 '마르틴 베크' 시리즈는 영어권 작품들, 특히 에드 맥베인의 '87분서' 시리즈와 자주 비교되는데, 경찰 수사라는 구조적 공통점을 제외하면 비슷한 점을 찾아보기 어려울 정도로 작품 분위기가 사뭇 차이가 있다.

두 번째로는 '진짜 사람 같은' 수사관을 처음으로 선보였다는 것이다. 과거의 명탐정들은 종잇장 같은 평면적인 인물이 대부분이었다. 명석한 두뇌와 독특한 기벽을 가졌으며 개성적인 외모를 가진 것으로 묘사되는 그들은 사생활이나 심층 심리에 대해서는 얄팍한 묘사만 주어진다. 반면 『로재나』에서는 마르틴 베크가 처음 등장하는 장면을 통해 많은 것을 파악할 수 있다. 새벽에 일어나 아이들을 깨우지 않기 위해 조용히 움직이는 배려심, 한밤중까지 배 모형을 만드는 취미, 아내와의 대화에서 나타나는 성격 차이, 지갑에서 돈을 뺐다 넣었다 하는 모습에서 짐작할 수 있는 성격 등 불과 너덧 페이지를 읽는 것만으로도 마르틴 베크라는 '사람'에 대해 알 수 있을 뿐만 아니라 친근함마저 느낄 수 있다. 등장인물을 실존 인물처럼 사실적으로 그리는 묘사 방식은 현대 독자들에게는 새롭게 여겨지지 않을 수도 있지만, 헨닝 망켈이 "진짜 사람 같은 경찰관들을 소설에서 본 것이 무척 신선한 깨달음이었던 것만은 분명하다"고 이 책의 서문에서 밝힌 것처럼 당시에는 대단히 새로운 시도였으며 후대 작가들에게 많은 영향을 주었다.

한편 셰발은 요즘 작가들이 형사의 개인적인 삶에 너무 많이 머무르고 있다[5]고 말한 적이 있다. 그러나 형사인 주인공이 범죄 수사와 가정 사이에서 가정을 소홀히 한 대가로 가족과의 관계가 소원해지고, 그 결과 가족이 붕괴하는 모습을 처음으로 보여준 것은 역설적이게도 '마르틴 베크' 시리즈의 『로재나』였다.

대하 경찰소설: 다양한 수사관들의 팀플레이

시리즈의 주인공인 마르틴 베크는 범죄수사국 소속 수사관으로, 첫 작품 『로재나』에서 등장할 때 사십 대 초반의 경위다. 1922년 트럭 기사의 아들로 태어난 그는 1943년 경찰 업무를 시작했으며, 경찰대학을 거쳐 범죄수사국에 합류한다. 인생의 절반 이상을 경찰로 살아온 베크는 승진에 야심은 없으나 훗날 살인수사과를 이끄는 책임자가 된다. 스스로 '경찰관에게 필요한 세 가지 중요한 덕목', 즉 끈질김, 논리적 사고, 냉정함을 가졌다고 생각하는 한편 종종 우울한 모습도 보여준다. 이십 대에 만나 결혼한 아내와는 두 자녀를 낳았으나 갈등을 겪은 끝에 이혼하고 『밀실Det slutna rummet』(1972)에서 새로운 연인이 되는 레아 니엘센을 만난다. 또한 자주 경찰의 역할에 대해 고민한다. 작가 셰발은 베크에 대해 다음과 같이 설명했다.

> "그는 영웅적인 사람이 아닙니다. 그는 미국 배우 제임스 스튜어트가 영화에서 맡은 배역처럼, 자신의 임무를 수행하는 좋은 사람이지요."[6]

마르틴 베크가 신뢰하는 동료이자 가장 친한 친구인 렌나르트 콜베리는 뛰어난 관찰력과 날카로운 판단력을 지닌 사람이라 베크가 생각을 정리하는 데 많은 도움을 준다. 원만하고 느긋한 성격이며 아내와 두 자녀에 헌신적인 가장이기도 하다. 공수부대 출신의 전직 군인이자 총기 휴대를 꺼리는 평화주의자로, 시리즈 후반부에서 경찰을 떠나 스톡홀름의 육군 박물관으로 적을 옮긴다.

또 다른 동료 수사관 프레드리크 멜란데르는 경찰에 들어온 이후 한 번 보거나 읽거나 들었던 사건을 전부 기억하는 놀라운 기억력의 소유자다(콜베리는 멜란데르를 가리켜 '담배를 피우는 컴퓨터'라고 말한다). 원래 살인수사과 소속이었으나 나중에 강도와 폭력범죄 부서로 이동한다. 자신과 수사 대상과의 사이에 거리를 두며 감정에 좌우되지 않는 냉정한 인물이다.

과묵한 수사관 군발드 라르손*은 부유한 귀족 가문 출신이지만 집을 뛰쳐나와 해군 복무 후 상선 선원으로 세계를 돌아다니다가 경찰이 된 독특한 이력을 가졌다. 출신 때문인지 옷차림에 까다롭고 자동차를 비롯한 개인 물건도 고급품을 쓴다. 이 미터에 육박하는 거구인 그는 용의자에게 자백을 받기 위해 폭력을 휘두르기도 한다. '마르틴 베크' 시리즈 세 번째 권 『발코니에 선 남자』(1967)에서 살인수사과에 합류할 때는 동료들에게 좋은 인상을 주지 못하지만, 경찰로서의 우수한 능력을 발휘하며 팀의 일원으로 녹아든다. 비혼이며, 훗날 경감으로 승진한다.

역시 『발코니에 선 남자』에서 처음 등장하는 스웨덴 북부 출신의 에이나르 뢴은 군발드 라르손의 드문 친구 중 하나이다. 온화하고 성실한 성격을 가진 그는 동료들에게 신뢰받는 유능한 형사이지만, 아쉽게도 상상력이 부족해서 마르틴 베크를 답답하게 만들기도 한다.

이외에도 시리즈에는 다양한 수사관들이 등장하여 각각 개성 있는 모습을 보여준다. 범죄 사건 수사가 한 사람의 두뇌플레이가 아니라 이처럼 다양한 팀원들이 힘을 합쳐 이어나가는 팀플레이로 그려지는 것은 당시 스웨덴 추리소설에 신선한 충격을 불러왔다. 또한 서로 다른 특기를 가진 팀원들이 팀으로서

* 『로재나』에 등장하는 모탈라 경찰서 라르손 경감과는 다른 인물이다.

범죄 수사를 할 때 어떻게 시너지가 생겨나고 수사에 어떤 전환점을 불러오는가도 작품을 읽을 때 눈여겨볼 만한 흥미로운 요소라고 할 수 있다.

십 년에 걸쳐 열 권으로 출간된 '마르틴 베크' 시리즈는 각 권이 삼십 장章씩, 총 삼백 장으로 이루어졌으며, 허투루 설정되지 않은 경찰 등장인물들만큼이나 경찰 세계가 꼼꼼하게 그려져 "대하 경찰소설"[7]이라 일컬어지기도 한다.

'마르틴 베크' 시리즈의 특징과 가치

셰발과 발뢰가 밝혔던 것처럼, '마르틴 베크' 시리즈는 그들이 살고 있는 사회를 분석하기 위해서 씌었다. 작가들이 경찰을 주인공으로 한 소설을 쓴 이유는 근본적인 목표가 있었기 때문이다. 대부분의 국가에서 경찰은 다른 어떤 집단보다 범죄, 즉 사회문제로 촉발된 나쁜 결과와 가장 많이 마주치며 범죄 해결의 의무를 가지고 있다. 두 사람은 범죄와 수사를 보여주면서 스웨덴 사회에서 일어나는 변화를 반영하고, 동시에 시대적 문제를 논의, 해부하는 수단으로 삼은 것이다.

사회복지 체계가 확립된 1960년대의 스웨덴에서, 범죄를 저지르는 사람은 괴물이 아닌 평범한 사람들이다. 셰발과 발뢰는 끔찍한 범죄를 제시하며 범인 검거에 그치지 않고 범죄의 이면에 무엇이 숨겨져 있는지 깊이 파고들어 보여주었다. 또한 밝게만 보이는 곳에도 그늘이 있다는 사실을 결코 놓치지 않았다. 그들은 경찰의 수사 임무에 집중했으며, 그들의 심경과 행동을 묘사해 사회적으로 진화하는 경찰의 모습을 기록했다. 중요한 것은 이 이야기가 허구이면서도 지극히 현실적이라는 사실이다. 초기 작품인 『로재나』, 『발코니에 선 남자』에 등장하는 살인자들은 사람들을 위협하는 존재이며, 경찰은 위협으로부터 시민을 보호하는 방어막이다. 그러나 기초 지방자치단체가 아니라 국가에 속하게 된 경찰과 스웨덴 시민과의 관계는 차츰 악화된다. 『웃는 경관』에서는 사회적 불안감에 대한 인식이 두드러진다. 크리스마스를 앞두고 베트남전쟁에 반대하는 시위가 벌어지면서 경찰과 시위대가 충돌하는 장면이 짤막하게 묘사된다. 이에 대해 멜란데르는 '대부분의 사람들은 경찰을 필요악으로 여긴다. 필요할 때는 의지할 대상이지만, 아닐 때는 두려움이나 경멸로 대응한다'는 식으로 말하는데, 사실 이런 경향은 누구든 비슷하게 갖고 있을 것이다. 마르틴 베크의 딸 잉리드는 어릴 적엔 아버지가 경찰이라는 사실을 친구들에게 자랑했지만 성장하며 그런 경향은 줄어든다. 경찰 당사자들마저 경찰이라는 존재에 대해 반감을 가지고 있다. 시리즈가 진행되며 경찰의 불합리한 시스템, 조직의 관료화 및 정치화와 함께 경찰이 무력

해지는 일이 늘어나자 렌나르트 콜베리는 자신이 인생을 바쳐 왔던 직업에 대한 자부심을 잃고 미련 없이 경찰을 떠난다.

이 시리즈가 비판하는 대상이 경찰뿐인 것은 아니다. 시간의 흐름과 함께 서구 사회에서 나타나는 폭력은 점차 도를 더해간다. 『웃는 경관』에서 악인은 자신의 안위를 타인의 생명보다 우선시하며, 그 과정에서 무고한 생명을 끔찍하게 살해하는 소시오패스다. 군발드 라르손은 범인을 체포한 뒤 '나쁜 놈들은 수없이 많지만 잡힐 만큼 멍청한 범죄를 저지르진 않는다. 우리는 그들의 희생양을 만날 뿐이다'라고 분개한다. 마르틴 베크의 동료 수사관들이 공유하는 문제의식이다. 『테러리스트』에서는 남을 죽이는 특기를 가진 인간이 도리어 사회적 존재감이 커지는 것에 대한 우려도 드러낸다.

'마르틴 베크' 시리즈는 통렬한 비판의 목소리를 내면서도 독자들에게 어느 쪽이 옳다고 단정지어 보여주지는 않는다. 예를 들어 국가 경찰 제도에 대해 비판하면서도 현재는 체계적이고 효율적인 조직이 되었다는 평도 제시한다. 경찰이 법 집행과 질서유지의 임무 외에 사회복지 서비스 업무에까지 참여하고 있다는 변화된 모습도 공평하게 보여준다.

셰발과 발뢰는 사회비판적 메시지와 함께 대단히 뛰어난 '흥미로운 범죄소설'을 제공했다. 작품의 중심에 심각하고 끔찍한 범죄 사건을 놓더라도, 사건에 대한 진지한 고찰과 함께 독자들이 웃으며 쉬어갈 수 있는 대목을 중간중간 배치한다. 줄리언 시먼스는 이에 대해 "한 책에서는 경찰을 진지하게 그리고 다른 책에서는 익살맞게 그리는 것은 위험한 일이다."[8]라고 의견을 밝혔으나, 이것이 '마르틴 베크' 시리즈의 가치를 떨어뜨리지는 않는다.

셰발과 발뢰는 '마르틴 베크' 시리즈를 통해 범죄뿐만 아니라 스웨덴의 정치와 사회현상, 시민들의 일상 등을 묘사했다. 십 년에 걸쳐 완성된 열 권의 작품은 훌륭한 추리소설일 뿐만 아니라 당대의 스웨덴 사회를 살펴볼 수 있는 기록이기도 하다. 작가가 추구했던 정치적 지향점에 대해서는 의견이 분분하지만, 모든 경찰소설 시리즈 중에서도 가장 뛰어나다는 평가에는 누구나 동의하는, 위대한 경찰의 연대기이다.

박광규(추리소설 평론가, 전《계간 미스터리》편집장)

해설 미주

1) Jake Kerridge, "The couple who invented Nordic Noir", 《The Telegraph》, 2015.7.19.

2) Charles Taylor, "Chain Reactions: An Interview with Jo Nesbø", Barnes & Noble Review, 2012.11.29.

3) Louise France, "The Queen of Crime", 《The Observer》, 2009.11.22.

4) 문성호, 『스웨덴 경찰제도: 자치경찰에서 국가경찰로의 전환을 중심으로』, 《한국경찰학회보》 2004년 제47호, pp.85-122.

5) Jake Kerridge, 위의 기사.

6) Jake Kerridge, 위의 기사.

7) 이가형, 『미스터리 文學의 世界: 제21화 현대의 추리작가들』, 《讀書新聞》, 1975.12.14.

8) 줄리언 시먼스, 김명남 옮김, 『블러디 머더』, 을유문화사, 2012

참고 문헌

문성호, 『스웨덴 경찰제도: 자치경찰에서 국가경찰로의 전환을 중심으로』, 《한국경찰학회보》 2004년 제47호, pp.85-122.

줄리언 시먼스, 김명남 옮김, 『블러디 머더: 추리소설에서 범죄소설로의 역사』, 을유문화사, 2012

Mike Ashley, 『The Mammoth Encyclopedia of Modern Crime Fiction』, Carroll and Graf, 2002

Mitzi Brunsdale, 『Gumshoes: A Dictionary of Fictional Detectives』, Greenwood Press, 2006

Fiona Kelleghan, 『100 Masters of Mystery and Detective Fiction』, Salem Press, 2001

Sue Neale, 「Crime Writing in Other Languages」, 『A Companion to Crime fiction』, Wiley-Blackwell, 2010

Louise France, "The Queen of Crime", 《The Observer》, 2009.11.22

Jake Kerridge, "The Couple Who Invented Nordic Noir", 《The Telegraph》, 2015.7.19

Frank Occhiogrosso, "The Police in Society: The Novels of Maj Sjöwall and Per Wahlöö" The Armchair Detective, no.2, 1979.

森英俊 編, 『世界ミステリ作家事典 — ハードボイルド, 警察小説, サスペンス篇』, 国書刊行会, 2004

김명남
KAIST 화학과를 졸업하고 서울대 환경대학원에서 환경 정책을 공부했다. 인터넷 서점 알라딘 편집팀장을 지냈고, 지금은 전문 번역가로 활동하고 있다. 옮긴 책으로는 『문학은 어떻게 내 삶을 구했는가』, 『우리 본성의 선한 천사』, 『세상에서 가장 재미있는 진화』, 『블러디 머더—추리 소설에서 범죄 소설로의 역사』, 『우리는 언젠가 죽는다』, 『소름』, '마르틴 베크' 시리즈 등이 있다.

로재나—마르틴 베크 시리즈 1

1판 1쇄 2017년 2월 28일
1판 5쇄 2024년 1월 18일

지은이 마이 셰발 · 페르 발뢰
옮긴이 김명남

책임편집 이현 이송 | **편집** 임지호 김세화
표지디자인 이경란 | **본문조판** 이원경 | **저작권** 박지영 형소진 최은진 서연주 오서영
마케팅 정민호 서지화 한민아 이민경 안남영 왕지경 황승현 김혜원 김하연 김예진
브랜딩 함유지 함근아 고보미 박민재 김희숙 박다솔 조다현 정승민 배진성
제작 강신은 김동욱 이순호 | **제작처** 영신사

펴낸곳 (주)문학동네 | **펴낸이** 김소영
출판등록 1993년 10월 22일 제2003-000045호

주소 10881 경기도 파주시 회동길 210
문의 031-955-2637(편집) 031-955-2696(마케팅) 031-955-8855(팩스)
전자우편 elixir@munhak.com | **홈페이지** www.elmys.co.kr
인스타그램 @elixir_mystery | **트위터** @elixir_mystery

ISBN 978-89-546-4443-3 04850
978-89-546-4440-2 (세트)

엘릭시르는 출판그룹 문학동네의 장르문학 브랜드입니다.